KB167566

록우드 심령 회사 1

일러두기
· 각주는 모두 옮긴이 주입니다.
· '*'로 표시된 용어의 뜻은 용어 사전을 참고할 것.

록우드 심령 회사 1

LockWood
&Co.

조나단 스트라우드 지음 ㅣ 강아름 옮김

울부짖는 계단

달다

차례

I

유령

1

내가 록우드 심령 회사에 처음 합류해 맡은 사건들에 대해서는 별로 얘기하고 싶지 않다. 피해자의 신원 보호 문제도 있고 사건들 자체가 워낙 섬뜩해서기도 하지만, 가장 크게는 우리가 그 모두를 오만 가지 골 때리는 방식으로 끝내 말아먹고 말아서다. 그야 내가 지금껏 인정해 온 사실이고! 그러니까 그 초기 사건들은 무엇 하나 우리의 바람만큼 깔끔히 마무리되지 못했다. 그렇다. '모트레이크 귀신'을 몰아내기는 했지만 겨우 리치몬드 공원까지였고, 놈은 지금도 밤마다 고요한 나무들 사이를 활보하고 있다. 맞다. '알드게이트의 잿빛 요괴'와 '달가닥거리는 뼈'로 알려진 개체를 파괴하기는 했으나, 그때는 이미 몇 건의 추가적인 (그리고 내가 보기에는 불필요한) 인명 피해를 입은 뒤였다. 젊은 앤드루스 부인의 성한 정신과 치맛단이 너덜너덜해지도록 그녀를 쫓아다니며 괴롭히던 무시무시한 그림자의 경우에는 부인이 이승의 어디를 헤매고 다니든, 가엾어라, 놈도 동행할 터다. 그러니 우리, 즉 록우드와 내 이력이 딱히 완벽하다고는 할 수 없었다. 그러던 어느 가을날, 안개 자욱한 오후에 우리는 신 로드 62번지로 이어지는 길을 따라 올라가 씩씩하게 초인종을 울렸다.

문간에 선 우리 등 뒤로 자동차 소음이 조그맣게 뭉쳐 들렸다. 록우드의 장갑 낀 오른손이 초인종과 연결된 설렁줄을 쥐고 있었다. 집 안 깊숙한 곳에서 이리저리 메아리치던 초인종 소리가 희미해졌다. 나는 문이 햇빛에 그을려 생긴 조그만 수포들과 우편함의 흠집들을 물끄러미 쳐다봤다. 마름모 창 네 개의 성에 낀 유리 너머로 보이는 건 어둠뿐이었다. 바깥 현관은 쓸쓸하고 황폐한 기운을 풍겼고, 길과 잔디밭을 나뒹구는 축축한 너도밤나무 이파리들이 현관 모퉁이에도 그득했다.

"좋아." 내가 말했다. "새 규칙들을 다시 짚어보자. 네 눈에 뭐가 보이든 마구잡이로 떠들지 말 것. 누가 누구를 언제 어떻게 죽였는지 대놓고 추측하지 말 것. 그리고 가장 중요한 건, 의뢰인을 흉내 내지 말 것. 제발. 뭐든 제대로 지켜지는 법이 없어."

"하지 말란 게 너무 많은 거 아냐, 루시?" 록우드가 말했다.

"오죽하면 그러겠냐고."

"너도 알지, 내가 억양에 엄청 예민한 거. 나도 모르게 흉내를 내게 된다고."

"좋아. 그럼 조용히 흉내 내, 일을 끝마친 뒤에. 큰 소리로 하지 말고, 면전에서 하는 것도 안 돼. 특히나 상대방이 키가 2미터에 언어장애가 있는 아일랜드 출신 항만 노동자일 때는 더더욱. 게다가 우리는 지금 큰길에서 800미터는 족히 떨어진 곳에 들어와 있다고."

"맞아. 그 남자, 덩치에 비해 정말 꽤나 날렵했지." 록우드가 말했다. "어쨌든 그런 추격전은 군살 제거에 좋으니까. 뭐 느껴지는 거라도?"

"아니, 아직. 느껴지고 말고 할 게 없겠어, 집 밖에서는. 넌?"

그는 설렁줄을 놓고 외투 옷깃을 살짝 매만졌다. "괴상하긴 한데, 난 있어. 지난 몇 시간 사이 어느 시점에 정원에서 사망사고가 한 건 있었어. 현관으로 이어지는 길 중간 월계수 밑에서. 사망자는 잿빛 피부에 검은 수염을 길렀어. 그리고….."

"그리고 이렇게 말할 참이겠지. '몸집은 작아.'" 나는 고개를 비스듬히 하고 눈을 반쯤 감았다. 집의 고요에 귀를 기울였다.

"맞아. 쥐 정도 크기." 록우드가 인정했다. "들쥐쯤 되지 싶어. 고양이한테 붙들렸거나 그랬겠지."

"그러니까… 우리 사건이랑은 관련이 없지 않겠어, 그게 쥐라면?"

"없겠지."

성에에 뒤덮인 유리창 너머 실내에서 기척이 느껴졌다. 현관홀의 검은 심연 속에서 뭔가가 움직였다. "자, 시작이야." 내가 말했다. "누가 나오고 있어. 내가 한 말 명심해."

록우드는 무릎을 굽혀 발치의 더플백을 집어 들었다. 우리는 사이좋게 뒤로 약간 물러나 상냥하고 공손한 미소를 준비했다.

기다림이 계속됐다. 잠잠했다. 문은 열리지 않았다.

집에는 아무도 없었다.

록우드가 입을 열려는 찰나, 등 뒤에서 발소리가 들렸다.

"정말 미안해요!" 안개 속에서 등장한 여자는 천천히 걸어오다 우리가 뒤를 돌아보자 그제야 서두르는 척 종종거리며 다가왔다. "진짜 미안해요!" 그녀가 반복했다. "내가 늦었죠. 여러분이 이렇게 딱 맞춰 올 줄 몰랐어요."

키가 작고 통통하게 살이 찐 동그란 얼굴의 중년 여성이 계단을 올라왔다. 아주 옅은 금발의 생머리를 깔끔하게 한껏 뒤로 넘겨 귀위쪽에다 핀으로 고정했다. 긴 검정 치마에 빳빳한 흰 셔츠, 양쪽에 축 늘어진 주머니가 달린 거대한 모직 카디건을 입고 한 손에 얇은 서류철을 들고 있었다.

"호프 부인?" 내가 말했다. "안녕하세요, 부인. 전 루시 칼라일이고, 이쪽은 앤서니 록우드입니다. 록우드 심령 회사에서 나왔어요. 부인께서 직접 연락을 주셨죠."

위에서 두 번째 계단에 멈춰 서서 우리를 살피는 여자의 휘둥그런 잿빛 눈동자에는 이런 순간이면 어김없이 등장하는 감정들 — 불신, 원망, 미심쩍음, 공포 — 그 모두가 담겨 있었다. 우리 일에는 기본으로 따라오는 것들이라 딱히 기분이 상하지는 않았다.

여자의 눈이 나와 록우드 사이를 바삐 오가며 단정한 옷차림과 꼼꼼히 빗질한 머리칼, 한껏 광을 내 허리춤에서 반짝이는 레이피어*, 묵직한 출장용 가방들을 살폈다. 그 시선이 우리 얼굴에 오래 머물렀다. 우리를 지나쳐가 자기 현관문으로 가려 하지도 않았다. 서류철을 들지 않은 손은 카디건 주머니 속에 처박혀 옷감을 아래로 잡아 늘이고 있었다.

"두 사람이 다예요?" 그녀가 마침내 입을 열었다.

"우리뿐입니다."

"둘 다 너무 어린데."

록우드가 특유의 미소를 점화했다. 그 온기가 저녁을 밝혔다. "그렇긴 하죠, 호프 부인. 아시겠지만 이쪽 일이란 게 워낙 이럴 수밖에 없어서요."

"사실 난 호프 부인이 아니에요." 록우드의 미소에 무의식적으로 소환된 힘없는 미소가 여자의 얼굴을 휙 스치고 사라지며 불안한 기색만을 남겼다. "난 딸인 수지 마틴이에요. 미안하지만 어머니는 오시지 않을 거예요."

"하지만 어머님과 만나기로 약속했는데요." 내가 말했다. "저택 내부를 안내해 주기로 하셨는데."

"알아요." 여자는 자신의 말쑥한 검은색 신발을 내려다봤다. "안 타깝게도 어머니는 이 집에 더는 발을 들일 생각이 없어요. 아버지의 죽음을 둘러싼 정황만으로도 충분히 끔찍한데, 최근에는 밤마다… 소란이 정말 끝도 없어서요. 지난밤은 너무 심했고, 어머니도 더는 못 참겠다고 하세요. 지금은 내 집에 와 계시고요. 이 집을 팔아야겠 는데 안전하게 정리하기 전엔 어림도 없을 터라…." 그녀의 눈이 살 짝 가늘어졌다. "그래서 여러분이 여기 와 있는 거죠…. 실례지만 감 독관이 있어야 하는 거 아닌가요? 어떤 조사든 성인 감독관이 늘 동 석한다고 생각했는데. 정확히 몇 살이에요?"

"나이는 먹을 만큼 먹었고 필요한 만큼 어리죠." 록우드가 미소를 지으며 말했다. "완벽한 나이입니다."

"엄밀히 말씀드리면요, 부인." 내가 덧붙였다. "법이 명시한 바에 따르면 성인 감독관 동반 의무는 훈련생 실습 시에만 적용됩니다. 일 부 대형 대행사*가 감독관을 상시 파견하는 건 사실이지만, 그건 자 체 방침일 뿐이죠. 우리 회사는 충분한 자격을 인정받은 독립 기업이 고 그 같은 방침은 필요치 않습니다."

"우리 경험상," 록우드가 상냥하게 말했다. "성인들은 일에 방해 만 될 뿐이라서요. 어쨌든 여기 면허증을 소지하고 있습니다. 혹 확 인하고 싶으시다면."

여자는 단정한 금발의 매끈한 표면을 손으로 쓸었다. "아뇨, 아 뇨…. 그럴 필요 없어요. 어머니가 여러분을 원한 이상, 다 괜찮겠죠 뭐…." 그녀의 목소리는 어중간하고 불확실했다. 짧은 정적이 이어 졌다.

"고맙습니다, 부인." 나는 조용히 기다리는 듯한 현관문을 돌아봤 다. "한 가지만 더 확인할게요. 집에 다른 누가 있나요? 아까 초인종

을 울렸을 때 뭔가….″

여자의 눈동자가 황급히 솟아올랐다가 내 눈과 마주쳤다. "아뇨, 그럴 리 없어요. 하나뿐인 열쇠가 나한테 있는걸요."

"그렇군요. 제가 착각했나 봐요."

"그럼, 이만 놓아드릴게요." 여자가 말했다. "어머니가 작성한 서류예요. 여러분이 전에 요청하셨던 거요." 그러면서 누런색 서류철을 내밀었다. "도움이 되면 좋겠다고 하셨어요."

"분명 그럴 겁니다." 록우드가 서류철을 받아 외투 안쪽 어딘가에 쑤셔 넣었다. "대단히 고맙습니다. 그럼 슬슬 시작하는 게 좋겠군요. 아침에 연락드리겠다고 어머니께 전해주세요."

여자는 고리에 달린 열쇠들을 록우드에게 건넸다. 도로 저편 어딘가에서 자동차 경적이 요란스레 울렸고, 그에 화답하듯 다른 경적이 이어졌다. 통행금지*시간까지는 아직 꽤나 여유가 있었지만, 밤이 내리면서 사람들이 안달하고 있었다. 다들 어서 집에 도착하고 싶어 했다. 이제 곧 런던 거리에서 움직이는 건 아무것도 없게 될 터였다. 기다랗게 끼는 안개와 비틀리는 달빛을 빼면. 아니, 아무것도 움직이지 않는 듯 보일 터였다, 성인들 눈에는.

수지 마틴도 이를 의식하고 있었다. 그녀는 어깨를 들먹이고 카디건을 바짝 여몄다. "그럼 난 가보는 게 좋겠어요. 행운을 빈다고 말하기는 해야겠는데…." 그녀는 눈길을 돌렸다. "어려도 너무 어려! 끔찍해 죽겠네. 세상이 어쩌다 이 지경이 됐는지."

"좋은 밤 되세요, 마틴 부인." 록우드가 말했다.

여자는 대답 없이 계단을 타닥타닥 내려가 몇 초도 안 돼 도로 방향의 안개와 월계수 틈으로 사라졌다.

"반응이 썩 좋진 않네." 내가 말했다. "아무래도 내일 아침이면 사건에서 손을 떼게 되지 싶다."

"그럼 오늘 밤에 끝을 보는 게 좋겠군." 록우드가 말했다. "준비됐어?"

나는 레이피어 칼자루를 토닥였다. "준비됐어."

그는 날 보고 씩 웃으며 현관문으로 다가가 마술사처럼 과장된 몸짓으로 잠금장치에 열쇠를 넣어 돌렸다.

방문자*가 점령한 집에 진입할 때는 일단 잽싸게 들어가는 게 상책이다. 이는 당신이 가장 먼저 배우는 규칙이다. 망설이지도, 문간에서 뭉그적거리지도 말라. 왜냐고? 그 짧은 몇 초 동안은 아직 늦지 않았으니까. 신선한 공기를 등지고 문간에 가만히 서서 눈앞의 어둠을 마주하고도 뒤돌아 도망치고 싶은 생각이 안 든다면 그게 오히려 어딘가 모자란 사람이니까. 게다가 그 존재를 알아채는 순간, 당신의 의지력은 신발 앞코로 몽땅 빠져나가고 가슴에 징글징글한 공포가 쌓이기 시작한다. 그리고 두둥, 그걸로 끝이다. 시작도 해보기 전에 굴복하고 마는 것이다. 록우드와 나 역시 이를 잘 알았고, 그래서 꾸물대지 않았다. 우리는 곧장 안으로 미끄러져 들어가 가방을 내려놓고 문을 부드럽게 닫았다. 그런 다음 등을 문에 기댄 채 꼼짝 않고 나란히 서서 보고 또 들었다.

호프 씨 부부가 얼마 전부터 들어와 살기 시작했다는 저택의 현관홀은 기다랗고 상대적으로 비좁았지만, 천장이 높은 탓에 꽤나 큼지막한 인상을 줬다. 사선으로 깔린 흑백의 대리석 타일들 끝에 엷은 색 벽지로 도배된 벽들이 서 있었다. 실내 중간쯤에서 가파른 계단 하나가 그림자들 속으로 솟아올랐다. 현관홀은 이 계단을 끼고 왼쪽으로 굽어진 뒤 공허한 어둠으로 이어졌다. 양옆으로 빠끔히 열린 채 어둠에 질식하고 있는 문들이 보였다.

우리가 실내등을 켰다면 이 모두가 근사하게 빛을 받을 수도 있었을 것이다. 바로 보이는 벽면에 전등 스위치도 있었다. 하지만 우리는 그걸 사용할 생각이 없었다. 그렇다. 당신이 배우는 두 번째 규칙은 이거다. 전기는 훼방꾼이다. 감각을 무디게 하고 우리를 약해빠진 멍청이로 만든다. 어둠 속에서 보고 듣는 게 훨씬 낫다. 그 정도의 공포심은 지니는 게 좋다.

우리는 입을 다물고 서서 각자의 역할을 했다. 나는 귀로 들었다. 록우드는 눈으로 봤다. 실내는 추웠다. 공기에서는 사랑받지 못하는 장소들이 풍기기 마련인 퀴퀴하고 경미한 쉰내가 났다.

나는 록우드에게 몸을 기울이고 속삭였다. "난방이 안 되네."

"음, 흠."

"하지만 난방만 문제인 건 아닌 것 같지?"

"음, 흠."

눈이 어둠에 적응하면서 더 속속들이 보이기 시작했다. 계단의 굽이진 난간 아래에 칠을 한 조그만 테이블이 있고, 그 위에는 포푸리 방향제가 든 그릇이 하나 놓여 있었다. 벽에는 액자들이 걸려 있었다. 대부분이 빛바랜 옛 뮤지컬 포스터, 완만한 구릉과 잔잔한 바다의 사진이었다. 모든 게 그다지 나쁘지 않았다. 솔직히 그 현관홀에 추접한 구석은 전혀 없었다. 밝은 햇빛 속에서는 상당히 쾌적해 보일 수도 있지 싶었다. 하지만 지금은 별로 그렇지 못했다. 현관문 유리로 길게 늘어져 들어오는 그날의 마지막 빛이 우리 앞쪽 바닥에 비스듬히 세워둔 관처럼 드리웠다. 우리의 그림자가 맞춤이라도 한 듯 그 관 속에 있었다. 바로 여기서 호프 씨가 사망했다는 사실에 마음이 무거웠다.

나는 심호흡하며 감정을 가라앉히고 소름 끼치는 생각들을 차단했다. 조롱하는 듯한 어둠에 맞서 두 눈을 감은 뒤 귀를 기울였다.

귀를 기울였다….

어떤 건물이든 복도와 층계참, 계단이 곧 동맥이고 기도다. 모든 게 흘러와 모이는 장소다. 여기서는 이곳저곳 퍼져 있는 방들에서 현재 진행 중인 일들의 메아리를 들을 수 있다. 이따금 다른 소음들, 엄밀히 말해 거기에 절대로 있어서는 안 될 소리들을 듣게 되기도 한다. 과거의 메아리, 숨겨진 것들의 메아리들을….

지금이 딱 그랬다.

나는 눈을 뜨고 가방을 집어 든 다음 계단을 향해 천천히 걸었다. 록우드는 어느새 난간 아래 조그만 테이블 옆에 가 있었다. 현관문으로 들어오는 빛에 그의 얼굴이 어슴푸레 빛났다. "뭐라도 좀 들었어?" 그가 물었다.

"응."

"뭔데?"

"조그맣게 두드리는 소리. 오락가락해. 엄청 희미하고, 어디서 들리는 건지 모르겠어. 하지만 곧 강해지겠지. 아직 날이 완전히 저물지 않았으니까. 넌 어때?"

록우드는 층계 밑을 가리켰다. "호프 씨한테 벌어진 일을 너도 기억하겠지, 물론?"

"계단에서 떨어져 목이 부러졌잖아."

"그렇지. 자, 여기에 절명광*의 잔여물이 어마어마해. 호프 씨가 사망한 지 석 달도 더 됐는데 여태껏 남아 있어. 선글라스를 챙겨 올걸 그랬어. 어쩌나 밝은지 말야. 그러니까 호프 부인이 조지랑 통화하면서 한 말이 맞는 셈이야. 남편이 발을 헛디뎌 계단에서 굴렀고 바닥에 세게 부딪혔다는." 록우드는 어둑어둑한 계단통을 힐끔 올려 다봤다. "길고 가파른 층계…. 끔찍한 일이지."

나는 몸을 한껏 숙이고 눈을 찡그려가며 어둠에 반쯤 잠긴 바닥을 살폈다. "그래, 타일이 깨진 모양새를 봐. 호프 씨는 추락 당시에 어마어마한 히…."

계단에서 날카로운 충돌음이 두 번 울렸다. 공기가 얼굴로 훅 난폭하게 끼쳐왔다. 미처 반응하기도 전에 뭔가 크고 말랑하고 끔찍스레 무거운 게 내가 선 바로 그 자리에 떨어졌다. 그 충격에 치아가 딱딱거렸다.

나는 펄쩍 뛰어 물러나며 벨트에서 검을 낚아챘다. 벽에 기대서서 무기를 올려 쥐고 몸을 떨었다. 심장이 가슴을 할퀴고, 동공은 미친 듯이 양옆을 살폈다.

아무것도 없었다. 계단은 텅 비어 있었다. 생명 없이 바닥에 대자로 뻗은 망가진 육신 같은 건 없었다.

록우드는 난간에 태연스레 기대어 있었다. 확신하기엔 너무 어두웠지만 맹세코 한쪽 눈썹을 추켜올리고 있었다. 아무 소리도 듣지 못한 것이다.

"괜찮아, 루시?"

나는 숨을 헐떡였다. "아니. 호프 씨가 바닥에 떨어진 순간의 메아리를 들었어. 엄청 요란하고 엄청 생생해. 그 사람이 내 위에 착지한 기분이랄까. 비웃지 마. 웃을 일 아냐."

"미안. 음, 오늘 밤에는 뭔가가 일찍부터 움직이네. 나중에 꽤 흥미진진하겠어. 지금 몇 시쯤 됐어?"

야광 시계 소지는 내가 적극 권장하는 세 번째 규칙이다. 기온의 급감이나 강력한 엑토플라즘* 충격을 견딜 수 있는 제품이면 더할 나

위 없다. "아직 5시도 안 됐어." 내가 말했다.

"좋아." 록우드의 치아가 내 시계만큼 끝내주게 야광은 아니라지만, 그가 싱긋 웃을 때면 둘은 우열을 가리기 힘들다. "차 한잔 마실 시간은 충분하네. 유령*은 그다음에 찾아보자고."

2

악령 사냥을 나갈 때는 단순한 것들이 가장 중요하다. 어둠 속에서 번쩍이는 레이피어의 은제 칼끝, 바닥에 뿌려둔 철가루, 통에 넣어 밀봉한 최상급 그리스의 불*, 물론 이건 최후의 수단으로 준비하는 것이고…. 그러나 갈색에 신선하고 무진장 많은 데다 (참고로 말하자면) 본드 거리의 '피트킨 브라더스'가 만든 티백이야말로 가장 간단하고도 최고의 장비다.

그래, 티백이 은제 칼끝이나 쇠사슬 방어진처럼 당신의 생명을 구하지는 못한다. 확 타오르는 화염 벽처럼 보호력을 가진 것도 아니다. 하지만 그에 못지않게 필수적인 역할을 수행한다. 티백은 당신이 제정신을 유지하게 해준다.

흉가에 앉아 암흑 속에서 기다리는 일은 결코 유쾌하지 않다. 사방에서 밤이 옥죄어 오고, 귓가에서 적막이 고동친다. 그리고 이내 조심하지 않으면 자기 정신의 산물이 보이거나 들리기 시작한다. 간단히 말해, 뭔가 한눈팔 거리가 필요하다는 얘기다.

록우드 심령 회사의 우리에게는 각자가 선호하는 딴짓이 있다. 나는 그림을 좀 그리고, 조지에게는 만화책이 있으며, 록우드는 가십성 잡지[*]를 읽는다. 하지만 차와 비스킷은 우리 모두가 좋아하고 호프네 저택에서의 그 밤도 예외는 아니었다.

우리는 그 계단 바로 뒤 현관홀 저쪽 끝에서 부엌을 찾아냈다. 깔끔하고 하얗고 현대적이었으며 현관홀에 비해 현저히 따뜻한, 충분히 근사한 공간이었다. 초자연적인 기미 같은 건 전혀 없었다. 사위가 조용했다. 내 귓가를 두드리던 소음이 여기서는 들리지 않았고, 계단에서 반복되던 끔찍한 쿵쿵거림도 더는 없었다.

내가 주전자를 맡는 사이, 록우드는 석유등에 불을 붙여 테이블에 올려뒀다. 그 불빛 속에서 우리는 검과 작업용 벨트를 바닥에 펼쳐놨다. 벨트에 달린 일곱 개의 고정쇠와 주머니들을 침묵 속에서 살폈다. 내용물을 체계적으로 점검하는 동안 주전자가 쌕쌕거리고 씩씩거렸다. 아까 사무실에서 모든 확인을 마쳤지만 기쁜 마음으로 한 번 더 확인했다. 지난주에 죽은 로트웰네 여자애도 마그네슘 화염[*]의 재고를 채우는 걸 깜빡했다가 당했다.

창밖을 보니 해가 넘어가고 없었다. 희미한 구름이 암청색 하늘의 목을 조르고 옅게 피어오른 안개가 정원을 집어삼켰다. 시커먼 울타리 너머 다른 집들에서 불빛이 반짝였다. 그들은 가까운 동시에 멀었고 망망대해를 횡단하는 선박들처럼 우리와 단절돼 있었다.

우리는 벨트를 다시 차고 검을 고정하는 접착식 줄을 점검했다. 나는 준비가 끝난 차를 테이블로 가져갔다. 록우드는 비스킷을 찾아내놨다. 함께 앉은 우리 곁에서 석유등이 깜빡이고 방의 구석진 곳들에서 그림자가 춤췄다.

이윽고 록우드가 외투 옷깃을 있는 대로 끌어 올렸다. "호프 부인

---

[*] 유명 인사들의 뒷얘기나 뜬소문 등을 싣는 잡지.

이 무슨 변명을 늘어놓았는지 볼까." 그는 테이블 위 서류철로 길고 야윈 손을 뻗었다. 앞으로 흘러내린 머리칼에서 석유등 불빛이 어둡게 깜빡였다.

그가 서류를 읽는 사이, 나는 벨트에 달아둔 온도계를 확인했다. 15도. 따뜻하지는 않지만 난방이 안 된 집에서 이맘때쯤에 기대할 정도는 되지 싶었다. 나는 주머니에서 수첩을 꺼내 측정 위치와 온도를 적었다. 아까 현관홀에서 경험한 청각* 현상도 세세히 기록했다.

록우드가 서류철을 옆으로 던졌다. "음, 아주 큰 도움이 되네."

"진짜?"

"아니. 반어법이야. 잠깐, 비꼬는 건가? 이 둘은 맨날 헷갈린다니까."

"머릴 더 써야 나오는 게 반어법이야. 그러니까 넌 비꼰 거고. 부인이 뭐라는데?"

"쓸모 있는 게 하나도 없어. 라틴어로 써놨어도 이거보다는 유용했겠다. 요약하면 이래. 호프 부부는 여기서 이 년을 보냈어. 그 전에는 저 아래 켄트 어딘가에 살았었대. 그 시절에 자기들이 얼마나 행복했었는지 쓸데없이 자세하게 참 많이도 썼더라. 통행금지는 좀처럼 없었고 항마등*도 거의 켜지 않았다, 저녁 늦게 산책을 다닐 수 있었고, 그래 봐야 길에서 마주치는 건 살아 있는 이웃이 전부였다, 이런 얘기들인데. 전혀 믿음이 안 가. 조지에 따르면, 켄트는 런던 다음으로 손꼽히는 대유행 지역이야."

나는 차를 홀짝거렸다. "내 생각에는 거기가 난제*의 발생지야."

"그렇다고들 하지. 어쨌든 그런 상황에서 호프 부부는 여기로 이사했어. 다 괜찮았대. 집에는 아무 문제도 없었지. 어떤 현현*도 없었고. 그러다 남편이 직업을 바꾸고 집에서 일하기 시작했어. 그게 여섯 달 전의 일이야. 그때까지도 괴상한 낌새는 전혀 없었고. 근데 남편이 계단에서 굴러 사망한 거지."

"잠깐," 내가 물었다. "어쩌다 구르게 된 건데?"

"발을 헛디뎠어, 겉보기에는."

"내 말은, 그때 혼자였대?"

"호프 부인의 말대로라면, 혼자였대. 부인은 자고 있었어. 한밤중에 벌어진 일이니까. 사망하기 수주일 전부터 남편의 정신이 다소 산란한 상태였대. 잠을 통 못 잤다나. 부인은 호프 씨가 잠에서 깨 목을 축이러 가던 길이었다고 보고 있어."

나는 애매한 태도로 앓는 소리를 냈다. "그으으렇군…."

록우드가 흘끗 쳐다봤다. "부인이 남편을 밀었다고 생각해?"

"꼭 그런 건 아닌데. 혹 그랬다면 이 출몰*의 동기가 밝혀지는 셈이잖아. 아냐? 남편 유령이 부인한테 들러붙는 경우는 흔하지 않아, 그럴 이유가 딱히 없이는. 부인이 우리와 말하고 싶지 않다니 아깝게 됐어. 내가 감별을 좀 해봤으면 좋았을 텐데."

"글쎄, 겉만 봐선 모르는 법이니까." 록우드가 좁은 어깨를 으쓱했다. "내가 그 악명 높은 '바삭바삭 해리' 만난 얘기를 했던가? 얼굴이 귀여운 남자였어. 그랬지. 부드러운 목소리에, 반짝이는 눈에. 붙임성도 좋고 말솜씨도 정말로 그럴싸했지. 실제로 내가 10파운드를 빌려주게 만들었다니까. 그랬는데 알고 보니 최고로 끔찍한 살인마였고, 무슨 짓을 가장 즐겼냐면…."

나는 한 손을 들었다. "그 얘기 벌써 했거든. 대략 백만 번 정도."

"오. 뭐, 핵심은 호프 씨가 되돌아온 게 앙갚음과는 무관할 가능성이 얼마든지 있다는 거야. 미처 못 끝낸 일이라든가, 아내한테 말 못한 유언, 혹은 침대 밑에 숨겨둔 돈다발 같은 것들…."

"그래, 그럴 수도. 그럼 그 소란들은 호프 씨가 죽은 직후에 시작됐대?"

"한두 주쯤 뒤에. 그 당시에 호프 부인은 다른 곳에서 지내고 있었어. 집에 돌아왔다가 어떤 반갑잖은 존재를 의식하기 시작한 거지." 록우드는 서류철을 톡톡 쳤다. "그게 뭐든 간에, 여기에다 일일이 묘사하진 않았어. 부인 말로는 우리 쪽 '접수 담당자'한테 전화로 자세한 내용을 전부 얘기했다는데."

나는 씩 웃었다. "접수 담당자? 조지가 들으면 싫어하겠네. 자, 나한테 녀석의 메모들이 있는데 들어볼래 어쩔래."

"읽어봐, 그럼." 록우드는 기대된다는 듯 의자 등받이에 몸을 기댔다. "호프 부인은 뭘 본 거야?"

나는 재킷 주머니에 넣어 온 조지의 메모들을 꺼내 펼친 뒤 무릎에 대고 주름을 폈다. 얼른 훑어보고 목청을 가다듬었다. "들을 준비됐어?"

"응."

"'움직이는 형상'" 나는 위풍당당한 몸짓으로 종이들을 다시 접어치웠다.

록우드의 눈이 분노로 깜빡였다. "움직이는 형상? 끝이야? 더 자세한 거 없어? 왜 이래. 컸대, 작았대, 검었대, 환했대, 뭔데?"

"보자, 적힌 말을 인용하면, '뒤편 침실에서 움직이는 형상이 나타나 층계참 건너까지 내 뒤를 따라왔다.' 그대로 옮긴 거야. 호프 부인이 조지한테 그렇게 말했대."

록우드는 허무함 퇴치용 비스킷을 차에 담갔다. "역대 최고의 묘사라고는 못 하겠네. 그러니까, 너도 그 말을 듣고 뭘 그려보고픈 마음은 안 들 거잖아. 그치?"

"그렇지. 하지만 호프 부인은 성인이잖아. 뭘 기대하는데? 쓸 만한 묘사가 나올 리 없지. 차라리 부인이 느꼈던 감각을 설명한 부분에서 건질 게 더 많아. 뭔가가 부인을 찾는 듯한 기분이 들었대. 부인이 거기 있는 걸 아는데 발견하지는 못하는 듯한. 부인은 그게 자신을 찾아낸다는 생각을 도저히 견딜 수 없었고."

"뭐," 록우드가 말했다. "그건 그나마 좀 낫네. 부인은 '목적'을 감지한 거야. 2급령*이라는 소리지. 하지만 고인이 되신 호프 씨가 뭘 할 작정이든, 오늘 밤에는 이 집에서 혼자만 움직이는 게 아니지. 우리가 있으니까. 자…, 어쩔래? 한번 돌아볼까?"

나는 차를 쭉 들이켠 뒤 컵을 테이블에 조심스레 내려놨다. "아주 좋은 생각이야."

우리는 한 시간여를 들여 아래층을 둘러봤다. 손전등을 잠깐씩 켜가며 각 방 내부를 살폈지만, 그럴 때를 제외하면 칠흑 같은 어둠 속에서 움직였다. 석유등은 켠 채로 양초, 성냥, 여분의 손전등과 함께 부엌에 남겨뒀다. 유사시에 도피할 장소에다 불을 환히 밝혀두는 게 좋다. 방문자에게 조명 교란 능력이 있을 경우에 대비해서 여러 종류의 조명을 준비해 두는 것도 늘 권장할 만하다.

집 뒤편 부엌과 식사 공간은 모든 게 깔끔했다. 서글프고 퀴퀴하고 꽤나 침울한 게 중단돼 버린 인생들 특유의 분위기를 풍겼다. 둘둘 말린 채 식탁에 단정히 쌓인 신문 뭉치들. 컴컴한 부엌 쟁반 위에서 조용히 싹을 틔운 쭈글쭈글한 양파들. 하지만 그 어디에서도 록우드는 시각적 흔적을 찾아내지 못했고, 나는 아무 소리도 듣지 못했다. 집에 막 들어왔을 때 감지되던 여린 노크 소리는 잦아든 듯했다.

현관홀로 되돌아가는데 록우드가 가볍게 몸서리치고, 내 팔에 소름이 쫙 돋았다. 공기가 눈에 띄게 냉랭해져 있었다. 온도계를 확인했다. 9도였다.

건물 전면부에는 현관홀을 중심으로 양옆에 네모난 방이 하나씩 붙어 있었다. 그중 하나에 TV세트와 소파, 안락의자 두 개가 놓여 있었다. 이곳은 부엌과 비교하면 더 따뜻한 축에 속했다. 어쨌든 눈과 귀를 동원해 보고 들었지만 아무것도 발견하지 못했다. 반대편 방은 평범한 의자와 수납장으로 꾸민 정식 응접실로, 뒷벽에는 철망을 덧댄 커다란 창문들과 거대한 양치식물을 심은 테라코타 화분이 세 개 있었다.

여기는 약간 쌀쌀했다. 온도계의 야광 문자반에 표시된 숫자는 12였다. 부엌보다 추웠다. 전혀 대수롭지 않은 일일 수도, 무척 대수로운 일일 수도 있었다. 나는 눈을 감고 마음을 가라앉힌 뒤 들을 준비를 했다.

"루시, 여기!" 록우드가 낮은 목소리를 내질렀다. "호프 씨야!"

심장이 철렁했다. 나는 몸을 빙글 돌렸다. 검을 반쯤 뽑았다…가 구부정한 자세로 태연스레 서 있는 록우드만 발견했다. 그는 보조 테이블에 놓인 사진을 들여다보고 있었다. 그의 손전등 불빛이 사진을 비췄다. 금빛으로 둥실거리는 조그만 원 속에 이미지 하나가 보였다. "호프 부인도 있네." 그가 덧붙였다.

"이런 멍청이가!" 나는 식식거렸다. "내가 널 찔러 죽였을 수도 있어."

그는 키득거렸다. "오, 심통 좀 어지간히 부려. 한번 봐. 어떤 것 같아?"

백발의 커플이 정원에 서 있었다. 여자, 그러니까 호프 부인은 아까 밖에서 만난 딸의 더 늙고 더 행복한 버전이었다. 얼굴이 동그랗고 옷차림은 단정했으며, 환하게 웃고 있었다. 그녀의 머리가 옆에

선 남자의 가슴께에 닿아 있었다. 장신의 남자는 대머리에, 처지고 굽은 어깨와 크고 거추장스럽다 할 만한 팔뚝을 가졌다. 그 역시 활짝 웃고 있었다. 두 사람은 손을 잡은 채였다.

"나름 화목하네. 안 그래?" 록우드가 말했다.

나는 꺼림칙하게 고개를 끄덕였다. "하지만 2급령이 된 이유가 있기는 하겠지. 조지 가라사대 2급령은 늘 누군가가 누군가한테 무슨 짓인가를 했다는 뜻이잖아."

"맞아. 하지만 조지는 마음씨가 고약하고 오싹하고 옹졸하지. 그러고 보니 생각나네. 전화기를 찾아서 조지한테 연락해야 해. 식탁에 메모를 남겨두긴 했는데, 그렇대도 우릴 걱정하고 있을 거야. 일단 조사부터 끝내자."

록우드는 그 조그만 거실에서 절명광을 하나도 찾아내지 못했고, 나는 아무것도 듣지 못했다. 그렇게 1층 수색이 끝났다. 결과는 앞서 짐작한 것과 같았다. 우리가 찾는 건 위층에 있었다.

아니나 다를까, 계단 맨 밑 디딤널에 발을 올리자마자 두드리는 소리가 다시 시작됐다. 처음에는 전과 다를 바 없이 경미한, 조그맣게 톡톡톡 울리는 듯한 소리였다. 회반죽 위를 손톱으로 타닥대거나 나무에 못을 박는 소리 같았다. 하지만 한 계단 오를 때마다 메아리가 약간씩 커지고, 내 귓속에서 지속되는 시간도 조금씩 늘었다. 나는 이 사실을 록우드에게 알렸다. 그는 무형의 그림자처럼 내 뒤를 따르고 있었다.

"점점 쌀쌀해지기도 하고." 그가 말했다.

그랬다. 한 계단 오를 때마다 기온이 떨어지고 있었다. 9도에서 7도로, 그리고 여기, 층계 중간쯤 되는 지점은 6도였다. 나는 멈춰 섰다. 손가락을 더듬거려 찾아낸 외투 지퍼를 당겨 올리며 저 위의 어둠을 물끄러미 올려다봤다. 계단통은 협소했고, 내 위쪽으로는 빛이 전혀 없었다. 저택 상층부는 그림자 덩어리였다. 나는 손전등을 켜고 싶은 강렬한 욕망을 느꼈지만 그 충동에 저항했다. 불을 켰다가는 정작 봐야 할 것을 못 보게 될 터였다. 레이피어 칼자루에 손을 올리고 천천히 계단을 올랐다. 톡톡톡 소리가 그 어느 때보다도 크게 들리고, 냉기가 살갗을 물어뜯었다.

나는 계속 올라갔다. 톡톡톡 소리도 커지고 커졌다. 이제는 광적으로 긁어대며 두들기는 소리로 변해 있었다. 야광 문자반의 수치는 낮아지고 또 낮아졌다. 6도에서 5도, 그리고 마침내 4도.

칠흑 같은 층계참은 형체 없는 공간이었다. 왼쪽으로는 내 머리 높이쯤에 2층 복도의 흰색 보호난간이 있었는데, 꼭 한 줄로 박혀 있는 거인의 치아 같았다.

나는 마지막 디딤널에 도달했고, 층계참으로 발을 내밀었다….

두드리는 소리가 뚝 끊겼다.

야광 문자반을 다시 확인했다. 4도였다. 부엌보다 11도가 낮았다. 숨결이 허공에서 입김으로 변했다.

우리는 아주 근접했다.

록우드가 날 지나쳤다. 손전등을 휘휘 움직이며 간이 정찰을 실시했다. 벽지에 덮인 벽, 굳게 닫힌 문, 죽음 같은 고요. 묵직한 액자에 든 자수 한 점. 색은 바래고, 글귀는 유치했다. '즐거운 나의 집'. 집들이 즐겁고 안전했던 시절은 이미 수년 전에 끝장났다. 아이들의 침대 위에 철제 부적을 걸어두는 부모 따위 없던 시절은. 난제가 덮쳐오기 전의 세상은.

층계참은 L자 모양이었다. 우리가 서 있는 곳은 그 일부인 조그만 사각형 공간으로, 몸을 돌리면 계단과 평행선을 그리며 길게 뻗은 2층 복도가 나왔다. 나무 바닥재에서 광택이 났다. 복도는 다섯 개의 문이 나 있었다. 우리 오른쪽에 하나, 정면에 하나, 기다란 복도를 따라 띄엄띄엄 세 개가 더 있었다. 문은 전부 닫혀 있었다. 록우드와 나는 조용히 서서 눈과 귀를 동원했다.

"없어." 내가 마침내 입을 열었다. "꼭대기에 도달하던 순간에 두드리는 소리가 멈췄어."

록우드는 잠시 뜸을 들였다. "절명광도 없어." 그가 말했다. 그 목소리에 깃든 무기력함으로 나는 알았다. 록우드 역시 느끼고 있었다. 권태*, 이상한 나른함, 근육을 무섭게 내리누르는 힘. 이 모두는 방문자가 근처에 있을 때 발생하는 현상이다. 록우드가 옅은 한숨을 내쉬었다. "자, 숙녀분 먼저. 루시, 하나 골라봐."

"난 됐어. 저번 보육원 출장 때 내가 문을 골랐다가 무슨 꼴이 났는지 알잖아."

"결국에는 다 잘됐잖아. 아냐?"

"그야 내가 잽싸게 피한 덕분이지. 좋아, 이걸로 하자. 하지만 너부터 들어가는 거야."

내가 고른 건 가장 가까이에 있는 오른쪽 문이었다. 열고 보니 최근에 가구를 새로 짜넣은 욕실이었다. 손전등이 쓸고 지나는 자리마다 현대식 타일이 반짝 빛났다. 커다란 흰색 욕조와 세면대, 변기가 하나씩 있고 아련하니 재스민 비누 향이 났다. 온도는 층계참과 같았지만 우리 둘 다 여기서는 주목할 만한 흔적을 찾지 못했다.

록우드는 그 옆의 문을 선택했다. 문을 열자 서재로 개조된 커다란 뒷방 하나 나왔는데, 런던을 통틀어 지저분하기로는 둘째가라면 서러울 듯했다. 손전등을 비추자 커튼이 내려진 창문 아래로 육중한 목제 책상이 모습을 드러냈다. 책상은 종이 무더기에 뒤덮여 제대로 보이지도 않을 지경이었고, 방 전체에도 엉망으로 쌓인 문서 더미들이 뒤죽박죽돼 있었다. 저 멀리 보이는 측벽의 4분의 3을 차지하며 일렬로 늘어선 검은 책장들은 혼돈 그 자체였다. 벽장들, 책상 옆에 놓인 낡은 가죽 의자 하나. 방에서는 희미하게 남성적 냄새가 났다. 면도 뒤에 바르는 로션과 위스키, 하물며 담배 맛까지 느껴졌다.

이제 매섭게 추웠다. 벨트에 달린 온도계의 문자반이 2도를 가리키고 있었다.

나는 종이 무더기들을 조심스레 돌아 커튼을 열어젖혔다. 그 통에 먼지가 마구 흩날리며 기침이 났다. 정원 저편의 가옥들이 내뿜는 희미한 백색광이 서재 안으로 밀려들었다.

록우드는 목제 바닥 위에 깔린 낡고 해진 양탄자를 살피며 신발 앞코로 이리저리 밀어보고 있었다. "오랫동안 눌린 자국이야." 그가 말했다. "호프 씨가 넘겨받기 전에는 이 자리에 침대가 있었어…." 그는 어깨를 으쓱하고 주변을 둘러봤다. "호프 씨는 이 서류들을 정리하러 돌아온 걸지도."

"여기야." 내가 말했다. "여기에 출처*가 있어. 기온을 봐. 그리고 몸이 뻐근하다 못해 아예 감각이 없는 것 같지 않아?"

록우드는 고개를 끄덕였다. "추가로, 여기는 호프 부인이 그 유명한 '움직이는 형상'을 목격한 곳이기도 하지."

문 하나가 요란스런 쾅 소리와 함께 닫혔다. 아래층 어딘가였다. 우리 둘 다 펄쩍 뛰었다. "네 말이 맞는 것 같아." 록우드가 말했다. "이 방이 거기야. 여기다 방어진을 쳐야겠어."

"철가루, 아님 쇠사슬?"

"아, 철가루. 철가루로 될 거야."

"확실해? 아직 9시도 안 됐는데 상대는 벌써부터 막강한걸."

"그렇게까지 막강하진 않아. 게다가 호프 씨가 원하는 게 뭐든, 갑작스레 악의적으로 변했을 리 없어. 철가루면 충분하고도 남아." 그가 머뭇거렸다. "그리고…."

나는 그를 쳐다봤다. "그리고 뭐?"

"쇠사슬 챙기는 걸 깜빡했거든. 날 그런 눈으로 보지 마. 넌 가만 보면 눈을 참 희한하게 써먹더라."

"쇠사슬 챙기는 걸 깜빡했다고? 록우드…."

"조지가 기름칠을 한다고 꺼내 갔는데, 다시 넣어뒀는지는 확인을 안 했거든. 그러니까 조지의 잘못인 셈이지, 엄밀히는. 들어봐, 그렇대도 상관없어. 이런 일에는 쇠사슬이 필요 없으니까. 그렇잖아? 방어진은 철가루로 그려. 그사이 난 다른 곳들을 둘러볼게. 그런 다음 이 방에 집중하자."

나는 할 말이 많고 많았지만 지금은 때가 아니었다. 깊은숨을 들이마셨다. "글쎄, 사고나 치지 마." 내가 말했다. "저번에도 업무 중에 싸돌아다니다가 잘못해서 화장실에 갇혔잖아."

"유령이 가둔 거라니까. 입이 닳도록 말을 해도 그러네."

"그야 네 주장일 뿐. 그렇다는 증거가 눈곱만큼도 없…."

그는 벌써 가버리고 없었다.

내 임무를 완수하기까지는 그리 긴 시간이 걸리지 않았다. 나는 먼지에 뒤덮인 누런 종이 무더기 몇 개를 낑낑대며 가장자리로 밀어내고 방 가운데에 공간을 만들었다. 그런 다음 양탄자를 한쪽으로 걷고 철가루로 원을 그렸다. 원의 반경은 합리적인 선에서 최소한으로 줄였다. 철가루를 아끼기 위해서였다. 이게 우리의 일차적인 피신처로 유사시에 퇴로가 돼주겠지만, 우리가 발견하는 존재가 무엇이냐에 따라 다른 방어진들이 더 필요할 수도 있었다.

　나는 층계참으로 나갔다. "아래층에 철가루 가지러 간다."

　근처 침실에서 록우드의 목소리가 메아리쳤다. "좋아. 가는 김에 물도 좀 끓여줄래?"

　"응." 나는 계단을 향해 가며 열려 있는 욕실 문을 힐끔거렸다. 난간에 두 손을 올렸는데 너무 차가워 얼어버릴 것만 같았다. 계단 꼭대기에서 머뭇대며 귀를 쫑긋 세웠다. 그런 다음 희박한 빛에 흐릿하기만 한 현관홀을 향해 발을 옮기기 시작했다. 계단을 몇 개쯤 내려갔을 때 뒤에서 후다닥 움직이는 소리가 난 듯했지만, 몸을 돌렸을 때는 아무것도 없었다. 칼자루에 손을 올린 채 계단 밑에 도달해서는 현관홀을 따라 걸었다. 마침내 도착한 부엌의 열린 문틈에서 조명이 따뜻하게 빛났다. 사방이 어둑했던 터라 석유등 불빛에 눈을 찡그리며 안으로 들어갔다. 나는 사기 충전용 비스킷을 하나 챙겨 먹고 머그컵들을 물에 헹군 다음, 주전자를 불에 올렸다. 더플백 두 개를 집어 들고 약간 애를 먹으며 부엌문을 발로 밀어 열었다. 현관홀로 되돌아왔을 때는—부엌이 밝았던 탓에—아까보다 더 컴컴하게 느껴졌다. 집 안에는 소리가 전혀 없었다. 록우드의 소리도 들리지 않았다. 남은 방들을 훑고 있지 싶었다. 나는 천천히 계단을 올랐다. 시원함에서 냉기로, 그보다 더한 냉기로 옮겨갔다. 무거운 가방을 양손에 어정쩡하게 들고.

　층계참에 도착해 옅은 한숨과 함께 끙끙거리며 가방을 내려놨다. 록우드를 부르려고 고개를 들었을 때, 거기 서 있는 소녀를 봤다.

3

나는 얼어붙었다. 심장박동이 간격을 좁혀 한바탕 몰아치는 동안, 근육 하나 꼼짝할 수 없었다. 이 같은 반응은 물론 단순한 충격의 여파이기도 하지만, 그보다 훨씬 많은 게 얽힌 결과다. 냉랭한 무게가 가슴을 묘비처럼 짓눌렀다. 팔다리가 진흙에 파묻힌 듯했다. 얼음장 같은 무기력함이 뇌의 뿌리들 사이를 기어다녔다. 정신은 멍해지고 신체의 기능은 둔해졌다. 몸을 움직일 힘이 다시는 생기지 않을 것 같았다. 날 잠식한 그 감정은 어쩌면 체념이었을 것이다. 그 실체를 제대로 살필 기운조차 없었지만. 아무것도 중요하지 않았다. 그중에서도 내 자신이 특히 무의미했다. 고요와 적막, 완전한 정지만이 내가 갈망할 수 있는 전부였다. 내게 걸맞은 전부였다.

다시 말해 나는 유령굴레*에 붙들려 있었다. 유령굴레는 2급령들이 당신에게 힘을 행사하기로 마음먹을 때 동반되는 현상이다.

일반인 같으면 어찌할 방도를 모른 채 서서 방문자에게 마냥 휘둘리고 말았겠지. 하지만 나는 조사관이다. 이런 정도는 전에도 겪어봤다. 그래서 꽁꽁 얼어붙은 공기에서 야만적이고도 고통스러운 들숨을 짜내고 머릿속 안개를 떨쳐냈다. 살기 위해 스스로를 강제했다. 그리고 내 두 손이 서서히 벨트의 무기들을 향해 움직이기 시작했다.

소녀는 서재로 개조한 뒷방 바닥을 절반쯤 가로지른 위치에 서 있었다. 나와 일직선상이었다. 열려 있는 출입문이 소녀를 액자처럼 두르고 있었다. 모습이 상당히 희미했지만 나는 봤다. 소녀는 둘둘 말아놓은 양탄자 위에, 아니, 더 정확히는 그 속에 맨발로 서 있었다. 바다에서 첨벙거리기라도 하듯 양탄자에 발목을 담그고 있었다. 위에는 어여쁜 여름용 프린트 원피스를 입었다. 무릎까지 오는 길이에 크고 다소 요란하다 싶은 주황색 해바라기가 찍힌 옷이었다. 현대적인 디자인은 아니었다. 원피스와 팔다리, 긴 금발 전체가 어둑하고 흐릿한 다른빛*으로 반짝였다. 멀리 있는 뭔가의 빛을 받고 있는 양. 소녀의 얼굴로 말할 것 같으면….

소녀의 얼굴은 입체감이 느껴지는 쐐기 모양의 어둠 그 자체였다. 거기에는 빛이 전혀 닿지 않았다.

분간이 어려웠지만 열여덟 살쯤 됐지 싶었다. 나보다 손위이기는 해도 나이 차가 그리 크지는 않다, 그런 생각을 하며 나는 잠시 서 있었다. 얼굴 모를 소녀에게 두 눈을 붙들린 채로. 두 손은 조금씩 힘겹게 벨트를 향해 가면서.

그러다가 문득 이 집에 나만 있는 게 아니라는 사실이 떠올랐다.

"록우드," 내가 외쳤다. "오, 록우드…." 최대한 가볍게 뱉었다. 방문자와 엮인 상태에서 두려운 기색은 내보이지 않는 게 상책이다. 두려움, 분노, 강렬한 감정이라면 무엇이든. 너무 쉽게 놈들의 양분이 된다. 놈들을 더 빠르고 더 공격적으로 만든다. 아무 대답도 돌아오지 않아 목청을 가다듬고 다시 불렀다. "오, 록우드…!" 내 목소리에는 명랑한 가락이 섞여 있었다. 조그만 아기나 품에 쏙 들어오는 애완동물에게 말하듯. 실은 그게 문제였는지도 모른다. 록우드가 빌어먹게 대답을 안 하는 것도.

나는 고개를 돌리고 좀 더 큰 소리로 외쳤다. "오, 록우드, 제발 이리로 좀 와줄래…."

그의 목소리가 웅웅거리며 층계참을 거슬러왔다. "잠깐만, 루스. 내가 뭘 좀 찾아낸 것 같거든…."

"아유 좋아라! 나도 그렇거든…."

다시 고개를 돌렸을 때, 소녀는 더 가까워져 있었다. 이제 층계참으로 나오려는 중이었다. 얼굴은 여전히 그림자에 잠겼지만, 몸을 감싸고 회전하는 다른빛의 줄기들은 전보다 밝았다. 그녀의 앙상한 두 손목이 몸통에 딱 붙어 있고 손가락은 낚싯바늘처럼 갈퀴졌다. 맨살을 드러낸 다리가 몹시도 가늘었다.

"원하는 게 뭐야?" 내가 물었다.

그리고 귀를 기울였다. 거미 다리가 닿을 때의 감촉처럼 스멀거리는 단어들이 귓가를 스쳤다. "추워."

단편들이다. 그 이상을 얻는 경우는 좀처럼 없다. 소녀의 조그만 목소리는 아주 먼 거리에서 발화된 속삭임이었지만, 그와 동시에 불편할 정도로 가까웠다. 내게는 록우드의 대답보다 훨씬 가까운 곳에서 들리는 듯했다.

"오, 록우드!" 내가 다시 달콤하게 속삭였다. "위급 상황이거든요…."

이게 말이 되나? 나는 그의 대답에서 짜증의 기미를 감지했다. "잠깐만 기다리라고, 루시. 여기 뭔가 흥미로운 게 있다니까. 절명광을 하나 발견했는데 정말, 정말 희미해. 이 앞쪽 침실에서도 뭔가 고약한 일이 있었던 거야! 하마터면 놓치고 지나갔을지 모를 정도로 흐릿하니까, 분명 한참 전에 벌어진 일이야. 근데 있잖아, 그때 엄청난 충격이 유발됐던 것 같아…. 그러니까—그냥 이론일 뿐이야. 지금은 이 생각 저 생각 다 해보는 단계니까—이 집에서 두 건의 변사 사건이 발생했을 가능성이 있다는 거지…. 네 생각은 어때?"

나는 허탈하게 킥킥거렸다. "그 이론에 내가 도움이 될 수도 있겠다고 해둘게." 노래하듯 덧붙였다. "네가 여기로 와주기만 하면."

"여기서 문제는," 그가 계속했다. "이 첫 번째 죽음과 호프 가족이 무슨 상관인지 모르겠다는 거야. 호프 씨 부부는 여기서 고작 이 년을 살았을 뿐이잖아. 아냐? 그러니까 우리가 경험하는 소란들은 아마도…."

"… 호프 씨의 소행이 아니라고?" 내가 빽 소리쳤다. "그래, 장하다! 아니야!"

짧은 정적. 마침내 그가 신경을 쓰기 시작했다. "뭐?"

"그러니까, 남편이 아니라고, 록우드! 당장 튀어와!"

당신도 눈치챘는지 모르겠지만, 나는 명랑함을 유지하려던 노력을 아주 조금 저버렸다. 서재의 그것이 내 불안을 알아채고는 어느새 문을 통과하고 있어서였다. 가늘고 창백한 발의 기다란 발톱들이 갈퀴처럼 말려 있었다.

내 두 손은 이미 작업 벨트에 가 있었다. 한 손은 칼자루를 쥐었고, 다른 손은 그리스의 불이 든 산탄통 근처에 대기했다. 거주 구역에서는 사실 마그네슘 화염을 사용하면 안 된다. 당연한 얘기다. 하지만 나는 괜한 위험을 무릅쓸 생각이 없었다. 내 손끝은 차가운 동시에 땀으로 축축했다. 손이 산탄통에서 자꾸만 미끄러졌다.

왼쪽에서 움직임이 느껴졌다. 곁눈질하니 록우드가 층계참으로 나오고 있었다. 그 역시 죽은 듯 멈춰 섰다. "아." 그가 말했다.

나는 암울하게 고개를 끄덕였다. "그래. 그리고 다음부턴 작전 중에 내가 부르면 제발 좀 들어. 눈썹이 휘날리게 튀어오란 말야."

"미안. 하지만 나름 잘 대처하고 있구먼, 뭘. 저 여자가 말은 했고?"

"그래."

"뭐랬는데?"

"뭐랬느냐면, 춥대."

"그거 우리가 해결해 줄 수 있다고 전해. 아니, 쓸데없이 무기는 만지작거리지 마. 그래 봐야 상황만 더 악화될 거야." 소녀는 층계참을 가로질러 조금 더 가까이 와 있었다. 나는 반사적으로 검을 뽑기 시작했다. "우리가 해결할 수 있다고 전해." 록우드가 다시 말했다. "당신이 잃어버린 게 뭐든 우리가 찾아주겠다고 해줘."

나는 그렇게 했다. 내가 쥐어짜 낼 수 있는 가장 차분한 목소리로. 별 효과는 없었다. 형상은 쪼그라들지도 변하지도 않았고, 증기가 되지도 떠나가지도 않았다. 우리가 해방의 희망을 줬을 때 그들이 취할 행동이라고 『피츠 지침서』*가 주장하는 어떤 일도 일어나지 않았다.

"추워." 조그만 목소리가 말했다. 이윽고 다시, 더 큰 소리로, "잃었고 추워."

"뭐라는데?" 록우드도 존재는 감지했지만 소리를 듣지는 못했다.

"아까랑 똑같아. 근데 중요한 건 록우드, 이번에는 여자애가 말하는 것 같지가 않았어. 목소리가 무진장 굵고 낮아. 무덤처럼 울리고."

"좋은 징조는 아닌 거지. 그치?"

"그치. 아무래도 신호로 봐야 할 것 같아." 내가 검을 뽑았다. 록우드도 똑같이 했다. 우리는 침묵하며 형상을 마주 봤다. 선제공격은 금물이다. 무조건 기다린다. 상대의 의도를 끄집어낸다. 상대가 뭘 하는지, 어디로 가는지 살핀다. 행동의 패턴을 파악한다. 소녀는 이제 너무도 가까워서 목둘레를 비질하는 긴 금발의 질감이 느껴질 정도였다. 피부의 점과 잡티들도 고스란히 보였다. 시각적 메아리가 이토록 강렬할 수 있다는 게 나는 늘 놀라웠다. 조지는 그걸 '존재하려는 의지,' 자신의 생전 모습을 잃지 않으려는 고집이라 불렀다. 물론 저들 모두가 이런 식으로 나타나는 건 아니다. 옛 시절의 성격, 정확히 어떤 사건으로 자신의 삶을 마감하게 됐는지도 저들의 형상을 좌우한다.

우리는 기다렸다. "넌 저 애 얼굴이 보여?" 내가 물었다. 록우드의 시각*은 나보다 낫다.

"아니. 가려져 있어. 근데 다른 부분이 정말 밝아. 내 생각에는 저게⋯."

그가 멈췄다. 내가 손을 들어 보인 터였다. 이번에 들려온 목소리는 공기 중의 진동이라고 부르기에도 무색한 수준이었다. "추워." 그것이 속삭였다. "잃었고 추워. 잃었고 추워⋯. 게다가 죽었지!"

소녀 주변에서 어른거리는 빛줄기들이 확 밝고 황량하게 타오르더니 그 순간 얼굴의 검은 베일이 들렸다. 나는 비명을 질렀다. 불이 나갔다. 그림자 하나가 미끄러지듯 다가왔다. 뼈만 앙상한 두 팔을 내뻗은 채로. 얼음장 같은 공기가 내 몸을 들이받아 계단 쪽으로 밀어붙였다. 나는 계단코를 밟고 휘청거리다 뒤로 넘어가기 시작했다. 검을 떨어뜨리고 필사적으로 손을 뻗어 벽 귀퉁이를 붙들었다. 허공에 붕 뜬 몸을 격노한 바람이 뒤흔들고, 손가락은 매끈하고 차디찬 벽지 위에서 자꾸만 미끄러졌다. 그림자가 바짝 다가왔다. 나는 추락 직전이었다.

다음 순간, 나와 그림자 사이에 록우드가 끼어들었다. 그의 칼날이 허공을 가르며 복잡한 문양을 그렸다. 그림자가 두 팔을 교차해 얼굴을 가린 채 솟구쳐 올랐다. 록우드가 또 다른 문양을 그리자 번쩍이는 철벽 몇 개가 그림자를 둘러싸고 바짝 죄어오기 시작했다. 그림자가 후퇴했다. 서재로 줄행랑치고, 록우드가 뒤쫓았다.

층계참이 텅 비었다. 바람은 이미 사그라진 뒤였다. 나는 계단코에서 한 손 한 손 힘겹게 벽면을 되짚으며 몸을 당기고 털썩 무릎을 꿇었다. 헝클어진 머리칼이 눈을 덮고 발 한쪽이 맨 위쪽 계단에 걸려 대롱거렸다.

나는 천천히 그리고 침울하게 검으로 손을 뻗었다. 좀 전에 무리한 팔 쪽 어깨가 뻐근하니 아렸다.

록우드가 돌아왔다. 내 가까이로 몸을 숙이고 차분한 눈으로 층계참의 어둠을 훑었다. "저 여자가 널 만졌어?"

"아니. 여자는 어디로 갔는데?"

"알려줄게." 그는 날 일으켜 세웠다. "루시, 괜찮은 거 확실해?"

"물론." 나는 머리칼을 쓸어 넘기고 벨트 고리에 검을 마구잡이로 쑤셔 넣었다. 어깨가 좀 찌릿했지만 그 정도는 별거 아니었다. "자," 나는 말하며 서재로 향하기 시작했다. "어서 해치우자고."

"그 전에 잠깐." 그가 한 손을 내밀어 날 저지했다. "너부터 진정해야 해."

"난 멀쩡해."

"너 지금 화났어. 그럴 필요가 전혀 없는 일이야. 다른 누구였더라도 빠져나갈 도리가 없는 공격이었어. 나 역시 놀랐다고."

"그렇지만 넌 검을 떨어트리지 않았지." 나는 그의 손을 밀어냈다. "이봐, 지금 이러는 건 시간 낭비야. 그 여자가 돌아올 때…."

"그 여자는 내가 안중에도 없었어. 오로지 너만 노리고 있었다고, 계단 아래로 내동댕이치려고 했지. 이쯤 되면 호프 씨가 어쩌다 그렇게 굴러 떨어진 건지 알 만해. 내가 하고 싶은 말은, 흥분을 가라앉혀야 한다고, 루시. 저 여자는 네 분노를 순식간에 흡수할 테고 더 강해질 거야."

"그래, 나도 알아." 그 말이 그리 품위 있게 나오지는 않았다. 나는 눈을 감고 한 차례 심호흡한 뒤 한 번 더 하고, 『피츠 지침서』의 권고 사항을 수행하는 데 집중했다. '극기하라, 감정에 휘둘리지 말라.' 얼마 지나지 않아 나는 자제심을 회복했다. 분노에서 벗어났고, 그것이 한 겹 허물이라도 되는 양 바닥에 버렸다.

다시 귀를 기울였다. 저택은 무척 고요했지만, 그건 폭설의 고요였다. 무겁고 답답했다. 그 고요가 날 지켜보는 게 고스란히 느껴졌다.

눈을 뜨니 록우드가 외투 주머니에 두 손을 꽂은 채 층계참의 암흑 속에 서서 조용히 기다리고 있었다. 그의 검은 벨트로 돌아가 있었다.

"어때?" 그가 물었다.

"기분이 나아졌어."

"분노는 사라졌고?"

"한 톨도 남김없이."

"좋아. 네가 진정하지 않으면 우린 지금 당장 철수할 거니까."

"우린 철수 같은 거 안 해." 나는 침착히 말했다. "내가 그 이유를 알려주지. 호프 부인의 딸이 우리를 이 집에 다시는 들여보내 주지 않을 테니까. 그녀는 우리가 너무 어리다고 생각해. 이 건을 내일까지 해결하지 못하면, 우리를 빼고 피츠나 로트웰 쪽에다 일을 맡길 거야. 우리는 그 돈이 필요해, 록우드. 이 건은 당장 마무리한다."

그는 꿈쩍하지 않았다. "평상시 같으면 나도 네 말에 동의했을 거야. 하지만 매개변수가 달라졌잖아. 이 건은 어느 딱한 영감이 과부

아내를 괴롭히는 얘기가 아냐. 아까 그 여자는 살인 피해자의 유령인 게 거의 확실해. 너도 알잖아, 그들이 어떤지. 그러니까 지금 네가 그리 말짱하지 않은 상태라면, 루스⋯."

나는 냉정하고 침착한 상태였기에 그의 잘난 척이 좀 눈꼴시었다. "그래." 내가 말했다. "하지만 여기서 진짜 문제는 내가 아니지. 그렇잖아?"

록우드가 얼굴을 찡그렸다. "무슨 뜻이야?"

"쇠사슬 말야."

그는 눈을 흡떴다. "오, 이거 왜 이래. 그건 문제 축에 끼지도⋯."

"그 쇠사슬은 조사관의 필수 장비야, 록우드. 강력한 2급령과 대적할 때 필수 방어구*라고. 그런데도 넌 그걸 챙기는 걸 까먹었고!"

"그거야 조지가 기름칠을 해야 한다고 우겼으니까! 굳이 상기하자면 너의 제안하에."

"아, 그러니까 이제는 그게 내 탓이라는 거네. 그래?" 내가 소리쳤다. "조사관이라면 다들 하는 말이 쇠사슬 없이 출동하느니 차라리 바지 입기를 까먹는 게 낫다고들 하는데, 넌 그 어려운 일을 해냈네. 여기로 돌진하고 싶어서 안달이 났었으니, 그 와중에 뭐라도 챙겨 온 것 자체가 기적이다. 조지는 출동조차 말렸어. 이 저택을 좀 더 조사해 보고 싶다고. 하지만 어림없었지. 네가 조지의 의견을 무시했으니까."

"그래! 그게 내 일이거든. 조직의 책임자라는 이유로. 그건 내 소관⋯."

"⋯은 무슨 소관, 형편없는 결정을 내릴 소관? 맞네, 그런가 보네."

우리는 거기 서 있었다. 각자 팔짱을 낀 채 흉가의 어둑한 층계참에서 서로에게 도끼눈을 뜨고. 이윽고 감춰져 있던 해가 나오듯, 록우드의 부릅뜬 눈이 온화해지며 활짝 웃는 눈으로 변했다.

"자…." 그가 말했다. "네 분노 조절은 어찌 돼가고 있지, 루스?"

나는 코웃음을 쳤다. "내가 열 받았다는 거 인정해. 근데 이건 너한테 열 받은 거야. 차원이 다른 문제지."

"그런지는 잘 모르겠고. 하지만 돈이 필요하다는 네 원래 의견은 꽤 타당해." 그는 장갑 낀 두 손을 힘차게 맞잡았다. "좋아. 네가 이겼어. 조지는 찬성하지 않겠지만, 내 생각에도 우리가 그 정도 모험은 해볼 수 있지 싶어. 내가 그 여자를 일단은 쫓아버렸으니까 우리한테도 숨 돌릴 틈은 좀 있는 셈이지. 재빨리 움직이기만 하면 삼십 분 내로 정리할 수 있을 거야."

나는 몸을 굽히고 더플백들을 집어 들었다. "어서 앞장서기나 해."

* * *

록우드가 날 데려간 곳은 서재의 저쪽 끝이었다. 벽에 내장된 채 길게 뻗어 있는 혼돈의 책장들 사이에 휑하니 빈 공간이 보였다. 손전등의 가차 없는 불빛 속에서 아주 오래된 침실 벽지로 뒤덮인 부분이 모습을 드러냈다. 칙칙하고 빛바랜 벽지는 벽과 천장이 만나는 부근에서 너덜거렸다. 통통하고 볼품없는 장미들이 바닥에서 천장까지 사선으로 내달렸다. 그 공간의 한가운데에 영국제도의 지질학적 역사를 담은 컬러 지도가 걸려 있었다. 벽면 하단은 허벅지 높이만큼 쌓인 지질학 잡지들에 가려져 있었는데, 그중 한두 묶음은 먼지투성이 지질조사용 망치에 눌려 있었다. 호프 씨가 지질학자였을 수도 있겠다고 내 예리한 수사 본능이 귀띔해 줬다.

나는 양옆 책장들을 조사하다가 가운데 벽면이 돌출돼 있는 모양에 주목했다. "옛날 벽난로 자리네." 내가 말했다. "그 여자가 저기로 들어갔다고?"

"벽에 닿기 전부터 희미해지곤 있었는데. 맞아, 그런 것 같아. 이쪽 굴뚝에 출처가 숨겨져 있다 해도 말은 될 거야. 그치?"

나는 고개를 끄덕였다. 맞다. 말은 된다. 평연한 틈새, 뭐든 충분히 들어갈 크기.

우리는 잡지를 치우기 시작했다. 품에서 흘러내릴 정도로 한가득씩 안아 방 맞은편으로 옮겼다. 공간을 확보하는 문제는 중요했다. 록우드는 내가 전에 그려둔 방어진을 가리지 않으면서 앞으로 우리가 작업할 벽면과의 연결성도 양호하길 원했다. 그래서 잡지의 대부분을 문가에, 더 멀리는 층계참에 내다났다. 품속 가득 잡지를 안고 나서면서 두 번에 한 번꼴로 멈춰 유심히 귀를 기울였지만 집은 여전히 적막했다.

공간이 충분히 비워진 뒤에는 가방을 열고 플라스틱 통에 든 철가루를 꺼내 완만한 곡선을 그리며 바닥에 뿌렸다. 전체적으로는 벽의 목표 지점을 중심으로 하는 허접한 반원 모양이었다. 반원 양 끝을 연결하면서 벽의 밑변과 평행한 직선은 벽과 90센티 정도의 거리를 두도록 주의했다. 작업 중에 떨어지는 회반죽에 철가루가 흐트러지는 일이 없게 하려는 거였다. 다 그리고 나니 철가루 선들 안쪽으로 우리 둘이 서 있기에, 그리고 더플백들도 함께 넣어두기에 충분한 공간이 만들어졌다. 꽤 안전할 것이다. 쇠사슬을 쓸 때만큼 안심할 수는 없겠지만.

나는 방 가운데에 그려뒀던 방어진도 확인했다. 방을 오가던 우리의 발길에 철가루가 흩어진 부분이 약간 있었으나 솔로 살살 쓸어 다시 모양을 잡았다.

록우드는 지질학 지도를 뜯어 책상에 배슷이 기대났다. 그런 다음 부엌으로 내려가 손전등 두 개를 챙겨 왔다. 어둠 속에서 지켜보는 단계는 끝났다. 이제 행동이 필요했고, 그러려면 적절한 조명이 있어야 했다. 그는 손전등을 반원 안쪽에 내려놓고 밝기를 낮게 맞췄다. 빛줄기가 휑한 벽을 곧장 향하도록 방향을 조정했다. 조명이 벽면을 조그만 무대처럼 밝혔다.

준비 완료까지 약 십오 분이 걸렸다. 마침내 우리는 방어진 안에 나란히 섰다. 주머니칼과 쇠지렛대를 움켜쥐고 벽을 쳐다봤다. "내 이론 좀 들어볼래?" 록우드가 말했다.

"짜릿한 걸로 부탁해."

"그 여자는 수십 년 전에 이 집에서 살해됐어. 너무도 오랜 세월이 지나다 보니 영혼도 결국 잠잠해졌지. 그러다 호프 씨가 이 방에 서재를 만들었고, 어쩌다 그게 그녀를 자극한 거야. 그 여자의 뭔가가 여기에 감춰져 있으리라 보는 건 나름 합리적인 생각이지. 그녀가 마음 쓰는 뭔가, 구천을 떠돌게 하는 뭔가가 여기에 있어. 어쩌면 옷, 혹은 그녀의 물건, 타인에게 약속했던 선물. 아니면⋯."

"아니면 또 다른 뭔가."

"그렇지."

우리는 벽을 보고 서 있었다.

4

그 옛날 난제의 초창기에 마리사 피츠와 톰 로트웰이 그 유명한 조사들을 실시한 이래로 유령의 출처를 찾는 일은 조사관 업무의 핵심이 됐다. 맞다. 우리에게는 다른 임무들도 있다. 불안에 떠는 가정들의 방어 체계 구축을 돕고, 개인 보호를 위한 개별 자문도 진행한다. 정원에 소금* 덫을 놓고, 문간에 무쇠 요철을 설치하고, 아기침대 위에 보호구를 달고, 라벤더* 향불과 항마등을 비롯한 기타 일상적인 보안 물품의 재고를 상시 제공한다. 하지만 우리 역할의 진수, 우리의 존재 이유는 늘 한결같다. 잠들지 못하는 망자와 연결된 구체적인 장소 또는 물건의 위치를 찾아내는 것이다.

출처가 어떤 기능을 하는지 제대로 아는 이는 없다. 누군가는 방문자가 사실상 출처 안에 들어 있다고 주장하고, 또 다른 누군가는 폭력이나 극단적 감정으로 인해 이승과 저승의 경계가 닳아 얇아진 그 지점이 곧 출처라고 말한다. 둘 중 어느 쪽이 사실인지 따지고 있을 시간이 조사관에게는 없다. 우리는 유령접촉*을 피하느라 정신없는 나머지 철학 따위는 고민하지 못한다.

록우드의 말대로 출처는 여러 형태일 수 있다. 범죄가 행해진 바로 그 현장일 수도 있고, 어느 돌연한 죽음과 밀접히 관련된 물건일 수도 있으며, 방문자가 생전에 중히 여긴 소지품일 수도 있다. 가장 흔한(로트웰 협회가 실시한 연구에 따르면 전체의 73퍼센트에 해당한다.) 형태는 뭐니 뭐니 해도 『피츠 지침서』에 '개인의 유기적 잔존물'이라 명시된 것이다. 그게 뭘 의미하는지는 당신도 짐작이 가능하겠지. 핵심은 이거다. 두 눈으로 직접 확인하기 전에는 절대로 알 수 없다.

지금 우리가 하고 있는 일도 마찬가지고.

작업 시작 오 분 뒤, 벽 가운데 쪽 평판이 거의 제거됐다. 수십 년 묵은 벽지의 도배용 풀이 말라비틀어져 바스러졌다. 우리는 울룩불룩한 벽지 밑에 주머니칼을 넣어 손쉽게 뭉텅뭉텅 잘라냈다. 일부는 손 안에서 말 그대로 분해됐다. 나머지는 거대하게 주름진 피부처럼 우리 팔에 내려앉았다. 벽 하단 회반죽은 분홍빛이 도는 흰색에다 얼룩덜룩했고, 주황빛이 도는 갈색의 도배용 풀 덩어리들이 알알이 박혀 있었다. 그걸 보고 있으니 빵 부스러기를 입힌 햄이 떠올랐다.

록우드는 손전등을 집어 들고 꼼꼼히 벽을 조사하며 울퉁불퉁한 벽면을 손으로 훑었다. 조명의 높이와 각도를 바꿔가며 벽에 그림자가 비치는 모양을 관찰했다.

"여기에 구멍이 있었네." 그가 말했다. "큼지막한 걸로. 누군가가 메꿨어. 회반죽 색깔이 다른 거 보이지, 루스?"

"보여. 뚫을 수 있을 것 같아?"

"그리 어렵진 않을 거야." 그가 쇠지렛대를 들었다. "별다른 소리는 없고?"

나는 어깨 너머를 힐끗 돌아봤다. 조그만 원 모양의 손전등 불빛 너머는 전혀 보이지 않았다. 우리는 암흑의 바다 위에 홀로 불을 밝힌 섬이었다. 나는 귀를 기울였고 아무것도 듣지 못했지만, 그 고요

속에는 꾸준히 강도를 더해가는 모종의 압력이 있었다. 그게 내 귓속에 차곡차곡 쌓이는 게 느껴졌다. "당장은 괜찮아." 내가 말했다. "근데 그리 오래가진 못할 거야."

"그럼 서두르는 게 좋겠군." 록우드의 지렛대가 허공을 가르더니 우두둑 소리와 함께 회반죽에 박혔다. 조각들이 폭포수처럼 쏟아졌다.

이십 분 뒤, 우리 옷은 흰색으로 얼룩지고 신발 앞코는 벽 아래에 수북이 쌓인 파편들로 범벅이 됐다. 내 키의 절반쯤 되는 높이에 뚫린 구멍은 성인 남자 한 명이 들어갈 정도의 너비였다. 구멍 속을 가로막은 거칠고 거무튀튀한 목재 여기저기에 낡은 못들이 박혀 있었다.

"널빤지들 같은데." 록우드가 말했다. 그의 이마에서 땀이 반짝였다. 그는 짐짓 별일 아니라는 체하며 말했다. "상자의 앞면이거나 장롱이거나 뭐 그렇겠지. 벽 안쪽 전체를 막고 있는 듯해, 루시."

"그렇군." 내가 말했다. "철가루 조심해." 그가 뒤로 너무 많이 나온 바람에 방어진이 흐트러졌다. 이것이야말로 우리가 집중해야 하는 부분이다. 규칙을 준수하고 자신의 안전을 지키는 것. 우리한테 쇠사슬만 있었어도 이렇게까지 힘들지는 않았을 텐데, 철가루는 위태로웠고 그걸로 그린 선은 쉽게 망가졌다. 나는 쪼그려 앉아 솔을 꺼내 들고 손상된 부분을 조금씩, 살뜰히 수선하기 시작했다. 머리 위에서 록우드가 심호흡했다. 이윽고 그의 쇠지렛대가 쩍 하고 나무를 파고드는 소리가 약하게 들렸다.

방어진을 손본 나는 정면의 차단선을 망가트릴 위험이 있는 회반죽 파편들을 손으로 몇 차례 퍼냈다. 그러고는 거기 그대로 있었다. 웅크린 채, 손끝으로 마룻장을 꾸욱 누르고. 일 분, 어쩌면 그 이상 그렇게 있었다.

내가 일어섰을 때는 록우드가 구멍 안 널빤지 중 하나에 나름의 손상을 입힌 뒤였다. 하지만 아직 완전히 뚫지는 못했다. 나는 그의 팔을 톡톡 두드렸다.

"왜?" 그가 벽을 다시 때렸다.

"여자가 돌아왔어."

그 소리는 몹시도 희미해서 처음에는 우리가 내는 소음에 묻히고 말았다. 애초에 내가 그걸 눈치챈 것도 다른 게 아니라 바닥의 진동 때문이었다. 하지만 그 사실을 록우드에게 말한 순간부터 소리가 덩치를 키우기 시작했다. 세 번의 빠른 충격음—마지막은 무시무시하게 무르고도 딱딱한 쿵 소리였다—에 뒤이어 고요가 찾아오고, 그런 다음 처음부터 다시 시작됐다. 끝없이 순환하는 고리였고 매번 똑같았다. 그건 호프 씨가 계단에서 굴러 떨어지던 순간의 '소리기억'이었다.

나는 귀에 들리는 걸 록우드에게 얘기했다.

그는 무뚝뚝하게 고개를 끄덕였다. "알았어. 아무것도 달라질 건 없어. 계속 주시해. 소리에 휘둘리지 말고. 여자가 노리는 게 그거니까. 그녀는 네가 약한 쪽이라는 걸 알아."

나는 눈을 끔뻑였다. "뭐라고? 그게 무슨 말야?"

"루스, 지금 그걸 걸고넘어질 때가 아니잖아. 감정적으로 그렇다는 얘기일 뿐이야."

"뭐라고? 그 말도 만만찮게 불쾌하거든."

그는 심호흡했다. "그러니까 내 말은… 뭐냐면, 네가 가진 유형의 재능*은 내 것보다 훨씬 예민하다는 거야. 근데 역설적이게도 그 예민함 때문에 초자연적 영향에 더 많이 노출되고, 이런 건에서는 그게 문제가 될 수도 있다는 뜻이지. 오케이?"

나는 그를 물끄러미 쳐다봤다. "아주 잠깐 난 네가 사실은 조지의 말을 새겨듣고 있었던 건가 했다."

"루시, 난 조지의 말을 새겨듣지 않아."

우리는 휙 하니 서로를 등졌다. 록우드는 벽을, 나는 방을 마주했다.

나는 검을 빼 들고 기다렸다. 서재는 컴컴하고 고요했다. 쿵, 쿵…

쿵 소리가 귀에서 메아리쳤다.

빠직 소리가 나는 걸로 보아 록우드가 널빤지들 사이에 쇠지렛대를 끼워 넣은 모양이었다. 그러더니 지렛대를 좌우로 있는 힘껏 흔들어댔다. 나무가 삐걱대고 시꺼먼 못들이 들썩였다.

아주 서서히 손전등 하나가 죽어가기 시작했다. 깜빡이고 흔들리더니 흐릿해지고 쪼그라들었다. 뭔가가 생명을 쥐어짜 앗아가는 것처럼. 그 와중에도 다른 등은 작열하고 있었다. 서재를 비추는 빛의 중심이 바뀌었다. 바닥에서 우리 그림자가 기묘하게 일렁였다.

차가운 바람 한 줄기가 서재를 관통했다. 책상의 종이들이 사락거렸다.

"넌 우리가 이렇게 해주길 저 여자가 원한다고 생각할 거야." 록우드가 숨을 헐떡였다. "우리가 자길 발견해 주길 원하고 있다고."

바깥 층계참에서 문 하나가 쿵 소리를 냈다.

"글쎄, 아닌데?"

문들이 쾅쾅거렸다. 저택의 다른 어딘가에서 하나, 그 뒤에 또 하나, 일곱 개 연속으로. 유리가 깨지는 소리가 희미하게 들렸다.

"식상해!" 록우드가 으르렁거렸다. "그건 이미 했잖아! 뭔가 새로운 걸 해보라고!"

사위가 돌연 고요해졌다.

"내가 몇 번을 말해. 저들을 조롱하지 말라니까. 그래서는 끝이 좋을 수가 없다고." 내가 말했다.

"글쎄 저 여자가 또 똑같은 걸 하잖아. 봉인구* 준비해. 거의 다

왔다."

나는 몸을 숙이고 내 가방 속을 헤집었다. 우리는 어떤 출처든 무력화하게 제작된 갖가지 제품들을 챙겨 다닌다. 그 모두는 방문자들이 절대 견뎌낼 수 없는 주요 금속으로 만들어진다. 바로 은*과 철*이다. 형태와 장식은 다양하다. 상자, 대롱, 못과 그물, 펜던트, 줄, 사슬 등등. 로트웰과 피츠 대행사는 비품에 특별히 자사 로고를 새기기도 하지만, 록우드 심령 회사는 수수하고 별도의 장식이 없는 제품을 쓴다. 하지만 중요한 건 방문자에 적합한 크기, 그러니까 놈의 경로를 차단하는 데 필요한 최소 등급의 장비를 선택하는 일이다.

나는 사슬망을 골랐다. 섬세하지만 강력하고, 은을 촘촘히 엮어 짠 망이 달린 제품이었다. 당장은 꼼꼼히 접힌 상태였다. 흔들어 펴면 상당한 덩치의 물건을 덮을 수 있지만, 그 전에는 한 손으로 들 수 있는 크기다. 나는 자리에서 일어나 벽 쪽 작업의 진행 상황을 확인했다.

록우드는 널빤지 하나를 조금 뜯어내고 억지로 틈을 만드는 데 성공했다. 그 너머는 가느다란 쐐기 모양의 암흑이었다. 그는 낑낑거리며 안간힘을 썼다. 몸을 뒤로 젖히고 오만상을 찌푸렸다. 그의 신발이 위험천만하게도 철가루 방어선 이랑에 자꾸만 근접해 왔다.

"다 돼간다." 그가 말했다.

"좋아." 나는 몸을 돌려 방을 마주 봤다.

죽은 소녀가 내 옆에 서 있었다. 철가루 선 바로 너머에.

그녀는 너무도 선명했다. 어찌나 선명한지 살아 숨 쉬는 사람, 햇빛 찬란한 날을 지긋이 응시하는 사람 같았다. 차갑고 어슴푸레한 빛이 얼굴 전체를 밝혔다. 나는 그녀가 어떤 모습이었을지 봤다. 한때, 오래전, 그 일이 있기 전의 모습을. 소녀는 나보다 예뻤다. 동그스름한 뺨, 조그만 코, 도톰한 입술, 커다랗고 애절한 눈. 내가 본능적으로 싫어했던 부류의 여자애처럼 보였다. 순하고 미련한. 필요에 따라 수동적으로 굴고, 그럴 필요가 없을 때면 자기 매력에 기대 바라는 바를 얻어내는. 우리는 거기 서 있었다. 머리와 머리를, 그녀의 긴 금발과 회반죽 먼지로 뿌예진 내 흑발을 나란히 맞대고. 맨다리의 그녀는 조그만 여름 원피스를 입고, 코끝이 벌개져서 벌벌 떠는 나는 치마와 레깅스, 두툼한 파카를 입은 채로. 철가루 방어선과 그것이 대변하는 현실이 없었다면, 우리는 손을 뻗어 서로의 얼굴을 만질 수도 있었을 것이다. 모를 일이었다. 어쩌면 그게 그녀가 원하는 것이었는지도. 그 같은 단절이 그녀의 분노를 부추겼는지도. 얼굴은 멍하고 감정이 없었지만 격노의 위력만큼은 마치 파도처럼 내게 들이치고 부서졌다.

나는 접힌 사슬망을 번쩍 치켜들었는데, 그게 꼭 빈정대며 하는 거수경례처럼 보였다. 그에 화답하듯 암흑 속에서 떫은 공기가 훅 하고 끼쳐와 내 얼굴을 문지르고 머리칼을 날려 뺨을 후려쳤다. 동시에 차단선을 강타해 철가루들을 흩어놨다.

"여기 좀 어떻게 해야겠는데." 내가 말했다.

록우드가 낑낑거렸다. 쩍 하는 소리와 함께 나뭇결이 찢겼다.

돌연한 바스락거림이 서재를 휩쓸었다. 잡지들이 펄럭이며 열리고, 책들이 들썩이고, 먼지 쌓인 종잇장들이 창공으로 솟구치는 새떼처럼 더미에서 날아올랐다. 외투가 몸에 척척 감겼다. 방 가장자리에서 바람이 울부짖었다. '유령소녀'의 머리칼과 원피스는 미동도 없었다. 그녀는 날 뚫어져라 보고 있었다. 기억과 공기로 만들어진 건 자신이 아니라 나라는 듯이.

내 신발 옆 철가루가 위로 들리고 흐트러지기 시작했다.

"서둘러야겠어." 내가 말했다.

"됐다! 봉인구를 줘."

나는 최대한 빨리 몸을 돌리고—지금은 방어선을 넘지 않는 게 관건이었다—접힌 사슬망을 건넸다. 그 순간 록우드가 쇠지렛대에 마지막 힘을 가하자 널빤지가 끝내 굴복했다. 우리가 만든 구멍 아래쪽 근처가 가로로 쩍 갈라지더니 앞으로 터져 나오고, 그걸 빗장처럼 가로질러 못질해 둔 다른 판자 두 개도 함께 부러졌다. 쇠지렛대가 원래 박혀 있던 자리에서 미끄러지며 갈 곳을 잃었다. 록우드가 휘청했다. 내가 달려들어 붙잡지 않았더라면 옆으로 넘어지면서 방어선 밖으로 튕겨나갔을 것이다.

우리는 철가루 방어선에 아슬아슬 걸친 채로 딱 붙어 있었다. "고마워, 루스." 록우드가 말했다. "큰일 날 뻔했네." 그가 싱긋 웃었다. 나는 안도감에 고개를 끄덕였다.

바로 그때, 부러진 널빤지들이 우리 쪽으로 우지끈 벌어지면서 벽 속 내용물이 모습을 드러냈다.

우리는 알고 있었다. 당연히 알고 있었다. 그럼에도 여전히 충격이었다. 그리고 둘이 동시에 화들짝 놀라 뒷걸음질 치게 만드는 충격이 좋을 리 없다. 그렇지 않아도 이미 휘청거리고 있는 상황에서는. 둘이 방어진의 경계에 내몰려 있는 상황에서는. 그리하여 나는 벽 구멍 속을 제대로 보지 못한 채 그와 함께 나동그라졌다. 서로를 부둥켜안고 다리는 얽힌 채로, 록우드가 위에서 누르고 내가 밑에 깔리는 모양새로 방어선의 보호 밖으로 나가떨어졌다.

그래도 볼 만큼은 봤다. 그 이미지가 내 머릿속에 박힐 정도로는.

금발은 아직 붙어 있는 상태였다. 그건 똑같았다. 검댕과 먼지로 심히 더럽고, 거미줄이 하도 뒤엉켜 있어 어디가 머리칼의 시작이고 끝인지 알 수 없었지만. 나머지는 분간하기가 더 힘들었다. 뼈들과 한껏 드러난 치아, 불탄 나무처럼 시커멓고 뒤틀리고 쪼그라든 살갗으로 이루어진 그것이 아마도 오십 년은 족히 몸을 맡기고 있었을 벽돌 등받이에 아늑하게 기대 있었다. 돌출된 뼈들에 어여쁜 여름 원피스의 어깨끈이 헐렁하게 걸려 있었다. 주황빛이 나는 노란 해바라기들이 거미줄의 장막 속에서 어슴푸레 번뜩였다.

내 몸이 바닥을 때렸다. 뒤통수가 마룻널을 강타하고 번쩍이는 빛이 어둠을 태웠다. 이윽고 록우드의 체중이 날 내리누르기 시작했다. 입에서 숨이 터져 나왔다.

번쩍임이 사그라졌다. 정신이 맑아지고 눈이 뜨였다. 나는 반듯이 누운 채로 한 손에는 여전히 은제 사슬망을 거머잡고 있었다. 불행중 다행이었다. 레이피어는 또 떨어트리고 없었다.

록우드는 내게서 이미 몸을 떼고 옆으로 구른 뒤였다. 나도 몸을 굴려 한쪽 무릎을 세워 앉아 미친 듯이 검을 찾았다.

하지만 내 눈에 들어온 건? 우리가 추락하며 사방으로 흩어져 엉망이 된 철가루였다. 록우드는 무릎을 꿇고, 고개를 숙이고, 머리칼을 앞으로 늘어트린 채 자신의 길고 무거운 외투에 깔린 검을 빼내려 고생하고 있었다.

유령소녀가 그의 머리 위로 스윽 다가왔다.

"록우드!" 그가 고개를 쳐들었다. 배배 꼬여 무릎에 깔린 외투 때문에 벨트에 손이 닿지 않았다. 그는 검을 제때 뽑지 못했다.

소녀가 낙하했다. 둥근 화관 같은 다른빛을 길게 늘어트리며. 길고 창백한 손을 그의 얼굴로 내뻗었다.

나는 벨트에서 산탄통을 아무거나 뜯어내 냅다 던졌다. 산탄통은 몸을 굽힌 형상을 그대로 관통해 그 너머 벽에 가 부딪쳤다. 유리 마개가 깨졌다. 마그네슘 불덩이들이 혀를 날름거리며 쏟아져 나와 소녀를 갈랐다. 자욱한 안개가 피며 그녀가 사라졌다. 록우드는 옆으로 몸을 날렸다. 그의 머리칼에서 철가루 불똥들이 튀었다.

그리스의 불은 괜찮은 물건이다. 의심의 여지가 없다. 철과 마그네슘, 소금의 혼합물이 당신의 방문자를 삼중으로 타격한다. 작열하는 철과 소금이 상대의 물질을 가르는 사이, 불붙은 마그네슘의 타는 듯한 빛이 견딜 수 없는 고통을 안긴다. 하지만 (이 장점이 곧 단점인데) 그리스의 불이 제아무리 순식간에 타 없어진다 해도, 그사이 다른 것들에마저 불이 붙고 만다. 이런 이유로 『피츠 지침서』는 완벽히 제어 가능한 상황이 아닌 한, 실내에서는 그리스의 불을 사용하지 않도록 권고하고 있다.

지금 우리 상황에는 종이로 가득한 서재와 무지막지한 복수심에 불타는 유령이 개입돼 있다. 당신이라면 이게 조금이라도 '제어 가능' 하다 보겠는가?

그럴 리가.

어디선가 뭔가가 고통과 분노로 통곡했다. 서재의 바람, 약간 잦아드나 싶던 그 바람이 돌연 세를 불렸다. 산탄통의 일차 폭발로 불타던 종이들이 높이 들리더니 곧장 내 얼굴로 날아들었다. 나는 손으로 쳐냈다. 그것들이 소용돌이치고 보이지 않는 어떤 것에 휘둘리는 모습을 지켜봤다. 종이들은 돌풍처럼 실내를 가로지르고 책과 책장과 책상과 커튼에, 벽지 주름에, 바싹 마른 서류철과 서신들에, 의자에 놓인 먼지투성이 쿠션들에 내려앉았다….

황혼 녘의 별들처럼 조그만 불덩이 수백 개가 위, 아래, 사방에서 잇따라 생겨나며 깜빡였다.

록우드는 일어서 있었다. 그의 머리칼과 외투에서 모락모락 김이 났다. 그가 외투를 옆으로 펄럭였다. 은빛의 반짝임. 그의 손에 검이 들려 있었다. 두 눈은 날 지나쳐 방 한쪽 으슥한 구석에 꽂혀 있었다. 거기, 소용돌이치는 종잇장들 한가운데서 형상 하나가 다시 형체를 갖추기 시작했다.

"루시!" 울부짖는 바람에 가로막혀 그의 목소리는 분간이 어려웠다. "5호 작전! 5호 작전으로 가!"

5호 작전? 빌어먹을 5호 작전은 또 뭔데? 록우드에게는 작전이 많아도 너무 많았다. 그런데다 당장은 정신을 차릴 수가 없었다. 잡지 더미들이 하나 걸러 하나씩 불길에 휩싸이고, 그 불길이 더 높이 치솟고, 난데없는 연기와 폭발하는 빛이 층계참으로 돌아가는 길을 삼켜버렸다.

"록우드!" 내가 외쳤다. "문이…."

"시간이 없어! 내가 저 여자를 유인할게! 네가 출처를 맡아!"

오, 그래. 그게 5호 작전이다. 중대한 조치를 취하는 장소에서 방문자를 꾀어내는 것. 록우드는 이미 연기 틈에서 춤추고 있었다. 저쪽에서 기다리는 형상을 향해 건방지게 나대며 전진했다. 불타는 파편들이 그의 머리로 날아들었다. 그는 개의치 않았고, 그의 검 끝은 바닥을 가리키고 있었다. 그는 무방비 상태처럼 보였다. 소녀가 갑자기 달려들었다. 록우드가 폴짝 뛰어 물러나면서 막판에 휘두른 검이 길게 뻗은 유령의 손을 쳐냈다. 연기와 뒤섞인 긴 금발이 록우드의 양옆에서 그를 죄기 시작했다. 그는 휙 수그리는 눈속임 동작으로 안개 같은 머리칼 덩굴을 베어 무력화했다. 그의 검은 잘 보이지도 않을 정도로 날렵했다. 그 반짝이는 강철을 내들고 안전을 유지하며 한 발 한 발 뒷걸음질해 벽난로 자리와 구멍 뚫린 벽에서 가장 멀리로 유령을 유인했다.

다시 말해, 내게 기회가 왔다. 나는 맹렬한 강풍에 저항하며 고꾸

라지듯 몸을 날렸다. 공기가 내 몸에 쿵쿵 부딪치면서 인간의 목소리
로 울부짖었다. 얼굴에 불똥이 마구 튀었다. 폐에서 숨이 내쫓겼다.
사방에서 불길이 솟아오르고 스쳐 지나는 내게 손을 뻗었다. 바람의
분노가 배가했다. 나는 정지 상태나 다름없이 느려졌지만, 그래도 꾸
준히 뚫고 나아갔다. 한 걸음, 한 걸음씩.

굴뚝 옆 책장들은 화염의 벽으로 돌변해 있었다. 폭주하는 불길
이 액체 수은이라도 되는 양 바닥을 따라 질주했다. 내 앞에서 그 회
반죽 벽면이 주황색 빛으로 들끓었다. 거기 뚫린 구멍 자체는 암흑의
웅덩이였고, 그 속의 물체는 보일락 말락 했다. 거미줄의 장막 뒤에
서 그것의 입술 없는 미소가 언뜻 보였다.

그런 걸 직면하는 상황이 좋을 리 없다. 그들은 당신의 정신을 흐
트러뜨려 일을 그르친다. 나는 손에 든 사슬망을 흔들어 펴 치렁치렁
늘어뜨렸다.

가까이, 더 가까이… 한 걸음, 한 걸음씩…. 이제 상당히 가까웠다.
마음만 먹는다면 그녀를 쳐다볼 수도 있었다. 하지만 나는 그 얼굴을
부러 외면했다. 거미줄 위에 언제나처럼 무리 지어 있는 조그만 거미
들이 보였다. 그녀의 앙상한 목과 속이 휑한 꽃무늬 면 원피스가 보였
다. 일순간 반짝이는 금빛―목 아래에 걸려 있는 뭔가―이 보였다.

조그만 금목걸이.

나는 포효하는 바람과 불길의 한복판에서 사슬망을 던질 준비가
된 채로 서서 구멍으로 손을 뻗었다. 저 어둠 속에 걸려 있는 우아한
금목걸이를 물끄러미 바라보며 한순간이었지만 망설였다. 금줄 끝에
펜던트 비슷한 게 달려 있었다. 원피스와 앙상한 가슴 사이의 그 소
름 끼치는 틈새에서 반짝이는 것만 겨우 보였다. 한때 저 소녀의 살
아 있는 손이 저걸 목에 걸었겠지. 그날엔 더 사랑스러워 보일 작정

으로. 그리고 목걸이는 아직도 거기에 걸린 채 수십 년이 지난 뒤에도 여전히 빛나고 있었다. 그 아래 살갗은 거무죽죽해지고 쪼그라들고 죽었지만.

갑작스런 연민이 마음을 채웠다. "도대체 누가 이런 거야?" 내가 물었다.

"루시!" 울부짖는 바람 위로 록우드의 외침이 솟구쳤다. 나는 고개를 돌렸다. 치솟는 불길을 뚫고 내게 돌진하는 유령소녀가 보였다. 멍한 얼굴로 두 눈은 날 뚫어져라 노려봤고, 인사나 포옹을 하려는 것마냥 두 팔을 쭉 뻗었다.

그런 종류의 포옹이라면 나는 사양이었다. 무턱대고 거미줄 뭉텅이 속으로 두 손을 쑤셔 넣자 거미들이 도망쳤다. 사슬망을 아래로 내리려 했지만 구멍 입구의 나무토막에 걸리고 말았다. 유령소녀가 날 덮치기 직전이었다. 나는 사슬망을 미친 듯이 잡아당겼다. 나무토막이 부러졌다. 거친 숨을 내쉬며 그 바싹 마르고 보드랍고 먼지 덮인 머리칼 위에 사슬망을 덮어씌우는 데 성공했다. 철과 은을 엮은 망이 머리와 상체를 덮고 떨어지며 새장처럼 견고히 감쌌다.

단박에 유령의 기세가 꺾였다. 그녀는 공중에서 그대로 얼어붙었다. 한 번의 한숨, 신음, 전율. 그녀의 머리칼이 앞으로 쏟아지며 얼굴을 덮었다. 다른빛은 점점 어두워지고, 어두워지고, 어두워지다… 사라졌다. 그녀는 존재한 적조차 없었던 것처럼 홀연히 자취를 감췄다.

집에 들어차 있던 힘 또한 그녀와 함께 사라졌다. 압력이 일시에 빠졌다. 귀가 뻥 뚫렸다. 바람이 죽었다. 서재 사방에서 타다 남은 종잇조각들이 천천히 흩날리며 바닥으로 가라앉았다.

이런 거다. 출처를 성공적으로 무력화시키면 이렇게 된다.

나는 심호흡하고 귀를 기울였다….

됐다. 집은 고요했다. 소녀는 정말로 사라졌다.

물론 내가 말하는 고요는 심령 차원의 고요일 뿐이다. 서재 도처에서 여전히 불길이 날뛰고 있었다. 바닥에도 불이 붙었고, 연기가 천장을 덮었다. 우리가 문가에 던져놓은 종이 더미들이 희뿌옇게 포효하고, 층계참 전체가 활활 타올랐다. 그쪽으로는 나갈 방도가 없었다.

서재 반대편에서 록우드가 황급히 손짓하며 창문을 가리켰다.

나는 고개를 끄덕였다. 꾸물거릴 시간이 없었다. 저택은 곧 폭발할 것이다. 하지만 그에 앞서 나는 거의 무의식적으로 몸을 돌리고 사슬망 밑으로 손을 집어넣었다. 그리고 (내 손이 가 닿을 다른 것들에는 신경을 끈 채) 조그만 금목걸이를 움켜쥐었다. 그건 생전의 소녀가 어땠는지 말해주는 단 하나의 부패하지 않은 기억이었다. 잡아당기자 걸쇠가 채워져 있지 않았던지 쉽게 풀려나왔다. 나는 그 모두—금줄과 펜던트, 거미줄과 먼지—를 외투 주머니에 쑤셔 넣었다. 그런 다음 불길 사이를 지그재그로 달려 창문 밑 책상으로 갔다.

록우드는 이미 책상 위로 뛰어올라 가 불붙은 종이 더미들을 바닥으로 차내고 있었다. 창문을 열려고 시도해 봤다. 꿈쩍도 하지 않았다. 그 자체가 빽빽한 건지 아님 잠겨 있는 건지 몰라도, 어느 쪽이든 상관없었다. 록우드의 발길질에 걸쇠가 박살 나며 창문이 열렸다. 나는 그의 옆으로 뛰어올라 갔다. 수 시간 만에 처음으로 우리는 신선하고 습하고 안개 섞인 공기를 들이마셨다.

창틀에 무릎을 대고 나란히 앉았다. 우리를 둘러싼 커튼이 식식거리며 불길에 휩싸여 말려 올라갔다. 저 밖 정원에서 보는 우리의 윤곽은 네모로 소용돌이치는 빛 속에 쪼그려 앉은 모양새였을 터다.

"괜찮아?" 록우드가 물었다. "구멍에서 무슨 일 있었어?"

"아니. 아무것도. 괜찮아." 나는 그에게 맥없이 웃어 보였다. "뭐,

또 한 건 해결했네."

"그래. 호프 부인이 기뻐하지 않을까? 사실, 부인의 집은 불타 없어지겠지만 적어도 이제 흉가는 아니니까…." 그는 날 쳐다봤다. "그럼…."

"그럼…." 나는 바닥을 찾으려 헛되이 노력하며 창틀 너머를 유심히 살폈다. 너무 어둡고 까마득해서 보일 리 없었다.

"괜찮을 거야." 록우드가 말했다. "저 아래에 엄청 큰 덤불이나 뭐 그런 게 있을 거라고 거의 확신해."

"잘됐네."

"그거랑 테라스의 콘크리트 바닥도." 그가 내 팔을 토닥였다. "어서, 루시. 그냥 뛰어. 딱히 다른 수가 있는 것도 아니잖아."

뭐, 그 부분에 있어서는 그가 옳았다. 뒤돌아 서재 안을 보니 온 바닥에 불길이 번져 있었다. 굴뚝 밑바닥도 마찬가지였다. 화염이 혀를 날름거리며 구멍―그리고 그 속의 내용물―을 게걸스레 먹어치우고 있었다. 나는 조그맣게 한숨을 쉬었다. "알았어. 네 뜻이 그렇다면."

록우드가 검댕 묻은 입으로 빙긋 웃었다. "지난 반년 동안 내가 널 실망시킨 적이 한 번이라도 있었어?"

내가 입을 열어 실망의 목록을 줄줄 읊으려는 찰나, 책상 위쪽 천장이 무너져 내렸다. 불붙은 작살 같은 나무와 회반죽 덩어리가 우리 뒤로 와르르 쏟아졌다. 뭔가가 등을 후려쳤다. 나는 창틀 너머로 떨어졌다. 추락하는 날 록우드가 붙잡으려 했다. 그러다 균형을 잃었다. 우리의 손이 허공에서 서로를 맞잡았다. 우리는 잠시 그렇게 떠 있는 듯했다. 함께 걸려 있는 듯했다. 열기와 냉기 사이, 삶과 죽음 사이에. 다음 순간 둘이 함께 밤 속으로 낙하했다. 그리고 거기에는 아무것도 없었다. 사방에서 달려드는 어둠을 빼면.

2
이전

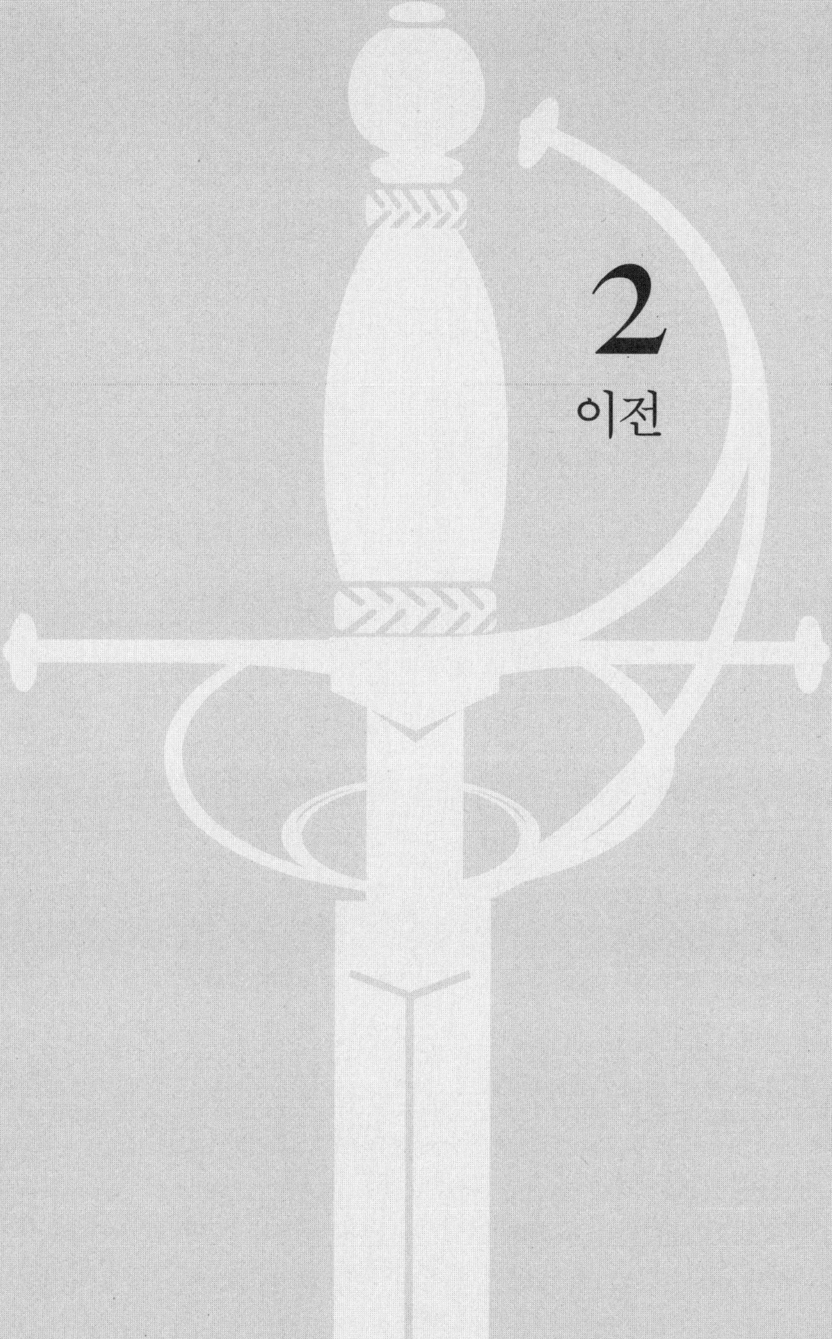

5

혹자는 난제가 늘 우리 곁에 있었다고 주장한다. 유령들은 전혀 새로울 것 없는 존재라고 말한다. 예나 지금이나 하는 짓이 똑같다고. 옛 로마의 작가 플리니가 거의 이천 년 전에 했던 얘기를 보자. 사연의 주인공은 아테네에 있는 저택을 구입한 학자다. 이 집은 어딘가 꺼림칙할 정도로 헐값이었는데, 그는 이내 거기가 흉가라는 걸 알게 된다. 이사한 첫날밤, 쇠사슬에 묶인 수척한 노인 요괴*가 그를 방문해 손짓하며 부른다. 그는 도망치는 대신 이 방문자를 따라 마당으로 나갔다가 요괴가 땅속으로 사라지는 모습을 본다. 이튿날 학자는 하인들을 시켜 그 자리를 파헤친다. 아니나 다를까, 얼마 지나지 않아 족쇄를 찬 백골이 나온다. 뼈를 적절히 장사지내자 출몰은 멈춘다. 얘기도 끝난다. 전형적인 2급령이라고 전문가들은 말한다. 고전적이고 단순한 목적, 그러니까 감춰진 잘못을 바로잡겠다는 욕망을 가진 유령이다. 오늘날 당신이 맞닥트리는 유형과 같다. 그러니까 변한 건 딱히 없다.

미안한데, 그런 소리 나한테는 안 통한다. 그래, 플리니의 얘기는 숨겨진 출처에 얽힌 괜찮은 일례이기는 하다. 우리에게 익숙한 유사

사례도 수없이 많다. 하지만 두 가지에 주목하라. 첫째, 얘기에 등장하는 학자는 유령접촉의 결과로 퉁퉁 부어오르고 푸르죽죽해진 끝에 맞이하게 될 고통스러운 죽음에는 조금도 개의치 않는 듯 보인다. 그가 그냥 멍청이(행운아임은 말할 것도 없고)여서 그랬을 수 있다. 아님 고대의 방문자들이 오늘날처럼 위험하진 않았든가.

그들의 출몰 역시 그리 흔한 일은 아니었다. 그게 두 번째로 주목할 점이다. 플리니의 얘기에 등장하는 흉가? 그런 흉가는 아테네에 딱 하나밖에 없었을 것이다. 그랬기에 그토록 헐값이었던 거고. 여기 현대 런던에는 흉가가 수십 채에 달하고, 심령 조사 대행사들이 얼마를 작업하든 더 많은 흉가들이 속속 생겨난다. 옛날에는 유령이 상당히 희귀했지만, 지금 우리 시대에는 유행병이나 다름없다. 그러니 내게는 꽤나 분명한 사실이다. 지금의 난제는 과거와는 양상이 다르다. 오륙십 년 전쯤에 뭔가 이상하고 낯선 현상들이 벌어지기 시작한 건 사실인데, 그 이유는 짐작조차 하는 사람이 없다.

조지가 늘 그러듯 옛날 신문들을 보면 지난 세기 중엽쯤에 켄트와 서섹스 지역 곳곳에서 유령이 출몰했다는 목격담을 실은 기사가 불쑥불쑥 튀어나온다. 하지만 이 문제에 본격적으로 관심이 쏟아지기 시작한 건 그로부터 십 년도 더 지난 시점에 '하이게이트 귀신'이나 '머드 레인 혼령'처럼 유혈이 낭자한 사건들이 연이어 발생하면서부터였다. 매번 느닷없이 덮쳐오는 초자연적 현상으로 상당수의 인명이 끔찍하게 희생됐다. 전통적인 방식의 수사들은 아무 소용이 없었고 경찰관도 한둘 사망했다. 그러던 중 톰 로트웰과 마리사 피츠라는 두 명의 젊은 연구자가 각각의 출몰을 추적해 출처들을 찾아내는 데 마침내 성공했다.(하이게이트 귀신의 출처는 벽돌 뒤에 유기된 백골, 머드 레인 혼령의 경우엔 십자로에서 처형된 노상강도의 시체였다.) 그들의 성공은 어마어마하게 추앙받았고, 방문자들의 존재가 대중의 머릿속에 확실히 자리 잡는 계기가 됐다.

이후 수년간 다른 유령 여럿이 세상에 모습을 드러내더니 런던과 영국 남부에서 시작해 전국으로 서서히 퍼져나갔다. 극심한 공포 분위기가 만연했다. 폭동과 시위가 벌어졌다. 사람들이 영혼의 구원을 모색하면서 교회와 이슬람 사원이 번창했다. 수요에 부응하고자 피츠와 로트웰이 발 빠르게 심령 조사 대행사를 설립했고, 소규모의 경쟁 업체들이 뒤를 이었다. 마침내 정부도 행동에 나서 일몰 후 통행금지령을 내렸고, 주요 도시에 설치할 항마등을 생산하기 시작했다.

당연한 얘기지만 이 중 어떤 것도 난제를 실질적으로 해결하지는 못했다. 차라리 이렇게 말하는 게 더 정확한 설명일 것이다. 시간이 흐르면서 영국은 이 새로운 현실과 공존하는 데 익숙해졌다고. 성인에 해당하는 시민들은 위험을 피해 얌전히 생활하면서 가정에 철이 충분히 구비돼 있는지 확인하고, 초자연적 위협을 진압하는 일은 대행사들에 맡겼다. 대행사들은 최고의 요원들을 찾아 나섰다. 고도의 심령 민감성*은 전적으로 아주 어린 아이들에게서만 드러났기 때문에 나 같은 아이들 세대 전체가 최전선에 나서게 됐다.

나는 루시 조앤 칼라일로, 난제 공인 사십 주년에 태어났다. 그때는 영국이라는 섬나라 전체에 난제가 확산된 뒤여서 가장 작은 동네들에도 항마등이 있고, 마을마다 경종*이 구비된 상태였다. 내 아버지는 영국 북부에 있는 조그만 동네의 기차역에서 짐꾼으로 일했다. 슬레이트 지붕과 돌담들이 즐비한, 푸르른 산 사이에 꼼짝없이 끼어 있는 곳이었다. 아버지는 조그만 체구에 얼굴이 벌겠고, 등이 굽고 근육질에다 유인원처럼 털이 많았다. 아버지의 숨결은 독한 브라운 에일* 냄새를 풍겼고, 손은 자신의 뚱한 무관심을 흩트리는 자녀 누구든 혼쭐을 내줄 수 있게 거세고 날렸다. 아버지가 날 이름으로 불러준 적이 내 기억에는 없다. 아버지는 서먹하고 독단적인 힘 그 자체였다. 아버지가 기차에 깔렸을 때 나는 다섯 살이었는데, 그날 내가 유일하게 느꼈던 진짜 감정은 그게 아버지와 우리의 마지막이 아닐지도 모른다는 공포였다. 아버지의 사건에는 그 이름도 딱인 새 법률, '비명횡사법'이 적용됐다. 사고가 발생한 철로에 성직자들이 철을 뿌리고 시신의 두 눈에 은화를 얹었다. 목에는 철제 부적을 걸어 혼령과의 연줄을 끊었다. 이 예방책들은 나름 효과가 있었다. 아버지는 돌아오지 않았다. 어머니는 그 인간이 돌아온다 한들 우리한테는 별 문제가 되지 않을 거라고 말했다. 아버지의 혼령*이 들러붙을 곳은 동네 술집뿐이니까.

나는 낮에는 학교에 갔다. 동네 변두리의 강 위에 자리 잡은 조그만 콘크리트 건물이었다. 오후에는 강가 목초지나 공원에서 놀았지만 통행금지 경보에 늘 신경을 썼고, 해가 완전히 지기 전에 우리의 조그만 집으로 안전히 돌아갔다. 귀가하고 나서는 방어 준비를 도왔다. 내 임무는 창틀마다 라벤더 양초를 놓고 걸이용 부적들을 점검하는 거였다. 언니들은 조명을 밝히고 바깥 현관 아래를 흐르는 수로에 새로 받아 온 물을 부었다. 모든 준비가 끝나면 어머니가 허둥지둥 들어오고, 그와 동시에 밤이 내렸다.

어머니('큼지막하다, 분홍빛이다, 잔뜩 지쳤다' 같은 표현을 떠올려보라.)는 동네의 조그만 호텔 두 곳에서 빨래 일을 했다. 어머니가 가진 능

---

* 영국 노동자들이 즐겨 찾던 갈색의 에일 맥주.

동적인 모성애의 상당 부분은 일과 권태에 잠식당했고, 자기 핏줄인 딸들에게 쏟을 기력도 거의 남아 있지 않았다. 그 딸들 중 일곱째이자 막내가 바로 나였다. 어머니는 낮에는 대개 나가 있었고, 어둠이 내리면 뿌연 라벤더 연기 속에 널브러져 조용히 TV를 봤다. 내게 그 어떤 관심도 주지 않았고, 날 돌보는 일은 대부분이 언니들 차지였다. 나에 대한 어머니의 진짜 관심사는 딱 하나, 내가 경제적 자립을 어떻게 달성할 것인가 뿐이었다.

다들 알다시피 우리 가문 대대로 내려오는 재능이란 게 있었다. 어머니는 어릴 적에 유령이 보였다. 내 언니 둘은 시각이 나름 괜찮아서 집에서 50킬로 떨어진 뉴캐슬시에서 야경대원으로 일했다. 하지만 그들 누구도 사실상 조사관은 아니었다. 처음부터 나는 확연히 달랐다. 난제와 관련된 사안들에 있어 감각이 남달랐다.

언제였더라, 내가 여섯 살 때였던 것 같은데, 그날 나는 강가 목초지에서 메리 언니랑 놀고 있었다. 메리는 내가 가장 좋아하고 나이 차도 가장 적은 언니였다. 골풀 사이에서 언니의 축구공을 잃어버린 탓에 우리는 오랜 시간 그 주변을 들쑤시고 다녔다. 뒤엉킨 뿌리와 끈끈한 호박색 진흙 사이에 깊이 처박힌 공을 마침내 찾았을 때는 해가 거의 사라진 뒤였다. 그래서 우리는 강가에 난 길을 아직도 되짚어가는 중이었다. 그때 들판 저쪽에서 경종이 울렸다.

메리 언니와 나는 서로를 쳐다봤다. 어둠이 내린 뒤에 밖을 돌아다니다가 당할지도 모를 봉변에 대해 유아기 때부터 내내 경고를 받아온 터였다. 메리 언니가 울기 시작했다.

하지만 나는 당돌한 꼬마였다. 조그맣고 어둡고 대담했다. "상관없어." 나는 말했다. "아직 이른 시각이야. 그러니까 놈들도 아직은 아기처럼 연약할 거야. 이 주변에 놈들이 진짜로 있기나 하다면. 그럴 것 같진 않지만."

"문제는 그뿐이 아냐." 언니가 말했다. "엄마는 어쩌고. 날 흠씬 두들겨 팰걸."

"뭐, 나도 흠씬 두들기겠지."

"난 너보다 언니잖아. 엄마는 날 엄청 아프게 때릴 거야. 넌 괜찮아, 루시."

나는 속으로 그 말을 의심했다. 어머니는 하루에 아홉 시간씩 침대보를 빨았다. 거의 대부분을 손으로. 그리고 어머니의 팔뚝은 돼지 허벅지만큼 어마어마했다. 어머니한테 한 대 얻어맞은 엉덩이는 일주일을 경련했다. 우리는 침울한 침묵 속에서 서둘렀다.

사방이 온통 갈대와 진흙이었고, 땅거미가 점점 깊어지고 있었다. 저 앞 산모퉁이에서 반짝이는 동네의 불빛들은 우리에게 꾸지람인 동시에 등대였다. 기운이 났다. 도로로 이어지는 잡초투성이 계단이 보였다.

"엄마가 불러?" 내가 불쑥 말했다.

"뭐?"

"엄마가 우릴 부르고 있어?"

메리 언니는 귀를 기울였다. "아무것도 안 들리는데. 어쨌든 우리 집은 아직 몇 킬로나 떨어져 있잖아."

맞는 말이었다. 그리고 내 귀에 들리는 그 희미하고 가녀린 목소리의 발생지가 동네는 아닌 것 같았다.

나는 눈을 들어 저 멀리 평지 너머를 내다봤다. 당장 눈에 보이지는 않으나 언덕 사이를 컴컴하고 깊게 흐르는 강 쪽을 살폈다. 확신하기는 어려웠지만 거기 갈대 사이에 선 형상 하나를 언뜻 본 것 같았다. 시커먼 자국 같은 게 허수아비처럼 삐뚜름했다. 가만히 쳐다보고 있는데 그것이 움직이기 시작했다. 그리 빠르지는 않았지만 그렇다고 그리 느리지도 않았다. 우리가 가려는 길과 교차할 가능성이 큰 길을 따라 이동하고 있었다.

나는 저 사람과, 그러니까 그 존재가 무엇이든 간에 저자와 맞닥 트리는 상황에 내가 크게 개의치 않는다는 사실을 알게 됐다. 언니를 장난스레 쿡 찔렀다. "누가 빠른지 달리기하자." 내가 말했다. "얼른! 점점 추워지잖아."

우리는 길을 따라 달렸다. 나는 몇 미터마다 점프해 가며 상황을 살폈다. 그 미지의 누군가가 우리와 만나려고 기를 쓰며 성큼성큼 절 뚝절뚝 갈대 줄기를 헤쳐 나오고 있었다. 어쨌든 결론적으로는 우리 가 더 빨라 잡초투성이 계단에 안전하게 도달했다. 난간에서 돌아봤 을 때, 강가 목초지는 단조로운 잿빛 광야일 뿐 저 멀리 강이 굽이지 는 곳들에 이르기까지 아무것도 없었고, 갈대 틈에서 우리를 부르는 목소리도 없었다.

나중에, 엉덩이의 얼얼함이 가신 뒤에 나는 어머니에게 그 형상 에 대해 털어놨다. 어머니는 자신이 어렸을 때 사랑 때문에 강가 목 초지에서 자살한 동네 여자 얘기를 해줬다. 여자의 이름은 페니 놀란 이었다. 여자는 갈대를 헤치고 들어가 강 물줄기에 드러누워 익사했 다. 당신도 예상하듯 그녀는 2급령, 그중에서도 애정에 굶주린 혼령 이 돼 계곡에서 마을로 때늦게 돌아오는 이들에게 이따금 곤란을 안 겼다. 수년간 제이콥스 대장이 상당량의 철을 허비해 가며 출처를 찾 아 헤맸지만 끝내 실패했고, 따라서 페니 놀란은 아직도 근방을 돌아 다니고 있을 터였다. 결국 사람들은 길을 다시 내기로 했고, 놀란의 들판은 휴경지로 버려졌다. 그곳은 지금 야생화가 만발하는 아름다 운 땅이다.

이런 사건들이 이어지면서 내 재능은 이내 지역민들이 다 아는 얘기가 됐다. 어머니는 내가 여덟 살이 되도록 안달복달을 하며 겨우 기다렸다가 시내 광장에서 약간 벗어난 위치에 있던 대행사로 날 데려가 그와 만났다. 타이밍이 기가 막혔다. 사흘 전에 그의 요원 하나가 작전 중에 목숨을 잃은 상황이었으니까. 모든 게 잘 풀렸다. 어머니는 내 주급을 챙기게 됐고, 나는 첫 직장이 생겼으며, 제이콥스 대장은 새 훈련생을 얻었다.

내 고용주는 키가 껑충하고 송장 같은 신사로, 지역 사무소를 이십 년 넘게 운영해 오고 있었다. 지역민들에게 존경에 가까운 존중을 받았지만, 그럼에도 직업 때문에 고립되는 측면이 있었고, 그래서 신비로운 수수께끼 같은 분위기를 키우게 됐다. 잿빛 피부에 매부리코를 가졌고 수염까지 시커먼데, 거기다 약간 예스러운 검은색 정장을 고집한 덕분에 장의사처럼도 보였다. 시도 때도 없이 담배를 피워댔고, 재킷 주머니에 철가루를 아무렇게나 넣어 다녔으며, 옷은 좀처럼 갈아입지 않았다. 그의 레이피어는 엑토플라즘 얼룩으로 누랬다.

저녁마다 땅거미가 내리면 그는 대여섯 명의 꼬마 요원들을 데리고 지역 곳곳을 순찰했다. 경보기가 울리면 대처하고, 모든 게 조용할 때면 공공장소를 점검했다. 맏형뻘의 조사관들은 3급 시험을 통과한 자들로, 검을 차고 작업 벨트를 맸다. 나 같은 최연소 요원들은 잡동사니가 든 가방이나 날랐다. 그럼에도 이 엄선된 직원들로 구성된 중요한 회사의 일원이 돼 겨자색 재킷을 입고 당당히 걷는 게 내게는 괜찮아 보였다. 그 위대한 제이콥스 대장을 우두머리로 모시는 것도.

그 뒤 수개월 동안 나는 소금과 마그네슘을 정확한 비율로 혼합하는 법과 유령의 예상 위력에 맞춰 철을 뿌리는 법을 배웠다. 가방을 꾸리고 손전등을 확인하고, 등에 연료를 채우고 쇠사슬을 검사하는 데 능숙해졌다. 레이피어를 손질하고 차와 커피를 만들었다. 런던 선라이즈 물산의 새 공급품을 실은 화물차가 도착하면 폭탄과 산탄통을 분류한 뒤 재고품 선반에 차곡차곡 정리했다.

제이콥스는 곧 내가 방문자들을 제법 잘 보는 건 사실이지만 놈들의 소리를 듣는 건 다른 누구보다 뛰어나다는 걸 알게 됐다. 아홉 살이 채 되기 전에 나는 붉은 헛간의 속삭임을 추적해 범법자의 무덤에 서 있던 망가진 우체통을 찾아냈다. 백조 호텔의 그 지독한 사건에서는 우리 뒤에서 슬금슬금 다가오는 은근하고 숨죽인 발소리를 감지해 유령접촉의 문턱에서 우리 모두를 구해냈다. 제이콥스는 그 공로들을 즉각적인 승급으로 치하했다. 나는 1급과 2급을 고속으로 이수했고, 열한 번째 생일날에 3급 조사관 자격을 취득했다. 그 역사적인 날에 전용 레이피어와 플라스틱으로 코팅한 공식 인증서, 내 앞으로 지급된 『유령 사냥꾼을 위한 피츠 지침서』, 그리고 (내 어머니에게 가장 중요한 대목이었다.) 엄청나게 오른 급여를 가지고 집으로 갔다. 나는 이제 우리 가족의 가장이었다. 주당 나흘씩 야간 업무를 해서 버는 돈이 어머니가 엿새 동안 온종일 일해서 버는 돈보다 많았다. 어머니는 축하의 의미로 새 식기세척기와 더 큰 TV를 샀다.

하지만 나는 사실 집에서 보내는 시간이 많지 않았다. 동네 슈퍼마켓에서 일하는 메리 언니를 빼면 언니들은 모두 독립한 뒤였고, 어머니랑 이야깃거리도 많지 않았다. 그래서 깨어 있는 시간(대개는 밤중이었다.)은 제이콥스 사무소의 어린 조사관들과 보냈다. 우리는 가까웠다. 함께 일했다. 재미있게 놀았다. 서로의 생명도 이래저래 구했다. 그 애들의 이름은, 당신이 굳이 알고 싶다면, 폴과 노리, 줄리, 스테프, 알피 조였다. 그들 모두는 지금 이 세상 사람이 아니다.

나는 큰 키에 다부지고 내 마음에 드는 수준 이상으로 건장하게 자랐다. 눈이 크고 눈썹은 두껍고 코가 과하게 긴 데다 입술은 부루퉁했다. 예쁘지는 않았지만, 언젠가 어머니가 말했듯 예쁜 외모는 내 전문이 아니었다. 나는 발이 날랬다. 레이피어를 다루는 재주가 특별히 뛰어나지는 않았으나 잘해보려는 욕심도 있었다. 명령을 효과적으로 수행하고 팀 내에서 무리 없이 일했다. 하루빨리 4급에 도달하겠다는 바람도 있었다. 그러면 분단장으로서 내 분단을 이끌고 나름의 결정들을 할 수 있을 터였다. 내 존재는 위태로웠을지언정 성취감이 충만했고, 나는 적당히 만족했다. 딱 하나 본질적인 문제를 제외하면.

들리는 소문에 따르면, 제이콥스 대장은 소년 시절에 런던의 피츠대행사에서 수련했다. 그러니까 그도 한때는 나름 잘나가는 인물이었던 거다. 뭐, 더는 아니었지만. 모든 어른들이 그렇듯 그의 감각들은 이미 오래전에 무뎌졌다. 유령을 쉽게 감지할 수 없었던 그는 우리에게 자신의 눈과 귀 역할을 맡겼다. 여기까지는 충분히 있을 법한 일이다. 감독관들은 다들 그랬다. 그들의 임무는 방문자가 목격됐을 때 그간의 경험과 예리한 기지로 어린 조사관들을 도와 공격 계획을 조정하고 필요한 경우 비상 지원을 제공하는 것이다. 내가 제이콥스 사무소에 처음 나가고 몇 해 동안은 그도 이를 그런대로 훌륭히 소화했다. 하지만 언제부터인가, 그러니까 어둠 속에서 끝도 없이 계속되는 대기와 감시의 시간들이 이어지면서 그는 겁이 늘기 시작했다. 출몰 현장 언저리에서 뒷걸음질하며 안으로 들어가기를 주저했다. 손을 떨고 줄담배를 피웠다. 명령은 저 멀리에서 악을 써서 전달했다. 그림자에도 기겁했다. 어느 밤에는 보고를 위해 다가가던 날 방문자로 착각하기도 했다. 극도로 겁에 질려 레이피어를 내둘렀고 내 모자를 베었다. 그가 검을 잡은 손을 떨지 않았다면 나는 목숨을 부지하지 못했을 것이다.

우리 조사관들은 당연히 그의 상태를 알았고 누구도 개의치 않았다. 하지만 그는 우리에게 임금을 지급하는 장본인이자 조그만 우리 동네의 중요 인사기도 했다. 그래서 우린 우리끼리라도 어떻게든 해나갔고, 우리 자신의 판단에 의지했다. 사실 꽤 오래 아주 끔찍하다 할 만한 사건이 없기도 했다. 위스번 방앗간에서의 그 밤 전까지는.

위스 계곡 중간쯤에 악명이 자자한 물레방앗간이 있었다. 거기서 사고들이 발생했고 한두 명 목숨도 잃었다. 그래서 수년간 폐쇄된 상태였다. 지역 벌목업체가 그 부지를 사무소로 쓰고 싶어 했지만, 그 전에 안전히 정리부터 해두길 원했다. 그들은 제이콥스에게 확인을 부탁했다. 건전치 못한 움직임이 없게 손봐달라는 거였다.

우리는 오후 늦게 계곡을 오르기 시작해 땅거미가 진 직후 방앗간에 도착했다. 따뜻한 여름 저녁이었고 나무에서 새들이 재잘댔다. 머리 위에서 별들이 반짝였다. 방앗간은 계곡 가운데, 암석과 침엽수 사이에 거대한 암흑덩어리처럼 박혀 있었다. 자갈길 밑에서 개울이 게을리 흘렀다.

방앗간으로 들어가는 주 출입문에 달린 자물쇠가 보였다. 문에 난 유리창은 깨져 있었다. 휑하니 뚫린 부분에 널빤지가 어설프게 붙어 있었다. 우리는 문밖에 집합해 장비를 점검했다. 제이콥스 대장은 늘 하던 대로 앉을 자리를 살폈고, 근처에서 그루터기 하나를 찾아냈다. 담배에 불을 붙였다. 우리는 각자의 재능을 활용하고 보고했다. 뭔가를 감지한 사람은 나뿐이었다.

"흐느끼는 소리가 들려요." 내가 말했다. "엄청 희미한데 상당히 가깝습니다."

"어떤 종류의 느낌인데?" 제이콥스가 물었다. 그는 머리 위를 획 날아 지나는 박쥐들을 보고 있었다.

"아이 울음소리랑 비슷해요."

제이콥스는 모호하게 끄덕였다. 날 쳐다보지 않았다. "첫 번째 방부터 확보해." 그가 우리에게 말했다. "그런 다음 다시 확인한다."

자물쇠는 세월로 녹슬었고 문은 뻑뻑하고 비틀려 있었다. 우리는 문을 밀어서 연 뒤, 크고 황량한 현관부 여기저기에 손전등을 비췄다. 천장은 낮았고 쩍쩍 갈라진 리놀륨 타일에는 갖가지 잔해들이 흩어져 있었다. 책상과 안락의자, 벽에 붙은 옛 안내문들이 보였고 가구 썩는 냄새가 났다. 바닥 아래 어딘가에서 개울물이 흐르는 소리가 들렸다.

우리는 현관부로 진입했다. 한 줄기 담배 연기를 달고. 제이콥스 대장은 우리와 함께하지 않았다. 바깥 자기 그루터기에 앉아 무릎을 내려다보고 있었다.

우리는 서로에게 바짝 붙어 서서 각자의 재능을 한번 더 발휘했다. 나는 그 느낌을 다시 들었는데, 이번에는 소리가 더 컸다. 우리는 손전등을 끄고 수색을 시작했다. 얼마 지나지 않아 방앗간의 깊숙한 곳으로 이어지는 통로 저쪽 끝에 웅크린 조그맣고 반짝이는 형상 하나를 발견했다. 다시 손전등을 켰을 때, 통로는 텅 비어 보였다.

나는 밖으로 나가 수색 결과를 보고했다. "폴이랑 줄리가 그러는데 조그만 꼬마 같대요. 더 자세히는 모르겠습니다. 너무 희미해요. 움직이지도 않고요."

제이콥스 대장은 풀밭에 담뱃재를 떨었다. "너희한테 어떤 식으로도 반응을 안 했다고? 접근하려는 시도도 없었고?"

"네, 그렇습니다. 다른 대원들은 약한 1급령*이라고 생각해요. 오래전에 여기서 일했던 어느 꼬마의 메아리쯤 될 거라고요."

"그래, 알았다. 놈은 철로 묶어둬. 그런 다음 해당 지점을 수색한다."

"네, 알겠습니다. 다만, 대장님…."

"무슨 일인가, 루시?"

"그게…, 이놈한테 뭔가가 있어요. 어딘가 찝찝합니다."

제이콥스 대장의 짧은 들숨에 어둠 속 담배 끝이 붉게 빛났다. 요즘 들어 늘 그렇듯 그의 손이 떨리고 있었다. 말투는 짜증스러웠다. "찝찝해? 상대는 우는 아이야. 당연히 찝찝하지. 뭐 다른 소리라도 들리는 거야?"

"아닙니다."

"무슨 목소리 같은 거라도? 또 다른, 더 강한 방문자로 추정되는?"

"아뇨…." 말은 맞았다. 다른 위험을 의미하는 소리는 전혀 없었다. 이 출몰의 모든 징후는 허술하고 부실했으며 나약함을 연상시켰다. 소리도, 형상도… 아예 없는 거나 마찬가지였다. 전형적이고 희미한 음영자*에 지나지 않았다. 그 정도는 눈 깜짝할 새에 없애버릴 수 있었다. 그런데도 나는 여전히 불신했다. 놈이 좀 너무 바짝 움츠린 모양새가 마음에 걸렸다.

"다른 대원들은 뭐라는데?" 제이콥스가 물었다.

"아주 쉽다고 생각합니다. 당장 해치우고 싶어 해요. 하지만 그래서는… 안 될 것 같습니다."

그가 그루터기에서 자세를 고쳐 앉는 소리가 들렸다. 나무 사이에서 바람이 움직였다. "대원들한테 중지 명령을 내릴 순 있어, 루시. 하지만 막연한 느낌은 아무 쓸모없어. 확고한 근거가 있어야지."

"아닙니다, 대장님…. 괜찮을 것 같습니다…." 나는 한숨을 쉬고 머뭇거렸다. "대장님이 같이 들어가면 어떨까요? 직접 보고 의견을 주실 수 있을 겁니다."

둔중한 침묵이 이어졌다. "네 할 일이나 해." 제이콥스 대장이 말했다.

다른 아이들은 정말로 안달이 나 있었다. 위치를 파악하고 보니 그들은 이미 통로를 따라 전진하고 있었다. 검을 치켜들고 소금탄*을 준비한 채. 그리 멀지 않은 곳에 있던 반짝이는 형상은 가까워오는 철의 존재를 감지했다. 겁을 집어먹고 움츠러들며 반짝반짝 보였다 안 보였다 하는 모양새가 꼭 화면 조정 상태가 엉망인 TV 같았다. 놈은 통로의 한쪽 구석으로 스르르 움직이기 시작했다.

"이동한다!" 누군가가 말했다.

"사라지는데!"

"시선 떼지 마! 놓치면 안 돼!"

환영*의 소실점*을 봐두지 못하면 출처의 위치를 파악하는 작업이 훨씬 수고로워질 터였다. 조사관들이 우르르 앞으로 달려나갔다. 나는 검을 뽑고 그들을 따라잡으려 서둘렀다. 아이의 음영은 이제 너무도 희미해서 사라진 것이나 다름없었다. 문득 아까의 내 걱정이 터무니없게 느껴졌다.

쪼그라들기를 거듭하다 아장거리는 꼬마 정도로 작아진 유령은 처량하게 절뚝이며 모퉁이를 돌아 시야에서 사라졌다. 동료 대원들이 얼른 뒤쫓았다. 나도 속도를 냈다. 그래도 모퉁이에는 아직 도달하지 못했던 그때, 악랄히 타오르는 플라스마* 불빛이 내 앞 벽을 갈랐다. 끼이익, 철을 고문하는 소리가 들리고 마그네슘 화염이 혼자 폭발했다. 그 불길이 내뿜는 잠깐의 빛 속에서 나는 봤다. 몸집을 계속 키우는 괴물 같은 그림자를. 빛이 꺼졌다.

이윽고 그 모든 비명들이 시작됐다.

나는 고개를 비틀어 통로를 돌아봤다. 현관부 저편에 열려 있는 문을 내다봤다. 멀찌감치 떨어진 어스름 속에서 담배의 아주 조그만 붉은 구멍이 보였다.

"대장님! 제이콥스 대장님!"

대답이 없었다.

"대장님! 도움이 필요합니다! 대장님!"

제이콥스 대장의 들숨에 붉은 구멍이 불탔다. 돌아오는 대답은 없었다. 그는 꿈쩍도 하지 않았다.

다음 순간 통로를 따라 바람이 포효하고 날 내동댕이치다시피 했다. 방앗간 벽들이 흔들렸다. 열려 있던 주 출입문이 쿵 하고 닫혔다.

나는 어둠 속에서 욕을 퍼부었다. 벨트에서 산탄통을 뽑고 검을 높이 쳐들고 통로의 모퉁이를 돌아 비명들 속으로 달려 들어갔다.

검시 과정에서 제이콥스 대장은 죽은 조사관들의 친지에게 거센 비난을 받았고, 그를 법정에 세우자는 얘기가 오갔지만 그래 봐야 결론은 똑같았다. 대장은 내가 가져온 정보에 전적으로 의거해 유령의 위력을 판단했다고 주장했다. 도움을 청하는 내 외침도, 방앗간에서 나는 그 어떤 소리도 듣지 못했다고 우겼다. 마침내 2층 창문을 뚫고 나온 내가 지붕을 데굴데굴 굴러 목숨을 부지하기까지 자신은 아무 소리도 못 들었다고. 그 어떤 비명도 인지하지 못했다고 주장했다.

나는 증언대에서 작전 당시에 느꼈던 불안을 묘사하려 애썼지만 구체적으로 감지한 징후는 사실 없었다는 점을 억지로 인정해야 했다. 검시관은 법정에서 사건의 개요를 설명하면서 그 방문자의 위력을 내가 더 정확히 보고하지 못한 것이 안타까울 따름이라고 했다.

보고가 정확했더라면 일부의 생명이나마 살릴 수 있었을지도 모른다고. 제이콥스는 과실치사 판결을 받았는데, 그런 상황에서는 흔한 일이었다. 죽은 대원들의 친지는 보상으로 피츠 기금이 주는 위로금과 아이들을 기리자며 시내 광장에 부착한 조그만 명판들을 받았다. 방앗간은 철거됐고, 그 부지에는 소금이 뿌려졌다.

제이콥스는 얼마 지나지 않아 업무에 복귀했다. 나 역시 그 사고를 극복할 약간의 휴식기를 가진 뒤 기쁜 마음으로 제이콥스에게 합류하리라고 다들 예상했다. 내 뜻은 달랐다. 나는 기력을 회복하기까지 사흘을 기다렸다. 나흘째 아침 일찍, 어머니와 언니가 아직 잠들어 있는 틈을 타 조그만 배낭에 소지품을 챙기고 허리춤에 레이피어를 찼다. 뒤도 돌아보지 않고 고향 집을 나섰다. 한 시간 뒤, 나는 런던행 열차에 앉아 있었다.

6

록우드 심령 회사

저명한 심령 조사 대행사 록우드 심령 회사에서 신입 현장 요원을 모집합니다. 주요 업무는 출몰 현장 분석과 방제 작업입니다. 초자연적 현상에 감각이 있고, 용모가 단정한 분을 모십니다. 여성과 15세 이하의 지원자를 우대합니다. 시간 귀한 줄 모르는 분, 사기꾼, 전과자는 지원을 삼가해 주십시오. 사진을 첨부한 지원서를 런던 W1 포틀랜드 로 35번지로 보내주시기 바랍니다.

나는 도로에 서서 택시가 떠나가는 모습을 지켜봤다. 엔진 소리가 희미해졌다. 사위는 무척 고요했다. 포장도로와 그 양옆에 줄줄이 주차된 자동차들 위에서 파리한 햇빛이 어슴푸레 빛났다. 조금 떨어진 곳에 손바닥만 하게 내리쬐는 칙칙한 햇빛 속에서 어린 소년이 놀고 있었다. 플라스틱 유령과 조사관들이 콘크리트 바닥을 가로지르는 중이었다. 조사관은 작은 검을 들었다. 유령은 허공에 떠 있는 조그만 침대보 같았다. 소년 말고는 주변에 아무도 없었다.

누가 봐도 런던의 이쪽 구역은 주거지역이었다. 골격이 우람한 빅토리아풍 주택들은 한쪽 벽면이 옆집과 붙어 있고, 기둥을 세운 바깥 현관마다 라벤더 바구니들이 걸려 있었으며, 도로에서 집 지하실로 곧장 내려갈 수 있게 계단이 나 있는 구조였다. 사방이 구차스레 체면을 유지하는 듯한, 건물도 사람도 과거의 좋았던 시절을 되새김질하는 듯한 인상을 풍겼다. 길모퉁이에 조그만 가게가 있었다. 오렌지에서 구두약, 우유에서 마그네슘 화염까지 모조리 취급하는 그런 어수선한 가게였다. 가게 밖에 낡은 철제 항마등이 솟아 있었다. 표면에 세로로 줄줄이 홈을 판 2.5미터짜리 기둥 위에 등을 얹은 형태였다. 거대한 경첩이 달린 민무늬 덮개는 닫혔고, 섬광 전구들은 꺼졌으며, 렌즈들은 숨어 있었다. 철제 기둥 여기저기에 녹이 이끼처럼 만발해 있었다.

지금 이러고 있을 때가 아니었다. 나는 가장 가까이에 있는 자동차의 옆 유리에 비친 내 모습을 점검했다. 모자를 벗고 손가락으로 머리칼을 슥슥 빗질했다. 지금 나는 훌륭한 조사관처럼 보이는가? 적합한 경력과 자격을 갖춘 자로 보이나? 아님 일주일 동안 대행사 여섯 곳에서 퇴짜를 맞은 수습 불가의 찌질이처럼 보이나? 어느 쪽인지 판단하기 힘들었다.

나는 길을 따라 올라가기 시작했다.

포틀랜드 로 35번지는 전면을 흰색으로 칠한 삼 층짜리 주택이었다. 빛바랜 녹색 덧문과 창가에 내건 분홍색 꽃들이 보였다. 쇠락한 이웃들보다도 더 쇠락한 분위기를 풍겼다. 시선이 가닿는 곳곳마다 페인트칠이 필요했다. 아니, 청소만 좀 해도 한결 나을지 몰랐다. 철

책 밖에 고정해 둔 조그만 나무 표지판에 이렇게 적혀 있었다.

A. J. 록우드 심령 회사, 조사관 사무소
일몰 뒤에는 초인종을 울리고
철선 밖에서 대기하시오.

나는 멈칫하며 텐디 & 손스 사무소의 말쑥한 타운하우스를, 앳킨스와 암스트롱의 널찍한 사무실들을, 그리고 무엇보다도 리젠트 스트리트에 위치한 로트웰 빌딩의 눈부신 유리를… 머릿속에 떠올리고 애석해했다. 하지만 그들과의 면접은 하나같이 좋은 결과로 이어지지 못했다. 이제 내게는 선택의 여지가 없었다. 내 외모가 그렇듯 이것도 받아들여야만 하는 일이었다.

기우뚱한 금속제 울타리 문을 밀어 열고 바닥 타일들이 깨져 있는 좁은 보도로 발을 내디뎠다. 오른쪽에 지하 마당으로 이어지는 가파른 계단이 있었다. 그늘진 공간의 절반가량은 담쟁이덩굴에 뒤덮였고 너저분하게 자란 풀과 화분에 심긴 나무들이 가득했다. 보도를 가로질러 철제 타일이 가늘게 한 줄로 박혀 있고, 그 옆 우편함 위에 걸린 커다란 종에서 나무 추가 대롱거렸다. 눈앞에는 검게 칠한 문이 있었다.

나는 종을 무시하고 철선을 넘어가 문을 냅다 두드렸다. 얼마 뒤 짜리몽땅하고 통통하며, 머리칼에 기름이 덕지덕지하고 거대한 둥근 테 안경을 쓴 십 대가 문밖을 내다봤다.

"어, 또 있네." 그가 말했다. "다 끝난 줄 알았는데. 아님 아리프네에 새로 온 애인가?"

나는 그를 가만히 쳐다봤다. "아리프가 누군데?"

"길모퉁이 가게 주인. 보통 이 시간쯤에 도넛 배달부를 보내거든. 그쪽이 도넛을 가져온 것 같진 않지만." 그는 실망한 듯했다.

"도넛은 없어. 레이피어는 있어도."

십 대가 한숨을 내쉬었다. "그러니까 그쪽은 또 다른 지원자겠군. 이름?"

"루시 칼라일. 네가 록우드 씨야?"

"나? 아니."

"그럼 좀 들어가도 될까?"

"그래. 마지막 여자애가 이제 막 입장했거든. 생긴 걸로 봐서는 그리 오래 걸리지 않을 거야."

그가 말하는 순간 집 안에서 경악스러운 비명이 터져 나와 지하마당의 담쟁이덩굴 벽에서 메아리쳤다. 거리에 늘어선 나무에서 새들이 날아올랐다. 나는 소스라쳐 뒤로 물러나며 반사적으로 칼자루에 손을 올렸다. 비명은 찡찡대는 그르렁거림으로 잦아들더니 이내 잠잠해졌다. 나는 휘둥그런 눈으로 문간의 십 대를 쳐다봤다. 그는 조금도 동요하지 않은 듯 보였다.

"아, 끝났나 보네." 그가 말했다. "내가 뭐랬어? 자, 그쪽 차례야. 들어와."

이 남자애도, 조금 전의 비명도 꺼림칙해서 떠나는 쪽으로 마음이 반쯤 기울었다. 하지만 런던에서 두 주를 보낸 뒤의 내게 남은 선택지는 거의 없었다. 여기서도 말아먹었다가는 가망 없는 다른 꼬마들과 함께 야경대* 일이나 하게 될 터였다. 게다가 이 십 대의 태도도 신경에 거슬렸다. 그가 선 자세에서 느껴지는 미묘한 무례함은 내 줄행랑이 얼추 예상은 된다고 말하고 있었다. 나는 그의 뜻대로 움직일 생각이 없었다. 그래서 얼른 그를 지나쳐 시원하고 넓은 현관홀로 들어섰다.

바닥에는 나무 타일이 깔려 있고 벽에는 짙은 색 마호가니 책장이 죽 늘어서 있었다. 원시 부족들의 가면과 다른 유물들—단지와 우상들, 밝게 장식된 조개껍데기와 박—이 여럿 보였다. 현관문 바로 옆 협소한 열쇠 탁자에 놓인 등은 밑받침이 크리스털 해골 모양이었다. 그 뒤에 선 거대하고 이가 나간 화분에는 우산과 지팡이, 레이피어가 빼곡했다. 나는 외투 걸이 근처에서 멈춰 섰다.

"잠깐만 있어보라고." 십 대는 여전히 열려 있는 현관문 옆에 남아 기다렸다.

그는 나보다 나이가 약간 많았고, 나만큼 키가 크지는 않았지만 덩치는 훨씬 컸다. 살이 찐 데다 이목구비는 다소 단조로웠다. 도드라져 보이는 사각턱을 제외하면 별다른 특색이 없었다. 안경 너머의 두 눈이 몹시도 파랬다. 모랫빛에다 말꼬리를 연상시키는 질감의 머리칼이 눈썹을 가로질러 두텁게 드리워져 있었다. 그는 흰색 운동화와 물 빠진 청바지, 밑단을 허리춤에 대강 쑤셔 넣은 셔츠 차림이었다. 셔츠는 몸통 중간 부분이 불룩했다.

"개봉 박두." 그가 말했다.

집 안 깊숙한 곳에서 웅웅대는 목소리들이 점차 커졌다. 옆문이 벌컥 열렸다. 말쑥하게 차려입은 여자애 하나가 초고속으로 등장했는데, 눈은 불타오르고 얼굴은 하얗게 질리고 손에는 둘둘 만 외투를 들고 있었다. 그녀는 내게 분노와 경멸의 표정을 번뜩이고, 뚱뚱한 남자애한테 화끈하게 쌍욕을 하고, 현관문을 냅다 걷어찬 뒤 바깥세상으로 사라졌다.

"으음, 아무리 봐도 2차 면접 진출감이라니까 저건." 그가 평가하며 문을 닫고는 펑퍼짐한 코를 긁적였다. "오키도키. 이래도 날 따라

올 마음이 든다면⋯."

그는 앞장서서 볕이 잘 드는 응접실로 들어갔다. 흰색 벽에 명랑한 분위기, 더 많은 유물과 상징물로 장식된 곳이었다. 낮은 커피 테이블 주위로 안락의자 두 개와 소파 하나가 있었다. 그리고 그 옆에서 활짝 웃고 있는 건 검은색 정장 차림의 키 크고 날씬한 소년이었다. "내가 이겼어, 조지." 그가 말했다. "난 알았다니까, 한 명이 더 있다는 걸."

방을 가로질러 그와 인사하면서 나는 언제나처럼 감각을 활용했다. 그러니까 전방위적인 감각 말이다. 외적 그리고 내적 감각 모두를 동원하는. 아무것도 놓치지 않기 위해서였다.

가장 확연히 감지되는 건 커피 테이블에 놓인 둥글고 우람한 물건이었다. 녹색과 흰색 물방울무늬가 그려진 손수건에 덮여 있었다. 저게 앞서 면접을 본 여자애의 불쾌함과 관련이 있을까? 그럴 공산이 크다고 생각했다. 극도로 미묘한 소음들도 있었다. 뭔가가 들리다시피 하는 건 맞는데, 내 의식과의 간격이 도무지 좁혀지지 않았다. 제대로 집중만 하면 짚어낼 수도 있었을 것이다⋯. 하지만 그러려면 눈을 꼭 감고 입은 헤 벌린 채 널빤지처럼 뻣뻣이 서 있어야 했고, 그런 몰골로 면접을 시작하는 게 절대로 좋을 리 없다. 그래서 나는 그냥 소년과 악수했다.

"안녕." 그가 말했다. "난 앤서니 록우드야."

"난 루시 칼라일이야."

그는 무척이나 반짝이는 검은색 눈동자와 한쪽 입꼬리가 근사하게 올라가는 미소를 가졌다. "만나서 정말 반가워. 차 마실래? 아니, 조지가 벌써 권했나?"

통통한 소년이 못마땅하다는 듯한 몸짓을 해 보였다. "1차 시험이 끝날 때까지 기다릴까 했지." 그리고 덧붙였다. "그러고도 안 가고 있으면 주려고. 오늘 아침에 티백을 엄청 낭비했단 말야."

"기왕이면 좀 좋은 쪽으로 생각해 주지 그래." 앤서니 록우드가 말했다. "그럼 가서 주전자에 물을 올려주실까?"

조지는 확신하지 못하는 눈치였다. "그러지 뭐…. 근데 저 애는 딱 봐도 까막눈이야." 그는 발꿈치를 대고 빙글 돌아서는 터덜터덜 복도로 나갔다.

앤서니 록우드가 손짓으로 의자를 권했다. "조지의 실례는 용서해 줘. 아침 8시부터 면접을 보는 중이고, 녀석은 슬슬 출출해지고 있거든. 아까 그 여자애가 마지막 지원자라고 엄청 확신했던 터라."

"그렇다면 미안하게 됐네. 도넛도 하나 안 챙겨 와서 유감이고."

그는 날 뚫어져라 쳐다봤다. "왜 그런 소릴 하는데?"

"조지가 내게 일일 배달 얘기를 하기에."

"아. 난 또 너한테 무슨 신통력이라도 있는 줄 알았네."

"있어."

"내 말은, 뭔가 특이한 쪽으로. 신경 쓰지 마." 그는 맞은편 소파에 자리를 잡고 앉아 앞에 놓인 서류들의 주름을 밀어서 폈다. 그의 얼굴은 몹시 갸름했고 코는 길었으며, 숱 많은 흑발은 여기저기가 뻗쳐 있었다. 그가 나와 비슷한 또래라는 깨달음은 충격에 가까웠다. 몹시도 자신만만한 태도 탓에 나이를 따져볼 생각을 하지 못했다. 나는 그제야 그 방에 감독관이 동석하지 않은 이유가 궁금해졌다.

"지원서를 보니," 록우드가 말했다. "영국 북부 출신이네. 체비엇 힐스가 고향이라고. 몇 년 전에 거기서 유명한 사건이 있지 않았나?"

"머튼 탄광 귀신." 내가 말했다. "맞아. 그때 난 다섯 살이었어."

"런던의 피츠 소속 조사관들이 파견돼서 방문자들을 처리했어.

그렇지? 『영국 출몰 지명 사전』에서 봤거든."

나는 고개를 끄덕였다. "그때 우리는 쳐다보는 게 금지돼 있었어. 놈들한테 영혼을 빼앗길지도 몰라서. 다들 1층 창문을 판자로 가렸는데 난 그냥 내다봤거든. 놈들이 달빛을 받으면서 도로 한복판을 스르르 내려오더라. 어린 여자애들처럼 가녀린 모습으로."

그가 의아하다는 듯한 시선을 던졌다. "여자애들? 지하에서 일어난 사고로 죽은 광부들의 유령인 줄 알았는데."

"처음에는 그랬지. 하지만 놈들은 변형자*였어. 소멸 전에 여러 형태로 모양을 바꿨지."

앤서니 록우드가 고개를 끄덕였다. "그렇군. 들어본 적이 있는 듯해…. 좋아, 그럼 너도 일찍부터 알았던 거네." 그가 말을 계속했다. "네게 재능이 있다는 걸. 시각은 당연히 있었고 다른 아이들 대부분보다 뛰어났으며, 그걸 활용할 용맹스러움도 있었어. 그런데 지원서에 따르면 그건 네 진짜 무기가 아니었지. 넌 듣기도 가능했어. 촉각* 도 있었고."

"뭐, 청각이 내 전문 분야긴 해, 사실." 내가 말했다. "어릴 때 아기 침대에 누워서도 거리에서 속삭이는 목소리들을 듣곤 했으니까. 통금이 시작된 시간, 살아 있는 모든 것들은 실내에 있었을 그때 말야. 난 촉각도 좋은 편이야. 귀로 들리는 것과 합쳐지는 경우가 많긴 하지만. 둘을 분리하기는 힘들어. 내 경우엔 촉각이 과거 사건의 메아리를 불러오기도 해."

"조지도 그게 약간은 가능해." 록우드가 말했다. "난 아니고. 난 방문자들 문제에 있어서는 청각이 아예 없어. 내 전문은 시각이지. 절명광이랑 흔적, 죽음의 엽기적인 잔류물들…." 그는 싱긋 웃었다. "참 유쾌한 주제야. 그치? 그건 그렇고, 여기 보면 네가 북부의 지역 사무소에서 경력을 시작했다고 돼 있는데…." 그가 서류를 확인했다. "이름이 제이콥스. 맞아?"

나는 건조하게 웃었다. 긴장감에 속이 뒤틀렸다. "맞아."

"그 사람 밑에서 몇 년을 일했네."

"응."

"그러니까 훈련은 거기서 다 받은 거고. 그치? 4급 자격도 그 사람한테서 취득했어?"

나는 자세를 살짝 바꿔 앉았다. "맞아. 1급부터 4급까지."

"그렇군…." 록우드는 날 찬찬히 뜯어봤다. "4급 자격 인증서는 따로 첨부하지 않은 것 같던데. 아니, 사실 제이콥스 씨의 추천서 같은 것도 전혀 없고. 흔한 일은 아냐. 그렇잖아? 이런 상황에서는 공식적인 추천서를 제출하는 게 보통인데."

나는 한 차례 심호흡했다. "그 사람은 내게 아무것도 써주지 않았어. 우리 사이의 합의가 깨졌거든…. 갑작스럽게."

록우드는 아무 말도 하지 않았다. 더 자세한 내막을 기다리는 게 보였다.

"다 들어야겠다면 얘기해 줄 순 있어." 나는 무겁게 말했다. "그저… 곱씹고 싶은 사연이 아니라 그래. 그뿐이야."

나는 기다렸다. 심장이 요동쳤다. 여기였다. 다른 면접 전부가 이 지점에서 종료됐다.

"그럼 나중에 듣지 뭐." 앤서니 록우드가 말했다. 그가 내게 미소를 짓는 순간 따뜻한 빛 한 줄기가 실내를 채우는 듯했다. "있지, 난 조지가 저리도 꾸물대는 이유를 모르겠어. 그만큼 훈련했으면 개코 원숭이도 지금쯤은 차를 내왔겠다. 이제 진짜 시험을 치를 때가 됐는데."

"그래. 그 시험은 뭐야?" 나는 조급히 물었다. "이렇게 물어도 괜찮은지 모르겠지만."

"전혀 괜찮지. 우리가 지원자를 평가하는 방법이야. 솔직히 난 지원서나 소개서를 그리 크게 생각 안 해, 칼라일 양. 그들의 재능을 내두 눈으로 직접 보는 걸 더 선호하지…." 그는 자기 시계를 확인했다. "조지에게 딱 일 분만 더 줘보자. 그사이에 우리 사무소에 대한 대강의 소개를 듣고 싶을 것도 같군. 우리는 신규 대행사야. 등록된 지 이제 석 달째. 난 작년에 정식 면허를 취득했어. 우리가 DEPRAC* 인가 기관인 건 맞는데—분명히 해두자면—피츠니 로트웰이니 하는 그쪽 떼거지들처럼 DEPRAC에 소속돼 있지는 않아. 우리는 독립 대행사고, 거기에 만족해. 우리가 원하는 일을 받고 나머지는 거절하지. 우리 의뢰인은 모두 개인 고객이야. 방문자들과 문제가 있고 빠르고 조용히 처리하고 싶어 하는 사람들. 우리는 그들의 문제를 해결해 줘. 그들은 우리에게 후한 대가를 지불하고. 대강 그 정도야. 질문 있어?"

내 가까운 과거의 문제가 더는 걸림돌이 되지 않는 상황에서 이제 내가 가야 할 길은 명확했다. 이 기회를 날려먹지 않을 것이다. 나는 몸을 앞으로 당겨 앉아 등이 굽지 않게 신경 쓰면서 두 손을 무릎 위에 단정히 올려뒀다. "네 감독관은 누구야? 내가 그분들도 만나봐야 할까?"

앤서니 록우드의 이마에 잠시 고랑이 팼다. "감독관 같은 건 없어. 어른도 없어. 여긴 내 회사야. 책임자도 나고. 조지 커빈스는 부책임자쯤 되지." 그는 날 쳐다봤다. "이 체계를 문제 삼은 지원자들도 있었어. 그래서 중도에 포기했고. 너도 그게 마음에 걸려?"

"오, 아니. 아냐, 나한테는 괜찮게 들리는데." 잠깐의 정적이 이어졌다. "그러니까… 처음부터 너희 둘뿐이었어? 너랑 조지만?"

"뭐, 대개는 조수를 한 명쯤 두지. 둘이면 방문자 대부분을 처리하기에 충분하지만, 사건이 까다로우면 셋이 함께 나가. 너도 알다시피 3은 마법의 숫자잖아."

나는 천천히 고개를 끄덕였다. "그렇구나. 네 마지막 조수는 어찌 됐는데?"

"딱한 로빈? 아, 그 애는… 떴지."

"다른 직장으로?"

"'세상을 떴다'가 더 정확한 표현일 거야. 아니, 실은 '저세상으로 건너간' 거지. 아, 좋아! 차가 왔군!"

문이 열리더니 통통한 소년의 엉덩이가 먼저 입장하고 나머지 부분이 뒤따랐다. 그는 의젓하게 몸을 돌려 전진했다. 김이 모락거리는 머그컵 세 개와 비스킷 접시가 놓인 쟁반을 들고 있었다. 여태껏 부엌에서 뭘 한 건지 몰라도 아까보다 더 부스스한 몰골이었다. 셔츠는 허리춤을 빠져나왔고 더벅머리는 이제 눈을 덮었다. 그는 손수건을 덮어쓴 물건 옆에 쟁반을 내려놓고는 의아하다는 눈초리로 날 쳐다봤다. "아직 있었네? 이쯤이면 벌써 줄행랑치고 없을 줄 알았는데."

"아직 시험 전이야, 조지." 록우드가 느긋하니 말했다. "이제 막 시작하려던 참이야."

"잘됐네." 조지는 가장 커다란 머그컵을 들고 뒤쪽 소파로 물러났다.

막간을 이용해 머그컵들을 점잖게 분배하고, 설탕을 권하고 사양했다.

"어서 비스킷도 하나 들어봐." 록우드가 말하며 접시를 내 쪽으로 밀었다. "제발. 안 그럼 조지가 다 먹어버릴 거야."

"알았어."

나는 비스킷을 집어 들었다. 록우드는 자기 몫의 비스킷을 한 입 크게 베어 물고 손을 깔끔히 털었다.

"좋아." 그가 말했다. "몇 가지만 시험해 보는 거야, 칼라일 양. 걱정할 거 전혀 없어. 그럼 준비됐어?"

"물론." 내게 고정돼 있는 조지의 조그만 눈이 느껴졌다. 록우드의 태평스러운 말투마저 들뜬 기색을 감추지 못하고 있었다. 하지만지금 저들이 상대하는 건 위스번 방앗간 사건에서 홀로 살아남은 생존자다. 나는 고작 이 정도에 마음 졸이지 않을 작정이었다.

록우드가 고개를 끄덕였다. "그럼 이것부터 시작하는 게 좋겠군." 그는 나른한 손을 뻗어 물방울무늬 손수건을 잡은 뒤, 의례적으로 잠시 멈췄다가 획 하고 걷어냈다.

커피 테이블 위에서 기다리는 건 투명하고 두꺼운 유리로 된 땅딸막한 원통형 용기였다. 윗부분이 빨간 플라스틱 뚜껑으로 봉해져 있고, 주둥이 가까이에 조그만 손잡이들이 달려 있었다. 내 아버지가 맥주를 양조하곤 했던 대형 데미존*을 연상시키는 모양새였다. 하지만 퀴퀴하고 갈색을 띤 술 대신에 미끄덩거리는 누런색 연기가 담겨 있었다. 연기는 정지한 상태까지는 아니게 무척이나 서서히 모양을 바꾸는 중이었다. 그 가운데에 뭔가 크고 검은 게 놓여 있었다.

"이게 뭐 같아?" 록우드가 물었다.

나는 몸을 앞으로 숙이고 병을 살폈다. 가까이서 보니 뚜껑에 보호용 레버**가 몇 개 더 달려 있고 이중으로 밀폐돼 있었다. 유리 옆면에 양각으로 새긴 조그만 상징이 보였다. 작열하는 태양이 반으로

---

* 술을 발효시키는 큰 병.
** 밀봉을 위해 뚜껑에 채우는 막대 모양의 잠금장치.

접힌 모양의 눈이었다.

"은유리*네." 내가 말했다. "선라이즈 물산 제품이고."

록우드가 고개를 끄덕이며 온화하게 웃었다. 나는 몸을 더 숙였다. 가운뎃손가락 끝으로 병의 측면을 톡톡 두들겼다. 그와 동시에 연기가 깨어나더니, 충격이 가해진 부분의 바깥쪽으로 잔물결치면서 더 자욱해지고 더 점점이 무늬졌다. 연기가 이리저리 갈라지며 용기 속 물체가 모습을 드러냈다. 인간의 두개골이었다. 누르스름하고 얼룩덜룩한 그것이 유리병 바닥에 고정돼 있었다.

연기의 잔물결이 뒤틀리고 비틀렸다. 무시무시한 얼굴로 변했다. 망연히 홉뜬 눈과 빼끔히 벌린 입. 그 이목구비가 밑에 놓인 백골과 잠시 겹쳐졌다. 나는 후다닥 물러났다. 유령 얼굴은 물결 같은 연기 띠들로 분해돼 병 속을 빙빙 돌다 이내 잠잠해졌다.

나는 헛기침을 했다. "뭐, 그냥 유령단지*네." 내가 말했다. "백골은 출처야. 저 유령은 거기 묶여 있고. 무슨 유형인지는 분간하기 힘들어. 어쩌면 허깨비* 아님 요괴."

나는 그리 말하며 태연하고도 무심하게 의자 등받이에 기댔다. 그 주 내내 방문자가 든 단지들을 처리하고 다닌 사람처럼. 솔직히 나는 그런 걸 본 적도 없었고, 아까 그 환영에 제대로 기겁했다. 하지만 감당 못 할 정도는 아니었다. 앞선 면접자의 비명을 들은 뒤라 뭔가가 있겠다고 예상은 했었다. 게다가 이런 보관 용기 얘기는 전에도 들은 적이 있었다.

록우드의 미소가 순간적으로 얼어붙었다. 놀라움, 기쁨, 실망 중 뭘 표현해야 할지 모르겠다는 양. 결국 기쁨이 승리했다. "그래, 맞아." 그가 말했다. "잘했어." 그러면서 유리병에 손수건을 씌워 약간의 낑 낑거림과 함께 눈이 닿지 않는 테이블 밑으로 치웠다.

통통한 소년이 차를 요란스레 홀짝였다. "분명 겁먹었어." 그가 말했다. "내가 봤다고."

나는 그 말을 무시했다. "그 단지는 어디서 났어?" 내가 물었다. "로트웰이랑 피츠만 가지고 있는 줄 알았는데."

"질문은 나중에." 록우드가 커피 테이블 서랍을 열고는 조그맣고 빨간 상자를 꺼냈다. "자, 괜찮다면 이제 네 재능을 시험해 보고 싶어. 여기 물건 몇 개를 준비해 뒀거든. 얘기해 줄 수 있을까?" 그는 상자를 열어 내용물을 테이블에 내려놨다. "여기서 어떤 초자연적 울림이 감지되는지."

앞에 놓인 건 아주 담백한 모양의 희고 낡은 도자기 컵이었다. 밑받침에 세로로 빗살무늬를 넣었고, 손잡이는 이가 날카롭게 나가 있었다. 컵 안쪽을 빙 둘러 이상하고 희끗한 얼룩이 있었는데, 밑으로 내려갈수록 두꺼워지며 딱딱한 덩어리로 굳었다.

나는 컵을 집어 들고 눈을 감았다. 이리저리 돌려보며 손가락으로 표면을 가볍게 훑었다.

귀를 기울이고 메아리를 기다렸다…. 아무것도 없었다.

큰일이었다. 나는 고개를 가로저어 산란한 머릿속을 정리한 뒤 도로를 지나는 자동차들의 간헐적인 소음을, 그리고 그보다 자주 소파에서 들리는 소리, 그러니까 조지가 차를 후루룩거리는 소리를 최대한 차단했다. 다시 귀를 기울였다.

없다. 여전히 아무것도 없었다.

몇 분 뒤 나는 포기했다. "미안." 어쩔 수 없이 말했다. "아무것도 감지되지 않아."

록우드가 고개를 끄덕였다. "당연히 그래야지. 이건 조지가 칫솔을 넣어두는 컵이거든. 좋아. 다음으로 넘어간다." 그러면서 컵을 집어 들어 방 건너편의 통통한 소년에게 던지자 그가 한차례 코웃음을 치며 받았다.

나는 기분이 상했다. 내 뺨이 얼마나 빨개졌을지 안 봐도 알 수 있었다. 배낭을 움켜잡고 벌떡 일어났다. "난 웃음거리나 되려고 여기 온 게 아냐. 나가는 길은 알아서 찾을게."

"오우." 조지가 말했다. "까칠하네."

나는 그를 쳐다봤다. 축 늘어진 머리칼, 번들번들 꼴사나운 얼굴, 우스꽝스러운 안경. 그의 전부에 열이 뻗쳤다. "맞아." 내가 말했다. "이리 와봐. 내가 얼마나 까칠한 인간인지 제대로 보여줄 테니."

그가 날 보며 눈을 끔뻑였다. "내가 진짜 가면 어쩌려고."

"근데 왜 꼼짝도 안 하시나."

"뭐, 이 소파가 좀 깊거든. 일어나는 데 한참 걸려."

"그만해, 둘 다." 앤서니 록우드가 말했다. "이건 면접이야. 권투 시합이 아니라고. 조지, 닥쳐. 칼라일 양, 기분 나빴다면 사과할게. 하지만 아까 그건 진지한 시험이었어. 넌 아주 멋지게 통과했고. 오늘 아침 면접자 중에 독살이니 자살이니 살인이니, 그런 말도 안 되는 얘기를 꾸며낸 사람들이 얼마나 많았는지 알면 너도 놀랄 거야. 그중에 가장 순한 맛의 사연을 갖다 붙여도 런던에서 이보다 더 흉하게 귀신 들린 컵은 없을걸. 그러니 부디 자리에 앉아줘. 이것들에 대해서는 뭐라고 할래?"

테이블 밑 서랍에서 새로운 물건 세 개가 등장해 내 앞에 차례로 놓였다. 남성용 손목시계. 가장자리는 도금으로 처리했고 갈색의 낡은 가죽끈이 달려 있었다. 다음은 레이스로 된 빨간 리본. 마지막은 상감 세공한 아이보리색 손잡이가 달리고 칼날이 기다란 주머니칼이었다.

그들의 속임수가 몰고 온 짜증이 서서히 사그라졌다. 이건 괜찮은 도전이었다. 나는 조지를 매섭게 노려보며 자리에 앉아 물건들을 서로에게서 좀 더 멀찍이 떨어트려 놨다. 그들의 숨겨진 결이 (정말로 있다면) 서로 겹치지 않게 하려는 거였다. 그런 뒤 최대한 마음을 비우고 물건들을 집어 들었다. 하나씩 하나씩.

시간이 흘렀다. 나는 각각을 세 번씩 조사했다.

파악이 끝났다. 내 눈이 다시 초점을 맞춘 조지는 어디서 났는지 모를 만화책에 몰두해 있었다. 록우드는 전과 같은 자세로 앉아 있었다. 손깍지를 끼고 날 가만히 응시했다.

나는 식어버린 차를 쭉 들이켰다. "이걸 제대로 맞춘 지원자가 있었어?" 내가 나지막이 물었다.

록우드가 미소를 지었다. "넌 어떨 것 같은데?"

"메아리들을 분리하기 힘들었어. 그걸 노리고 이 물건들을 한꺼번에 던져준 거겠지. 메아리 하나하나가 다 강한데 질적으로 다르긴 해. 뭐부터 들을래?"

"칼."

"좋아. 이 칼에는 상충되는 메아리가 몇 개 있어. 남자의 웃음소리, 총성, 게다가—놀랍게도—새 지저귀는 소리. 혹 여기에 매인 죽음이 있대도—있는 것 같기는 해. 이 모든 게 감지되는 걸로 봐서는—폭력적이거나 슬프지는 않아. 칼에서 느껴지는 죽음은 온화하고, 거의 행복하다시피 해." 나는 그를 쳐다봤다.

록우드의 얼굴은 아무 표정도 내보이지 않았다. "리본은?"

"리본에 남은 흔적은 칼보다 희미한데 감정은 훨씬 강해. 흐느끼는 소리가 들린 것도 같지만 지독히도 흐릿해. 이 리본에서 몹시도 강렬한 건 슬픔이야. 손에 쥐고 있는 동안 심장이 박살 나는 줄 알았어."

"그럼 시계는?" 록우드의 눈이 내게 고정돼 있었다. 조지는 여전히 자기 만화책―『경악의 아라비안나이트』―을 읽으면서 빈둥빈둥 책장을 넘겼다.

"시계는…." 나는 심호흡했다. "여기에 깃든 메아리는 리본이나 칼만큼 강하지 않아서 주인이 죽은 건 아닌 듯해. 적어도 이걸 착용한 상태에서 죽진 않았을 거야. 그런데도 이 시계에는 죽음이 매여 있어. 엄청 많은 죽음이. 그리고… 그리 좋지도 않아. 목소리들이 높아지고… 비명에다…." 나는 커피 테이블 위에서 점잖게 빛나는 시계를 보며 진저리 쳤다. 저 도금한 테두리의 홈 하나하나, 가죽이 해지고 휜 시곗줄의 홈 하나하나가 날 공포로 채웠다. "저건 사악한 물건이야. 손에 오래 쥐고 있을 수조차 없었어. 저게 뭔지, 어디서 난 물건인지 모르지만 누구도 이걸 만져선 안 돼, 절대로. 멍청한 면접 따위에 쓰일 물건이 아니라고."

나는 몸을 앞으로 숙였다. 접시에 마지막으로 남은 비스킷 두 개를 집어 들고 의자 등받이에 기대앉아 아작아작 씹었다. 바야흐로 저 위대한 '될 대로 되라'의 물결이 덮쳐오는 순간이었다. 그럼 그 물결에 올라타고 고개를 젖혀 하늘을 바라보는 것이다. 나는 완전히 지쳤다. 일주일새 일곱 번째 면접이었다. 자, 나는 할 수 있는 모든 걸 했다. 록우드와 멍텅구리 조지가 정신을 차리고 그 진가를 알아보지 않는다면. 그렇대도 더는 상관없었다.

기나긴 침묵이 이어졌다. 록우드는 무릎 사이에서 손깍지를 끼고 있었다. 경건히 내앉은 모습이 꼭 변기에 앉은 교구 목사 같았다. 딱히 뭘 보고 있지도 않았고, 얼굴에는 괴롭게 사색하는 표정이 깃들어 있었다. 조지의 얼굴은 여전히 만화책에 묻혀 있었다. 그의 행동거지로만 봐서는 나라는 사람이 여기에 존재조차 않는 것 같았다.

"뭐," 내가 끝내 입을 열었다. "나가는 문이 어디 있는지는 나도 아는 듯하니까."

"그 애한테 비스킷 규칙을 알려줘." 조지가 말했다.

나는 그를 쳐다봤다. "뭐?"

"알려줘, 록우드. 처음부터 확실히 해두지 않으면 뒤탈이 심할 거야."

록우드가 고개를 끄덕였다. "우리 회사의 각 구성원은 엄격한 순서에 의거, 한 번에 한 개의 비스킷만 집을 수 있어. 공평하게, 순서를 지켜서. 스트레스 상황에서 혼자 두 개를 슬쩍하는 건 안 될 일이야."

"한 번에 한 개씩?"

"그렇지."

"그 말은, 합격이라는 거야?"

"당연히 합격이지." 록우드가 말했다.

7

포틀랜드 로 35번지, 록우드 심령 회사 직원들의 숙소이자 본부인 그곳 건물은 참으로 뜻밖이었다. 거리에서 보면 낮게 웅크린 사각형 같지만 실제로는 완만한 경사로 꼭대기에 위치해서 뒷부분은 허공에 붕 떠 있고, 그 밑을 떠받치는 벽돌담 안쪽으로 뒤죽박죽 정원이 있었다. 네 개 층으로 이뤄진 이 건물은 쪽방(다락)부터 방의 구분이 없는 공간(지하실)까지 다채로운 구조를 자랑했다. 엄밀히 말하면 위의 세 개 층이 우리의 생활공간이고 지하실은 사무소였다. 하지만 실제로는 그 경계가 좀 모호했다. 가령 숙소에는 오만 가지의 비밀 문이 숨겨져 있어서 그걸 열면 무기 진열대가 나오거나 문 자체가 빙글 돌아 다트 판 혹은 간이침대 혹은 색색의 핀으로 장식된 거대 런던 지도로 변신했다. 한편 지하실은 지하실대로 부엌 기능을 겸비했다. 그러니까 레이피어 보관실에서 웨섹스*식 반 회전 검술을 연습하는 동안 머리 옆 빨랫줄에선 양말들이 대롱거릴 수 있다는 얘기다. 혹은 산탄통에 소금을 채우는 동안 귓가에선 세탁기 덜컹거리는 소리가 요란하거나.

---

* 영국 남서부의 고대 왕국.

나는 이 모두를 보는 즉시 좋아하게 됐다. 물론 당혹스럽기도 했다. 값비싸고 어른스러운 물건으로 가득한 저택 어디에도 어른의 존재는 없었다. 앤서니 록우드와 그의 동료 조지뿐이었다. 그리고 이제는 나까지.

첫날 오후에 록우드가 집을 구경시켜 줬다. 가장 먼저 다락부터 둘러봤다. 비탈진 처마 밑 공간으로, 천장이 낮았다. 다락은 두 부분으로 구성돼 있었다. 작디작은 욕실에는 세면대와 샤워기, 변기가 문자 그대로 서로 포개져 있었다. 어여쁜 침실 공간은 싱글 침대와 옷장, 서랍장이 하나씩 들어가기에 딱 맞는 크기였다. 침대 맞은편의 아치형 박공창*으로 포트랜드 로 거리가, 저 멀리 모퉁이의 항마등이 있는 곳까지 내다보였다.

"내가 어렸을 때 쓰던 방이야." 록우드가 말했다. "수년간 비어 있었어. 마지막 조수—편히 잠들기를—는 숙소를 밖에다 잡았거든. 이 방은 원한다면 네가 쓰면 돼."

"고마워. 그래 주면 나야 좋지."

"욕실이 작은 건 나도 아는데, 그래도 너 혼자 쓸 수 있으니까. 아래층 욕실이 더 크긴 하지만 거기를 쓰려면 조지랑 수건을 같이 써야 해서."

"아, 난 여기가 딱 좋겠어."

우리는 다락을 나와 비좁은 계단을 내려갔다. 아래층 층계참은 어둡고 칙칙했으며, 바닥 가운데에 둥근 금색 양탄자가 깔려 있었다. 한쪽 구석의 책장은 대중없이 뒤섞인 문고본들로 미어터졌다. 닳고 닳은 『피츠 연보』와 모트램의 『심령론』, 싸구려 소설들—대개가 저

---

* 박공지붕처럼 경사진 지붕이 있는 건축물의 다락방에 설치하는 창.

속한 스릴러와 추리소설이었다—과 종교, 철학 분야의 진지한 책들이 마구잡이로 꽂혀 있었다. 그 밑 복도나 응접실과 마찬가지로 벽에는 다양한 원시 부족의 공예품이 걸려 있었다. 사람 뼈로 만든 딸랑이 같은 물건도 눈에 띄었다.

그걸 유심히 쳐다보는 내게 록우드가 설명했다. "폴리네시아의 퇴마구야. 19세기 물건이지. 귀에 거슬리는 소리를 내서 혼령들을 몰아내는 용도야."

"효과가 있어?"

"몰라. 아직 안 써봤거든. 한번쯤 시험해 볼 만은 하겠지." 그가 옆쪽 문을 가리켰다. "저기가 욕실이야. 필요하면 써. 여기가 내 방, 저게 조지 방이야. 나라면 저 방 앞에서는 각별히 조심하겠어. 어쩌다 조지의 알몸 요가를 봐버린 적이 있거든."

나는 그 이미지를 머릿속에서 어렵사리 몰아냈다. "그러니까 여기는 네 집인가 보네. 어릴 적부터 살았던?"

"음, 그때는 부모님 소유였지. 지금은 내 거야. 물론 여기서 일하는 동안은 네 것이기도 하고."

"고마워. 근데 뭐야, 네 부모님은…."

"이제 부엌을 보여줄게." 록우드가 말했다. "조지가 저녁을 준비하고 있을 듯한데." 그는 계단을 내려가기 시작했다.

"여기는 뭔데?" 내가 불쑥 물었다. 그가 언급하지 않은 문이 하나 있었다. 다른 문들과 다를 바 없었고 그의 방 옆에 나란히 붙어 있었다.

그가 미소를 지었다. "거긴 개인적인 공간이야. 양해를 부탁할게. 걱정은 안 해도 돼. 그리 대단한 것도 아니니까. 움직이자! 아래층에도 네가 아직 못 본 게 많아."

응접실과 서재, 부엌으로 구성된 1층은 딱 봐도 집의 중심부였고,

부엌은 우리가 가장 많은 시간을 보내게 될 곳이었다. 출장 전에 모여 차와 샌드위치를 즐기는 곳이었다. 일을 마치고 귀가한 늦은 오전에 기름진 식사를 함께하는 곳이기도 했다. 이 같은 일과 여가의 결합은 부엌의 외관에 고스란히 반영돼 있었다. 표면적으로는 죄다 평범한 살림살이들—비스킷 통, 과일 그릇, 감자칩 봉지—이었지만 그 틈에는 신중히 중량을 맞춰 즉시 사용이 가능하도록 소분해 둔 소금과 철이 섞여 있었다. 보관용 통 뒤에는 검들이 기대서 있고, 물이 담긴 들통에는 플라스마로 얼룩진 작업화가 들어 있었다. 그 모두를 통틀어 가장 이상한 건 식탁과 대형 식탁보였다. 이 흰색 천의 절반은 망처럼 얽혀 퍼져나가는 도해와 휘갈겨 쓴 메모로 뒤덮여 있었고, 사이사이에 방문자의 하위 유형—망령*, 고독자*, 음영자—들도 그려져 있었다.

"우린 이걸 생각하는 식탁보라고 불러." 록우드가 말했다. "잘 알려지지 않은 얘긴데, 내가 펜처치 스트리트 악귀의 유골 위치를 알아낸 것도 여기다 시가도를 그려본 덕분이거든. 새벽 4시에 찻잔이랑 치즈토스트를 앞에 두고 말야. 이 식탁보는 메모랑 이론을 기록해 가면서 흥미로운 생각의 끈을 놓치지 않고 따라가게 해줘…. 무척 유용한 도구지."

"사건이 잘 안 풀리고 서로 삐져 있을 때 무례한 메시지들을 주고받기에도 좋고." 조지가 말했다. 그는 가스레인지 앞에 서서 저녁 스튜를 살피고 있었다.

"어, 그런 일이 자주 있어?" 내가 물었다.

"아니, 아니, 아니." 록우드가 말했다. "거의 없어."

조지가 스튜를 무자비하게 휘저었다. "두고 보면 알겠지."

록우드가 손뼉을 치듯 두 손을 맞잡았다. "좋아. 내가 사무실을 보여줬나? 출입문이 어딘지 넌 짐작도 못 할걸. 봐. 바로 여기야."

알고 보니 록우드 심령 회사의 지하 사무소는 1층의 부엌과 곧장 연결돼 있었다. 딱히 비밀 문이라고는 할 수 없었지만―손잡이가 떡 하니 보였다―그래도 겉보기에는 평범한 벽장일 뿐이었다. 주변 벽을 두르고 있는 다른 부엌 설비와 크기나 색깔, 손잡이 모양이 똑같았다. 하지만 문을 열면 조그만 등에 불이 들어오면서 가파르게 빙글빙글 하강하는 나선형 계단이 나타났다.

철제 계단 끝에는 벽돌을 그대로 드러낸 개방형 방들이 줄줄이 있었는데, 아치와 기둥과 기다랗게 뻗은 회벽들이 공간을 분리했다. 집 전면부의 잡초투성이 마당 쪽으로 나 있는 대형 창문과 지면을 따라 비스듬히 설치된 채광창들에서 빛이 들어왔다. 가장 넓게 구획된 공간에 책상 세 개와 문서 보관장, 너덜너덜한 녹색 안락의자 두 개와 다소 기우뚱한 책장이 있었다. 록우드가 서류를 넣을 목적으로 조립한 것이었다. 가운데 책상에 크고 시꺼먼 거래 장부가 위풍도 당당하게 놓여 있었다.

"우리의 사건 기록이야." 록우드가 설명했다. "우리가 수사한 모든 것의 역사가 담겨 있어. 조지가 자료를 취합해서 저기 있는 서류들이랑 상호 참조니 뭐 그런 게 다 되게 정리해 둬." 그는 슬쩍 한숨을 쉬었다. "조지는 그런 종류의 일을 좋아해. 나 개인적으론 임무를 그때그때 처리하고 마는 편이고."

나는 책장의 문서 보관함들을 훑어봤다. 유령의 기본 유형과 하위 유형별로 이름표가 단정히 붙어 있었다. '1급령: 음영자. 1급령: 관망자*. 2급령: 소리정령*. 2급령: 허깨비' 하는 식으로. 대열 마지막의 얇은 서류철에 '3급령*'이라 적혀 있었다. 나는 그걸 물끄러미 쳐다봤다.

"3급령이랑 실제로 마주쳐 봤어?" 내가 물었다.

록우드는 어깨를 으쓱했다. "아니. 놈들이 존재하는지도 잘 모르겠어."

주 사무실의 아치를 통과해 나가니 곁방이 하나 나왔다. 텅 빈 공간에 레이피어 진열대와 분필가루 그릇이 있고, 지푸라기로 속을 채운 방문자 모형 두 개가 천장의 대들보에 쇠사슬로 매달려 대롱거렸다. 모형 중 하나는 보닛*을, 다른 하나는 정장 모자를 썼다. 둘 다 온몸에 구멍이 송송 나 있었다.

"조와 에스메랄다를 소개하지." 록우드가 말했다. "귀부인 에스메랄다랑 스르르 조의 이름을 땄어. 마리사 피츠의 『회상록』에 나오는 유명 유령들이지. 보다시피 여기는 레이피어 보관실이야. 매일 오후에 여기서 훈련을 해. 물론 넌 검술에도 능통하겠지. 4급 자격을 취득했다면…." 그가 날 흘낏 쳐다봤다.

나는 고개를 끄덕였다. "물론이지. 맞아. 당연해."

"… 그렇대도 체력을 관리해 둬서 나쁠 건 없잖아. 그치? 네가 실력을 보여줄 날을 기다리고 있을게. 그리고 여기가," 록우드는 자물쇠가 채워진 금속문이 있는 벽으로 날 데려갔다. "삼엄한 경비를 자랑하는 장비실이야. 안을 한번 봐."

장비실은 지하실에서 유일하게 따로 분리된 공간이었다. 창문이 없는 조그만 실내에 선반과 상자가 가득했다. 가장 필수적인 장비 전부가 여기에 있었다. 다양한 은제 봉인구와 쇠사슬, 화염탄, 산탄통들은 모두 선라이즈 물산에 직접 주문해 받은 것이었다. 지금은 그 틈에

---

* 끈을 턱 밑에서 묶는 형식의 모자.

예의 그 유령단지, 누르스름한 해골과 엑토플라즘 덩어리 주인장이 든 용기도 놓여 있었다. 전용 물방울무늬 손수건 아래 몸을 숨긴 채.

"조지가 가끔씩 꺼내서 실험을 해." 록우드가 말했다. "서로 다른 자극에 유령이 어떻게 반응하는지 관찰하고 싶어 하거든. 나 개인적으로는 없애버리면 더 좋겠지만 아무래도 조지는 정이 들었나 봐."

나는 미심쩍은 눈으로 손수건을 쳐다봤다. 면접 때와 마찬가지로 어떤 심령의 소리, 가냘픈 콧노래가 지각의 언저리에서 들리다시피 하는 것 같았다. "근데… 그 애는 저걸 대체 어디서 구했대?"

"아, 훔쳤지. 언젠가 녀석이 얘기해 줄 날이 있을 거야. 사실 저것 말고도 전리품이 더 있어. 이리 와봐."

지하실 뒷벽에 나 있는 현대식 유리문―철제 항마봉을 덧대 보강해 됐다―은 곧장 정원으로 이어졌다. 그 옆 벽돌벽에 고정한 선반 네 개가 보였다. 거기 줄줄이 전시된 은유리 용기에 물체가 하나씩 들어 있었다. 몇몇은 옛날 물건이고, 아주 현대적인 것도 있었다. 플레잉 카드 한 세트가 눈에 들어왔다. 긴 금발 한 뭉치도. 혈흔이 묻은 여성용 장갑 한 짝, 사람의 치아 세 개, 고이 접힌 신사용 넥타이도 있었다. 가장 인상적인 건 미라 손이었다. 거무튀튀하고 쪼글쪼글하기가 꼭 썩은 바나나 같은 게 붉은색 실크 쿠션에 놓여 있었다.

"해적의 손이야." 록우드가 말했다. "1700년대쯤 될까. 해적 처형장*에 목이 매달려 바싹 말라간 친구의 것이지. 그 부지에 지금은 마우스 & 머스켓 여인숙이 있거든. 해적의 유령은 관망자였어. 여자 바텐더들한테 어마어마한 민폐를 끼치고 있던 차에 내가 저걸 파낸 거야. 자, 이것들이 조지와 내가 지금껏 일하며 수집한 전부야. 일부는

---

* 템스강의 와핑 근처에 있었다.

실제 출처들이고 아주 위험하지. 철저히 단속해야 해. 특히 밤에는. 다른 것들은 조심히 다뤄주기만 하면 돼. 네가 '감각'의 소유자라면 말야. 면접 때 네게 보여줬던 세 가지 물건처럼."

그렇지 않아도 가장 아래쪽 선반에서 봤다. 칼, 리본, 차마 입에 담지 못할 시계.

"그래…." 내가 말했다. "그 물건들이 뭐였는지 아직 얘기해 주지 않았는데."

록우드가 고개를 끄덕였다. "네가 그토록 진 빠지는 감정을 느꼈다니 미안해. 그 정도로 강렬히 경험할 줄은 몰랐어. 먼저 저 칼은 내 삼촌 거야. 먼 시골에 살았던. 산책에도 사냥에도 저 칼을 가지고 다녔어. 총을 쏘다 심장마비로 쓰러져 죽을 때도 몸에 지니고 있었지. 친절한 분이었어. 네 말대로라면 저 칼에는 아직도 삼촌의 성격이 깃들어 있는 셈이지."

나는 칼을 집어 들었을 때의 평화로운 느낌을 떠올렸다. "맞아. 그랬어."

"리본은 켄잘 그린 공동묘지의 무덤에서 나온 거야. 작년에 묘지를 빙 둘러 철제 방벽을 설치했을 당시의 일이지. 관에는 여자가 들어 있었어. 조그만 아이랑. 리본은 그 여자의 머리칼에 묶여 있던 거야."

저 실크 조각을 손에 쥐었을 때 느꼈던 감정이 되살아났다. 눈에 눈물이 차올랐다. 나는 헛기침을 하고, 가장 근처에 있는 상자들을 살피는 듯 괜히 과장된 몸짓을 했다. 록우드에게 약점을 보여서 좋을 게 없었다. 방문자는 나약함을 양분으로 삼는다. 나약함과 통제 밖 감정들을. 좋은 조사관에게는 정반대의 자질이 필요하다. 단호한 자제력과 굳건한 기세. 내 옛 대장 제이콥스는 그 기세를 잃었었다. 그리고 어찌 됐나? 내가 거의 죽을 뻔했다.

나는 차분하고 무미건조한 목소리로 물었다. "그럼 시계는?"

록우드는 날 유심히 관찰하는 중이었다. "응…, 그 시계. 사악한 잔류물이 감지된다는 네 말이 옳아. 시계는 사실 내가 최초로 성공한 사건의 기념품이야." 그가 의미심장하게 뜸을 들였다. "당연히 너도 그 살인마를 알겠지, 바삭바삭 해리라고?"

내 눈이 휘둥그레졌다. "설마 그 동전 넣는 살인마?"

"어, 아니. 그건 클라이브 딜슨이고."

"아! 사람 머리를 냉장고에 보관한 그놈 말이구나!"

"아니…. 그건 콜린 뷰캐넌-프레스콧이지."

나는 턱을 긁적였다. "그렇다면 난 들어본 적이 없는데."

"아." 록우드는 살짝 풀이 죽은 듯했다. "이거 좀 놀랍네. 영국 북부에 신문이라는 게 있기는 해? 자, 다 내 덕분이었어. 바삭바삭 해리를 집어넣은 건. 그때 난 투팅 인근 지역을 휩쓰는 중이었지. 2급령들을 사냥하면서. 근데 있지, 놈의 정원에서 어마어마한 절명광들을 포착한 거야. 그간 그걸 놓치고 지나간 건 놈이 살인을 저지른 뒤에 영악하게도 사방에다 철가루를 뿌려대서였어. 혼령들을 눌러두려고. 그리고 나중에 밝혀진 바에 따르면 매번 그 시계를 찬 채로 희생자를 꾀어서는 끔찍하게…."

"식사!" 조지가 한 손에 국자를 들고 나선형 계단 꼭대기에 기대서 있었다.

"나중에 얘기해 줄게." 록우드가 말했다. "이만 가는 게 좋겠다. 조지는 음식이 식게 두는 꼴을 못 보거든."

새 보금자리의 색다름이 마음에 든다는 건 아예 처음부터 알았던 사실이고, 얼마 지나지 않아 동료 조사관들에 대한 내 나름의 견해도 생겨났다. 그리고 이 견해들은 서로 뚜렷한 차이를 보이며 발전해 나갔다. 록우드의 경우, 나는 이미 그가 좋았다. 그는 무심하고 기만적인 제이콥스 대장과는 달라도 너무 달랐다. 열정을 다하고 열중하는 게 눈에 보였다. 내가 따를 수 있을 것 같은 사람이었다. 어쩌면 신뢰할 수도 있을 사람이었다.

그럼 조지 커빈스는? 턱도 없다. 녀석은 자꾸만 내 심기를 거슬렸다. 첫날부터 이 인간 때문에 열 받지 않으려고 초인적인 노력을 기울였지만, 그건 인간적으로 불가능했다.

외모를 한번 보자. 조지의 외모에는 사람의 가장 못돼먹은 본성을 자극하는 뭔가가 있었다. 그의 얼굴은 따귀를 불렀고―수녀님이라도 한 대 갈기고 싶어 안달했을 거다―엉덩이는 제대로 걷어차이고 싶어 아우성이었다. 축 늘어지고 처지고, 발을 질질 끌며 집을 돌아다니는 그의 모습은 녹아내리기 직전의 물컹한 뭔가를 연상시켰다. 허리춤의 셔츠는 늘 삐져나와 있고, 과하게 큰 운동화의 끈은 늘 풀려 있었다. 내가 지금껏 봐온 되살아난 시체들의 몰골도 조지보다는 나았다.

그 힘없는 머리칼은 또 어떻고! 저 말도 안 되는 안경은! 녀석의 모든 게 짜증을 유발했다.

조지는 또한 멍하고 무표정하게 빤히 쳐다보는 수법으로 날 골탕먹였는데, 곰곰이 생각하는 듯한 그의 시선은 어쩐지 무례했다. 내 결점들을 하나하나 분석하면서 다음 결점은 또 언제쯤 튀어나올까 궁금해하는 것만 같았다. 나는 첫날의 저녁 식사 내내 안간힘을 써가며 예의를 지키고 내 본능, 그러니까 삽으로 녀석의 머리를 갈겨버리고 싶은 마음을 억눌렀다.

그날 밤 나는 다락에서 내려와 1층 층계참을 잠시 서성였다. 책장을 훑어보고 폴리네시아 퇴마구를 조사하고…, 그러다 어느새 그 다른 방의 문 앞에 가 있었다. 록우드의 개인적인 공간이라던 방이었다. 문은 무척이나 평범해 보였다. 나뭇결에 희미하고 옅은 사각형 자국이 남아 있었다. 머리 높이 바로 밑이었는데, 무슨 표지판이나 스티커를 떼어낸 자리 같았다. 그걸 제외하면 전체적으로 휑했다. 잠금장치가 돼 있는 것 같지는 않았다.

마음만 먹으면 안을 엿볼 수 있었겠지만 그래선 안 될 게 분명했다. 나는 그저 문을 보며 생각하고 있었을 뿐인데, 조지 커빈스가 겨드랑이에 신문을 끼고 자기 방에서 나오다 이쪽을 건너다보고 말했다. "네가 지금 무슨 생각 하는지 아는데, 거긴 출입 금지야."

"아…, 이 문?" 나는 태연히 물러섰다. "그래…. 근데 문은 왜 이렇게 닫아두는 거래?"

"나야 모르지."

"안을 본 적 있어?"

"아니." 그의 안경이 날 살폈다. "당연히 없지. 록우드가 그러지 말라고 했으니까."

"물론이지, 물론이야. 그렇고말고. 그럼…." 나는 사근사근한 미소를 쥐어짜 냈다. "넌 여기서 지낸 지 얼마나 됐어?"

"일 년 정도."

"그럼 록우드를 잘 알겠네?"

이 통통한 녀석이 코에 걸린 안경을 사무적으로 밀어 올렸다. "지금 뭐 하자는 거야? 면접이라도 보시게? 물어볼 게 있으면 서두르는 게 좋아. 이 몸은 화장실에 가시는 길이거든."

"미안, 그래. 나는 그저 이 집이랑, 록우드가 어쩌다 이 집을 갖게 됐는지 궁금할 뿐이야. 내 말은, 오만 가지 것들이 다 있는 이 집에 록우드 혼자인 거나 다름없잖아. 내 말은, 대체 어쩌다…."

"그러니까 네 말은," 조지가 말을 잘랐다. "이거잖아. 그 애 부모님은 어디에 있나. 맞아?"

나는 고개를 끄덕였다. "맞아."

"록우드는 그분들 얘기를 꺼려. 너도 알게 될 거야. 녀석한테 그걸 물을 정도로 오래 버틸 수나 있을는지 모르겠지만. 두 분은 심령 연구자쯤이 아니었을까 싶어. 벽에 진열된 저런 물건들로 미루어보면 그렇지. 돈도 많았어. 그건 이 집을 보면 알 수 있고. 뭐가 어쨌든, 그분들이 떠난 지는 한참 됐어. 록우드는 무슨 친척인가 하는 사람한테 수년간 맡겨졌던 모양이거든. 그러다 '장묘사' 사이크스 밑에서 훈련을 받았고, 어찌어찌해서 이 집도 되찾았지." 그는 겨드랑이의 신문을 고쳐 끼고 층계참을 성큼성큼 가로질렀다. "나머지는 네 심령 민감성으로 얼마든지 더 알아낼 수 있을 거야."

내 찡그린 눈이 그의 뒤를 좇았다. "맡겨져? 그러니까 그 말은 그 애 부모님이…."

"이리 보나 저리 보나 사망했다는 의미라고 봐야겠지." 그 말과 함께 조지는 욕실 문을 닫았다.

뭐, 그날 밤 다락방 지붕 아래 누워 눈을 멀뚱거리면서 내가 어느 동료를 더 호의적으로 그렸는지 추측하는 건 그다지 어렵지 않을 거다. 한쪽에 앤서니 록우드가 있었다. 생기와 힘이 넘치고, 새로운 미스터리에 기꺼이 뛰어들 열정으로 충만한. 칼자루에 가볍게 손을 올린 채 귀신 들린 방에 걸어 들어가는 것보다 행복한 일은 그에게 없을 것이었다. 반대쪽은 조지 커빈스였다. 갓 개봉한 마가린 덩어리처럼 준수한 외모에다 바닥에 떨어져 구깃거리는 축축한 찻수건 같은 카리스마를 가진. 먼지 덮인 서류철과 군것질거리 더미에 둘러싸이는 것보다 행복한 일은 그에게 없을 것이었다. 그런 성향 탓에 유독 까칠하고 날 귀찮아하는 것 같았기에 나는 그와 최대한 거리를 두기로 결심했다. 하지만 록우드와 나란히 어둠 속으로 걸어 들어간다는 생각에는 벌써부터 신바람이 났다.

8

록우드는 새 의뢰인의 상담 시간으로 느지막한 오전을 가장 선호했다. 전날 밤의 출장에서 무슨 일이 있었던 간에 이 시간을 통해 홀홀 털어버렸다. 모든 고객은 내가 면접을 봤던 그 응접실로 안내됐다. 거기에 비치된 정겨운 소파와 동양적인 귀신잡이들이 진부함과 이상함을 넘나드는 논의에 나름 잘 어울리기 때문이었을 것이다.

내가 포틀랜드 로에서 온종일을 보낸 첫날의 유일한 의뢰인이 11시에 예약하고 찾아왔다. 육십 대 초반의 이 신사는 통통 부은 얼굴에 청승맞은 인상이었는데, 매끈하게 넘긴 머리칼 몇 가닥이 두개골을 나른히 가로지르고 있었다. 록우드는 그와 함께 커피 테이블 앞에 앉았다. 조지는 좀 멀찍한 곳에 놓인 기우뚱한 책상에 자리를 잡고, 크고 시꺼먼 사건 장부에 면담 내용을 받아 적었다. 나는 대화에 관여하지 않았다. 응접실 뒤쪽 의자에 앉아 오가는 얘기에 귀를 기울였다.

노신사의 차고가 문제였다. 손녀가 거기 들어가기를 거부하고 있다는 얘기였다. 아이는 뭔가가 보인다고 주장하지만, 워낙 과민한 성격이라 그 애의 말을 곧이곧대로 믿어야 할지 알 수 없었다는 것이다.

그다지 합리적인 생각 같지는 않지만(이 부분에서 그는 두 뺨을 부풀려 극도의 꺼림칙함을 강조했다.) 일단 상담이나 한번 받아보기로 결정한 거라고 했다.

록우드는 공손함 그 자체였다. "손녀분의 나이가 어떻게 됩니까, 선생님?"

"여섯 살이요. 아주 그냥 철딱서니 없는 왈가닥이죠."

"뭐가 보인다고 하는데요?"

"도대체가 말이 되는 소리를 해야죠. 젊은 남자인데, 차고 저쪽 끝에, 나무 상자 근처에 서 있답니다. 몹시 깡말랐대요."

"그렇군요. 늘 같은 위치에 있는 걸까요, 아님 조금이라도 움직이는 걸까요?"

"거기 그냥 서 있다더라고요. 처음 마주쳤을 때, 손녀가 말을 건 모양인데 아무 대답이 없더랍니다. 쳐다보고만 있더래요. 녀석이 얘기를 꾸며내는 건지도 모르죠. 방문자들 얘기는 놀이터에서 들을 만큼 들으니까."

"그렇죠, 선생님. 충분히 그럴 수 있어요. 선생님께선 차고에서 이상한 낌새를 느낀 적이 없으신가요? 가령 턱없이 춥다던가 하는 식의?"

한차례 부정의 고갯짓이 이어졌다. "쌀쌀하기야 하죠…. 하지만 차고니까 당연한 거 아니겠습니까? 그리고 미리 답하자면, 거기선 아무 불상사도 없었습니다. 아무도… 뭐랄까, 죽거나 한 적이 없다는 거죠. 신축 건물이에요. 지은 지 겨우 오 년 됐습니다. 게다가 늘 안전히 잠가두고요."

"그렇군요…." 록우드가 손깍지를 꼈다. "애완동물이 있으신가요, 선생님?"

노신사는 눈을 끔뻑였다. 길게 흘러내린 머리칼을 뭉툭한 손가락으로 다독여 이마 너머로 돌려보냈다. "그게 무슨 상관인지 잘 모르겠군요."

"그냥 궁금해서요. 댁에 강아지나 혹은 고양이가 있는지."

"아내가 고양이를 두 마리 기르긴 해요. 새하얀 샴고양이요. 거만하고 앙상한 녀석들이죠."

"녀석들이 차고에는 자주 가고요?"

노신사는 곰곰이 생각했다. "아뇨. 거기 가는 걸 싫어해요. 늘 멀찍이 거리를 두죠. 소중한 털을 더럽히는 게 싫어서 그런다고만 생각했는데. 사방이 먼지랑 거미줄이다 보니."

록우드가 시선을 들었다. "아, 차고의 거미 때문에 골치를 앓으시나 보군요?"

"글쎄, 거기에 서식지나 뭐 그런 게 있는 모양이죠. 쓸어버리는 족족 새로 생겨나거든요. 하지만 지금이 한창 그럴 때잖아요. 아닌가?"

"모를 일이죠. 자, 기쁜 마음으로 조사에 착수하겠습니다. 괜찮으시다면 오늘 밤, 통금 직후에 댁에 방문하죠. 그때까지는, 제가 선생님이라면 손녀분이 차고 근처에 못 가게 하겠습니다."

* * *

"네 생각은 어때, 칼라일 양?" 록우드가 물었다. 같은 날 저녁, 우리는 동부행 버스에 앉아 있었다. 그 노선을 운행하는 버스로는 통행금지 전 막차였고, 좌석에 어른은 한 명도 없었다. 그 대신 야간 경비 일을 하러 공장으로 향하는 아이들이 버글버글했다. 몇몇은 잠이 덜 깼고, 나머지는 심드렁하니 창밖을 내다봤다. 출입문 옆 거치대에서 그들의 감시봉—1.8미터 길이 막대기의 끝에 쇠붙이가 달렸다—이 통통거리고 달가닥거렸다.

"듣기로는 약한 1급령 같은데." 내가 말했다. "한곳에 붙박여 있고 꼬마에게 접근할 생각도 딱히 없는 걸 봐선. 하지만 단정 짓고 싶진 않아." 그리 말하는데 입술이 뻣뻣이 굳었다. 나는 귀신 들린 방앗간의 어둠 속에서 빛나던 조그만 형상을 떠올리고 있었다.

"그렇고말고." 록우드가 맞장구쳤다. "최악의 상황을 상정하고 대비하는 게 최선이지. 게다가 그 차고엔 거미가 한가득이라고 하니까."

"거미에 대해 알고는 있겠지. 그렇지, 칼라일 양?" 앞좌석에 앉은 조지가 날 천연덕스레 돌아봤다.

그야 널리 알려진 사실이다. 고양이는 유령을 질색하지만, 거미는 놈들을 사랑한다. 아니, 유령까지는 아니더라도 그중 일부가 내뿜는 심령적 발산물을 사랑한다. 활성 상태로 오랜 세월 사람의 손을 타지 않은 강력한 출처들은 열성적인 거미들이 수세대에 걸쳐 겹겹이 쳐놓은 뿌연 거미줄에 파묻혀 있기 일쑤다. 그래서 거미줄은 조사관들이 가장 먼저 확인해야 할 사항 중 하나다. 그 자취를 쫓아 출처에 곧장 도달할 때도 있다. 다들 아는 얘기다. 포터 씨의 여섯 살배기 손녀도 알 거다.

"그래." 내가 대꾸했다. "거미에 대해서는 알고 있어."

"좋아." 조지가 말했다. "그냥 한번 확인해 봤어."

우리는 잿빛 도시 런던의 동부 지구에서 하차했다. 템스강 북쪽에서 그리 멀지 않은 곳이었다. 비슷한 건물이 줄줄이 늘어선 거리들이 항만 기중기의 그림자 속에 옹기종기 모여 있었다. 어스름이 내리면서 동네 상점들이 하루 장사를 정리하고 있었다. 영매들의 치유 부스, 싸구려 철 중개상들, 한국과 일본에서 들여온 항마구*를 판다는 자칭 전문가들. 런던에 입성하고 몇 주째 그래 왔듯, 이 대도시의 압도적인 규모에 머리가 빙글빙글 돌았다. 서둘러 집으로 향하는 이들이 사방에 그득했다. 교차로마다 서 있는 항마등이 작동을 시작하며 덮개들이 천천히 걷혔다.

록우드는 앞장서서 골목길을 내려갔다. 그의 뒤로 맵시 좋게 나부끼는 길고 육중한 외투 자락 아래서 레이피어가 반짝였다. 조지와 내가 종종걸음으로 나란히 뒤따랐다.

"늘 그렇지만 록우드," 조지가 말을 꺼냈다. "일 처리가 너무 성급해. 의뢰인의 집과 이웃을 제대로 조사할 시간이 부족했어. 나한테 하루만 더 줬어도 배후 사정을 꽤 많이 알아낼 수 있었을 텐데."

"맞아. 하지만 그런 조사에는 한계가 있지." 록우드가 말했다. "뭐니 뭐니 해도 실제 답사만 한 게 없어. 게다가 이번 출장은 칼라일 양이 재미있어 할 것 같았거든. 현장에서 뭔가를 들을 수도 있고."

"듣는 자가 된다는 데는 위험이 따르지." 조지가 말했다. "작년에 엡스타인 & 호크스에서 일하던 여자애 말야. 워낙 잘 듣기도 하고 통찰력도 어마어마했거든. 하지만 자꾸만 들리는 온갖 목소리에 기겁해서는 템스강에 뛰어들고 말았지."

나는 옅게 미소를 지었다. "마리사 피츠도 나랑 같은 재능을 갖고 있었어. 그녀는 아무 데도 뛰어들지 않았고."

앤서니 록우드가 웃음을 터트렸다. "한 방 제대로 먹였네, 칼라일 양! 그럼 이제 닥쳐, 조지. 다 왔다고."

의뢰인의 집은 같은 모양의 건물들이 다닥다닥 붙어 선 동네 한복판의 유일하고도 평범한 연립주택 네 채 중 하나였다. 꽤 현대적인 양식으로 지은 집이었다. 문제의 차고는 견고한 벽돌 건물로, 전면에는 위로 들어서 젖히는 형태의 금속문이 달렸고, 옆문은 부엌과 연결돼 있었다. 다양한 단계의 수리 작업이 진행 중인 낡은 오토바이 세대가 차고 한쪽 구석을 차지하고 있었다. 집주인 포터 씨의 취미인 모양이었다. 기다란 작업대와 벽에 달린 공구 진열대가 보였고, 뒤쪽에 무더기로 쌓인 차茶 제품 포장용 나무 상자에는 중고 부품과 바퀴, 분해된 엔진들이 들어 있었다.

가장 먼저 눈에 띈 건 상대적으로 깔끔한 작업대나 공구 진열대와 달리 갓 생긴 잿빛 거미줄에 얇게 뒤덮인 부품 보관 구역이었다. 나무 상자 사이에 치렁치렁 걸려 어슴푸레 빛나는 거미줄들은 거기서 다시 바닥까지 비스듬히 늘어져 있었다. 우리가 비추는 손전등 불빛 속에서 큼지막한 거미들이 뭔지 모를 볼일을 위해 슬금슬금 움직였다.

우리는 몇 시간을 들여 신중히 측정하고 관찰했다. 특히 조지는 아주 극미한 기온 저하까지 열성적으로 기록해 댔지만, 밤이 깊어지며 초자연적 냉각*이 진행되고 있다는 건 나머지 우리도 체감하고 있었다. 시큼한 독기*, 희미한 부식 냄새 또한 강해지고 있었다. 자정을 향해가는 시각, 공기가 한차례 전율했다. 나는 오싹함을 느꼈다. 차고 저쪽 구석, 나무 상자 근처에서 어렴풋한 환영 하나가 나타났다. 아주 조용하고 잠잠했다. 남자만 한 크기의 파리한 난운*이었다. 우리는 조용히 그것을 쳐다보며 벨트에 손을 올리고 대비했지만 위험이 임박했다는 느낌은 없었다. 형상은 십여 분을 머물고 사라졌다. 공기가 맑아졌다.

"젊은 남자네." 록우드가 말했다. "가죽 제복 같은 걸 입었는데. 누

• 어지러이 떠도는 구름.

구 또 본 사람 있어?"

나는 고개를 저었다. "미안. 못 봤어. 내 시각은 너만큼 좋지 않아. 근데…."

"여기에 있는 게 뭔지는 뻔하잖아, 록우드." 조지가 끼어들었다. "난 제복을 봤거든. 사실 여기 들어오기 전부터 짚이는 게 있었는데, 그게 맞았어. 이 집은 꽤 현대적이야. 주변 다른 건물들은 대개가 더 오래됐지. 세계대전 이전의 테라스*들이거든. 한때는 여기도, 지금 우리가 서 있는 바로 이곳도 그런 부류의 집이었을 거야. 근데 없어졌지. 왜? 전쟁 때 공습에 폭탄을 맞았으니까. 집을 부순 그 폭탄이 방금 우리가 본 남자도 죽였을 거야. 그자는 '공습령'인 셈이지. 휴가를 받아 집에 와 있던 군인이었을지도. 우리 발밑 어딘가에 남자의 유해가 있을 거야." 조지는 펜을 바지 주머니에 아주 강단지게 꽂아 넣고 안경을 벗어 셔츠에 닦았다.

록우드가 얼굴을 찌푸렸다. "그렇다고? 어쩌면…, 근데 여기엔 절명광이 전혀 없는데." 그는 생각에 잠겨 턱을 문질렀다. "그게 사실이면 우리 의뢰인은 속 좀 상하겠네. 차고를 허무는 데 비용이 꽤 들 테니."

조지는 어깨를 으쓱했다. "힘들겠지. 그래도 유골은 찾아야 하니까. 달리 무슨 수가 있겠어?"

"미안한데," 내가 말했다. "내 생각은 달라."

두 사람이 날 건너다봤다. "뭐?" 조지가 말했다.

"난 물론 방문자를 너희만큼 제대로 보진 못했어. 하지만 너희가 놓친 뭔가를 감지한 것 같기도 해. 환영이 사라지기 직전에 목소리가

---

* 비슷한 주택들이 연이어 붙어 있는 형태.

116

들렸어. 너희도 들었어? 아냐? 글쎄, 무척 희미하긴 했는데 그래도 꽤 도드라지는 소리였어. '급했어. 브레이크를 확인 못 했어.' 그렇게 말했어. 두 번 반복해서."

"자, 그럼 그게 뜻하는 건 뭔데?" 조지가 따지고 들었다.

"무슨 뜻이냐면," 내가 말했다. "출처가 차고 바닥 밑에 없을 수 있고, 공습 희생자의 유령과도 무관할 수 있다는 거지. 내 생각에 출처는 저 나무 상자 어딘가에 있는 것 같아. 안에 뭐가 들어 있지?"

"고물들." 조지가 말했다.

"오토바이 부품들." 록우드가 대답했다.

"맞아. 우리 의뢰인이 여기저기서 주워온 낡은 오토바이 부품들이지. 그럼 그 부품들은 어디서 왔을까? 녀석들의 과거는 뭐지? 모를 일이잖아. 어떤 사고, 그것도 인명 사고에 연루된 기계의 부품이 같이 섞여 있는 건 아닌지."

조지는 코웃음을 쳤다. "교통사고라고? 그럼 출처가 망가진 오토바이라는 거야?"

"유령의 복장이 바이커들의 가죽옷일 가능성이 있을까?" 내가 물었다.

잠시 침묵이 이어졌다. 록우드가 천천히 고개를 끄덕였다. "그게, 그럴 수도 있을 것 같아. 충분히 가능해…. 자, 확인을 해봐야겠어. 내일 의뢰인한테 저 나무 상자들을 더 자세히 봐도 될지 물어보자고. 그건 그렇고 고마워, 칼라일 양. 아주 흥미로운 통찰이었어. 네 재능은 기대를 저버리지 않는구나!"

기록 차원에서 밝혀두자면, 내가 옳았다. 나무 상자 하나에 들어 있던 박살 난 경주용 오토바이의 잔해를 심령적으로 평가하니 상당히 의심스러운 판독값이 나왔다. 후속 조치 차원에서 이 물건을 수습해 피츠 소각장으로 보냈고, 그렇게 사건은 마무리됐다. 하지만 출장을 갔던 그 밤, 포틀랜드 로의 집에 돌아온 뒤에도 내 귀에서는 록우드의 칭찬이 시끄럽게 울려 퍼졌다. 곧장 자러 가기엔 마음이 너무 들떠 있었다. 다락방으로 가는 대신 부엌에서 샌드위치를 만들어 어슬렁어슬렁 서재로 향했다. 거기는 아직 제대로 탐사해 보지 못했다.

응접실에서 복도를 가로지르면 나오는 서재는 떡갈나무 벽널로 마감한 어둑한 방이었다. 창문에 두꺼운 커튼이 드리워져 있었다. 벽에 줄줄이 달린 검은색 선반에 양장본이 빼곡했다. 벽난로 위에는 무르익은 초록색 배 세 개를 그린 유화가 걸려 있었다. 기울기 조절이 되는 장스탠드들이 구부정하니 선 모양새가 꼭 왜가리들 같았다. 그중 하나가 앤서니 록우드를 비췄다. 그는 안락의자에 모로 파묻혀 있었다. 그 기다랗고 가는 다리를 의자 팔걸이에 우아하게 걸친 채. 눈썹에 드리운 앞머리가 역시나 근사했다. 그는 잡지를 읽고 있었다.

나는 문간에서 망설였다.

"오, 칼라일 양." 그가 몸을 벌떡 일으키며 환영의 뜻으로 활짝 웃었다. "자, 들어와. 어디든 편한 데 앉아. 저기 구석의 갈색 의자는 웬만하면 피하고. 조지 거거든. 안타깝게도 녀석이 속옷 바람으로 앉아 있곤 한다지. 부디 그 습관 좀 고쳐주길 바라는 중이야. 이제 너도 있고 하니까. 걱정하진 마. 녀석이 당장은 들이닥치지 않을 테니. 벌써 자러 갔거든."

나는 그의 맞은편에 놓인 가죽 의자에 앉았다. 부드럽고 편안했다. 한쪽 팔걸이에 얌전히 박혀 있는 말라비틀어진 사과 꽁다리가 살짝 거슬렸을 뿐. 내 머리 뒤쪽의 조명을 켜러 왔던 록우드는 아무 말 없이 능숙하게 사과 꽁다리를 뽑아 쓰레기통에 넣었다. 그러고는 자기 의자에 다시 몸을 던져 무릎에 잡지를 놓고 깍지 낀 손을 얹었다.

우리는 마주 보이는 서로를 향해 미소를 지었다. 문득 우리가 생판 남이라는 생각이 떠올랐다. 면접이니 출장이니 조사니 하는 일들이 일단은 끝난 지금, 나는 무슨 말을 해야 할지 감이 오지 않았다.

"조지가 위층으로 올라가는 걸 봤어." 내가 마침내 입을 열었다. "좀… 짜증이 난 것 같던데."

록우드가 별일 아니라는 듯 어깨를 으쓱했다. "아, 녀석은 괜찮아. 이따금 기분이 그럴 때가 있어."

침묵이 이어졌다. 벽난로 위 화려한 탁상시계가 지속적으로 내뱉는 째깍째깍 소리가 귀에 들어오기 시작했다.

앤서니 록우드가 헛기침을 했다. "그래서, 칼라일 양?"

"루시라고 불러. 더 짧고, 쉽고, 조금은 더 가깝게 느껴지잖아. 우린 앞으로 함께 일할 사이니까, 뭐 그렇다고. 거기다 한집에 살기도 하고."

"물론이지. 맞는 말야…." 그는 잡지를 내려다보고 다시 날 올려다봤다. "그래서, 루시." 우리 둘 다 어색하게 웃었다. "집은 마음에 들어?"

"아주 많이. 내 방도 사랑스럽고."

"욕실이… 너무 작진 않아?"

"아니. 완벽해. 아주 아늑해."

"아늑해? 좋네. 그렇다니 기쁘군."

"네 이름 있잖아," 내가 불쑥 말했다. "조지도 널 '록우드'라고 부르던데."

"대부분의 경우엔 그렇게 부르면 내가 대답하지."

"누가 널 '앤서니'로 부른 적은 있어?"

"어머니가 그랬지. 아버지도."

침묵. "그럼 '토니'는? 그런 애칭으로 불린 적은 있어?"

"토니? 이봐, 칼라―미안―루시. 내 이름이야 뭐든 너 좋을 대로 부르면 돼. 록우드나 앤서니 수준에서는. 근데 토니는 안 돼, 제발. '앤트'도 싫어. 그리고 혹시라도 날 '빅 에이'라고 부르는 날에는 눈물을 머금고 널 이 집에서 내쫓을 수밖에 없어."

또다시 침묵. "어, 누가 널 빅 에이라 부른 적이 실제로 있기는 하고?"

"첫 조수가 그랬지. 그 애는 그리 오래가지 못했어." 그가 내게 미소를 보냈다. 나도 미소로 답하며 시계가 째깍거리는 소리를 들었다. 아까에 비해 소리가 꽤나 요란해진 기분이었다. 나는 애초에 그냥 내 방으로 직행했더라면 얼마나 좋았을까 생각하기 시작했다.

"지금 읽는 건 뭐야?" 내가 물었다.

그가 잡지를 들어 보였다. 표지에는 항마등에 버금가게 새하얀 치아를 가진 금발 여성이 검은색 자가용에서 내리는 모습이 인쇄돼 있었다. 그녀는 드레스 옷깃에 커다란 라벤더 장식을 꽂았고, 자동차 창문에는 철창살이 덧대어져 있었다. "〈런던 사교계〉. 따분한 쓰레기야. 하지만 동네 돌아가는 소식을 알 수 있지."

"어떤 소식들인데?"

"파티들. 대개가." 그는 잡지를 이쪽으로 툭 던졌다. 거기에는 말쑥하게 차려입은 남녀가 인파로 붐비는 실내에서 우쭐대는 모습을 담은 사진들이 끝도 없이 실려 있었다. "난제를 계기로 사람들이 자신의 죽지 않는 영혼에 대해 고민하게 됐다고들 하지만," 록우드가 말했다. "부자들의 경우에는 정반대의 양상이 나타났지. 화려하게 차려입고 외출해서는 단단히 봉쇄한 호텔에서 밤새 춤추고 노는 거야. 밖에 방문자가 도사리고 있다는 생각에 공포로 전율하면서…. 그 잡지에 나온 파티는 지난주에 DEPRAC가 주최한 거야. 심령사건조사예방국 말야. 내로라하는 대행사들의 윗선들 거의 대부분이 참석했지."

"아." 나는 사진을 훑었다. "너도 초대받았어? 사진 좀 봐도 돼?"

그는 어깨를 으쓱했다. "못 받았어. 그러니 못 봐."

나는 책장을 휘휘 좀 더 넘겼다. 종잇장이 리듬감 있게 푸르르거렸다. "구인 광고에 록우드 심령 회사를 저명한 대행사라고 쓴 건," 내가 말했다. "거짓말이 좀 섞인 거지. 아냐?"

책장이 펄럭이고 시계가 째깍거렸다. "난 그걸 무난한 과장이라고 부르겠어." 록우드가 말했다. "다들 하는 일이잖아. 너도 그렇고. 이를 테면 네가 조사관 자격을 4급까지 완벽히 취득했다고 말한 것처럼. 네 면접 직후에 DEPRAC 영국 북부 지사에 전화해 봤어. 그쪽 말이 넌 1급에서 3급 과정까지만 마쳤다던데."

그가 화를 내는 것 같지는 않았다. 그저 가만히 앉아서 그 크고 검은 눈으로 날 쳐다볼 뿐이었다. 갑작스레 입이 마르고 흉곽에서 심장이 쿵쿵거렸다. "나, 난… 미안해." 내가 말했다. "그건 왜 그랬냐면…." 목을 가다듬었다. "그러니까 중요한 건, 내 실력이 4급을 따기에 충분할 만큼 좋다는 거야. 제이콥스의 훈련생으로 있던 시절이 아주 안 좋게 끝나버렸고, 그래서 4급 시험을 치지 못한 것뿐야. 그리고 여기에 면접을 보러 왔을 땐… 그게, 여기 일이 정말로 절실했었어. 미안해, 록우드. 혹 제이콥스 얘기를 하면 도움이 될까? 일이 어쩌다 그리됐는지?"

앤서니 록우드가 한 손을 들어 올렸다. "아니." 그가 말했다. "됐어. 상관없어. 그때 무슨 일이 벌어졌든 그건 과거야. 지금 중요한 건 미래고. 네 실력이 4급에 버금가게 좋다는 것도 이미 알아. 지금 내가 장담할 수 있는 건 록우드 심령 회사가 런던의 3대 대행사로 손꼽히는 날이 오고야 말리라는 거야. 진짜야. 난 알아, 그리되리라는 걸. 너도 그 일원이 될 수 있어, 루시. 난 네가 실력자라고 생각해. 그리고 네가 여기 있어서 기뻐."

그 말끝에 아니나 다를까, 나는 얼굴이 빨갛게 달아올랐다. 거짓말을 들켰다는 창피함과 그의 후한 칭찬이 주는 기쁨, 그가 말한 미래를 향한 흥분이라는 홍조 유발 스페셜 삼 종 세트 덕분이었다. "조지도 너랑 생각이 같을지는 의문인데." 내가 말했다.

"오, 조지도 네가 특별하다고 생각해. 면접 때 보여준 실력에 엄청 놀랐지."

나는 코웃음과 하품 사이를 오가던 녀석의 목소리 음역을, 그날 저녁의 까칠함을 떠올렸다. "그 애는 인정의 표시를 대개 그런 식으로 해?"

"너도 익숙해질 거야. 조지는 위선을 싫어해. 너도 알지, 앞에선 듣기 좋은 소릴 하고 뒤에 가면 욕하는 사람들. 녀석은 그 반대로 행동하는 데 자긍심을 느껴. 아주 뛰어난 조사관이기도 하고. 한때 피츠 대행사에서 일했어." 록우드가 덧붙였다. "피츠는 예의범절과 비밀 엄수, 신중한 태도를 중시하지. 그런 데서 조지가 얼마를 버텼는지 알아?"

"대략 이십 분 선에서 생각해 봐야 할 것 같은데."

"자그마치 반년이야. 그 정도로 실력이 좋다고."

"저 성격을 그렇게까지 참아준 걸 보면 실력이 월등한 건 틀림없겠네."

록우드가 환하게 미소를 지었다. "내가 보기엔 말이지, 너랑 조지가 함께하는 한 어떤 것도 우릴 막지 못해."

그가 이렇게 내뱉는데 순간적으로 모든 게 완벽히 말이 되는 소리처럼 들렸다. 나는 이내 깨우쳤다. 록우드가 그런 미소를 지을 때면 그의 말에 동의하지 않을 수 없다는 걸.

"고마워." 내가 말했다. "나도 그리되길 바라."

록우드가 웃음을 터트렸다. "그리되길 '바라'고 말고 할 것도 없어. 우리의 재능이 합체하는데, 안 될 게 뭐가 있겠어?"

3
목걸이

9

평범한 전원주택에 불길이 얼마나 빨리 퍼지는지 보고 있으면 보통 놀라운 게 아니다. 록우드와 내가 창문에서 추락하기도 전에, 어쩌면 우리가 아직 유령소녀와 씨름하고 있는 와중에 이웃의 누군가가 경보기를 울린 게 분명했다. 응급 구조대의 대응도 재빨랐다. 몇 분 되지도 않아 현장에 도착했다. 하지만 자잘한 쇠사슬을 엮어 만든 튜닉* 차림의 특수 야간조가 로트웰 소속 조사관 무리의 호위를 받으며 정원으로 돌격해 들어왔을 때, 호프 부인의 저택 2층은 이미 속속들이 불타오르고 있었다.

2층 창문에서 허연 화염이 뒤집힌 폭포처럼 쏟아졌다. 지붕 타일들이 열기에 쩍쩍 갈라지며 희미하게 빛났다. 밤을 배경으로 반짝이는 타일 가장자리가 꼭 줄줄이 달린 용의 비늘 같았다. 굴뚝 꼭대기에서 가늘게 작열하는 홍염이 몸을 비비 꼬고 비틀며 근처의 나무와 건물에 불똥을 비처럼 뿌려댔다. 밑에서는 안개가 주황색으로 들끓었다. 조사관과 의료 요원, 소방관들이 구름 자욱한 풍경화의 명암

---

* 팔 부분이 없이 기다랗고 헐렁한 상의.

사이를 미친 듯이 뛰어다녔다.

그 한복판에 록우드와 내가 있었다. 우리 목숨을 구한 덤불에 쪼그려 앉아 의료진의 질문에 대답했다. 그들이 그들의 일을 하게 됐다. 사방에서 호스가 물을 뿜고, 목재들이 툭툭 부러졌다. 재킷을 입고 풀밭에 소금을 뿌리는 침울한 표정의 아이들에게 감독관들이 고래고래 명령을 퍼부었다. 모든 게 비현실적이었다. 뭔가에 가로막힌 듯 웅웅거리고 아득했다. 우리가 살아남았다는 사실조차 잘 이해되지 않았다.

호프 씨도 호프 부인도 그리 열성적인 정원사는 아니었다는 게 우리에게는 행운이었다. 그들은 집 뒤편 덤불들이 덩치를 키우고 마구 뻗어나가게, 무성해지고 웃자라고 가지마다 푹신한 이끼를 뒤집어쓰게 내버려뒀다. 그 덕분에 우리가 덤불에 처박히던 순간─나무 윗가지들을 때리고 아래쪽 가지들을 가르며 추락하다 땅에 닿기 직전에 불쑥 고통스레 정지했을 때─옷이 찢기고 살갗은 뚫렸을지언정, 그 뻔할 뻔 자의 일은 벌어지지 않았다. 그러니까, 목이 부러져 죽는 것 말이다.

드높은 굴뚝에서 화염이 왈칵 솟구치더니 지붕을 가로질러 분수처럼 흘러내렸다. 자리에 주저앉아 허공을 응시하는 동안 누군가가 내 팔에 붕대를 감았다. 나는 벽 뒤의 소녀를 생각했다. 지금쯤은 그 애도 남은 게 거의 없겠지.

이 엄청난 혼돈…. 다 나 때문이었다. 소녀의 유령과 대적할 필요가 우리에게는 전혀 없었다. 그냥 두고 떠나면 그만이었다. 아니, 그녀가 얼마나 위험한지 알았을 때 그냥 두고 떠났어야 했다. 록우드는 일단 철수하길 원했지만 내가 설득했다. 남아서 처리하자고. 그리고 그 결정 때문에… 이 지경이 되고 말았다.

"루시!" 록우드의 목소리였다. "정신 차려! 저들이 널 병원으로 옮기고 싶어 해. 필요한 치료를 해줄 거야."

나는 입가가 퉁퉁 부어 있었다. 말하기가 힘들었다. "너… 넌 어쩌고?"

"누구랑 얘기를 좀 해야 해. 조금 이따 뒤따라갈게."

눈앞이 흐릿했다. 내 왼눈은 완전히 감겨 있었다. 의료 요원 무리 바로 뒤에서 검은색 정장 차림의 남자를 본 것도 같았지만 확신하기 힘들었다. 누군가가 날 부축해 일으켜 세웠다. 나는 엉겁결에 끌려가고 있었다.

"록우드. 이건 다 내 잘못…."

"헛소리. 책임은 내가 져. 걱정하지 마. 곧 보자."

"록우드…."

하지만 그는 연기와 불꽃 사이로 이미 사라지고 없었다.

병원은 병원의 일을 했다. 내 부상을 괜찮게 수습했다. 하루가 밝을 때쯤 상처 부위에 소독과 처치가 끝났다. 검을 잡는 쪽 팔은 붕대에 걸어 고정했다. 온몸이 뻐근하고 아리고 탈골이라도 된 듯했다. 그럼에도 골절은 한 군데도 없었고 다리만 약간 절뚝일 뿐이었다. 큰 탈은 없을 터였다. 날 병원에 잡아두고 경과를 지켜보자는 의견이 있었으나, 그때쯤 나는 이미 넌더리가 났다. 의사들이 이의를 제기했지만 나는 요원이었고 그런 점에서 유리했다. 동이 튼 직후, 그들은 날 놓아줬다.

포틀랜드 로 거리로 돌아온 건 항마등의 전원이 막 나간 뒤였다. 기둥에서 전기 장치가 아직 웅웅거리는 소리가 들렸다. 록우드네 지하 사무실에는 불이 밝혀져 있었지만, 그 위는 어둡고 고요했다. 나는 열쇠를 찾기조차 귀찮아 문간에 기대 초인종을 울렸다.

뜀박질하는 소리가 났다. 현관문이 벌컥 열렸다. 조지가 서 있었다. 뺨이 붉고, 두 눈은 이글거렸다. 머리칼은 평소보다 더 부스스했다. 입고 있는 옷이 전날과 똑같았다.

긁히고 부은 내 얼굴을 본 그의 치아 사이에서 조그만 소리가 흘러나왔다. 그는 아무 말도 하지 않았다. 옆으로 비켜서서 날 안으로 들이고 조용히 문을 닫았다.

복도는 컴컴했다. 나는 열쇠 탁자의 크리스털 해골에 손을 뻗어 조명을 켰다. 허약하고 둥근 빛이 우리를 둘러싸고 등 가운데서 해골이 씩 웃었다. 나는 맞은편 책장의 예스런 장식품들을 멍하니 쳐다봤다. 항아리와 가면, 속이 빈 박. 록우드의 말에 따르면 그건 특정 부족의 남자들이 바지 대신 입는 것이었다.

록우드….

"그는 어딨어?" 내가 물었다.

조지는 아직 문간에 서 있었다. 해골등 불빛에 그의 안경이 빛났고, 내 쪽에서는 눈이 보이지 않았다. 그의 목 중간쯤에서 뭔가가 꿀렁였다. "어딨는데?" 내가 다시 물었다.

조지의 목소리는 너무도 심히 경직돼 있어 잘 들리지도 않았다. "런던 경찰청."

"경찰이랑 있다고? 병원에 있는 줄 알았는데."

"그랬지. 이제 DEPRAC가 데리고 있어."

"왜?"

"오오, 나야 모르지. 혹 너희가 남의 집에 불이라도 지른 걸까, 루시? 누가 알겠어?"

"가서 만나야겠어."

"들여보내 주지 않을걸. 이미 요청해 봤거든. 록우드가 집에서 기다리라고 했어."

나는 조지를, 현관문을, 내 신발을 쳐다봤다. 아직까지도 검댕과 회반죽 범벅이었다. "록우드랑 얘기했어?"

"녀석이 병원에서 전화했어. 반스 경위가 와서 기다리고 있다고."

"괜찮대?"

"나야 모르지. 괜찮은 듯해. 문제는…." 그가 돌연 말을 돌렸다. "너야말로 몰골이 엉망인데. 팔은 어찌 된 거야? 부러졌어?"

"아니. 살짝 삐었어. 며칠이면 괜찮아질 거야. 너 방금 '문제는'이라고 했지. 문제는 뭐? 록우드가 뭐랬는데?"

"별거 없었어. 다만…."

그리 말하는 그의 뭔가에… 내 심장이 박동을 높였다. 나는 벽에 몸을 기댔다. "다만 뭐?"

"유령접촉이 있었대."

"조지…!"

"거기 기대지 말아줄래? 벽지에 검은 자국이 남잖아."

"벽지 같은 소리 집어치워, 조지! 접촉은 없었어! 내가 봤다고!"

그는 미동도 없이 여전히 꽤나 단조롭게 말했다. "본 거 맞아? 록우드 말이 네가 출처를 처리하고 있을 때 그랬다던데. 방문자랑 싸우다가 플라스마 회오리에 갇혔다고. 그때 놈이 손에 닿았다고. 구급차에서 아드레날린을 맞았고 부패는 멈췄대. 말로는 괜찮다더라."

나는 머리가 빙빙 돌았다. 일이 그리될 수가 있었나? 서재에서는 모든 게 너무도 순식간이었고, 정원에서의 기억은 흐릿했다. "안 좋대? 어디까지 번졌는데?"

"처치하기 전에 어떤 상태였냐고?" 그가 어깨를 으쓱했다. "네가 말해보시지."

"뭐래. 내가 그걸 어떻게 알아?" 내가 쏘아붙였다. "거기 있지도
않았는데."

조지가 발사하는 분노의 포효에 나는 펄쩍 뛰었다. "그러니까, 네
가 거기 있었어야지!" 그가 손바닥으로 벽을 어찌나 세게 내리치던
지 책장에서 장식용 박이 떨어져 바닥을 떼굴떼굴 굴렀다. "애초부터
접촉할 일이 없게 록우드를 말렸어야 했고! 맞아. 상태가 꽤나 나빴
던 것 같거든! 손이 벌써 붓기 시작했어. 손가락 다섯 개가 몽땅 파란
색 소시지 같은 몰골로 부풀었다는데, 그런데도 저들은 록우드를 구
급차에 강제로 태워야 했어. 왜? 왜냐면 녀석이 널 찾으러 가려고 했
거든. 네가 괜찮은지 보려고! 도통 말을 듣지 않아. 유령접촉자가
돼서도, 그나마 상식적인 누군가가 엉덩이에 주삿바늘을 꽂지 않았
으면 한 시간 내에 죽을 처지가 돼서도 도통 말을 듣지 않았다고! 어
젯밤에 내가 돌아올 때까지 기다리라던 말을 들을 생각이 없었던 것
처럼! 내가 제대로 된 조사를 하고, 그래서 너희가 정확히 어떤 상황
으로 걸어 들어가는지 알아내게 둘 생각이 없었던 것처럼. 그래! 언
제나처럼 녀석은 다짜고짜 달려들었지. 그때 좀 기다렸더라면," 조지
가 바닥에 떨어진 박을 잔혹하게 걷어차자 박은 팽그르르 돌며 질주
하다 굽도리널*에 부딪혀 둘로 쪼개졌다. "이런 멍청한 난장판 자체
가 없었을 거라고!"

가만있자. 지난 열두 시간 사이에 나는 포악한 유령한테 죽을 뻔
했다. 2층 창문에서 작디작은 나무로 추락했다. 팔을 접질렸다. 남은
밤 시간 내내 웬 여드름투성이 녀석이 핀셋을 들고 내 신체의 민망한

• 벽과 바닥의 연결 부위에 붙이는 널빤지.

부위에서 잔가지와 가시를 뽑아냈다. 나는 또한 조그만 전원주택에 불을 질렀다. 아, 그리고 록우드는 유령접촉자가 됐고, 괜찮은지 어떤지도 모르는 상태로 이제는 경찰에게 들볶이고 있다. 당장의 내게 간절한 건 목욕과 음식, 어마어마한 휴식, 그리고 록우드를 다시 보는 거였다.

하지만 그 대신 날 기다리는 건 심통을 있는 대로 부리는 조지였다. 나로서는 참 달갑지 않은 상황이었다.

"닥쳐, 조지." 나는 지친 목소리로 말했다. "지금은 때가 아냐."

그가 내 쪽으로 몸을 빙글 돌렸다. "아냐? 그럼, 그 때가 도대체 언젠데? 너랑 록우드 둘 다 죽었을 때? 그래? 어느 날 밤에 문을 열었는데 너희 둘이 현관 철선 밖을 맴돌고 있고, 몸에는 플라스마가 주렁주렁 매달려 있고, 두 눈에선 버러지가 튀어나오는 그때? 그래, 좋아. 우리의 하잘것없는 근황 얘기는 그때 하지 뭐!"

나는 코웃음을 쳤다. "사랑스러워라. 설령 오더라도 그런 몰골로 오진 않을 거거든. 난 더 끝내주게 변해서 올 거야."

조지가 분노의 콧김을 내뿜었다. "진짜? 본인이 어떤 유형의 방문자가 될지 네가 어떻게 아는데, 루시? 넌 놈들에 대해 쥐뿔도 몰라. 내가 건네는 자료는 단 한 장도 읽지 않거든. 네가 보는 존재들을 기록으로 남기는 법도 절대 없지. 너랑 록우드의 머릿속엔 밖으로 뛰쳐나가서 출처의 냄새나 쿵쿵거릴 생각뿐이야. 그것도 최대한 빨리!"

나는 걸음을 옮겨 그에게 다가갔다. 글쎄, 내 팔이 조금만 덜 아렸어도 그의 부한 가슴팍을 손가락으로 쑤셨을 것이다. "왜냐면 그렇게 해야 돈을 벌거든, 조지. 너처럼 옛날 신문 쪼가리나 붙들고 난리 쳐 봐야 아무것도 나오지 않아."

둔한 둥근 테 안경 너머에서 그의 눈이 번쩍였다. "아? 아무것도?"

"그렇고말고. 네가 그런 데 조금만 덜 집착했어도 지난 몇 달 동안 두 배는 많은 건을 처리했을 거야. 어제 일만 해도 그래. 우린 오후 내내 널 기다렸어. 넌 언제든 돌아와서 우리랑 함께 갈 수 있었지. 하지만 안 그랬어. 도서관에 푹 빠져 있었으니까. 우린 생각하는 식탁보에다 네 앞으로 정중히 메모까지 남겨뒀어. 5시가 다 되도록 출발하지 않았다고."

그의 목소리는 이제 가라앉아 있었다. "날 기다렸어야 했어."

"안 기다려서 뭐가 어쨌는데? 기다렸다 한들 뭐가 달라지는데?"

"뭐가 달라지냐고? 따라와! 뭐가 달라지는지 보여주지!" 조지는 뒤로 물러나 몸을 돌리고는 앞장서서 복도를 지나 부엌으로 들어갔다. 조리대를 뒤덮은 설거지 더미에 내가 혐오스레 내뱉는 허, 소리를 무시하며 지하실 연결 문을 벌컥 열고 달가닥달가닥 철제 계단을 내려갔다. "어서 와봐!" 그가 위에 대고 소리쳤다. "이 정도 수고는 감수할 수 있다면!"

그때 내가 했던 저주는 식탁의 우유도 굳혔을 것이다. 이미 서른여섯 시간을 거기 나와 있지 않았더라도. 나는 이제 정말 화가 나 있었다. 질세라 쿵쿵거리며 나선형 계단을 내려갔다. 사무실로 가니 조지의 책상에 불이 켜져 있었다. 여기저기 흩어진 종이, 지저분한 컵, 사과 꽁다리, 과자 봉지, 반쯤 갉아먹은 샌드위치들을 보아 하니 이곳이 조지의 밤샘 현장인 모양이었다. 유령단지도 전용 손수건이 벗겨진 채로 나와 있었다. 누르스름하고 혼탁한 기운 틈으로 희미하게 해골이 보였다. 왜 그런 건지는 몰라도 유령 머리가 거꾸로 뒤집혀 둥실거리고 있었다.

조지는 책상에서 종이 몇 장을 뽑아 들었다. 나는 그가 공격을 개시하길 기다리는 대신 곧장 밀고 들어갔다.

"넌 네가 왜 이렇게 못되게 구는 줄 알아?" 내가 말했다. "넌 질투하는 거야."

조지가 가만히 쳐다봤다. "누굴?"

"날."

조지가 꼴사납고 시끄럽게 웃었다. 저쪽 구석의 유령단지 속 머리가 조지의 격분을 흉내 냈다. 잔뜩 과장된 경악한 표정을 지어 보였다. "오, 그러시겠지!" 조지가 말했다. "넌 참 대단하잖아. 우리 의뢰인의 집도 태워먹고. 사상 최고의 조수야."

"당연하지. 내 앞의 조수는 죽어나간 마당인데."

조지가 멈칫했다. "여기서 그 얘기가 왜 나와."

"나오고도 남을 때지. 로빈이 어떻게 죽었는지 다시 말해줄래?"

"생골령*을 만났어. 겁에 질려 지붕에서 뛰어내렸지."

"맞아. 반면 난 살아남았지. 그것도 최전방에서. 넌 좀처럼 가지 않는 그곳 말야, 조지. 그리고 넌 그게 신경 쓰이기 시작한 거야. 그치? 너만 소외되는 것 같은 기분이지. 뭐, 힘들긴 할 거야. 그렇다고 저 밖에 나가서 사건을 처리하는 사람한테 굳이 죄책감을 안기려는 수작은 하지 마. 이 업종에서 중요한 건 먼지 덮인 책이 아냐. 우리 일에서 중요한 건 효율적인 조치라고."

"그래." 그는 살찐 코 위로 안경을 밀어 올렸다. "그래. 어쩜 네가 옳을지도. 방금 그 말에 대해선 생각해 보도록 할게. 그사이 넌 내가 어제 찾아낸 이 먼지 덮이고 늘어빠진 자료를 슬쩍 떠들쳐 볼 수도 있겠지. 너희가 참으로 프로답게도 쇠사슬 챙기는 걸 깜빡하던 그때 조사한 거 말야. 앞의 이 종이는 등기부를 복사한 거야. 주소는 신 로드 62번지, 어제 네가 있었던 곳이지. 지난 백 년간 그 집을 소유한 모든 이들이 기록된 문서야. 여기, 마지막에 호프 씨랑 호프 부인이 보이지? 이 부부에 대해선 너희도 알았을 거고. 너희가 몰랐던 건 이 사람이야. 미스 애너벨 E. 워드. 오십 년 전에 그 집을 매입했지. 이 이름을 잘 기억해 둬. 자, 내가 어제 늦은 건 국립기록물보관소에 가 있느라 그랬어. 등기부에 등장하는 이름들이랑 신문 기사를 일일이 교차 검색했거든. 왜냐고? 난 예상 밖의 상황에 부딪히는 게 싫으니까. 그런데 참 재미있게도, 정말 예상 밖의 발견을 하고 만 거지. 무슨 말이냐면, 난 이 집의 주인들 중 대중의 주목을 받았던 사람이 혹시라도 있나 궁금했던 것뿐이거든. 그리고 어찌 됐게? 그랬던 사람이 진짜 있었어."

조지는 잉크에 물든 손가락으로 다른 종이를 눌러 책상 앞으로 밀었다. 짧은 신문 기사의 지저분한 복사본이었다. 신문은 〈리치몬드 이그재미너〉, 발행일은 사십구 년 전이었다.

여성 실종:
시민 제보 간절한 경찰

사교계 명사 애너벨 워드 양 실종 사건을 조사 중인 경찰이 어제 적극적인 시민 제보를 호소했다.

리치몬드 신 로드에 거주하는 워드(20) 양이 6월 21일 토요일 늦은 밤 이후 실종됐다. 이날 실종자는 첼시 브리지 로드의 갤롭스 나이트클럽에서 지인들과 저녁 식사를 함께했다. 자정 직전에 클럽을 나섰으며, 다음 날 선약된 자리에 나타나지 않았다. 지인들을 상대로 조사를 진행 중인 경찰은 아직 별다른 실마리를 찾지 못하고 있다. 관련 정보는 다음의 번호로 제보하기 바란다.

"잘 안 읽혀?" 조지가 말했다. "그럴 만도 하지. 그래도 설마, 음, 두 문단도 못 읽진 않았겠지. 내가 이해를 좀 도와줄게. 기사에 구체적인 주소가 언급되진 않았지만, 난 이 애너벨 워드가 등기부의 여자와 동일인이 분명하다고 봐. 날짜도 일치하고. 그러니까 워드는 신 로드 62번지에 살았어. 너랑 록우드가 환영을 조사하느라 정신없었던 그 집 말야. 우연의 일치라고? 어쩌면. 하지만 이 기사를 찾고는 바짝 긴장이 되더라고. 그래서 서둘러 돌아왔지. 너희한테 알리려고. 물론 도착해 보니 놀라워라, 놀라워라, 둘은 이미 가고 없었지만. 그때만 해도 그다지 걱정스럽지 않았어. 장비를 잘 챙겨 갔으려니 했으니까. 쇠사슬을 빼먹고 간 건 나중에야 알았고."

정적. 단지 속 유령은 어느새 입자가 굵고 반짝거리는 플라스마 덩어리로 변해 어느 벽 밑면에서 찰랑거리는 녹색 물처럼 천천히 소용돌이쳤다.

"자, 어떤 것 같아?" 조지가 물었다. "이 중에 너희가 어젯밤에 경험한 거랑 맞아떨어지는 게 있어?"

내 마음 어딘가에 구멍이 뚫려 아까의 분노가 쭉 빠져나간 듯했다. 이제는 그저 무진장 피곤할 뿐이었다. "그 여자 사진도 있어?" 내가 물었다.

당연히 있었다. 조지가 종이들을 뒤적였다. "지금으로선 이게 다야."

다른 날 발행된 〈이그재미너〉였다. 기다란 모피 코트를 입은 여자가 어딘가에서 나오는 길에 찍힌 사진이었다. 언뜻 보이는 호리호리한 다리, 밝은 색 치아, 멋스럽게 정수리 위로 틀어 올린 머리칼. 그녀는 신문들이 그토록 죽고 못 산다는 저 사교클럽 혹은 술집에서 나오는 중인 듯했다. 아직까지 살아 있었다면 록우드가 보는 잡지의 반 페이지를 게슴츠레한 눈으로 채우는 인물이 됐을지도 몰랐다. 나는 그녀를 미워했을 테고.

하지만 현실의 내 눈앞을 떠도는 건 그녀의 다른 얼굴뿐이었다. 눈도 없이 쪼그라들고 거미줄에 의지한 채 벽돌 뒤에 떠 있던 얼굴. 그게 나는 몹시도 슬펐다.

"맞아." 내가 말했다. "그 여자야."

"잘됐군." 조지가 대답했다. 별다른 말은 하지 않았다.

"기사엔 실종자의 집을 수색했다고 돼 있는데," 내가 웅얼거렸다. "아주 꼼꼼히 보진 못한 모양이네."

우리는 책상 옆에 서서 여자의 사진과 이제는 잊힌, 오십 년 묵은 신문을 물끄러미 내려다봤다.

"여자를 숨긴 게 누군지 몰라도 아주 제대로 했네." 조지가 마침내 입을 열었다. "그리고 이건 난제가 공식화되기 전의 얘기라는 거 잊지 마. 당시 경찰이 심령술사를 출입시키거나 하진 않았을 거야."

"하지만 이 유령은 왜 처음엔 잠잠했던 걸까? 이처럼 오랜 시간차가 생긴 이유는 뭐지?"

"집에 철이 너무 많았다거나 하는 간단한 이유에서일 수도 있지. 방 안 철제 침대틀만으로도 충분했을 수 있으니까. 호프 가족이 방을 정리하거나 가구를 바꿨다면 그 와중에 출처가 다시 풀려났을 수도 있고."

"방을 개조하긴 했어. 서재로 바꿨더라고."

"어쨌든 더는 상관없지." 조지는 안경을 벗어 들고 허리춤에 삐져나와 있는 셔츠에 닦았다.

"미안해, 조지. 네가 옳았어. 널 기다렸어야 했어."

"뭐, 나도 뒤따라가서 너희와 합류했어야 했지. 밤에는 택시를 잡기가 너무 힘들어서….'

"난 그처럼 분통 터질 연락조차 못 받았어. 그저 걱정스러울 뿐이야. 록우드가 괜찮아야 할 텐데."

"괜찮을 거야. 있지, 너한테 그렇게까지 화를 내선 안 되는 거였어. 정력의 박을 걷어차서도 안 됐고. 내가 망가트린 것 같지. 그치?"

"아, 록우드는 절대로 눈치 못 채. 선반에 다시 올려두기만 해."

"응." 안경이 제자리로 돌아갔다. 조지가 날 쳐다봤다. "팔을 다쳤다니 유감이야."

우리의 유감이야 퍼레이드가 자칫 끝도 없이 이어질 뻔한 순간, 나는 유령단지 속 얼굴을 보고 말았다. 놈은 쥐도 새도 모르게 다시 나타나 역겨워서 못 봐주겠다는 표정을 짓고 있었다. "저게 우리 목소리는 못 듣는 거지. 그치?"

"은유리를 통해서는 못 듣지. 위층으로 가자. 먹을 걸 좀 만들어줄게."

나는 나선형 계단으로 향했다. "그전에 설거지부터 해야겠던데. 시간 좀 걸리겠더라."

내 말이 맞았다. 시간이 어찌나 걸리던지 내가 목욕을 하고 옷을 갈아입고, 뻣뻣한 몸을 이끌어 아래층으로 다시 내려가고서야 접시에 달걀과 베이컨이 올라왔다. 접질린 팔꿈치를 식탁에 얹고 소금으로 조심스레 손을 뻗는 찰나 초인종이 울렸다.

조지와 나는 서로를 쳐다봤다. 둘이 함께 문으로 갔다.

록우드가 서 있었다.

그의 외투는 찢기고 불탔으며, 셔츠는 옷깃이 뜯겨나갔고, 얼굴은 마구 긁혀 있었다. 빤히 응시하는 두 눈은 밝았지만, 이제 막 침대 밖으로 나온 병자처럼 볼이 퀭했다. 걱정했던 대로 퉁퉁 붓기는커녕 그어느 때보다도 말라 보였다. 복도의 불빛으로 천천히 들어서는 그의 왼손에 얇고 흰 붕대가 감겨 있었다.

"안녕, 조지." 그의 목소리가 떨렸다. "안녕, 루시…." 그가 휘청했다. 당장이라도 쓰러질 것 같았다. 우리가 얼른 양옆으로 다가가 부축하자, 록우드는 미소로 감사했다. "집에 오니 좋네." 그가 말한 그 다음 순간. "어, 내 박은 왜 저 지경이야?"

10

유령접촉의 한기가 아직도 혈관을 흐르는 탓인지, 아님 다른 부상들—그리고 런던 경찰청의 기나긴 취조—로 탈진한 건지 모르겠지만, 록우드는 하루 종일 상태가 엉망이었다. 일단 오전 내내 잤다.(나도 마찬가지였다.) 점심은 먹는 둥 마는 둥 했고, 조지가 갓 만들어낸 셰퍼드파이*와 완두콩에는 거의 손도 대지 않았다. 움직임은 굼떴다. 말도 좀처럼 없다시피 했는데 록우드답지 않은 일이었다. 점심 식사 뒤에는 응접실로 가서 뜨거운 물주머니 사이에 다친 팔을 넣고 앉아 심드렁하니 창밖을 내다봤다.

조지와 나는 오후 내내 상냥히 침묵하며 그의 곁을 지켰다. 나는 싸구려 추리소설을 읽었다. 조지는 단지에 갇힌 유령을 실험한답시고 조그만 전기회로로 유리에다 전기충격을 가했다. 저항심에선지, 아님 뭔가 다른 이유에선지 유령은 반응하지 않았다.

4시를 향해가는 시각, 햇빛이 벌써 쇠하기 시작하던 때, 록우드가 갑작스레 사건 장부를 찾으며 우리를 놀라게 했다. 수 시간 만에 처

---

* 으깬 감자 안에 다진 고기를 넣어 만든 파이.

음으로 입을 연 거였다.

"이제 뭘 하면 되는 거지, 조지?" 검은색 장부를 대령하자, 그가 물었다. "아직 처리 안 된 건이 뭐가 있어?"

조지는 최근 기록을 찾아 책장을 넘겼다. "그리 대단한 건 없어. 주차장의 주류 판매점에서 이른 저녁에 '섬뜩한 검은 형상'을 목격했다는 제보가 있어. 암흑 요괴*에서 잿빛 아지랑이*까지 뭐든 가능해. 오늘 밤에 가보기로 돼 있었는데 아까 전화해서 약속을 미뤘어…. 니스던의 주택에서 '불길하게 톡톡 두드리는 소리'가 들린다는 보고도 있었어…. 광산의 똑똑이*나, 혹은 약한 소리정령까지도 의심해 볼 수 있지. 하지만 이쪽도 정보가 별로 없어서 확신하기엔 일러. 그리고 핀칠리 지구의 정원 밑에 '검고 고요한 그림자'가 있다는데 관망자나 음영자 정도겠지…. 아, 그리고 촐리에 사는 에일린 스미더스 부인이 급하다고 연락했어. 매일 밤 한밤중에 혼자 있을 때면 소리가…."

"잠깐." 록우드가 말했다. "에일린 스미더스? 전에도 의뢰를 받은 적이 있지 않나?"

"있지. 그때는 '기분 나쁘고 출처를 알 수 없는 울부짖음'이 거실과 부엌에 울려 퍼진다고 했어. 우리는 그게 울부짖는 혼*일 수 있겠다고 생각했고. 알고 보니 이웃집 고양이였어. 이름이 범블스라고, 이중 벽 틈새에 갇혀 있었지."

록우드가 오만상을 찌푸렸다. "오, 이런. 기억난다. 이번엔 뭐라는데?"

"다락에서 '으스스하고 마치 어린애 통곡 소리 같은 게' 들린대. 자정쯤에 시작해서…."

"이번에도 그 빌어먹을 고양이겠지." 록우드는 물주머니 아래서 왼손을 꺼내 손가락들을 조심스레 폈다. 피부가 살짝 파랬다. "심령 조사 역사에 길이 남을 짜릿한 존재다 싶은 놈들이 하나 없네. 안 그래? 관망자에 음영자, 거기다 치즈냥이 범블스까지…. 괜찮은 건들은 다 어디 간 거지? 모트레이크 귀신이나 덜위치 망령 같은 건들 말야."

"그 '괜찮은' 건이란 게 막강하고 도전 정신을 자극하는 유령을 뜻하는 거라면," 내가 말했다. "어젯밤 건도 상당히 괜찮았지. 그 정도일지 미처 예상 못 했다는 게 문제지만."

"런던 경찰청 형사들이 내 귀에 못이 박히게 지적한 대로 말이지." 록우드가 으르렁거렸다. "근데 아냐. 내가 말하는 '괜찮은' 건은 돈이 되는 일이야. 사건 장부의 이런 건들이 딱히 거물급은 아니잖아." 그가 다시 의자 깊숙이 몸을 묻었다.

록우드가 돈 얘기를 하는 일은 드물었다. 돈벌이는 그의 통상적인 동기가 아니었다. 거북한 침묵이 흘렀다. "참 재미있게도, 조지가 우리의 유령소녀에 대해 뭘 좀 알아낸 게 있어." 내가 명랑하게 말했다. "록우드한테 얘기해 줘, 조지."

조지는 있는 대로 다 말하고 싶어서 온종일 안달복달하던 차였다. 주머니에서 신문 기사를 획 하니 꺼내 줄줄 읽었다. 부상을 입지 않았을 때조차 어지간해서는 방문자의 신원에 별 관심이 없던 록우드는 무심히 듣고만 있었다.

"애너벨 워드?" 그가 마침내 입을 열었다. "그러니까 그게 그 여자 이름이라는 거지? 어떻게 죽었는지 궁금하네…."

"누가 죽였는지도." 내가 덧붙였다.

록우드는 어깨를 으쓱했다. "오십 년은 긴 세월이야. 우린 절대 알 수 없겠지. 그보다 걱정스러운 건 지금이야. 그 여자의 유령 때문에 우리 쪽 상황이 정말 엉망으로 꼬였어. 경찰이 어제 있었던 화재를 몹시 언짢아해."

"그래, 어젯밤에 경찰이랑 무슨 일이 있었던 건데?" 조지가 물었다.

"별거 없었어. 내 진술이 필요하다더라고. 난 우리 입장을 꽤 괜찮게 변호했어. 위험한 방문자, 생명이 위협받는 상황, 순간의 판단에 의지해야 했음, 그런 뻔한 소리들 말야. 그런데 그쪽에서 납득하는 것 같진 않더라고." 그는 말을 멈추고 다시 창밖을 물끄러미 내다봤다.

"그럼 이젠 어째?" 내가 물었다.

그가 고개를 가로저었다. "앞날이 어찌 될지는 두고 봐야겠지."

그 앞날을 우리는 예상보다 일찍 알게 됐다. 이십 분도 채 지나지 않아 현관문을 퉁명스레 내리치는 소리가 들렸다. 조지가 밖으로 나갔다. 그는 파란색 테두리가 둘러진 명함을 들고 암울하면서도 경악한 표정을 장착한 채 돌아왔다.

"DEPRAC의 몬타규 반스 씨야." 그가 막막하다는 듯 말했다. "네가 집에 있냐는데?"

록우드가 끙 소리를 냈다. "집에 있어야겠지. 오늘 내가 바깥출입을 못 할 상태라는 걸 그도 알거든. 좋아. 들여보내."

심령현상조사예방국, 일명 DEPRAC는 영국에서 가장 막강한 기관이다. 반은 정부, 반은 경찰에 발을 걸친 형태지만 실은 너무 느리고 노쇠해서 더는 감독관조차 할 수 없는 늙은 조사관 여럿이 운영한다. DEPRAC의 주요 업무는 대행사들을 감시하고, 우리 모두가 규정을 준수하도록 단속하는 것이다.

반스 경위는 특히나 규정을 사랑했다. 간섭이 심하기로 유명했고, DEPRAC의 지침을 문자 그대로 따르지 않는 행위는 뭐든 극심하게 싫어했다. 록우드와 조지는 그와 우연히 맞닥트린 적이 몇 번 있었는데, 그 대부분은 내가 입사하기 전이었다. 반스를 이처럼 가까이서 보는 게 나는 처음이었고, 그래서 응접실로 들어서는 그를 흥미롭게 관찰했다.

그는 작은 체구에 색깔이 짙고 구김이 많은 정장을 입었다. 갈색 신발을 질질 끌며 걷고 바지는 다리에 비해 너무 길었다. 무릎까지 내려오는 긴 갈색 우비를 걸치고 머리에는 갈색 스웨이드 중산모를 썼다. 곧은 머리칼은 숱이 많지 않았는데, 코밑은 상황이 달랐다. 휘황찬란하게 자리 잡은 콧수염은 뻣뻣하고 무성하기가 꼭 새로 산 세탁솔 같았다. 그의 연령대는 불분명했다. 산전수전 다 겪은 쉰 살쯤 됐을까. 내 눈에는 이루 말할 수 없이 늙어 보여서 거기서 한 발짝만 더 가면 그 자신이 방문자가 되고 말 것 같았다. 반스 경위의 표정은 우울하고 까칠했다. 마취 상태에서 외과수술로 해맑음과 기쁨을 적출당한 후유증으로 피부가 늘어지고 눈 밑은 푸석해진 사람 같았다. 하지만 두 눈만큼은 기민하고 날카로웠다.

록우드는 뻣뻣하게 몸을 일으켜 충분히 상냥하다 할 만한 인사를 건넨 뒤 앉을 자리를 권했다. 조지는 유령단지를 보조 테이블로 치우고 물방울무늬 손수건을 덮어씌웠다. 나는 차를 준비하러 갔다.

응접실로 돌아오니 반스가 소파 가운데에 앉아 있었다. 외투와 모자는 벗지도 않은 채, 쩍 하니 벌린 무릎에 손바닥을 붙이고 있었다. 희한하게도 오만함과 민망함이 동시에 느껴지는 자세였다. 그는 벽에 진열된 공예품들을 뚫어져라 보고 있었다.

"사람들 대부분은," 반스는 비음이 섞였나 싶은 목소리로 말하고 있었다. "풍경 액자나 오리 떼 장식 정도로 만족하지. 이런 물건들은 도통 위생적일 수가 없겠는데. 저기 저놈의 벌레 먹은 건 대체 뭔가?"

"티베트의 심령술사깃대요." 록우드가 말했다. "못해도 백 년은 된 거죠. 티베트 승려들이 이승을 떠도는 유령들을 어찌어찌해서 집어넣었다고 보고 있어요. 깃발 사이에 걸려 있는 구체들 속에다가요. 그걸 알아보시다니 훌륭한데요, 경위님. 제 소장품 중에서도 최고로 꼽는 물건이거든요."

반스가 콧수염에 대고 콧방귀를 뀌었다. "물 건너온 헛소리 같은데, 내 보기엔…." 그는 벽에서 떼어낸 시선을 우리 하나하나와 마주쳤다. "뭐," 그가 말했다. "두 사람 모두 상태가 이처럼 양호하다니 기쁘군. 놀랍기도 하고. 어젯밤에 정원에서 봤을 때는 병원 신세를 족히 일주일은 질 것 같았는데." 그의 말투는 이런 결과를 바랐다는 건지 뭔지 궁금하게 만들 딱 그만큼 모호했다.

록우드는 안타깝다는 몸짓을 해 보였다. "현장에 남아 돕지 못해 미안합니다. 그러고는 싶었지만 의사들이 놔주지 않아서요."

"아, 남아 있었던들 무슨 도움이 됐으려고." 반스가 말했다. "걸리적거리기나 했겠지. 소방관들과 다른 요원들의 영웅적인 수고 덕분에 불길을 잡을 수 있었네. 건물 자체는 용케 살렸어. 하지만 위층은 완전히 소실됐지. 두 사람 덕분에."

록우드가 고개를 뻣뻣이 끄덕였다. "관련 내용은 경찰청의 동료분들에게 진술했습니다."

"알아. 난 호프 부인과도 만났지. 자네들이 망친 그 집의 주인 말야."

"아, 부인은 어쩌고 계신가요?"

"상태가 말이 아니지. 록우드 군, 자네도 짐작하다시피. 무슨 말을 하는 건지 알아듣지도 못하겠더군. 어쨌든 두 모녀가 무진장 화가 난 건 분명해. 피해 보상을 요구하고 있어. 이거 내 차인가? 좋군." 그가 찻잔을 들었다.

이미 창백한 록우드의 얼굴이 더욱 창백해졌다. "그분들의 속상한 심정은 충분히 이해합니다. 하지만 전문가의 입장에서 말씀드리면 우리 직종에서 이런 사고는 늘 있습니다. 루시와 제가 처리한 건 인명을 살상한 전적이 있고 우리의 생명을 위협하던 위험한 2급령이 었어요. 네. 작전의 부수적 피해는 유감입니다. 하지만 전 관련 비용의 처리를 DEPRAC가 지원해 주리라 믿고…."

"DEPRAC는 단 한 푼도 지원하지 않을 걸세." 반스가 차를 홀짝이며 말했다. "내가 여기 온 것도 그래서야. 윗선에 확인해 봤는데, 그들은 신 로드 저택의 조사 과정에서 자네들이 기본적인 안전 수칙 일부를 무시했다고 보고 있어. 가장 결정적인 문제는 쇠사슬 없이 방문자를 상대하기로 선택했다는 거지. 이번 화재는 그 선택의 직접적인 결과고." 반스는 손가락 옆으로 콧수염을 닦았다. "보상과 관련한 문제는 자네들이 알아서 해."

"하지만 이건 말이 안 되죠." 록우드가 말했다. "당연히 우리가 함께…."

"어디서 '우리'를 들먹여!" 반스 경위는 갑자기 열이 받는 모양이었다. 자리에서 일어나 찻잔을 홰홰 내저었다. "자네와 칼라일 양이 분별 있게 행동했다면, 그러니까 방문자와 처음 대면했을 때 현장을 떠났다면, 장비를 보강해 되돌아갔다면, 혹은," 그는 우리를 빙 둘러가며 노려봤다. "더 훌륭한 조사관들을 동반했다면 그 집은 지금도 멀쩡하겠지! 이건 다 자네들 잘못이야. 그리고 안됐지만 난 자네들을 못 도와줘. 이쯤에서 오늘의 진짜 용건으로 넘어가면 되겠군." 그는 외투 주머니에서 소포를 꺼냈다. "호프 가족의 법률대리인들이 보낸 서신이네. 화재로 인한 손실의 즉각 보상을 요구하고 있어. 총액이 6만 파운드라는군. 사 주 내에 지불하지 않으면 소송을 시작한다는데." 그는 입술을 맞다물었다. "눈으로 보이는 만큼 실제로도 부유한 것이길 바라네, 록우드 군. 장담하는데, 자네가 책임지고 수습하지 못했다가는 DEPRAC가 자네 회사를 끝장낼 거거든. 록우드 심령 회사를 폐쇄할 거라고."

아무도 꼼짝하지 않았다. 록우드와 나는 나란히 유령굴레에 쓰이기라도 한 것처럼 앉아 있었다. 조지가 느릿느릿 안경을 벗어 스웨터에 닦았다.

이 치명적인 소식을 전한 지금, 반스는 초조하고 불편한 듯했다. 방 안을 성큼성큼 다니며 공예품에 눈을 부라리고 차를 홀짝였다.

"서신은 보조 테이블에 두시죠." 록우드가 말했다. "나중에 읽어 보겠습니다."

"발끈해 봐야 좋을 거 없어, 록우드 군." 반스가 말했다. "대행사를 똑바로 운영하지 않으니 이런 탈이 나는 거야. 감독관이 없질 않나! 성인 감독관이 있는 대행사는 재산을 최대한 보호하고 인명 손실은 최소화하는 방향으로 매사를 처리하지. 반면 자네들은," 그는 넌더리가 난다는 듯 양손을 저었다. "장난삼아 어른들의 일을 하는 철부지 셋에 불과해. 이 집의 모든 게 그걸 증명하지. 벽에 걸린 이 쓰레기조차도." 그는 조그만 이름표를 들여다봤다. "'인도네시아 귀신잡이'? 헛소리! 박물관에나 있어야 할 물건을!"

"그 수집품은 제 어머니 건데요." 록우드가 나지막이 말했다.

반스 경위는 듣고 있지 않았다. 보조 테이블에 소포를 던지던 찰나, 물방울무늬 손수건 아래 숨겨진 물건을 눈치챘다. 눈살을 찌푸리며 손수건을 걷자 누런 연무*가 든 단지가 나왔다. 반스의 눈살이 더 찌푸려졌다. 그는 가까이로 몸을 숙이고 단지 속을 뚫어져라 쳐다봤다. "그리고 이건? 이 흉물은 또 뭔가? 끔찍스런 표본이겠지. 이미 오

---

* 연기와 안개

래전에 소각됐어야 했을…." 그가 경멸조로 유리를 두드렸다.

"어, 저라면 안 그러겠는데요." 록우드가 말했다.

"왜 안 그러는데?"

누런 플라스마가 왈칵 솟구치더니 반스의 얼굴 바로 맞은편에서 유령의 얼굴로 엉겨붙었다. 툭 불거진 눈이 당장이라도 튀어나올 것 같았다. 놈은 입을 크게 찢어 알프스산맥 못지않게 삐죽빼죽한 치아를 훤히 드러냈다. 혓바닥으로는 뭔가 희한한 짓을 하는 중이었다.

그 환영의 어느 정도까지 반스가 볼 수 있었는지는 모를 일이었다. 그래도 뭔가를 감지한 건 분명했다. 기겁한 그는 짖는원숭이 뺨치게 요란한 악 소리와 함께 펄쩍 뛰어 물러났다. 그의 손이 휙 하니 허공을 갈랐다. 뜨겁고 진한 차가 반스의 얼굴과 셔츠 앞섶에 비처럼 쏟아졌다. 잔이 바닥에 떨어져 쨍그랑거렸다.

"조지," 록우드가 온화하게 말했다. "내가 뭐랬어. 그 단지는 지하에 보관하랬잖아."

"그러게. 난 왜 이리 깜빡깜빡하는지."

반스가 눈을 껌뻑이고, 숨을 헐떡이고, 손으로 얼굴을 훔쳤다. "이런 대책 없는 머저리들이! 저런 빌어먹을, 저건 또 뭔데?"

"확실치 않아요." 조지가 말했다. "요괴의 일종쯤 되겠죠. 미안하게 됐습니다, 경위님. 그런데 정말이지, 그렇게 가까이서 들여다보면 안 돼요. 뭐든 기괴하게 생긴 걸 보면 화들짝 놀라는 녀석이라서요."

반스는 차를 들여온 쟁반에서 냅킨 한 장을 낚아채 셔츠를 토닥였다. 그러면서 우리를 한 명씩 번갈아가며 노려봤다. "내 말이 그 말이라니까. 저런 단지는 개인 주택에 있어선 안 돼. 안전한 장소에 있어야지. 책임질 줄 아는 기관들의 관리하에. 아니, 깔끔히 파괴하면 더 좋고. 저 유령이 탈출이라도 하는 날엔 어쩔 텐가? 어린애가 들어와서 저걸 발견이라도 하면? 나 같은 사람도 윤곽 정도밖에 못 보고, 그럼에도 이토록 기절초풍하는 저런 물건을 옆에다 아무렇지 않게 던져놓고 있다니." 그는 불쾌한 듯 고개를 저었다. "아까도 말했다시피 자네들은 장난질이나 하고 있을 뿐이야. 자, 할 말은 다 한 것 같군. 서류들을 읽어보게, 록우드 군. 그리고 뭘 어째야 할지 생각해 봐. 기억하게. 자네에게 주어진 시간은 단 사 주야. 사 주 안에 6만 파운드일세. 됐어. 수고롭게 배웅은 안 해도 돼. 내가 알아서 나갈 수 있을걸세. 복도에서 웬 구울*한테 잡아먹히지만 않는다면."

그는 머리에 쓴 모자를 툭 친 뒤 쿵쿵거리며 방을 나갔다. 우리는 현관문이 쾅 소리를 내며 닫히도록 기다렸다.

"정말 여러모로 피곤하기 그지없는 만남이군." 록우드가 말했다. "그래도 마지막에 가서는 분위기가 좀 살았네."

"그치?" 조지가 키득거렸다. "진짜 재미있더라. 그 인간 표정 봤어?"

나도 활짝 웃었다. "그렇게 날래게 움직이는 사람은 태어나서 처음 봤어."

"완전 제대로 자지러졌지. 아냐?"

"맞아. 진짜 끝내줬어."

"제대로 웃겼어."

"그니깐."

우리 얼굴에서 웃음이 싹 가셨다. 기나긴 정적이 흘렀다. 우리는 물끄러미 응시했지만 아무것도 보고 있지 않았다.

"호프 가족한테 돈을 줄 형편은 돼?" 내가 물었다.

록우드는 심호흡했다. 그게 통증을 부르는 모양인지 짜증스레 갈

---

* 사람의 시체를 먹는 전설의 악귀.

비뼈 옆을 문질렀다. "한마디로, 아니. 이 집은 있지만 은행엔 별게 없어. 호프 가족의 집을 수리하기엔 턱없이 부족하지. 그 돈을 마련하는 유일한 방법은 이 집을 처분하는 건데, 그러면 사실상 우리 회사는 끝이야. 반스도 그걸 잘 알고 있고…." 일순간 그가 의자째 쪼그라드는 것처럼 보였다. 이윽고 전원 스위치가 켜지면서 그의 활력이 돌아왔다. 록우드는 우리에게 명투성이의 찬란한 미소를 날렸다. "하지만 그런 지경까지 가진 않을 거야. 그치? 우리한테는 사 주가 있잖아! 따끈따끈한 현금을 벌기에 충분한 시간이지! 지금 우리한테 필요한 건 세상의 이목이 제대로 집중되는 사건이야. 홍보 효과가 상당해서 일감을 마구 불러들일." 그는 테이블 위 사건 장부를 가리켰다. "음영자니 관망자니 하는 이딴 쓰레기들은 더는 안 돼. 우리 이름을 날릴 뭔가가 있어야 해. 자… 내일부터 시작해 보기로 하고…. 아니, 괜찮아, 조지. 차는 됐어. 지금 좀 피곤해서. 다들 마찬가지면 나는 이만 자러 가볼게."

그는 잘 자라고 인사하고 자리를 떴다. 조지와 나는 그대로 앉아 있었다. 아무 말도 하지 않았다.

"록우드한테는 얘기 안 했는데, 장부에 적힌 의뢰 하나는 벌써 날아갔어." 조지가 마침내 입을 열었다. "아까 전화해서 취소한다더라. 화재 소식을 들은 거겠지, 아마도."

"그 고양이 부인?"

"안타깝게도 아냐. 나름 흥미로운 건이었어."

"그 돈을 만들기에 사 주는 그리 충분한 시간이 아닌 거지. 그치?" 내가 물었다.

"응." 조지는 소파에 책상다리를 하고 앉아 침울한 듯 두 손에 턱을 괬다.

"이건 정말 너무해." 내가 말했다. "우린 우리 목숨을 걸었다고!"

"그래."

"그 어마어마한 유령을 제압했어! 런던을 더 안전한 곳으로 만들었단 말야!"

"그래."

"이건 오히려 칭찬받아야 할 일인데."

조지는 기지개를 켜고 몸을 일으킬 채비를 했다. "멋진 생각이야. 하지만 세상은 그런 식으로 굴러가지 않지. 배고파?"

"아니, 별로. 너무 지쳤어. 나도 자러 가야 할 것 같아." 나는 조지가 다기들을 한데 모으고, 반스가 떨어트린 찻잔을 기다란 안락의자 밑에서 꺼내는 모습을 지켜봤다. "적어도 애너벨 워드는 처리했어." 내가 말했다. "그게 조금이나마 위안이 된다."

조지가 끙 소리를 냈다. "그래. 적어도 그거 하나는 제대로 했네."

11

나는 잠에서 깼다. 같은 날 한밤중의 어느 시점이었다. 방은 어둠에 잠겨 있었고, 나는 온몸이 아팠다. 등을 대고 바로 누웠다가—그나마 가장 덜 불편한 자세였다—창문 쪽으로 살짝 몸을 돌렸다. 한 팔은 구부려서 베개에 올리고 다른 팔은 이불 위로 길게 뻗었다. 두 눈은 멀뚱멀뚱했고 머릿속은 초롱초롱했다. 애초에 잠든 적이 없는 듯했지만 육중하고 벨벳 같은 한밤의 고요에 어느새 완전히 둘러싸인 걸로 봐서 자고 일어난 게 틀림없었다.

열상은 아리고 타박상은 따가웠다. 추락하고 꼬박 하루가 지나면서 근육들이 근사하게 딱딱해지는 중이었다. 자리에서 일어나 아스피린이라도 좀 먹어야 한다는 걸 알았지만 약통은 저 아래 부엌에 있었다. 내려가서 가져오는 게 정말 보통 일이 아니었다. 나는 움직이기 싫었다. 온몸이 뻐근했고 침대는 따뜻했으며, 방 안 공기는 아주 몹시 차가웠다.

나는 조용히 누워 다락방의 경사진 천장을 물끄러미 쳐다봤다. 잠시 뒤 창문 너머에서 파리한 하얀 빛 하나가 나타났다. 처음에는 어둑하더니 이내 확 타올랐다. 항마등이 내는 빛이었다. 등대처럼 규칙적으로 빛줄기를 쏘며 길모퉁이들의 어둠을 몰아내고 있었다. 삼 분 삼십 초 간격으로 그 냉혹한 백색광을 정확히 삼십 초 동안 뿜어 밤을 가르고는 다시 꺼졌다. 공식적으로 항마등은 방문자의 배회를 막아 도로의 안전을 지키고자 설계됐다. 실제로는—탁 트인 도로변을 헤매고 다니는 유령은 사실 별로 없기에—주민들을 안심시키는 용도였다. 당국이 뭐라도 하고 있다고 믿게 만들려는 것이었다.

항마등은 제대로 작동하고 있었다. 그랬던 것 같다. 그게 아주 조금은 위안이 됐다. 하지만 등이 나가면 밤이 더 어둡게 느껴진다는 문제가 있었다.

항마등이 들어와 있는 동안에는 내 조그만 방의 구석구석이 보였다. 천장의 들보, 시커먼 세로줄처럼 창문에 달린 철제 항마봉. 깊이가 어찌나 얕은지 옷걸이가 삐딱하게 걸리는 허접한 옷장. 그 안에는 공간이랄 게 거의 없었기에 옷가지를 문 옆 의자에 아무렇게나 쌓아두기 일쑤였다. 눈언저리로 그 옷 더미가 보였다. 무진장 높이 쌓여 있었다. 내일은 정리를 해야 할 터였다.

내일이라…. 록우드의 씩씩한 얼굴에도 불구하고 우리에게 내일이 그리 많이 남은 것 같지는 않았다. 사 주…. 불가능한 액수의 돈을 만들어야 하는 사 주. 유령소녀의 첫 공격을 받고 철수하지 않은 건 내가 고집해서였다. 그녀와 다시 맞서도록 몰아간 것도 나였다. 짐을 싸서 떠나버리면 그만이었을 순간에.

내 탓이었다. 내가 잘못된 선택을 했다, 위스번 방앗간에서처럼. 그때 나는 내 본능을 따르지 않았었다. 이번에는 본능을 따랐는데, 그 본능이 틀려먹었다. 이리 선택하나 저리 선택하나 위기 상황이 닥쳤을 때 최종 결과는 같았다. 내가 말아먹고, 참변이 뒤따랐다.

창밖에서 항마등이 꺼졌다. 실내가 다시 컴컴해졌다. 나는 여전히 꼼짝하지 않았다. 정신을 속여 잠으로 돌아갈 수 있기를 바랐다. 하지만 지금 그걸 말이라고 하나? 나는 너무 아프고, 두 눈은 너무 멀뚱거리고, 죄책감은 너무 심했다. 게다가 정말 너무 추웠다. 아래층 욕실의 건조용 장롱에서 이불을 더 챙겨 올 필요가 절실했다.

춥다 추워….

침대에 누워 있는데 심장이 살짝 철렁했다.

그러고 보니 추위도 너무 추웠다.

11월 중순의 눅눅하고 평범한 추위가 아니었다. 잠든 사람이 입김을 폭폭 뿜을 정도의 추위였다. 창유리 안쪽에 조그만 거미줄 모양의 얼음 결정이 생길 정도의 추위였다. 번져나가고 감각을 마비시키고, 폐를 박박 긁는 그 싸늘함은 내가 모르려야 모를 수 없는 것이었다.

나는 눈을 크게 떴다.

어둠. 희미한 윤곽뿐인 박공창이 보였다. 그 너머는 주황색 기운을 띤 런던의 밤이었다. 나는 귀를 기울였다. 들리는 건 귓속에서 피가 쿵쾅거리는 소리뿐이었다. 심장이 흉곽을 어찌나 세게 방망이질하는지 그 위를 덮은 이불이 박동에 맞춰 벌떡거리는 것만 같았다. 온몸의 근육이 바짝 긴장했다. 초인적으로 예민해진 의식 탓에 피부에 닿는 모든 것들이 세세히 느껴졌다. 살갗을 쓸고 지나가는 면 잠옷, 따스하고 보드랍게 몸을 받치는 침대보, 여기저기 상처를 압박하는 반창고. 베개에 올려둔 손이 나도 모르게 씰룩거렸다. 손바닥에서 땀이 터져 나왔다.

아무것도 보지 못했고 아무것도 듣지 못했지만 나는 알았다.

방에 나만 있는 게 아니었다.

마음속 조그만 목소리가 내게 움직이라고 꽥꽥거렸다. 두꺼운 이불을 젖히고 침대에서 일어나라고. 그다음에 뭘 할지는 나도 몰랐다.

하지만 뭘 하든 거기에 속수무책으로 누워 치아 사이에 공포를 앙다 물고 있는 것보다는 나았다.

일단 일어나. 잽싸게 문을 열어. 아래층으로 달려…. 뭐든 좀 해봐!

나는 그대로 누워 있었다.

차가운 기억 한 조각이 내게 문으로 가는 건 현명하지 못하리라 말했다. 아까 봤다시피…. 아까 뭘 봤는데?

나는 기다렸다. 빛이 들어오기를 기다렸다.

때로는 삼 분도 기나길다.

저 밑 모퉁이 가게 옆, 항마등의 내장형 회로에서 전기 스위치가 딸각하고 켜졌다. 거대하고 둥근 렌즈들 너머에서 마그네슘 전구가 점화하고, 차가운 백색광이 거리를 씻어냈다. 저 높은 곳에 있는 내 다락방 창문에도 빛이 돌아왔다.

내 눈이 쏜살같이 문으로 향했다.

그래. 저기다. 의자와 옷 더미. 지금은 어둑하고 볼품없는 얼룩처럼 보이지만 평상시보다 우뚝했다. 타당한 수준보다 훨씬 우뚝하니 솟아 있었다. 이 세상에서 내가 가진 옷을 모두 끌어다 치마와 스웨터부터 쌓기 시작해 맨 꼭대기에는 양말들까지 아슬아슬 얹는다 해도 문가의 컴컴한 곳에 보일 듯 말 듯 선 저 형상만큼 높다랗게, 혹은 가느다랗게 쌓일 일은 결단코 없을 터였다.

형상은 움직이지 않았다. 그럴 필요가 없었다. 나는 삼십 초 동안 형상을 응시했다. 침대에 얼어붙은 채로. 그러고 보니 추위에만 얼어붙은 게 아니었다. 유령굴레가 어찌나 야금야금 덮쳐왔는지 나는 지금까지 그걸 의식조차 못 하고 있었다.

거리에서 들어오던 빛이 꺼졌다.

나는 입술을 깨물었다. 집중력을 발동하고 속수무책의 기분을 머릿속에서 몰아냈다. 근육을 비틀어 움직이고 이불을 젖혔다. 몸을 모로 세우고 굴러 바닥에 떨어졌다.

가만히 정지했다.

온 근육이 통증으로 욱신거렸다. 이런 격렬한 움직임이 상처를 봉합한 자리에 좋을 리 없었다. 하지만 그 덕분에 나와 문, 그리고 그 옆에 선 저것 사이에 침대가 버티고 있게 됐다. 그나마 다행이었다. 지금 의지할 건 이것밖에 없었다.

나는 카펫에 납작 엎드린 채 두 손에 고개를 묻었다. 맨살이 드러난 발과 다리를 얼음장처럼 찬 공기가 물어뜯었다. 카펫은 희미한 발광체로 뒤덮여 있었다. 가느다랗고 하얀 실안개가 소용돌이쳤다. 일명 '유령안개*', 놈들의 현현에 간헐적으로 동반되는 현상이다.

나는 눈을 감고 진정하려 애쓰면서 귀를 열고 들었다.

하지만 복장과 장비를 완벽히 갖추고 번쩍이는 레이피어를 옆에 찬 상황에서는 쉽디쉬운 일도 분홍색과 노란색 잠옷 차림으로 방바닥에 널브러져 있는 신세일 때는 그리 간단치 않은 법이다. 회사 일로 간 흉가에서는 멀쩡히 잘되던 것도 자기 방에, 그것도 고작 1, 2미터 떨어진 위치에 이미 죽은 뭔가가 서 있는 장면을 막 목격한 상황에서는 잘되지 않는다. 그래서 나는 초자연적 소리 같은 건 전혀 잡아내지 못했다. 들리는 건 생명의 필수 요소들뿐이었다. 내 심장박동, 폐의 펌프질 소리 같은.

도대체 어떻게 들어온 거지? 창문에 쇠창살이 덧대져 있는데. 어떻게 이리도 높이까지 올 수 있었을까?

정신 차려! 생각을 해. 내 방에 무기가 있었나? 써먹을 수 있는 뭐든?

아니. 내 작업 벨트는 식탁에 있었다. 두 층 아래에. 자그마치 두 층! 멀기로는 중국이나 다를 바 없었다. 내 검도 그랬다. 신 로드에서 잃어버렸으니 화염에 불타 녹아 없어졌겠지. 여분의 검들은 지하실에 있었고 거긴 무려 세 층 아래였다! 나는 완전히 무방비 상태였다. 더 가까운 곳에 흩어져 있는 장비들도 아마 많겠지만 죄다 쓸모없기는 마찬가지였다. 저것이 문가를 맴돌고 있는 한은.

근데 문가를 맴도는 건 맞아? 공기가 달라졌다. 살갗이 스멀거렸다.

그처럼 엎드린 상태에서는 저 멀리까지 보이게 고개를 들 수 없었다. 손으로 바닥을 짚고 상체를 들어 올리지 않는 한 어림없었다. 내 눈에 보이는 건 나와 가장 가까운 쪽 침대 다리―잿빛에다 침침했다―와 백록색의 유령안개 가닥들, 벽이 전부였다. 내 등은 휑하니 노출돼 있었다. 바로 그 순간에 뭔가가 등짝 위를 부유하고 있다 한들, 그걸 내가 알아차릴 방도는 없었다.

방이 어둡든 말든 당장 확인해야 했다. 나는 마음을 단단히 먹고 열어날 준비를 했다.

거리의 항마등에 불이 들어왔다. 나는 팔을 일직선으로 펴고 고개를 빼 들어 침대 매트리스 너머를 슬쩍 내다봤다….

공포에 심장이 멎는 것 같았다. 문가에 형상이 없었다. 아니다. 슬슬 가만가만 움직여 이젠 침대 위에 떠 있었다. 구부정한 자세로 뭔가를 조사하듯 매트리스에 플라스마 자국을 남겨가며 길고 시커먼 손가락으로 침대보를 마구 쑤셔보는 중이었다. 조금 전까지 내가 누워 있느라 아직 온기가 남은 자리였다.

놈이 그 손가락을 옆으로 뻗었다가는 나와 접촉할 것이다.

나는 다시 바짝 엎드렸다.

내가 쓰던 보조 침대는 여러모로 꾀죄죄한 물건이었다. 저 옛날 꼬맹이 록우드가 잠깐씩 눈을 붙이곤 했던 바로 그 침대일 터였다. 침대틀의 연결부는 당장이라도 부서질 듯하고 황폐한 매트리스는 스프링이 불거져 울퉁불퉁했다. 하지만 한 가지 좋은 점도 있었다. 요즘 침대에 흔히 딸려오는 내장형 서랍들이 없었다. 다시 말해 우그러트린 휴지와 책, 먼지, 더 나아가 내가 고향 집에서 가져온 소지품 상자를 밀어 넣기에 충분한 침대 밑 공간이 있었다는 얘기다.

여자애가 후다닥 들어가기에도 충분했고.

그때 내가 기었는지 굴렀는지 지금도 모르겠다. 어디에 찧었는지 어디가 부러졌는지 모른다. 머리를 부딪혔던 것 같고 팔에 붙였던 반창고가 뜯긴 건 확실했다. 피범벅이 돼 카펫에 흩어져 있는 걸 나중에 발견했으니까. 일 초, 혹은 이 초. 침대 밑으로 휙 들어가 반대쪽으로 나오기까지 걸린 시간은 겨우 그 정도였다.

침대 밑을 벗어나던 순간 싸늘한 뭔가가 날 감쌌다.

크고 흐물흐물한 그것이 내 위에서 어른거렸다. 찰나의 순간 나는 극한의 공포에 몸서리쳤다. 그리고 깨달았다. 내 이불이었다. 침대 가장자리에 걸려 덜렁거리는. 나는 이불을 젖히고 아등바등 자리에서 일어났다. 내 뒤 침대에서 성난 다른빛이 확 타올랐다. 그 빛 안에 덩어리진 어둠이 돌연 뚜렷해졌다. 파리하고 가느다란 형상이 두 팔을 쩍 벌리고 날 스르르 뒤쫓았다.

나는 뛰어올라 냅다 달렸다. 문짝을 뜯어버리기라도 할 듯 거세게 열어젖혔다. 맹렬하고 필사적으로 계단을 내려갔다.

난간과 충돌하며 2층 층계참에 내려서는데 냉기 가닥들이 목덜미를 와락 움켜잡았다. "록우드!" 내가 외쳤다. "조지!"

거기서 왼쪽이 록우드의 방이었다. 문 밑의 가느다란 틈으로 빛이 새어 나왔다. 나는 문고리를 찾아 손을 허우적거리면서 어깨 너머를 확인했다. 파리한 빛이 길게 늘어나며 잽싸게 계단을 내려오고 있었다. 록우드의 문고리가 위아래로 소득 없이 움직였다. 문은 잠겨 있었다. 열리지 않았다. 나는 절박한 주먹을 들어 문짝을 내리쳤다. 등 뒤 계단의 굽이진 부분을 돌아 손가락들이, 반짝이며 길게 내뻗는 손이 다가왔다….

그때, 문이 활짝 열렸다. 은은하고 노란 램프 불빛에 눈이 멀어버릴 것만 같았다.

거기 록우드가 서 있었다. 줄무늬 잠옷 위에 길고 검은 가운을 입고.

"루시?"

나는 그를 밀어젖히고 안으로 들어갔다. "유령! 내 방! 오고 있어!"

록우드는 머리칼이 살짝 헝클어진 데다 멍든 얼굴이 지치고 핼쑥해 보였지만, 그것만 아니면 여느 때와 다름없이 침착했다. 내게 아무것도 묻지 않았으나 뒷걸음질했고, 그러면서도 검게 벌어진 문틈에서 눈을 떼지 않았다. 그의 곁에 서랍장이 있었다. 그는 보지도 않고 가장 위쪽 서랍을 열어 오른손을 거침없이 집어넣었다. 내 속에서 훈훈한 안도감이 차올랐다. 정말 다행이다! 소금탄일 거야. 아니, 어쩌면 철가루 산탄통. 아무렴 어때? 뭐든 괜찮을 것이었다.

그가 끄집어낸 건 나무와 줄과 금속이 뒤엉킨 덩어리였다. 금속 조각들은 동물과 새 모양을 하고 있었다. 록우드는 나무 막대 부분을 잡고 줄을 풀기 시작했다.

나는 물건을 빤히 쳐다봤다. "이게 다야?"

"레이피어는 아래층에 됐거든."

"이놈의 건 뭔데?"

"장난감 모빌. 내가 어릴 때 쓰던 거야. 여기를 잡잖아, 그럼 동물들이 달린 이 바퀴가 회전하지. 꽤 귀여운 소리도 내고. 내가 가장 좋아했던 건 웃는 기린이야."

나는 열린 문을 쳐다봤다. "그래, 그것 참 근사하다. 하지만…."

"철로 만들어진 거야, 루시. 근데 어찌 된 거야? 너 무릎에서 피 나."

"환영이야. 처음에는 컴컴한 아우라*만 있었는데, 지금은 다른빛을 내기 시작했어. 이차적으로 유령굴레, 안개, 냉각이 관찰됐고. 날 따라 계단을 내려왔어."

록우드는 모빌이 만족스러운 모양이었다. 모빌을 들어 올려 손목을 움직이자 동물을 주렁주렁 매단 조그만 원이 멋대로 돌았다. "침대 보조등 좀 꺼줄래?"

나는 그의 말대로 했다. 사방이 깜깜해졌다. 층계참에 요괴의 빛 같은 건 없었다.

"정말이야, 저 밖에 있어." 내가 말했다.

"알았어. 문으로 이동하자. 침대 옆에서 신발을 집어 와."

우리는 슬금슬금 문으로 향했다. 모빌을 앞세우고 밖을 조심스레 살폈다. 층계참에도 계단에도 환영의 낌새는 없었다.

"신발 챙겼어?"

"응."

"그걸 조지의 방문에다 던져."

나는 있는 힘껏 신발을 던졌다. 극적인 쿵 소리와 함께 신발이 복도 반대편의 문을 때렸다. 우리는 어둠 속을 응시하며 기다렸다.

"날 뒤쫓아 내려왔다고." 내가 말했다.

"알아. 그랬다며. 서둘러라, 조지…."

"내가 시끄럽게 해서 저 애가 잠에서 깼을 거라고 생각했구나."

"글쎄, 녀석이 잠꾸러기이긴 해. 여러 가지 의미로. 아, 저기 나온다."

드디어 조지가 휘청휘청 나타났다. 눈을 끔뻑이며 유심히 보는 모양새가 꼭 근시에 시달리는 들쥐 같았다. 조지의 거대하고 축 늘어진 파란색 잠옷은 적어도 세 치수는 큰 듯했는데 현란하고 디자인 자체가 글러먹은 우주선과 비행기 무늬로 장식돼 있었다.

"조지," 록우드가 불렀다. "루시가 방문자를 봤대, 집 안에서."

"진짜 봤어." 내가 잘라 말했다.

"철 좀 가진 거 있어?" 록우드가 물었다. "놈을 확인해 봐야겠는데."

조지는 눈을 비비고 허리춤을 만지작거렸다. 위태위태하게 흘러 내리는 바지를 부여잡으려는 몸짓이었지만 별 효과는 없었다. "잘 모르겠는데. 어쩌면. 잠깐만."

그는 몸을 돌려 터덜터덜 방으로 들어갔다. 잠시 정적이 이어졌고, 뒤이어 뭔가를 뒤지는 소리가 참 다양하게도 났다. 잠시 후 돌아온 조지는 카우보이풍 어깨띠를 두르고 있었다. 거기에는 마그네슘 화염과 소금탄, 철가루 산탄통이 빽빽이 달려 있었다. 어깨띠 밑에 달린 끈에서 속이 빈 은유리함이 대롱거렸다. 손에는 쇠사슬 한 뭉치와 칼자루가 화려하고 날이 기다란 검을 들었고, 잠옷 허리춤에는 손전등이 무심히 꽂혀 있었다. 두 발은 거대한 신발에 들어가 있었다. 록우드와 나는 그를 멍하니 봤다.

"왜?" 조지가 말했다. "침대 옆에다 잡동사니나 조금 챙겨두는 것뿐이야. 미리 준비해서 나쁠 건 없거든. 소금탄 하나 빌려가, 록우드, 그러고 싶으면."

록우드는 뎅그렁거리는 모빌을 소심하게 들어 보였다. "아니, 아니. 나는 이거면 될 거야."

"정 그러시다면. 그래, 환영은 지금 어디 있는데?"

나는 간결한 몇 마디로 상황을 설명했다. 록우드가 작전을 지시했다. 우리는 계단을 오르기 시작했다.

나로서는 놀랍게도 계단에는 아무것도 없었다. 몇 걸음마다 멈춰서서 보고 또 들었지만 이렇다 할 만한 게 없었다. 몸서리나던 냉기는 이미 사라졌다. 유령안개 역시 자취를 감췄고, 내 귓속에 남는 소리도 전혀 없었다. 록우드와 조지도 허탕이었다. 우리를 위협하는 유일하고 명백한 위험은 조지의 잠옷 바지로, 장비의 무게까지 더해지면서 저러다 언젠가 한 번은 벗겨지고 말지 싶게 위태로웠다.

우리는 드디어 모퉁이를 돌았다. 조지가 잠옷에서 뽑아낸 손전등으로 내 방을 휘휘 비췄다. 사방이 컴컴하고 고요했다. 구깃구깃한 이불은 내가 내던진 자리, 어수선한 침대 옆에 그대로 있었다. 아까 도망치며 잘못 건드는 건지 의자의 옷가지들이 바닥에 흩어져 있었다.

"아무것도 없는데." 조지가 말했다. "확실히 본 거 맞아, 루시?"

"당연히 봤지, 그럼." 내가 쏘아붙였다. 얼른 창가로 가서 저 멀리의 거리를 내려다봤다. "솔직히 지금은 감지가 안 되긴 하지만."

록우드는 무릎을 꿇고 침대 밑을 들여다봤다. "네 말을 종합하면 놈은 틀림없이 약체야. 움직임이 둔하고 자기 주변도 제대로 지각하지 못해. 그게 아니라면 널 벌써 낚아채고도 남았겠지. 기운이 바닥나는 통에 출처로 돌아간 건지도 모르겠군."

"그러니까 그게 뭐냐고, 정확히." 조지가 말했다. "루시의 방에 뜬금없고 불가사의하게 생겨난 이 출처가 뭔데? 이 집의 방어 체계는 훌륭해. 절대로 뚫고 들어올 수 없다고." 그는 레이피어를 준비 태세로 잡고 내 옷장 안을 살폈다. "뭐, 별다른 건 없어. 매력이 뚝뚝 떨어지는 윗옷이랑 치마, 그리고… 오오, 루시, 네가 저걸 입은 건 한 번도 못 봤는데."

내가 쿵 하고 닫은 옷장 문이 그의 토실토실한 손을 아슬아슬하게 비켜났다. "확실히 말해두겠는데, 난 유령을 봤어, 조지. 넌 내가 없는 소릴 한다고 생각해?"

"아니, 난 네가 착각했다고 생각해."

"자, 봐…."

"도대체가 말이 안 돼." 록우드가 끼어들었다. "루시가 아래층의 영물을 가지고 올라온 게 아닌 이상. 넌 그런 적 없잖아. 그치, 루스? 자세히 연구한답시고 해적 손을 가지고 왔다거나, 이를 테면 그걸 다시 용기에 넣는 걸 깜빡했다거나. 안 그랬잖아?"

나는 열이 받아서 소리를 빽 질렀다. "무슨 헛소리야. 당연히 그런 적 없지. 가져올 생각은 꿈에도 안 해. 뭐든 적절히… 적절히 조치되지 않은 그 어떤 물건도… 이런."

"글쎄, 조지가 맨날 저 단지를 가지고 돌아다니…." 록우드가 내 표정을 읽었다. "루시?"

"오. 오, 안 돼."

"뭔데 그래? 뭐라도 가져온 게 있어?"

나는 그를 가만히 쳐다봤다. "응." 기어들어 가는 목소리로 덧붙였다. "응, 그런 것 같아."

조지와 록우드가 옷장과 흩어진 옷가지를 등지고 동시에 날 돌아봤다. 둘이 뭐라 말하기 시작하는데 벽을 가로지르며 파리한 광채가 확 타올랐다. 그들 뒤쪽 바닥에서 형상 하나가 떠올랐다. 나는 봤다. 가늘디가는 팔다리를, 주황색 해바라기 무늬 원피스를, 머리칼 끝이 뱀처럼 똬리를 틀며 안개로 녹아내리는 치렁치렁한 금발을, 차갑고 거센 분노로 뒤틀린 얼굴을…. 내가 비명을 질렀다. 남자애들 둘이 빙글 몸을 돌리는 찰나, 뾰족한 손톱 달린 손이 뻗어 나오며 녀석들의 목을 노렸다. 조지가 휘두른 검이 옷장 귀퉁이에 박혔다. 록우드가 미친 듯이 모빌을 내질렀다. 모빌의 철이 명중하면서 충격의 파동이 뒤따랐다. 유령소녀가 사라졌다. 방 전체를 휩쓸며 폭발하는 냉기에 내 잠옷 바지가 다리에 척척 감겼다.

다락방이 한 번 더 어둠에 잠겼다.

누군가가 콜록거렸다. 조지가 칼자루를 잡아당기며 옷장에 박힌 검을 뽑아내려 힘을 쓰고 있었다.

"루시…." 록우드의 목소리가 불길하게 나직했다. "저거 꼭 그거 같지 않…."

"응. 맞아. 진짜, 진짜 미안해."

조지가 칼자루를 홱 움직였다. 검이 불쑥 뽑혀 나왔다. 민망하게 옆걸음질 하는 그의 신발 밑창에서 날카롭게 끼이익 하는 소리가 났다. 그가 눈살을 찌푸리며 몸을 굽혀 의자 옆에 흩어진 옷들 틈에서 뭔가를 집어 들었다. "앗!" 그가 말했다. "엄청 차갑잖아!"

록우드는 손전등을 들어 조지의 손가락에서 달랑거리는 물체를 비췄다. 살짝 찌그러진 펜던트 하나가 우아한 금줄에 걸려 빙글빙글 돌며 반짝거렸다.

록우드와 조지는 그걸 빤히 쳐다봤다가 날 빤히 쳐다봤다. 조지가 카우보이 띠에서 은유리함을 떼어내고는 그 안에 목걸이를 넣었다. 뻑뻑한 뚜껑이 최후의 딱 소리와 함께 닫혔다.

록우드의 손전등이 서서히 위로 올라왔다. 마침내 나는 그 고요하고도 책망하는 듯한 빛줄기 속에 완전히 붙박였다. "어, 맞아." 내가 말했다. "그 여자 목걸이…. 저기, 있잖아, 안 그래도 너한테 말하려고 했거든." 나는 구깃거리는 잠옷 차림에 덕지덕지 반창고를 붙인 부스스한 몰골로 서서 내가 동원할 수 있는 가장 예쁜 미소를 지어 보이려 안간힘을 썼다.

12

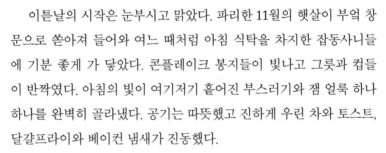

이튿날의 시작은 눈부시고 맑았다. 파리한 11월의 햇살이 부엌 창문으로 쏟아져 들어와 여느 때처럼 아침 식탁을 차지한 잡동사니들에 기분 좋게 가 닿았다. 콘플레이크 봉지들이 빛나고 그릇과 컵들이 반짝였다. 아침의 빛이 여기저기 흩어진 부스러기와 잼 얼룩 하나하나를 완벽히 골라냈다. 공기는 따뜻했고 진하게 우린 차와 토스트, 달걀프라이와 베이컨 냄새가 진동했다.

나는 그 어떤 것도 만끽하고 있지 못했다.

"루시, 대체 왜?" 록우드가 추궁했다. "난 도무지 이해가 안 돼! 조사관은 작전 중에 발견하는 영물은 뭐든 보고해야 하는 걸 너도 알잖아. 특히 방문자와 밀접한 물건은 더더욱. 그런 건 적절한 방제 절차를 반드시 거쳐야 한다고."

"알고 있어."

"나중에 연구든 파괴든 하게 되기 전까진 무조건 철이나 은유리로 감싸둬야 하고."

"알아."

"근데 넌 그걸 그냥 주머니에 쑤셔 넣었어. 나한테도 조지한테도 알리지 않았고!"

"그래. 그래서 미안하다고 했잖아! 나도 전에는 한 번도 해본 적 없는 짓이야."

"그럼 이번에는 왜 그랬는데?"

나는 심호흡했다. 고개를 더 푹 숙였다. 한동안, 그러니까 록우드의 질책이 계속되는 동안 생각하는 식탁보에 우울하게 끄적거리고 있었다. 어느 여자애의 그림이었다. 구식의 여름 원피스를 입은 깡마른 소녀. 머리칼이 마구 나부끼고 두 눈은 크고 휑했다. 나는 펜을 꾹 내리눌렀다. 식탁보 밑에 자국이 남았을 터였다.

"나도 모르겠어." 내가 중얼거렸다. "너무 순식간이었어. 불 때문이었을 수도 있고, 뭔가를 챙겨두고 싶었는지도 모르겠어. 그 애의 존재가 완전히 지워져 버리지 않게…." 나는 원피스 한가운데에 크고 검은 해바라기 한 송이를 그려 넣었다. "진짜 솔직히 말하면 그걸 챙긴 것 자체도 기억이 가물가물해. 그런 다음에는… 그냥 잊어버렸고."

"반스 경위한테는 비밀로 하는 게 낫겠어." 조지가 말했다. "네가 위험천만한 방문자를 데리고 아무 생각도, 적절한 조치도 없이 런던을 활보했다는 걸 그가 알았다가는 난리가 날 거야. 우리 회사를 문닫게 할 구실이나 하나 더 보태주는 셈이지."

나는 조지를 곁눈질했다. 그는 흡족하다는 듯 구운 빵에 레몬 커드를 한 덩이 더 펴 바르고 있었다. 오, 이날 아침에는 어찌나 상태가 좋으시던지, 조지 녀석은 쾌활하기가 꼭 한 마리 흰족제비 같았다. 그가 나의 괴로움을 제대로 즐기고 있다는 생각이 들었다.

"잊어버려?" 록우드가 말했다. "그게 다야? 그게 네 변명이야?"

반항심이 치솟았다. 나는 고개를 들고 머리칼을 쓸어 넘겼다. "그래." 내가 말했다. "그리고 그 이유가 궁금할까 봐 하는 말인데, 우선

난 병원에 있느라 무척 정신이 없었고, 그런 뒤에는 네 걱정을 하느라 너무 바빴던 것 같거든. 하지만 솔직히, 잘 한번 생각해 보면 그 물건이 위험하다고 판단할 이유가 아무것도 없었어. 아냐? 그때 우린 막 출처의 봉인을 끝냈으니까."

"아니지!" 록우드가 안 다친 손의 손가락으로 생각하는 식탁보를 찔러댔다. "그게 문제라고! 출처를 봉인했다고 생각했지만 실제로는 아니었으니까! 우리는 출처를 봉인한 게 아니었어, 루시. 왜냐면 누가 봐도 진짜 출처는 저기에 있는 저거거든."

그는 조그만 은유리함을 가리켰다. 함은 버터와 찻주전자 사이에 얌전히 놓여 있었다. 햇빛을 받아 반짝거렸다. 속에 든 금목걸이가 바로 보였다.

"하지만 저게 어떻게 출처일 수 있어?" 내가 소리쳤다. "출처는 당연히 그 애의 유해여야 하잖아."

록우드는 딱하다는 듯 고개를 저었다. "그래 보였을 뿐이지. 네가 은 사슬망으로 유해를 덮는 순간 유령이 사라졌으니까. 하지만 그때 목걸이도 같이 덮였을 거야. 그 정도면 봉인되기에 충분했을 거고. 그랬는데 네가 목걸이를 꼬불쳐서…."

나는 그를 노려봤다. "꼬불친 거 아니거든."

"… 네 외투 주머니에 쑤셔 넣었는데, 거기엔 철가루랑 소금 주머니처럼 작업용 잡동사니가 한가득이어서 밤 내내 방문자를 묶어두고도 남았던 거야. 하지만 다음 날 네가 외투를 의자에 걸쳐두는 통에 목걸이가 주머니를 빠져나온 거지. 그러고는 옷 더미 속에 숨어 있었어. 어둠이 내리기까지, 유령이 귀환할 수 있을 때까지."

"한 가지 영문을 모르겠는 건, 놈이 왜 전날 밤처럼 날래지도 강력하지도 못했느냐는 거야." 조지가 말했다. "네가 방을 처음 탈출하던 당시에 놈은 달팽이마냥 굼떴다면서."

"목걸이랑 같이 외투에서 떨어진 철이랑 소금 때문일 공산이 크지." 록우드가 말했다. "유령을 약화시키기에 충분한 양이었을 거야. 모습을 드러낼 수 있는 시간도 크게 줄였을 테고. 놈이 아래층까지 따라오지 못한 것도, 우리가 되돌아왔을 때 형체를 다시 갖추기까지 시간이 걸린 것도 아마 그래서겠지."

"우리한테는 행운이었네." 조지가 말했다. 그는 부르르 떨고는 마음 진정용 빵을 한 입 베어 물었다.

나는 두 손을 들어 그들의 말을 막았다. "그래, 그래. 뭔지 알겠어. 근데 내가 말하려는 건 그게 아냐. 내 말은, 출처는 원래 방문자가 가장 큰 애착을 느끼는 거잖아. 아냐? 방문자가 가장 소중히 여기는 거라고. 그러니까 이 경우에 출처는 그녀의 유골일 수밖에 없어." 나는 손을 뻗어 유리함에 달린 끈을 잡아 들고 함을 이리저리 돌려봤다. 안에서 펜던트와 금줄이 앞뒤로 부드럽게 밀려다녔다. "그런데 알고 보니 이게 출처라는 거잖아. 그렇다면 애너벨 워드의 혼령한테는 자기 유골보다 이 목걸이가 더 중요하단 소린데…. 좀 이상하지 않아?"

"전에 봤던 그 오토바이 운전자랑 같은 거지." 조지가 지적했다.

"맞아. 하지만…."

"네가 얘기를 다른 곳으로 돌리려고 수를 쓰는 건 아니기 바라, 루시." 록우드가 싸늘한 목소리로 말했다. "내가 지금 널 한창 혼내는 중이야."

나는 유리함을 내려놨다. "알아."

"게다가 끝나려면 멀었어. 멀어도 한참 멀었어. 할 말이 아직도 어마어마하게 남았거든." 정적이 길게 늘어졌다. 록우드는 엄중한 표정으로 날 쳐다보다가 창밖으로 시선을 돌렸다. 별안간 화가 치민다는 듯 소리를 꽥 질렀다. "유감스럽게도 다 까먹어 버렸어. 중요한 건 이 거야. 다신 그러지 마. 난 네게 실망했어. 네가 우리 회사에 들어올 때 내가 그랬지. 네 과거를 숨기는 걸 문제 삼을 생각 없다고. 그건 지금 도 마찬가지야. 하지만 현재 진행 중인 일들을 비밀로 하는 건 다른 문제야. 우리는 한 팀이고, 지금껏 그렇게 일해왔어."

나는 고개를 끄덕였다. 생각하는 식탁보를 물끄러미 쳐다봤다. 얼굴이 차가운 동시에 후끈거렸다.

"이 목걸이에 의문을 품는 것도 그만둬." 록우드가 말했다. "오늘 클러켄월에 있는 피츠 소각장에 가져가 태울 거야. 출처와는 영원히 안녕이야. 애너벨 워드와도 안녕이고. 이 꼴 저 꼴 더는 안 보게 돼서 속이 다 시원하네." 그는 머그컵을 심술궂게 노려봤다. "차는 왜 또 식어빠진 건데."

그날 밤의 사건이 상황을 악화시킨 건 사실이지만 록우드의 기분은 다른 이유들로도 엉망이었다. 유령접촉을 당한 손이 속을 썩였다. 반스 경위가 가져온 나쁜 소식이 그의 마음을 무겁게 짓눌렀다. 그중에서도 최악은 신 로드 참사를 두고 쏟아지기 시작한 부정적 반응들이었다. 록우드로서는 경악스럽게도 화재 관련 기사가 이날 아침자 〈타임스〉에 실렸다. 매일의 주요 출몰 현황을 보도하는 '사태 특보'란에 '규제 강화 부르는 사설 대행사'라는 제목으로 게재된 기사는 록우드 심령 회사(청소년이 운영하는 독립 대행사)의 조사가 위험천만하고 파괴적인 화재로 이어진 경위를 설명했다. 누가 보더라도 록우드의 통제력 상실을 지적하는 논조였다. 말미에는 피츠 대행사 소속 여성 대변인의 말을 인용했다. 그녀는 심령 사건 조사의 거의 전부에 "성인의 관리감독"이 필요하다고 조언했다.

기사의 여파는 빠르고 확실했다. 아침 8시 5분에 의뢰인이 사무실로 전화를 걸어 그간 진행 중이던 사건을 취소했다. 9시에 두 번째 전화가 뒤따랐다. 우리는 잇따를 취소에 마음을 단단히 먹었다.

한 달 내에 6만 파운드를 모을 가능성은 아무리 낙관적으로 생각해 봐도 아득하기만 했다.

우리의 식사 시간은 점점 조용해져 싸늘한 침묵만 남았다. 록우드는 내 맞은편에 앉아 이미 식어버린 차를 느릿느릿 마시며 다친 손가락을 오므렸다 폈다. 손가락들은 생기를 되찾았지만 아직도 푸르스름했다. 조지는 발을 질질 끌고 부엌을 돌아다니며 접시를 모아 개수대에 우당탕탕 처넣었다.

나는 손에 든 유리함을 이리저리 돌려봤다.

록우드의 분노는 당연했고, 그래서 나는 비참했다. 이상한 건ㅡ목걸이를 챙긴 것도, 그걸 까맣게 잊어버린 것도 다 내 잘못인 건 알지만ㅡ내가 벌인 짓이 무조건 후회스럽기만 한 건 아니라는 점이었다. 신 로드에서의 그날 밤에 나는 살해당한 여자의 목소리를 들었다. 그녀를 직접 보기도 했다. 생전의 모습과 그녀의 최후가 되고 만 그 비참하고 쪼글쪼글한 물체 모두를. 공포와 분노로 점철된 그날의 출몰에도 불구하고, 복수심에 불타는 유령의 끔찍한 악의에도 불구하고, 나는 살해당한 소녀에 대한 기억들을 좀처럼 제쳐두지 못했다.

유해가 잿더미로 변한 지금, 남은 건 이 목걸이밖에 없었다. 애너벨 워드의 뒤에 남은 건. 그녀의 삶과 죽음, 완전히 묻혀버린 그 사연 뒤에 남은 건.

그리고 우리는 그 목걸이마저 화염 속에 던져 넣으려 하고 있었다.

내겐 그게 옳지 않아 보였다.

나는 유리함을 들어 눈 가까이에 대고 속을 가만히 들여다봤다.

"록우드, 목걸이 좀 꺼내서 봐도 돼?"

그가 한숨을 쉬었다. "그러든지. 낮이니까. 당장은 별 탈 없을 거야."

애너벨 워드의 유령이 낮 시간에 펜던트에서 튀어나올 리 없다는 건 분명한 사실이었다. 하지만 펜던트는 그녀와 어떻게든 이어져 있었다. 뭔지 모를 이유로 그녀가 펜던트에 매여 있든, 아님 펜던트를 통로 삼아 저승과 이승을 오가든. 그래서 나는 살 떨리는 불안감을 어쩌지 못한 채로 가느다란 철제 걸쇠를 옆으로 젖히고 은유리를 열었다.

거기, 목걸이가 있었다. 해가 잘 드는 식탁에 흩어져 있는 잼 숟가락이나 버터나이프만큼이나 무해해 보이는 모습으로. 우아한 금줄에 달린 우아한 보석 한 조각이었다. 함에서 목걸이를 꺼낸 나는 살갗에 와 닿는 그 싸늘한 감촉에 살짝 움찔한 뒤, 처음으로 찬찬히 살펴봤다. 목걸이의 줄은 금제 고리들을 꼬아 만든 것으로 대체적으로는 깨끗하고 훤했는데, 연결부 사이에 시꺼먼 뭔가가 낀 곳이 몇 군데 있었다. 펜던트는 타원형에 가까웠고 호두만 했다. 조지의 투박한 신발 덕분에 모양이 살짝 찌그러져 있었다. 한때는 분명 사랑스러웠을 겉모습이었다. 분홍빛이 도는 흰색 자개 조각 수십 개가 줄줄이 박혀 있고, 가장자리는 그물 모양으로 세공한 금으로 깔끔히 마무리돼 있었다. 하지만 자개 여럿이 떨어져 나갔고, 줄과 마찬가지로 펜던트 표면에도 기분 나쁜 검은색 얼룩들이 여기저기 묻어 있었다. 그중에서도 최악은 (아마도 또다시 조지 덕분에) 펜던트의 한쪽 면이 터지고 말았다는 사실이었다. 이음매를 따라 갈라진 부분이 선명히 보였다.

하지만 그 무엇보다도 흥미로운 건 펜던트 앞면 가운데쯤에 살짝 도드라진 하트 모양의 상징이었다. 이쪽의 금 부분에 희미하고 거미다리 같은 문양이 남아 있었다.

"오!" 내가 말했다. "글자가 새겨져 있네."

나는 펜던트가 빛을 받게 들어 올린 다음 손가락으로 글자들을 훑었다. 그러다 불쑥 목소리들을 포착했다. 남자와 여자의 대화, 다음으로 높고 날카로운 여자의 웃음소리였다.

나는 눈을 끔뻑였다. 감각은 사라졌다. 손에 든 물건을 가만히 쳐다봤다. 내 호기심이 두 사람까지도 전염시킨 모양이었다. 자신의 의지와 달리 록우드는 이미 식탁을 건너와 있었다. 조지는 설거지를 때려치우고 록우드의 맞은편에서 찻수건을 과장되게 흔들어대며 내 어깨 너머를 들여다봤다.

네 단어였다. 우리는 침묵 속에서 글자들을 잠시 응시했다.

토르멘툼 메움
라에티티아 메아

이해가 잘 안 됐다.

"토르멘툼이라…." 조지가 마침내 입을 열었다. "분위기 한번 명랑하네.•"

"라틴어야." 록우드가 말했다. "집 안 어디에 라틴어 사전이 있지 않았나?"

"애너벨 워드한테 이 목걸이를 준 남자가 새긴 거야." 내가 말했다. "그녀가 사랑했던 사람…." 머릿속에서 두 목소리의 메아리가 여전히 울리고 있었다.

• 토르멘툼(Tormentum)은 '고통'을 의미하는 영어 단어 '토멘트(torment)'와 철자가 비슷하다.

"상대가 남자인 건 어떻게 알아?" 조지가 끼어들었다. "동성 친구가 준 걸 수도 있잖아. 엄마한테 받은 걸 수도 있고."

"절대 아냐." 내가 말했다. "하트를 봐. 게다가 이런 물건은 사랑하는 사람의 메시지를 심장 가까이에 두고픈 마음에 차고 다니는 거야."

"그쪽으로 뭔가 아는 거라도 있는 양 말씀하시네." 조지가 말했다.

"그러는 당신은 뭐라도 있으시고."

"한번 제대로 살펴보자." 록우드가 말했다. 그는 내 옆 의자에 걸터앉아 목걸이를 건네받았다. 얼굴 가까이로 가져가자 이마에 고랑이 팼다.

"라틴어 문구, 연인의 선물, 오랫동안 실종된 여자…." 조지는 축축한 찻수건을 휙 어깨에 걸치고 개수대로 갔다. "꽤나 이색적인 미스터리…."

"그치?" 록우드가 말했다. "그치, 그렇잖아?" 우리는 그를 쳐다봤다. 그의 눈이 반짝반짝 빛났다. 그는 어느새 정자세로 앉아 있었다. 아침 내내 그를 둘러싸고 있던 우울함이 바람 속 흰 구름처럼 돌연히 흩어졌다. "조지." 그가 말을 계속했다. "텐디 대행사가 맡았던 그 유명 사건 기억해? 일 년인가 이 년 전에? 유골 두 구가 서로 뒤엉켜 있었던?"

"통곡의 나무 사건? 당연하지. 그 사람들 그걸로 상도 받았잖아."

"그래, 광고도 어마어마하게 됐고. 그게 다 그 방문자들의 정체를 밝혀내서 그런 거잖아. 아냐? 유골에서 다이아몬드 넥타이핀을 발견하고 그걸 만든 세공사를 추적했지. 그러다 알게 된 물건의 주인이 바로…."

"… 아들리 경이었지." 내가 말했다. "19세기에 실종된. 다들 그가 나라 밖으로 도주했다고 생각했어. 하지만 국내에 있었어. 본가 정원에 매장된 채로. 남동생이 죽여 파묻은 게 틀림없었지. 재산을 자기가 가로채려고." 잠시 정적이 이어졌다. 나는 두 사람을 쳐다봤다. "뭘 그리 놀라? 나도 〈본격 괴담〉 정도는 읽거든."

"좋아." 록우드가 말했다. "게다가 정확해. 여기서 중요한 건 일단 사연이 훌륭했고, 그 오랜 미스터리를 해결하면서 텐디가 엄청 잘 풀렸다는 거야. 그걸 등에 업고 훨씬 더 유명해진 거지. 지금은 런던에서 네 번째로 큰 대행사잖아. 그래서 지금 내가 궁금한 건…." 그는 자기 손에 든 펜던트를 바라보며 말끝을 흐렸다.

"애너벨 워드가 우리한테도 같은 결말을 만들어줄 수 있겠느냐고?" 조지가 말했다. "록우드, 런던에 방문자들이 얼마나 많은지 알아? 영국 전역에는? 이건 역병 같은 거야. 그들 뒤에 숨겨진 사연 따위엔 아무도 관심 없어. 하루빨리 사라져 주기나 바랄 뿐이지."

"넌 그리 말해도, 괜찮은 사건들은 대대적으로 보도되기도 하잖아." 록우드가 말했다. "이게 그 괜찮은 사건이 돼줄 수도 있고. 생각해 봐. 잔혹하게 살해되고 수십 년 동안 실종 상태였던 매력적인 소녀, 비극의 연인, 그 살인의 진실을 파헤치는 작지만 진취적인 심령 회사…." 그는 우리를 보며 활짝 웃었다. "그래…. 제대로만 하면 세상을 깜짝 놀라게 할 수 있을지도 몰라. 그걸로 결국엔 우리 운명을 역전할 수 있을 거고. 하지만 그러려면 일을 해야지. 조지, 아까 말한 라틴어 사전은 아마 1층 층계참에 있을 거야. 좀 가져다줄래? 고마워! 그리고 루시," 그의 말이 계속되는 사이 조지가 사뿐히 자리를 떴다. "어쩌면 네가 도울 일도 있을 수 있겠어."

나는 록우드를 빤히 쳐다봤다. 그는 고작 몇 분 전의 심술궂고 비탄에 잠긴 인물에서 완벽히 변신해 있었다. 몸놀림은 날래고 가벼웠으며, 부상은 잊었다. 내 눈을 들여다보는 그의 검은 눈동자가 생기로 반짝였다. 그 순간의 그에게 나만큼 매혹적인 존재는 세상에 없는 듯했다.

"궁금한 게 있어." 그가 말했다. "정말 어지간하면 묻고 싶지 않은 얘긴데, 요 이틀 사이에 우리가 겪은 일도 있고 해서. 좀 전에 펜던트를 쥐었을 때, 혹시라도… 뭔가 느낀 게 있어? 그래?"

나는 천천히 고개를 끄덕였다. "'심령의 잔존물'을 말하는 거면, 맞아, 느꼈어. 목소리, 웃음소리…. 대단치는 않아. 들으려고 해서 들은 게 아니라."

"그럼 어떨 것 같아," 록우드가 미소를 지으며 물었다. "들으려고 해서 들으면…?"

"뭐가 감지되는지 내가 확인해 보면 좋겠어?"

"그렇지! 굉장한 아이디어 아냐? 네가 뭔가 중대한 걸 잡아낼지도 모르잖아. 우리한테 도움이 될 실마리 같은 거."

나는 시선을 돌렸다. 그의 강렬한 눈길이 쑥스러웠다. "그래, 어쩌면…. 모르겠어."

"그걸 해낼 수 있는 사람이 있다면, 바로 너야, 루스. 너 이거 워낙 잘하잖아. 한번 해보자."

몇 분 전까지만 해도 그는 펜던트를 소각하겠노라 큰소리쳤다. 이제 그건 우리의 골칫거리를 단번에 해결할 열쇠였다. 몇 분 전까지만 해도 그는 날 호되게 야단치고 있었다. 이제 나는 그의 눈에 넣어도 안 아플 존재였다. 록우드와는 늘 이런 식이었다. 그의 태세 전환은 때로 어찌나 급작스러운지 숨이 턱턱 막힐 정도였지만, 그 활력과 열정에는 도대체 저항할 수 없었다. 조지가 쿵쿵거리며 위층을 열심히도 쏘다니는 소리가 들렸다. 나 또한 갑자기 뜻밖의 전율을 느꼈다. 유령소녀의 사연을 밝히게 되리라는 기대가 주는 흥분이었다. 우리 회사를 살리는 데 어떻게든 도움이 될지도 모른다는 생각이 주는 희망이었다.

물론 내 의지와는 무관하게, 록우드가 건네는 칭찬의 말에 괜히 으쓱해지는 걸 어쩔 수 없기도 했다.

나는 한숨을 푹 쉬었다. "시도는 해볼게. 하지만 장담은 못 해. 너도 알다시피 촉각으로 얻는 건 감정이랑 소리뿐, 구체적인 사실은 알 수 없어. 그러니까 만약에…."

"훌륭해! 잘 생각했어." 그는 식탁에 놓인 펜던트를 내 쪽으로 밀었다. "다른 뭐라도 내가 도울 게 있을까? 차라도 한잔 만들어주면 좋겠어?"

"아니. 그냥 입 다물고 내가 집중하게 해줘."

나는 다짜고짜 목걸이부터 집어 들지는 않았다. 어찌 됐든 이건 그리 가벼이 접근할 문제가 아니었다. 유령소녀의 원한과 증오가 얼마나 깊은지는 이미 볼 만큼 봤다. 그녀의 운명이 그리 유쾌하지 않았음도 익히 알았다. 그래서 나는 서두르지 않았다. 가만히 앉아 펜던트와 줄을 쳐다보며 내 머릿속 생각들을 최대한 제거하려 애썼다. 하루하루의 격하고 혼란스러운 감정들을 한쪽으로 치웠다.

마침내 목걸이를 손에 쥐었다. 금속의 차가움이 날 파고들었다.

나는 혹시 모를 메아리를 기다렸다.

얼마 지나지 않아 메아리가 정말로 들렸다. 전과 같았다. 일단 남자와 여자가 얘기한다. 여자가 꺄르르 웃는 소리가 들리고 남자의 목소리가 합류해 하나가 된다. 다음으로 격렬한 기쁨과 함께 나누는 열정이 느껴진다. 나는 여자의 한껏 들뜬 마음을, 열병 같은 기쁨을 고스란히 경험한다. 행복이라는 거대한 빛덩어리가 점점 커지며 내 세상을 가득 채운다…. 웃음소리가 변한다. 병적으로 흥분한다. 남자의 음성이 점차 냉혹해지고 소리가 뒤틀린다. 나는 싸늘하고 가슴이 철렁한 공포를 느낀다…. 뒤이어 아까의 기쁨이 다시 돌아오고 모든 게 좋고, 좋고, 좋다가… 다음번 전환점이 오고 만족감이 차갑게 식는다. 목소리들이 또 한 번 분노로 격앙되고 나는 질투와 부아로 괴롭다…. 그렇게 계속됐다. 오락가락, 오락가락하며 감정이 쏜살같이 변하는 탓에 나는 어릴 적에 어머니가 보내줘서 딱 한 번 가봤던 헥삼의 회전목마에 올라탄 기분이었다. 기쁨과 공포가 버겁도록 뒤섞이고, 나는 아무리 발버둥 쳐도 벗어날 수 없다는 걸 알았다. 그러다 갑자기 모든 소리가 뚝 끊기더니 귓속에서 차가운 목소리 하나가 들리고, 도저히 걷잡을 수 없는 최후의 분노가 점차 강도를 높여 절박하고 고통스러운 비명이 되고 말았는데, 알고 보니 그 비명의 주인은 나였다.

나는 눈을 떴다. 록우드가 날 지탱하고 있었다. 문이 벌컥 열렸다. 조지가 질주해 들어왔다.

"뭔 일이야?" 그가 외쳤다. "너희 둘은 왜 잠시도 눈을 뗄 수가 없냐?"

"루시." 록우드가 말했다. 그의 얼굴이 하얗게 질려 있었다. "정말 미안해. 그런 일을 시켜선 안 되는 거였어. 어찌 된 거야? 괜찮아?"

"모르겠어…." 나는 그를 밀어내고 펜던트 또한 내게서 밀어내듯 식탁에 떨어트렸다. 펜던트는 거기서 아주 잠시 요동하며 반짝거렸다. "하지 말았어야 했어." 내가 말했다. "너무 강해. 이 물건은 소녀의 영혼이랑 기억에 완전히 묶여 있어. 잠시지만 나 자신이 꼭 그녀인 것만 같았고 괴로웠어. 그녀의 분노는 끔찍해."

나는 볕이 드는 부엌에 잠시 조용히 앉아 있었다. 서서히 사라지는 꿈의 파편처럼 목걸이의 감각이 날 떠나가게 됐다. 두 사람은 기다렸다.

"한 가지는 확신할 수 있어." 내가 드디어 입을 열었다. "네가 궁금해했던 걸 수도 있고, 록우드, 아닐 수도 있을 텐데, 아무튼 이거 하나는 정말 확실히 알겠어. 아까의 감정들 틈에서 아주 분명히 느껴졌어." 나는 숨을 깊게 들이마시고 두 사람을 올려다봤다.

"뭔데?" 록우드가 물었다.

"애너벨 워드한테 목걸이를 준 남자 있지? 그녈 죽인 것도 그 사람이야."

13

그날 이른 오후에 우리는 근처 베이커 스트리트 지하철역까지 걸었다. 다시 밖에 나오니 좋았다. 쾌적한 햇빛 아래에 있는 것도. 우리 모두가 그 변화를 실감했다. 다들 기분이 나아져 있었다. 우리는 일상복 차림이었다. 록우드가 걸친 긴 갈색 가죽 외투는 호리호리한 체구와 느긋한 걸음걸이를 두드러지게 했다. 조지의 흉하게 부한 재킷은 하이웨이스트 스타일에다 밑단이 고무줄로 돼 있는 바람에 그의 엉덩이를 두드러지게 했다. 나는 늘 입던 대로였다. 외투, 헐렁한 목 부분을 접어 입는 스웨터, 검은색 짧은 치마, 레깅스. 우리 셋 다 레이피어(내 건 현관홀에서 챙긴 보조 검)를 차고 있었다. 이 검들—그리고 얼굴의 자상과 타박상—은 우리 직업과 지위의 표식과도 같았다. 걸음을 재촉하는 우리에게 사람들이 길을 터줬다.

주빌리선 객차 안은 붐볐고 호신용 라벤더의 달짝지근한 향이 진동했다. 남자들은 셔츠 단춧구멍에 라벤더 잔가지들을 끼웠고, 여자들은 모자에 꽂았다. 사방에서 은제 브로치와 넥타이핀들이 네온등 불빛을 받아 깜빡이고 반짝였다. 우리가 조용하고 진중하게 서 있는 동안 열차는 덜컹덜컹 터널들을 통과하며 그린 공원까지 가는 오 분간의 여정을 계속했다. 아무도 입을 열지 않았다. 우리는 사람들의 시선을 한 몸에 받으며 객차에서 내려 승강장을 따라 걸었다.

지하철을 타고 오는 내내 조지는 라틴어 사전을 뒤적인 터였다. 에스컬레이터를 타고 올라가면서는 입에 물고 있던 연필을 빼내 종이쪽지에 마지막 기호를 써넣었다.

"좋아." 그가 말했다. "이게 내가 할 수 있는 최대야. '토르멘툼 메움 라에티티아 메아'잖아. 그렇지? 자, 토르멘툼은 '고통' 혹은 '고문'을 뜻해. 라에티티아는 '기쁨' 혹은 '환희'와 동의어고. 메움이랑 메아는 둘 다 '나의'라는 뜻이야. 그러니까 우리 펜던트에 새겨진 글귀를 번역하면 '나의 고통, 나의 환희'쯤 되는 거지." 그는 사전을 탁 닫았다. "사랑의 메시지치고 더없이 건전하다고는 못 하겠다. 그치?"

"내가 느꼈던 거랑 일치하네." 내가 말을 받았다. "무탈한 관계는 분명 아니었어. 양극단을 마구 오갔으니까. 말하자면 절반은 행복했고, 나머지 절반은 질투와 증오에 사로잡혀 있었어. 막판에는 저 괴로운 감정들이 승리했고."

"그 생각은 이제 그만해, 루시." 록우드가 말했다. "넌 네 역할을 다했어. 이제 조지와 내가 각자의 역할을 할 차례고. 기록물보관소에서는 얼마나 걸릴 것 같아, 조지?"

"별로 안 걸려. 지방지보관실로 가서 내가 검색을 중단한 날짜부터 다시 시작할 거야. 애너벨 워드에 관한 소식―가령 체포된 인물이 있다든가 하는―을 있는 대로 찾아야 해. 그다음에 가십 잡지도 확인해 볼 수 있겠지. 사교계에서 유명한 여자였다고 하니까."

우리는 지하철역에서 나와 피커딜리*를 올라가기 시작했다. 고층

---

* 런던의 번화가.

건물 사이로 오후의 햇빛이 기다랗고 가파르게 내리꽂혔다. 우리는 환한 햇빛에서 푸른 그림자로, 다시 환한 햇빛으로 이동했다. 늦가을인 탓에 벌써부터 저녁맞이 준비가 한창이었다. 소금살포부가 길가를 따라 카트를 밀며 새로 가져온 소금을 좌우로 마치 눈처럼 흩뿌렸다. 대형 호텔 밖에서는 직원들이 말린 라벤더 다발을 전기 화로에 넣고 태울 준비를 했다. 다른 이들은 출입문 위에서 대롱거리는 항마등에 광을 냈다.

나는 타박상을 입은 근육들을 쭉쭉 늘려가며 걸었다. 힘이 돌아오는 느낌이 근사했다. 록우드는 아주 살짝 절뚝였지만 그것만 제외하면 열의가 넘쳤다. 유령접촉한 팔의 붕대를 제거하고 햇빛이 살갗을 씻어 내리게 뒀다. "우리가 이 오래된 사건을 해결하기만 하면," 그는 말했다. "살인자를 밝혀내고 정의를 실현하면 끝내주는 명성을 얻게 될 거야. 호프 부인의 저택을 불태웠다는 사실쯤 완벽히 만회되겠지."

"덤으로 록우드 심령 회사를 살리는 데도 도움이 되고." 내가 거들었다.

"그리되기를 바라야지…." 록우드는 런던 안 '안전지대'를 표시한 관광 지도를 들이미는 남자를 피하고 철 판매상의 호객 행위를 무시했다. "그러려면 괜찮은 사건들을 확보해야겠지. 하루라도 빨리."

"이 건에 DEPRAC도 착수하리라는 거 알지." 조지가 지적했다. "해묵은 살인사건을 우선순위에 두지는 않더라도 조사는 하잖아. 사람들의 기억에 살아 있는 사건인 한은."

"우리가 신속히 움직여야 할 또 하나의 이유지." 록우드가 말했다. "좋아, 여기서 건너자."

우리는 보도를 벗어나 길을 가로질렀다. 개방형 하수도인 일명

'도랑'을 건넜다. 아스팔트 도로와 보도를 가르는 도랑에는 물이 흘렀다. 방랑하는 망자들은 흐르는 물*을 좋아하지 않는 것으로 알려져 있었다. 그 결과 웨스트엔드의 대규모 쇼핑 거리들은 좁은 도랑을 십자형으로 교차시켜 밤의 길목에서도 행인들이 안전히 거닐 수 있게 했다. 일찍이 정부는 런던 전역으로 이 설비를 확대하길 원했지만 거기엔 차마 엄두가 안 날 정도로 큰돈이 든다는 사실을 알게 됐다. 외곽 지역들의 경우 항마등을 제외하면 자체 방어에 의존하는 수밖에 없었다.

샛길을 따라 오르고 거대한 석조 아치 밑을 지나자 길이 크게 굽이지는 리젠트 스트리트가 나왔다. 그리 멀지 않은 곳의 보도에 가판대가 설치돼 있었다. 발랄한 핏빛의 덮개 위에서 깃발들이 펄럭였다. 깃발마다 금색의 사자 문장과 함께 화려하게 장식된 'R' 자가 그려져 있었다.

"오오, 봐." 조지가 말했다. "군밤이야! 먹을 사람?"

암적색 재킷 차림의 소년 소녀 한 무리가 가판대 부근에 흩어져서 행인들에게 공짜 라벤더 잔가지와 소금탄, 간식거리를 나눠주고 있었다. 뚜껑 없는 화로에서 군밤이 탁탁거리고 딱딱거렸다. 그 옆에 대형 국자를 들고 선 여드름투성이 청소년이 종이 고깔에 군밤을 퍼 줬다. 요원들은 머리칼을 꼼꼼히 빗질하고 검에는 번쩍번쩍 광을 냈으며, 깔끔히 씻은 얼굴에 미소를 띠고 있었다. 다들 하나같이 맥없고 균일한 틀로 찍어낸 듯 보였다. 이들이 소속된 로트웰 대행사는 런던에서 두 번째로 오래된 심령 회사로, 활발한 홍보 공세 덕분에 인기도 독보적으로 많았다. 도로에서 약간 들어간 위치에 설치된 가판대 뒤쪽으로 로트웰 본사가 솟아 있었다. 거대한 건물의 말쑥한 앞면은 유리와 대리석으로 꾸며져 있었다. 양쪽으로 열리는 미닫이문

유리에는 앞발에 레이피어를 쥐고 으르렁거리는 사자들이 새겨져 있었다. 저 건물 내부가 어떤지 나는 알았다. 거기서 면접을 보고 떨어졌으니까.

아직 열 살도 안 된 듯한 아이가 다가오는 우리를 보고 미소를 지으며 조그만 종이 고깔을 내밀었다. "로트웰이 드리는 선물입니다." 아이가 말했다. "오늘 밤에도 안전 귀가하세요."

"우리는 아무것도 안 받아." 록우드가 으르렁거렸다. "조지, 그냥 지나쳐 걷기를 바란다."

"배고픈데."

"참아. 저 고깔을 들고 돌아다닐 생각은 하지도 마. 경쟁업체 홍보는 범죄라고."

록우드는 소년을 무시하고 성큼성큼 걸어 지나쳤다. 조지는 머뭇거리더니 고깔을 받아 주머니에 쑤셔 넣었다. "자," 그가 말했다. "시야에서 감쪽같이 치웠지. 이 몸은 그리 말하겠어. 공짜 음식을 거절하는 것이야말로 범죄라고."

우리는 들이치는 인파를 헤치고 거리 반대편으로 나아갔다. 몇 분 후에는 리젠트 스트리트에서 한 블록 뒤에 있는 조용하고 울창한 광장에 도달했다. 앞면에 벽돌을 쌓아 올린 추하고 거대한 건물이 광장을 압도하고 있었다. 출입문에 달린 철제 명판에 이렇게 쓰여 있었다.

국립신문기록물보관소

조지의 안경이 반짝였다. 이곳은 그의 영역이었다. 군밤이 덕지덕지 붙은 얼굴은 그간 내가 봐온 중 미소에 가장 근접한 표정을 짓고 있었다. "드디어 왔네. 목소리는 낮춰. 여기 사서들이 까다롭거든."

그는 우리를 이끌고 출입구의 철선을 넘어 회전문을 통과했다.

어릴 적 나는 독서를 위해 존재하는 그럴싸한 공간에 가본 적이 없었다. 집에는 변변한 책 한 권 없었고, 학업이라는 걸 제대로 경험해 보기도 전에 제이콥스 밑에서 훈련생 일을 시작했다. 물론 내 직업도 이론 공부를 완료하려면 글을 읽을 줄 알아야 하고—간단한 필기시험을 치르지 않고는 자격 인증을 받을 수 없다—나도 열두 살쯤에는 『유령 사냥꾼을 위한 피츠 지침서』를 달달 외웠다. 하지만 그 뒤에는? 솔직히 일이 너무 바빠서 독서에 쏟을 시간이 거의 없었다. 맞다. 제이콥스는 이따금 날 지역 도서관에 보내 이런저런 교수형(우리의 조그만 동네에서 400미터가량 떨어진 지비트 힐 부근은 방문자들의 빈번한 출몰로 악명이 높았다.)의 세세한 역사를 찾아보게 했으니, 내가 인쇄된 종이로 가득한 건물을 이용해 본 적이 아예 없는 건 아니었다. 하지만 국립신문기록물보관소는 규모 면에서 그때까지 내가 본 그 어떤 곳보다도 컸다.

이 복합건물은 중심부의 콘크리트 아트리움•을 둘러싸고 여섯 개의 거대한 층이 겹겹이 쌓인 형태였다. 1층의 야자나무와 다른 실내용 나무들 사이에 서면 책장과 선반과 독서 테이블들이 서서히 높이를 높여 하늘로 올라가는 것처럼 보였다. 꼭대기의 돔형 지붕에 매달린 초대형 철제 조각상은 반은 장식용이고 반은 방어용이었다. 각 층마다 웅크린 형상들이 누런 신문과 잡지를 휘휘 넘기고 있었다. 그중 일부는 난제 연구자들로, 우리를 괴롭히는 이 역병의 실마리를 찾는 중일 터였다. 대행사의 요원들도 있었다. 점점이 흩어져 있는 파란색

• 건축물에 딸린 마당.

재킷은 탬워스, 연보라색은 그림블, 여기저기 보이는 칙칙하고 어둑한 회색은 피츠 대행사였다. 이번이 처음은 아니지만, 나는 문득 록우드가 왜 우리만의 근사한 제복을 맞추지 않는 건지 궁금해졌다.

나와 비슷하게 록우드도 어째 기가 죽은 듯했지만, 조지가 자신만만한 태도로 우리를 재촉했다. 후다닥 엘리베이터에 태워 4층으로 데려가서는 빈 테이블에 앉혀놓고 잠시 사라졌다가 거대한 잿빛 서류철 무더기를 우리 앞에 쿵 소리와 함께 내려놨다.

"리치몬드의 지역 신문들이야. 사십구 년 전에 발행된." 그가 말했다. "애너벨 워드는 6월 말에 사라졌어. 내가 발견한 기사는 그로부터 일주일쯤 뒤에 나온 거고. 록우드, 넌 7월에 발행된 신문들부터 보는 게 어때? 그쪽에 뭔가 쓸 만한 게 있을 공산이 가장 커. 루시, 넌 가을 발행분들을 확인해 봐. 난 가서 〈런던 사교계〉 과월호들을 챙겨올게."

우리는 외투를 벗고 〈리치몬드 이그재미너〉의 흥미 만점 기사들에 고분고분 빠져들었다. 그리고 얼마 지나지 않아 나는 지역 바자회와 집 나간 고양이, 시에서 대여하는 최상급 주말농장을 둘러싼 다툼이 지구상에 그토록 많을 수 있다는 걸 처음 알았다. 난제에 대한 기사도 수두룩했는데, 그 본질에 관한 논의가 막 시작되는 중이었다. 나는 항마등을 세워야 한다는 둥,(결과적으로는 세워졌다.) 혹은 묘지를 싹 다 밀어버리고 소금을 뿌리자는 둥(이는 받아들여지지 않았다. 비용이 너무 많이 들고 논란도 상당했다. 그 대신 묘지 주변을 철로 두르는 수준에 그쳤다.) 하는 초기 주장들을 찾아냈다. 하지만 실종 소녀의 추적과 관련한 내용은 전혀 없었다.

록우드와 조지─사교계 잡지의 광나는 흑백사진들을 휘휘 넘기고 있었다─도 운이 따르지 않기는 마찬가지였다. 록우드는 초조해하기 시작했다. 탄식하듯 손목시계를 쳐다봤다.

내가 보고 있던 신문 위로 그림자들이 드리워졌다. 눈을 드니 테이블 옆에 사람 셋이 서서 재미있다는 기색을 감추지 못하며 우리를 지켜보고 있었다. 그중 둘은 십 대 남자애와 여자애였다. 나머지 한 명은 아주 젊은 청년이었다. 세 사람 모두 보드라운 회색 재킷과 빳빳한 검은색 바지를 입었다. 런던에서 가장 유서 깊고 명망 높은 심령 회사인 일명 '스트랜드가의 백발 귀부인', 즉 그 유명한 피츠 대행사의 제복이었다. 이탈리아풍의 정교한 칼자루가 달린 그들의 레이피어는 우리 것보다 훨씬 고풍스럽고 값비쌌다. 그들이 들고 다니는 깔끔한 회색 서류 가방에는 (재킷과 마찬가지로) 피츠의 상징인 뒷발로 선 은색 유니콘이 새겨져 있었다.

록우드와 조지가 자리에서 일어났다. 청년이 둘을 보고 미소를 지었다.

"안녕, 토니." 청년이 말했다. "이거 새롭네. 여기서 널 보는 건 처음인데."

토니. 아무도, 서로 알고 지낸 장장 반년의 기간 동안 그 누구도 록우드를 토니는커녕 앤서니로조차 부를 엄두를 내지 못했었다. 아주 찰나의 순간, 나는 이 피츠 소속 감독관과 록우드 사이에 굉장한 친분이 있으리라 추정했다. 그리고 이윽고 알아챘다. 실은 그 반대라는 걸.

록우드도 미소를 띠고 있었지만 지금껏 내가 봐온 웃음과는 달랐다. 어째선지 늑대를 닮은 것 같았다. 깊은 주름들이 그의 눈을 감쳤다. "퀼 킵스." 그가 말했다. "요새 어찌 지내세요?"

"바쁘지. 엄청 바빠. 넌 어떤데, 토니? 힘들어 보이네. 이렇게 말해도 되는지 모르겠지만."

"오, 별거 아니에요. 타박상 좀 입은 건데요. 불평할 정도는 아니고요."

"그렇지. 불평할 겨를이 없었을 것 같기는 해." 청년이 말했다. "다른 모두가 널 불평하고 있는 상황에서는 말야…." 청년은 체격이 무척 작았고, 생김새도 허약하다 할 정도로 여리여리했다. 체중이 나보다도 덜 나갈 것 같았다. 자그만 코는 코끝이 다소 위로 들렸고 갸름한 얼굴에는 주근깨가 많았으며, 적갈색 머리칼은 심하다 싶게 짧았다. 재킷 가슴팍에는 메달이 네다섯 개쯤 꽂혀 있고 칼자루 끝에서는 녹색 구슬이 반짝거렸다. 요즘엔 그 검을 쓸 일도 별로 없을 거면서. 짐작건대 그는 스무 살쯤이었고, 따라서 현역으로 뛰던 시절은 이미 끝났다. 그의 재능은 대부분이 시들어 사라졌다. 내 옛 대장 제이콥스처럼, 그리고 쓸모도 없는 주제에 업계의 숨통을 조이는 다른 감독관들처럼 이제 그가 할 수 있는 건 주변 아이들을 쥐고 흔드는 것밖에 없었다.

그러나 록우드는 그의 악담에 크게 마음을 쓰지는 않는 듯했다. "뭐, 알잖아요." 그가 말했다. "늘 있는 일인 거. 그래… 뭘 조사하는 중이세요?"

"무어게이트 근처 도로 터널의 유령 군집*. 놈들의 정체를 밝히려는 중이지." 청년은 우리가 무방비 상태로 둔 문서들을 눈짓했다. "너희도 뭔가를 들여다보고 있나 본데."

"네."

"〈리치몬드 이그재미너〉라…. 아, 알겠다. 그 유명한 신 로드 사건이구나. 물론 우리 피츠에서는 방문자를 처리하기 전에 관련 조사부터 하고는 하지. 우리가 완전 바보는 아니거든, 알다시피."

청년 옆에 선 남자애, 키가 껑충하고 몸은 말랐는데 머리가 크고 우람한 데다 칙칙한 갈색 머리칼이 꼭 지푸라기 같은 아이가 의무라도 되는 양 웃었다. 여자애는 반응하지 않았다. 유머에는─이처럼 대놓고 조롱조에다 단순하고, 자신이 편을 들어주도록 돼 있는 종류라도─도통 마음이 동하지 않는 듯했다. 여자애의 턱은 조그맣고 살짝 뾰족했다. 금발은 뒤쪽을 짧게 잘랐지만 이마를 비스듬하게 가로지르는 앞머리는 그 끝이 눈에 닿다시피 했다. 나는 그 애가 아주 매력적이라고 생각했다. 매정하고 가식적인 쪽으로.

여자애가 날 가만히 봤다. "이건 누구야?"

"새로 온 조수." 록우드가 말했다. "그게, 완전 새 얼굴이지."

나는 한 손을 내밀었다. "루시 칼라일이야. 넌…?"

여자애는 피식 웃으며 저 멀리 통로를 올려다봤다. 거기 놓인 과자 봉지든 뭐든 나보다는 흥미롭겠다는 양.

"토니랑 있을 땐 각별히 조심해야 할 거야, 자기." 퀼 킵스가 말했다. "녀석의 마지막 조수는 끝이 고약했거든."

나는 담백하게 웃었다. "내 걱정은 하지 마세요. 난 괜찮아요."

"그래. 하지만 녀석과 가까운 사람들한테는 흉악한 일들이 생겨. 언제나 그랬어. 녀석이 대단히 어릴 적부터."

청년은 태평스러운 척하려 했지만 말투는 그의 의지를 배반했다. 그 목소리에 뭔가가 담겨 있는데 나로서는 알 수 없었다. 나는 록우드를 건너다봤다. 그가 서 있는 분위기가 평소랑은 달랐다. 그의 고의적인 태연함은 이미 경직돼 어딘가 더 딱딱하고 덜 유연한 인상을 풍겼다. 나는 록우드가 뭔가를 말할 참이라는 걸 알았지만, 그가 입을 열기도 전에 조지가 말썽을 일으켰다.

"나도 그쪽 소식은 듣고 있는데요, 퀼." 조지가 말했다. "서더크 지하 묘지에 어린애를 혼자 들여보냈다면서요. 그쪽은 입구에서 '지원

병력을 기다리는' 동안에. 그 녀석은 어떻게 됐어요, 퀼? 아니, 아직도 못 찾았대요?"

킵스가 얼굴을 찡그렸다. "누가 그래? 그건 사실과 다른…."

"의뢰인이 유령접촉도 당했다면서요. 그쪽 조사관들이 의뢰인의 쓰레기통에다 팔뼈를 빠트려 놓은 바람에."

킵스의 얼굴이 벌게졌다. "그건 실수였어! 버릴 봉지를 헷갈린…."

"게다가 퀼 킵스는 피츠 팀장 중 조사관 사망률이 가장 높다고, 그리 들었는데."

"음…."

"그게 그리 훌륭한 기록은 아니죠. 그쵸?"

정적이 이어졌다.

"아, 그리고 지금 바지 지퍼 열렸어요." 조지가 말했다.

밑을 내려다본 킵스는 방금 들은 진술의 불쾌한 진실을 발견했다. 그의 얼굴이 선홍색으로 달아올랐다. 손가락들이 원래 위치를 벗어나 검의 칼자루로 향했다. 그는 반걸음 앞으로 나섰다. 조지는 가만히 서서 눈 하나 깜짝하지 않고 벽에 걸린 '정숙' 표지판을 가리켰다.

퀼 킵스는 깊은숨을 들이마셨다. 머리칼을 뒤로 쓸어 넘기며 웃었다. "네 그 살찐 주둥이를 당장 닫아줄 수 없다니 안타깝군, 커빈스." 그가 말했다. "하지만 언젠가 그럴 날이 오겠지."

"오케이." 조지가 말했다. "그날이 오기 전까진 그쪽 체급에 맞는 상대한테 시비를 걸지 그래요? 모래쥐나 두더지를 추천하고 싶군요."

킵스의 입술 사이에서 조그만 소리가 흘러나왔다. 그가 움직였다. 어느새 손에 검을 쥐고 있었다….

옆에서 휙 하는 움직임이 느껴졌다. 강철과 강철이 맞부딪는 탕

소리. 록우드가 선 위치는 아까와 크게 다르지 않은 듯했지만 그의 레이피어는 테이블을 대각선으로 가로질러 나가 십자 모양으로 맞닿은 킵스의 검날을 꾹 내리누르고 있었다.

"검으로 장난할 생각이거든, 퀼," 록우드가 말했다. "제대로 쓰는 법부터 배우시죠."

킵스는 아무 말도 하지 않았다. 그의 목 중간쯤에서 정맥 하나가 고동쳤다. 보드라운 회색 소매의 말쑥한 옷감 아래서 팔이 불끈거렸다. 그가 자기 검을 빼내려고 처음에는 이쪽으로, 다음에는 저쪽으로 움직이는 게 보였지만, 그러든 말든 록우드는 전혀 힘든 기색 없이 그를 저지했다. 검날들은 대치했고 주인들은 꿈쩍하지 않았다. 조지와 나, 그리고 피츠 대원 둘은 마법의 힘에 사로잡히기라도 한 사람들처럼 너나 할 것 없이 얼어 있었다. 우리를 둘러싼 사방에서 도서관의 고요한 웅웅거림이 계속됐다.

"영원히 이러고 있을 순 없을 텐데." 킵스가 말했다.

"그렇죠." 록우드가 팔을 비틀었다. 손목을 휙 하고 꺾었다. 퀼 킵스의 손에서 검이 튕겨나가 일직선으로 날아올라 천장에 수직으로 박혔다.

"나이스." 내가 말했다.

록우드는 미소를 지으며 검을 벨트에 꽂고 다시 자리에 앉았다. 킵스의 콧바람이 요란한 소리를 냈다. 잠시 뒤 그는 천장에 꽂혀 덜렁거리는 검에 손이 닿길 바라며 슬쩍 점프했지만 손가락 몇 마디 차이로 실패하고 말았다. 다시 점프했다.

"좀 더 높이요, 퀼." 조지가 격려조로 말했다. "그럼 닿을 것도 같은데."

한참 뒤 킵스는 하는 수 없이 테이블로 기어올라 가 안간힘을 써

가며 검을 뽑아냈다. 그의 조사관들은 조용히 지켜봤다. 남자애는 히죽거렸고, 금발 여자애는 계속 냉랭한 표정이었다.

"이 신세는 꼭 갚아주지, 록우드." 테이블에서 내려온 킵스가 말했다. "맹세하는데 널 가만두지 않을 거야. 다들 알다시피 DEPRAC가 니들을 문 닫게 하겠지만, 난 그 정도론 안 되겠어. 네게 진정한 고통을 안길 방법을 찾을 거야. 너랑 네 멍청한 친구들도 함께. 빌, 케이트, 가자."

그가 빙글 몸을 돌렸다. 그의 수하들도 그렇게 했다. 그들은 연습이 터무니없이 부족한 소규모 무용단처럼 과장된 몸짓으로 일제히 엘리베이터로 향했다.

"내가 저기서 일하던 시절에도 킵스는 걸핏하면 발끈거렸지." 조지가 말했다. "기분을 다스리는 법도 좀 배우고 해야 하는데. 그렇지 않아, 록우드?"

하지만 록우드는 입술을 굳게 다문 채 벌써 문서로 돌아가 있었다. "자자," 그가 말했다. "할 일을 하자고. 시간을 더는 허비해선 안돼."

일을 다시 시작하고 고작 일이 분 만에 돌파구를 찾아낸 사람은 록우드 자신이었다. 나지막하고 긴 승리의 휘파람과 함께 그가 자기 앞 신문을 가리켰다.

거기 그녀가 있었다. 애너벨 워드. 전과 다른 사진, 전과 같이 찰랑거리는 금발과 몸의 곡선, 반짝거리는 치아. 그녀는 무도회 드레스 비슷한 옷을 걸치고 있었다. 그리고 〈리치몬드 이그재미너〉의 표지를 장식하고 있었다. 지금으로부터 사십구 년 전에.

애너벨 워드 사건,
전 남자 친구 소환 조사

실종 두 주째에 접어든 애너벨 '애니' 워드 사건이 어젯밤 그녀의 전 남자 친구가 경찰에 체포되면서 새로운 국면을 맞았다. 유명 도박사이자 사교계 명사인 휴고 블레이크(22) 씨는 현재 보 스트리트 경찰서에 구금돼 있다. 다만 아직 정식으로 기소된 상태는 아니다.

경찰 관계자에 따르면 블레이크는 워드 양 실종 당일 밤인 6월 21일 토요일에 갤럽스 나이트클럽 만찬에 함께했다. 그는 워드가 자리를 뜬 직후 클럽을 나선 것으로 알려졌으며, 거듭된 심문 끝에 그녀의 집까지 동행한 사실을 인정했다. 복수의 정보원에 따르면 두 사람은 사건 발생 전 수개월간 가까운 관계를 유지하다 최근 들어 소원해졌다. 블레이크와 워드의 만남을 두고 상류사회에서는 구설이 끊이지 않았다. 블레이크의 영향으로 워드는 촉망받는 배우로서의 경력을 대부분 포기했으나 최근 새로운 배역을 찾으려는 노력을 계속

"휴고 블레이크." 내가 가만히 말했다. "애니 워드의 전 남친. 장담하는데, 그 목걸이는 이 사람이 준 거야."

조지가 고개를 끄덕였다. "그리고 그날 밤 그녀의 집까지 동행했다…. 뭐, 거기서 무슨 짓을 했는지 우리는 이미 알고 있는 것 같네."

"계속 뒤져봐." 록우드가 말했다. "경찰이 그를 체포했어. 그럼 기소는? 우리가 찾은 걸로 봐선 블레이크가 감옥에 갔을 가능성이 있기는 해. 시신의 위치를 특정하진 못했다 해도."

답을 찾기까지 그리 오래 걸리지 않았다. 그로부터 며칠 뒤에 실린 짤막한 기사는 휴고 블레이크가 불기소로 석방됐다는 소식을 전하고 있었다. 런던 경찰청 관계자의 말을 인용해 애너벨 워드 사건의 수사가 '벽에 부딪혔다'고 보도했다.

"그러니까 벽이 맞다고!" 나는 숨이 턱 막혔다. "이런 멍청이들! 애니는 진짜 벽 속에 있었다고, 쭈욱!"

"당시엔 블레이크를 잡아들일 증거가 충분치 않았대." 록우드가 신문을 훑으며 말했다. "이 사건의 유일하고 유력한 용의자였는데 혐의 입증에 실패한 거지. 블레이크는 그날 워드를 바래다줬지만 집 앞에서 헤어졌을 뿐 안에는 들어가지 않았다고 주장했어. 그렇지 않다는 걸 입증해 줄 사람이 없었던 데다 시신도, 달리 조사를 계속할 방도도 없어서 기소하지 못했대⋯. 그래서 그냥 풀어준 거지. 완벽해. 우리가 찾는 사람이 블레이크가 맞는 것 같군."

조지가 의자 등받이에 기대앉았다. "그때 블레이크는 몇 살이었는데?"

"스물둘." 내가 말했다. "불쌍한 애니 워드는 겨우 스무 살이었고."

"뭐, 사십구 년 전 일이니까. 오랜 세월이지. 하지만 블레이크는 이제 겨우 일흔한 살이야. 어쩜 아직 살아 있을 수도 있겠네."

"장담하는데, 살아 있어." 내가 사납게 말했다. "장담하는데 그 인간 멀쩡히 살아 있어. 사람을 죽이고도 죗값을 치르지 않았다고."

"지금까지는 그랬지." 록우드가 말했다. 그는 우리를 보며 싱긋 웃었다. "바로 이거야, 우리에게 필요했던 게. 제대로 처리한다는 전제하에 말야. 그러니까 계획은 이래. 우린 DEPRAC에 연락할 거야. 블레이크가 아직 살아 있다면 체포되겠지. 그사이 우리는 신문사와 접촉해서 기사를 내야 해. '오십 년 만에 붙잡힌 살인자!' 하고. 그 정도면 나름 파장이 있겠지."

"괜찮은 생각이야." 조지가 천천히 말했다. "하지만 벌써 공개하는 게 맞는지 잘 모르겠어. 우리가 할 수 있는 조사가 아직 많아. 애니 워드의 과거를 파봐야지." 그는 자기 옆에 더미로 쌓인 〈런던 사교계〉 잡지들을 토닥였다. "여기 어딘가에 무조건 있어. 운이 좋으면 블레이크와 관련해 군침 도는 얘기들도 찾아낼 수 있을걸. 그러면…."

"그건 네가 맡아." 록우드는 의자를 뒤로 밀며 자리에서 일어났다. "뭐가 나오는지 나중에 알려줘. 난 사람들을 좀 만나볼게. 오늘 아침에 놓친 의뢰인만 셋이야. 우리 회사를 위해서라도 꾸물거릴 시간이 없어."

"뭐…." 조지는 달갑지 않은 듯 안경을 고쳐 썼다. "너무 성급하게 달려들진 마. 그뿐이야."

록우드는 우리 둘을 보며 환히 웃었다. "오, 조심할게. 내 조심성이야 너희도 잘 알잖아."

14

오십 년 만의 발견!
살인 피해자 시신 위치 특정
록우드 심령 회사가 이룩한 쾌거

반세기 전에 실종된 애너벨 '애니' 워드의 시신이 런던 남서부의 주택에서 발견되면서 최근 진행 중인 '미제 사건' 수사의 가장 놀라운 사례로 꼽히고 있다. 록우드 심령 회사 소속 요원들이 피해자의 가공할 만한 혼령과 밤새 사투를 벌인 끝에 유해의 위치를 특정하고 안전히 처리했다.

록우드 심령 회사의 젊은 대표 앤서니 록우드는 이날 "가까스로 살아서 탈출했다"고 말한다. "하지만 유령을 제거하는 것만으론 부족했습니다. 우리는 저 이름 모를 피해자를 위해 정의가 실현되길 원했죠."

록우드 팀은 정교한 조사 기법을 바탕으로 애너벨 워드의 신원을 파악해 냈다. 현재 DEPRAC는 해당 사건의 수사 재개에 동의한 상태다.

"우리에게는 너무 오래된 사건도, 너무 어려운 사건도 없습니다." 록우드 대표는 말한다. "사실 우리는 난해한 사건에 최적화 돼 있습니다. 고도의 전문성과 탁월한 개인기를 모두 갖춘 덕분 이죠. 우리는 방문자를 처리하는 사람들입니다, 물론이에요. 하 지만 출몰 사태 이면에 존재하는 우리 이웃들의 사연에도 관심을 갖습니다. 안타깝게도 애니 워드는 오래전에 사망했지만, 그녀를 살해한 자에게 죗값을 물을 기회는 아직 있습니다. 우리 회사의 최고 요원 중 하나인 루시 칼라슬이 작전 중에 방문자와 심령 교 감에 성공했습니다. 양심을 품은 혼령이 불붙인 지옥에서 확보한 이 결정적 증거가 우리를 가해자의 문간으로 인도할 겁니다. 지 금 상황에서 더는 말씀드릴 수 없으나, 이 비극 뒤의 충격적 진실 을 모두 밝히고 가까운 시일 내에 새로운 소식을 들고 찾아뵙겠 습니다."

"정말 훌륭한 기사야." 록우드가 말했다. 이날 들어서만 스무 번 째였다. "이보다 더 좋을 순 없겠어."

"내 이름을 틀리게 적었는걸." 내가 지적했다.

"내 얘기는 아예 하지도 않았고." 조지가 말했다.

"그게, 내용적으로 훌륭하다는 거지." 록우드가 우리 둘을 번갈아 보며 싱글거렸다. "〈타임스〉 6면에 실렸어. 우리 회사 역사상 최고의 광고야. 이게 전환점이라고. 드디어 상황이 나아지기 시작했어." 그 는 몸을 부르르 떨며 냄새가 고약한 퇴비 저쪽으로 발을 옮겼지만 거 기도 퇴비였다.

저녁 8시가 다 된 시각이었다. 기록물보관소에 다녀온 다음 날이 었고. 우리는 컴컴하고 쌀쌀한 정원의 지저분한 구스베리 사이에 서 서 유령을 기다리고 있었다. 인류에게 주어진 가장 매력적인 임무는 확실히 아니었다.

"온도는?" 록우드가 물었다.

"계속 떨어지는 중." 조지가 온도계를 확인하고 있었다. 뒤엉킨 구스베리들 한가운데서 온도계가 희미하게 빛났다. 저 위쪽 저택에서는 칙칙한 커튼들이 내부 조명을 완전히 차단하고 있었다. 멀리서 개 짖는 소리가 들렸다. 우리와 6미터가량 떨어진 곳에 서 있는 버드나무에 가늘고 검은 가지들이 얼어붙은 빗줄기처럼 걸려 있었다.

"독기가 강해지는데." 내가 말했다. 팔다리가 무겁고, 머릿속은 허무와 절망이라는 생경한 감정에 휘둘렸다. 입안에서 느껴지는 부패의 맛이 쓰디썼다. 나는 박하를 하나 더 물고 마음을 다잡았다.

"좋아." 록우드가 말했다. "이제 얼마 안 남았겠네."

"DEPRAC한테 애니 워드 얘길 한 건," 조지가 불쑥 말했다. "다 괜찮고 좋다 쳐. 하지만 언론을 그처럼 일찍 끌어들일 필요까지 있었는지는 지금도 잘 모르겠어. 경찰 조사는 진행된 게 없다시피 하잖아. 아냐? 앞으로 어떻게 전개될지 우린 모른다고."

"오, 아니, 우린 잘 알지. 여자의 신원 문제로 우리한테 한 방 먹은 걸 반스 경위는 그리 좋아하지 않았어. 하지만 이 휴고 블레이크라는 자의 관련성에는 꽤나 관심을 보이더라. 그래서 곧장 경찰 기록을 검색해 봤거든. 알고 보니 그자는 지금 성공한 사업가인가 그런데 사기죄로 몇 차례, 한 번은 심각한 폭행으로 교도소 신세를 진 적이 있는 거야. 아주 고약한 인간이지. 그리고 우리가 옳았어. 그는 아직 살아 있고 멀쩡해. 이곳 런던에 거주 중이고."

"그래서 그 사람은 잡아들일 거래?" 내가 물었다.

"오늘 집행할 건가 봐. 벌써 연행했을 수도 있고."

"유령안개다." 조지가 말했다. 지면에서 덩굴손 같은 희미한 가닥들이 모락모락 피어올랐다. 차갑게 반짝이고 스파게티 면발처럼 가는 것들이 버드나무와 벽 사이에서 구불거렸다.

"뭐가 들려, 루시?" 록우드가 물었다.

"아까랑 같아. 나뭇잎에 부는 바람. 귀에 거슬리는 끼익, 끼익, 끼익 소리."

"밧줄, 일까?"

"그럴 수도."

"조지, 뭐가 좀 보여?"

"아직은. 넌 어떤데? 절명광이 아직도 떠 있어?"

"글쎄, 움직이진 않았을 텐데. 아닌가? 응, 아직 있다. 저 위쪽 나뭇가지들 틈에."

"나도 박하 하나만 줄래, 루시?" 조지가 말했다. "챙겨 오는 걸 깜빡했어."

"물론."

나는 박하가 든 통을 둘에게 건넸다. 대화가 점차 줄었다. 우리는 버드나무를 지켜봤다.

록우드는 신문 기사에 굉장한 희망을 걸었지만 실제로 체감되는 홍보 효과는 아직 없었고, 이날의 야간 경계는 우리의 장부에 마지막으로 남은 사건이었다. 의뢰인들은 젊은 부부로, 자택에 딸린 텃밭에서 수시로 불안과 공포를 경험했다. 최근에는 밤 시간에 창밖을 내다보던 자녀들(네 살과 여섯 살)이 '까맣고 가만히 정지한 그림자'가 치렁치렁한 버드나무 가지 사이에 서 있는 걸 목격했다고 보고했다. 그때마다 아이들 곁에 있었던 부모는 아무것도 보지 못했다.

록우드와 나는 그날 아침에 주변 지역의 기초 조사를 실시했다. 버드나무는 나이가 무척 많았고 나뭇가지들은 높고 두꺼웠다. 그 인근에서 우리 둘 다 희미한 배경 현상, 주요하게는 독기와 소름 끼치는 공포*를 느꼈다. 한편 조지는 온종일 기록물보관소에 틀어박혀 저택의 역사를 조사했다. 그리고 의미심장한 사건을 하나 찾아냈다. 1926년 5월에 집주인 헨리 키치너 씨가 저택 부지 어딘가에서 목을 맨 것이다. 정확한 위치는 특정되지 않았다.

당연한 얘기로 우리는 버드나무를 의심했다.

"나는 아직도 이해가 안 돼. 네가 목걸이는 쏙 빼놓고 내 얘기만 한 이유가 뭔지." 내가 말했다. "넌 애니 워드가 자기 살인자를 내게 개인적으로 알려줬다는 식으로 말을 흘렸어. 그게 얼토당토않은 소리란 걸 모두가 아는데. 유령이 생각을 대놓고 말해주는 경우는 없어. 심령 교감은 언제나 단편적이지."

록우드가 빙그레 웃었다. "나도 알아. 하지만 네가 얼마나 최고인지 강조해서 나쁠 건 없잖아. 우린 네 능력이 절실해서 한달음에 달려올 의뢰인들이 필요해. 그리고 목걸이 얘긴 일부러 안 한 거야. 후속 기사를 생각해서 아껴놓은 측면도 있고, 반스 경위한테 아직 보고하지 않았기 때문이기도 해."

"반스한테 얘길 안 했다고?" 조지가 믿기지 않는다는 투로 말했다. "거기 새겨진 글귀에 대해서도?"

"아직은. 반스는 지금도 우리한테 열 받아 있고, 루시가 그랬던 것처럼 위험한 물건을 따로 챙기는 건 말하자면 규정 위반이니까, 목걸이 문제는 당분간 입을 다무는 게 안전하겠다고 생각했어. 게다가 굳이 뭐 하러? 그 목걸이가 대세를 좌우하는 것도 아닌데. 그게 없이도 블레이크는 유죄야. 그러고 보니 생각나네. 워드 사건 관련해서 더 나온 것 좀 있어, 조지?"

"응. 사진 몇 장. 흥미롭더라고. 집에 가서 보여줄게."

시간이 흘렀다. 냉각이 심해졌다. 자살로도 끝내 잠들지 못한 자의 허망함이 버드나무에서 흘러나와 관목과 화단, 플라스틱 자전거와 정원 여기저기의 장난감 사이로 퍼져나갔다. 바람 한 점 없는데도 버드나무 잔가지가 부드럽게 바스락거리기 시작했다.

"왜 그랬는지 궁금하네." 록우드가 중얼거렸다.

"누가?" 조지가 말했다. "휴고 블레이크?"

"아니. 이 사건 말야. 남자는 왜 목을 맸을까."

나는 움찔했다. "소중한 사람을 잃은 거야."

"정말? 왜 그리 생각하는데, 루스? 기록에는 그런 얘기 없었잖아. 그렇지, 조지?"

나는 아까부터 마음이 허했다. 버드나무에서 나는 끽끽 소리를 계속 듣고 있던 차였다. "모르겠어. 내가 잘못 짚은 걸 수도 있지."

"잠깐만." 록우드의 목소리가 날카로웠다. "형체를 봤는데… 그렇지! 니들도 보여?"

"아니. 어디?"

"그 남자가 저기 있잖아! 안 보여? 버드나무 밑에 서 있어. 위를 올려다보면서."

나는 그것의 도래를 감지했다. 눈에 보이지 않는 교란파가 바깥쪽으로 잔물결치며 내 귓속에서 피가 쿵쿵거렸다. 하지만 내 시각은 록우드만큼 뛰어나지 않아 내 눈에 버드나무는 그저 얽히고설킨 그림자일 뿐이었다.

"손에 밧줄을 들고 있어." 록우드가 속삭였다. "이 시각쯤에 남자는 저기 서 있었던 게 틀림없어. 자기 손으로 끝장내길 바라면서…."

이럴 때 가끔 통하는 비법이 있는데, 별들을 볼 때와 마찬가지로 시선을 살짝 틀면 된다. 이날도 정원 담장 쪽으로 눈길을 옮겼더니 돌연히 나무 밑 그림자에 초점이 맞춰졌다. 호리호리하고 움직임 없는 창백한 윤곽이, 그 위로 마치 쇠창살처럼 드리워진 버드나무 가지들이 보였다.

"보인다." 그랬다. 그는 위를 올려다보고 있었다. 고개가 꺾여 있었다. 이미 목이 부러진 사람처럼.

"얼굴은 보지 마." 조지가 말했다.

"좋아, 내가 접근한다." 록우드가 말했다. "다들 침착하자고. 아악! 뭔가가 날 잡았어!"

철이 동시에 끼이익 하는 소리와 함께 조지와 내가 검을 뽑았다. 나는 록우드에게 손전등을 비쳤다. 그는 내 옆에서 얼어붙어 눈을 부릅뜨고 있었다.

나는 손전등을 껐다.

"잡긴 뭘 잡아." 내가 말했다. "네 외투 끝이 구스베리 덤불에 걸린 거야."

"아, 그래. 고마워."

조지가 코웃음을 쳤다. "그놈의 외투! 너무 길다니까! 요전번 밤에도 그것 때문에 죽다 살아났으면서."

록우드가 구스베리 덤불에서 부스럭부스럭 외투 자락을 빼냈다. 버드나무 아래의 형상은 여전히 꼼짝하지 않았다.

"뒤를 부탁해." 록우드가 말했다.

그는 검을 뽑아 들고 우리를 살며시 지나 버드나무로 향했다. 그의 종아리에 유령안개가 들러붙어 조심조심 한 걸음씩 내디딜 때마다 흐트러지며 희뿌옇게 소용돌이쳤다. 조지와 나는 소금탄을 손에 쥔 채 뒤에서 보조를 맞춰 걸었다.

드디어 버드나무의 가장 바깥쪽 잎사귀 근처에 도달했다.

"좋아…." 록우드가 나직이 말했다. "가까이 왔거든. 근데 반응이 없어. 그냥 음영자야."

이제 내 눈에도 좀 더 선명히 보였다. 셔츠에 하이웨이스트 바지를 입고 멜빵을 한 남자의 윤곽이…. 그의 핼쑥한 얼굴이 위로 들려 있었다. 나는 그 얼굴에서 내내 눈을 돌리고 있었지만 몹시도 오랜 비탄, 사랑하는 이와의 이별, 참고 버틸 수 없는 절망의 메아리를 느꼈다…. 남자의 목구멍 깊숙한 곳에서 올라오는 탄식을 감지했다.

느닷없이 형상이 움직였다. 획 하고 밧줄이 날아오르더니 솟구친 올가미가 나뭇가지 사이로 사라졌다….

그때 조그맣고 허연 미사일 하나가 쏜살같이 치고 나가 버드나무를 때렸다. 소금이 폭포수처럼 쏟아지며 형상을 갈랐다. 형상은 몸부림치며 사라졌다. 소금 알갱이가 녹색빛을 내며 탔다. 타닥거리며 내려앉는 게 꼭 에메랄드색 눈 같았다.

나는 조지를 쳐다봤다. "굳이 그럴 것까지 있었어?"

"열 내지 마. 놈이 움직였어. 가까이에 록우드가 있었고. 난 모험 따위 안 해."

"우릴 공격한 것도 아니잖아. 남자는 자기 아내를 생각하느라 정신없었다고."

"아내? 네가 그걸 어찌 알아? 놈이 말하는 걸 듣기라도 했어?" 조지가 물었다.

"아니…."

"그럼 어찌…."

"상관없어." 록우드가 버드나무 잔가지를 옆으로 밀어냈다. 그의 신발 부근에서 녹색 불꽃들이 깜빡이다 사그라졌다. "남자는 정리됐어. 부지에 철을 뿌리고 몸이나 녹이러 가자."

그런 사건들도 있다. 빠르고 쉽고 순식간에 끝난다. 얘기를 좀 보태자면 그 이튿날, 아주 오래된 밧줄이 높은 쪽 나뭇가지에 깊숙이 박힌 채 발견됐다. 전날 밤에 환영이 서 있던 곳 바로 위였다. 밧줄은 버드나무와 완전히 한 몸이 돼버린 나머지 제거가 불가능했고, 그래서 나뭇가지를 통째로 잘라 소금 화염에 태웠다. 사흘 뒤에 집주인은 버드나무 자체를 잘라버렸다.

정원 경계 근무를 마치고 포틀랜드 로에 돌아온 우리는 집 밖에 주차된 경찰차를 발견하고 깜짝 놀랐다. 경찰차에는 불이 켜져 있고 시동도 걸려 있었다. 가까이 다가가는데 집 쪽에서 DEPRAC 경관 하나가 나타났다. 덩치가 크고 민머리에다, 온몸이 근육 덩어리에 목은 없었다. 그는 평범한 감청색 제복을 입었다.

경관이 쌀쌀맞은 얼굴로 우리를 뜯어봤다. "록우드 심령 회사? 드디어 만났네, 제기랄. 런던 경찰청으로 가줘야겠습니다."

록우드가 인상을 썼다. "지금요? 시간이 늦었어요. 내내 사건 현장에 있다 오는 길이라고요."

"그야 내 알 바 아니고. 반스 경위님이 좀 보잡니다. 데려오라고 한 게 벌써 두 시간 전이에요."

"내일 가면 안 될까요?"

분홍색에다 덩어리 햄처럼 거대한 경관의 손이 허리춤의 경찰봉에 서서히 내려앉았다. "안 됩니다."

록우드의 눈이 번쩍였다. "설득력이 굉장하신데요." 그가 말했다. "좋습니다, 경사님. 가시죠."

런던 경찰청. 런던 보통경찰의 본부이자 암울한 밤 시간대 치안에

이바지하는 DEPRAC의 거점이기도 한 이곳은 도시 한복판에 있는 빅토리아 스트리트 중간쯤에 강철과 유리로 지은 쐐기 모양의 건물이었다. 근처에 장묘사 길드와 장의사 협회가 위치해 있었다. 페어팩스 철강과 유나이티드 솔트도 있었다. 무엇보다도 눈에 띄는 건 국내 대행사 대다수에 장비를 납품하는 선라이즈 물산의 대형 건물이었다. 길 건너편에는 주요 종교들의 사무소가 위치했다. 이 막강한 조직들이 각각 난제에 맞서 계속되는 전쟁의 중심에 있었다.

경찰청 밖에서는 철제 들통 한가득 라벤더 화염이 들끓고 보도를 가로지르는 도랑마다 맑은 물이 콸콸 흘렀다. 코가 빨간 야경대 아이들 둘이 문가에 서서 초자연적 위협에 맞선 파수꾼 노릇을 하고 있었다. 우리를 이끌고 지나가는 경관을 보고 감시봉을 젖히며 차렷 자세를 취했다. 우리는 DEPRAC의 작전 본부로 이어지는 계단을 올랐다.

해가 지고 나면 늘 그렇듯 실내는 아주 분주했다. 뒷벽에 붙은 대형 도로지도에 수십 개의 조그만 불빛들이 여기저기 흩어져 있었다. 푸르고 노란 빛들이 그날 밤의 비상 상황을 표시했다. 수수한 제복 차림의 남녀가 지도 밑을 부산히 오가며 종이 뭉치를 나르고, 전화기에 대고 시끄럽게 떠들고, DEPRAC의 업무를 종종 지원하는 로트웰과 피츠의 팀장들에게 지시를 내렸다. 젊은 요원 한 명이 레이피어를 한 아름 안고 뜀박질하며 우리를 스쳐갔다. 그 뒤에서 경관 두 명이 선 채로 커피를 마시고 있었는데 엑토플라즘에 타버린 방탄복에서 모락모락 김이 났다.

경관은 우리를 대기실로 안내하고 떠났다. 그곳은 더 조용했다. 머리 위에 달린 철제 모빌이 어딘가에 숨겨진 환풍기 바람에 움직였다. 에어컨이 둥둥거렸다.

"무슨 일로 이러는 것 같아?" 내가 물었다. "저번 화재 건에 대해서 더 알고 싶은 게 있나?"

록우드는 어깨를 으쓱했다. "블레이크랑 관련된 일이면 좋겠다. 그 인간을 잡아들인 걸지도 모르잖아. 자백을 받아낸 건지도 모르고."

"말이 나와서 말인데," 조지가 가방 속을 헤집었다. "대기하는 동안에 이 기사들 좀 봐. 기록물보관소에서 가져온 거야. 애니 워드에 대해서 더 찾아냈거든. 보아하니까 오십 년 전에 상류층 모임―부잣집 자제들이 대부분이지만 그렇지 않은 애들도 있었대―에 껴서 런던에서 가장 호화롭다는 술집들을 다니며 놀았던 모양이야. 애니 워드가 사망하기 일 년 전에 그 모임 사람들을 〈런던 사교계〉가 찍은 사진이 있어. 잘 살펴봐. 워드 말고도 너희 눈에 익은 사람이 또 있을걸."

원본을 복사한 사진은 흑백이었다. 무도회와 파티 자리에서 찍은 게 대부분이었지만 카지노와 카드 게임장이 배경인 것도 있었다. 모든 사진 곳곳에 젊고 매력적인 사람들이 무리 지어 있었다. 옷 입는 스타일(그리고 빛깔이 없다는 점)만 제외하면 록우드가 읽는 요즘 잡지를 도배하는 이들과 별다를 바 없었고 그런 만큼 따분했다. 하지만 세 번째인가 네 번째 장에서 나는 문득 손을 멈췄다. 종이에는 두 개의 사진이 복사돼 있었다. 첫 번째는 매끈한 청년의 스튜디오 사진으로, 그는 카메라를 향해 미소를 짓고 있었다. 검은색 중산모와 검은색 나비넥타이, 새까만 재킷 차림이었다. 그 속엔 주름 장식이 너풀거리는 셔츠까지 챙겨 입었겠지만, 그가 한 손을 얹은 지팡이가 고맙게도 가려주고 있었다. 그는 흰 장갑도 잊지 않았다. 그의 머리칼은 길고 검고 풍성했다. 준수한 얼굴이 듬직한 인상을 줬다. 미소는 자신만만하고 싹싹했다. 당신이 내게 마음을 빼앗길 게 뻔하다는 미소였다. 혹여나 그 같은 위험을 감수할 깜냥이 된다면.

그 밑에 설명이 달려 있었다. '휴고 블레이크, 런던 사교계의 총아.'

"여기 있네." 록우드가 나지막이 말했다.

나는 매끈하니 자기만족에 빠진 얼굴을 물끄러미 바라봤다. 그러고 있으려니 또 다른 얼굴―먼지와 거미줄로 뒤덮인―이 떠올랐다.

"여기에도 있어." 조지가 말했다.

바로 아래에 다른 사진이 있었다. 높은 각도에서 내려다보듯 촬영한 단체 사진이었다. 분수대 옆에 젊은 남녀들이 서 있었다. 남자들은 하나같이 흰색 나비넥타이에 연미복 차림이고, 여자들은 무도회 드레스를 완벽히 갖춰 입은 걸로 봐서 여름날의 따분한 공식 행사쯤으로 보였다. 온갖 끈이니 스팽글이니 어깨의 주름이니 하는, 드레스 체질이 아닌 나로서는 정체를 알 수 없는 장식들이 보였다. 흑백사진이었지만 색이 아름다운 드레스들이라는 건 그냥 알 수 있었다. 여자들 대부분이 앞줄에 자리하고 그 뒤로 남자들이 바글거렸다. 다들 하나같이 세상을 다 가진 양 카메라를 보며 활짝 웃었고, 개중에는 정말로 세상을 다 가진 자가 있었는지도 모른다. 그 한가운데에 애니 워드가 있었다. 어찌나 환한지 그때부터 이미 다른 빛을 내고 있는 듯 보일 정도였다. 곁에 선 여자들은 체념한 듯한 미소를 짓고 있었다. 그녀의 빛에 그늘지고 말리라는 걸 이미 알고 있는 양.

"여기가 블레이크야." 조지가 뒷줄에서 활짝 웃고 있는 껑충한 남자를 가리켰다. "애니 워드의 어깨 쪽에 딱 붙어 있어. 여기서조차 그녀를 스토킹하는 것 같아."

"그리고 여기…." 가슴 철렁한 느낌과 함께 나는 그녀의 하얀 목 아래서 보일락 말락 하는 조그만 타원형 얼룩에 주목했다. 내 목이 바짝 조여드는 것만 같았다. "그 목걸이를 하고 있어."

"오, 다 함께 행차하기로 하셨나 봐?" 반스 경위가 문간에 서서 우리를 흘기듯 내려다보고 있었다. 그는 몹시도 지쳐 보였다. 하다못해 콧수염조차 약간은 애절하게 늘어져 있는 듯했다. 그는 한 손에 보고 서 뭉치를, 다른 손엔 커피가 담긴 폴리스티렌 컵을 들고 있었다. "이렇게 기쁠 수가. 이번에도 내가 음료를 쏟게 만들 건가?"

록우드는 자리에서 일어났다. "찾으셨다면서요, 경위님." 그리고 차분히 덧붙였다. "우리가 뭘 도와드리면 될까요?"

"글쎄, 자네들 모두가 도울 수 있는 건 아닌데. 보아하니 쓸데없는 군더더기들이 딸려왔군." 반스는 조지를 콕 찍어 쳐다봤다. "저번의 그 유령단지는 처리했나, 커빈스?"

"당연히 처리했죠, 경위님." 조지가 말했다.

"음. 뭐, 어쨌든 오늘 밤엔 자네가 필요 없어. 자네도 마찬가지일 세, 록우드. 내가 얘기하고 싶은 사람은 칼라일 양이야." 반스의 야비한 눈이 날 뜯어봤다. 매서운 시선이 고스란히 느껴졌다. "자, 나랑 같이 가지. 나머지 둘은 여기서 대기해."

찌릿한 섬뜩함이 가슴을 관통했다. 불안한 눈으로 록우드를 보는데, 그는 벌써 몇 발 앞으로 나와 인상을 쓰고 있었다. "어림없습니다, 경위님." 그가 말했다. "루시는 제 직원입니다. 뭘 하든 저 또한 동석할 것을 요구…."

"수사 방해 혐의로 기소되고 싶으면," 반스가 으르렁거렸다. "계속 떠들어봐. 난 이번 주에 자네들을 봐줄 만큼 봐줬어. 어때? 할 말이 더 남았나?"

록우드가 입을 다물었다. 나는 그를 보며 최선을 다해 웃었다. "괜찮아. 별일 없을 거야."

"당연히 별일 없지." 반스가 문을 당겨 열고 날 재촉했다. "수선떨지 마. 오래 안 걸려."

그는 날 대기실 밖으로 이끌더니 작전실을 가로질러 매끈한 철문 앞으로 데려갔다. 패드에 암호를 입력하자 문이 스르르 열리며 네온 형광등이 켜진 고요한 복도가 나타났다. "자네 친구 록우드가 내게 얘기하기로는," 복도를 따라 내려가기 시작하면서 반스가 말했다. "자네가 애니 워드의 유령과 심령 교감을 했다던데. 사실인가?"

"네, 경위님. 목소리를 들었어요."

"록우드의 말에 따르면, 자네가 애니 워드의 죽음을 둘러싼 중요한 내용도 통찰했다면서. 한때 사랑했던 남자한테 살해당했다고."

"맞습니다." 뭐, 말은 맞는 말이었다. 어느 정도까지는. 목걸이를 만져 얻은 통찰이었다. 유령소녀한테 직접 들은 건 아니고.

반스는 날 곁눈질했다. "애니 워드가 자네한테 얘기하면서 남자의 이름을 알려주던가?"

"아뇨. 그건 그저… 이런저런 단편들이었어요. 방문자들이 어떤지 경위님도 아시잖아요."

그가 끙 하는 소리를 냈다. "다들 그러지. 옛날 옛적에 마리사 피츠가 3급령들과 온전히 대화하는 데 성공했고 그 덕분에 많은 걸 알아냈다고. 하지만 그런 능력은 드물고 3급령도 드물어. 나머지 우리는 아무리 한심한 찌꺼기라도 있는 대로 그러모아서 어떻게든 때워야 하는 형편이지. 좋아…. 여기는 절대보안구역이야. 거의 다 왔어."

우리는 아래층으로 이어지는 콘크리트 계단을 내려갔다. 주변 출입문들은 더더욱 육중해지고 가로줄무늬들이 있는 철로 만들어져 있었다. 그중 몇몇의 경우에는 벽면에 검은 테로 가장자리를 두른 경고 표시가 붙어 있었다. 노란색 삼각형에는 활짝 웃는 해골이 한 개, 빨간색 삼각형에는 두 개가 들어 있었다. 공기가 점점 싸늘해졌다. 나는 우리가 지하에 진입했다고 추측했다.

"내 말 잘 듣게." 반스가 말했다. "자네의 발견 덕분에 내가 애너벨 워드 사건을 재수사하게 됐어." 그는 내가 미심쩍다는 듯 쳐다봤다. "그렇다고 우리가 그 여자의 신원 확인에 근접하지 못했다고는 생각하지 마. 자네들이 한발 앞서 찾아냈는지는 몰라도, 까불고 돌아다니는 꼬마 셋이서 달리 할 일도 딱히 없었기에 가능한 일이었지. 어쨌든 간에 난 이 휴고 블레이크라는 자와 사건의 연관성을 살펴봤고, 그자가 유죄라고 생각하고 있어. 오늘 그를 체포했네."

나는 가슴이 마구 뛰었다. "잘됐네요!"

"문제는," 반스가 민무늬 철문 앞에 멈춰 섰다. "오십 년이 지나고도 블레이크가 혐의를 부인한다는 거지. 그날 여자를 데려다줬을 뿐 집 안엔 들어간 적이 없다는 거야."

"거짓말이에요."

"나도 그렇게 생각해. 하지만 증거가 더 필요해. 자네를 불러들인 것도 그래서고. 좋아, 이제 안으로 들어가 주실까."

나는 입을 열 겨를도 없이 그에게 떠밀려 조그맣고 컴컴한 방에 들어섰다. 휑한 내부에는 강철과 가죽으로 만들어진 의자 두 개와 조그만 테이블밖에 없었다. 의자들이 마주 보고 있는 벽은 뿌연 잿빛의 판유리였다. 테이블에는 스위치 하나와 검은색 수화기가 달려 있었다.

"앉지, 칼라일 양." 반스는 수화기를 집어 들고 말했다. "됐나? 거기 있어? 좋아."

나는 그를 빤히 쳐다봤다. "지금 무슨 소릴 하는 거예요? 이게 다 뭔지 설명 좀 해주세요."

"자네가 죽은 여자와 경험한 초자연적인 유대는 말야," 반스가 말했다. "아주 주관적이지. 말로 옮기기가 쉽지 않아. 기억하는 게 있는가 하면 망각하는 것도 있기 마련이야. 놈들은 기본적으로 사람의 정신을 흐트러뜨려. 그러니까 그 유령이 자기 살인에 대해 더 얘기했을 수도 있는 거지. 그걸 자네가 떠올리지 못할 뿐. 가령 자기를 살해한 자의 얼굴 같은 거 말일세."

나는 고개를 가로저었다. 난데없는 깨달음이 찾아왔다. "블레이크 말인가요? 아뇨. 그 사람 사진을 좀 전에 봤는데 느껴지는 게 전혀 없었어요."

"실물을 보면 다를 수도 있지." 반스가 말했다. "확인해 보자고. 어떤가?"

공황이 덮쳐왔다. "경위님, 정말 하고 싶지 않아요. 내가 아는 건 다 말씀드렸다고요."

"그냥 보기만 하는 거야. 저자는 자넬 볼 수 없어. 이건 편면 유리야. 반대편에선 자네가 여기 있는 것조차 몰라."

"아뇨. 제발, 경위님….."

반스는 날 무시했다. 테이블에 달린 스위치를 눌렀다. 우리 앞에서 밝은 빛이 나타나 판유리 가운데를 갈랐다. 밝은 부분이 점차 넓어졌다. 내부 셔터가 커튼처럼 걷히며 한 줄기 불빛이 내리쬐는 방이 나타났다.

방 가운데에 놓인 철제 의자에 남자가 앉아 있었다. 우리와 정면으로 마주 보는 위치였다. 편면 유리를 무시하고 보면 우리 사이의 거리는 고작 2, 3미터 정도였다.

남자는 검은색 바탕에 가느다란 분홍색 세로줄무늬가 나 있는 말쑥한 정장 차림의 노신사였다. 구두는 번쩍번쩍 광이 났고 연분홍색 넥타이를 맸다. 가슴팍 주머니에서 쨍한 분홍색 손수건이 불꽃처럼 터져 나왔다. 휴고 블레이크는 오십 년 전에 찍은 흑백사진에서 자랑했던 멋스러운 취향을 여태껏 유지하고 있었다. 머리칼은 청회색이었지만 여전히 길고 풍성했다. 부드럽고 풍만한 곱슬머리가 어깨를 비질했다.

그러니까 정말 많은 부분이 여전했다. 얼굴만 빼고.

매끈하고 기세등등해 보이던 젊은 겉모습은 수척하고 희끗하고 쭈글쭈글한 황야로 변해 있었다. 살갗 아래 뼈들이 볏처럼 튀어나왔다. 코 부근에서 그물처럼 툭툭 불거진 파란 핏줄은 이미 뺨과 턱으로 퍼지기 시작한 터였다. 입술은 볼품없이 쪼그라들고, 꾹 다문 입술이 얇고 매정했다. 그리고 그 눈은….

그야말로 최악이었다. 퀭한 눈구멍에 깊숙이 내려앉은 눈은 밝고 차가웠으며 화와 꾀로 가득했다. 쉴 새 없이 움직이고 사방을 살피고, 밋밋한 유리벽의 표면을 훑었다. 남자는 분노한 기색이 역력했다. 두 손이 짐승의 발톱처럼 자기 무릎에 박혀 있었다. 그는 뭐라 말을 하고 있었지만 내 귀에는 들리지 않았다.

"블레이크는 부자야." 반스가 킬킬거렸다. "제멋대로 하는 데 익숙한 양반이지. 여기 있는 게 무진장 못마땅한 모양이야. 하지만 자네랑은 상관없는 얘기고. 한번 잘 보라고, 칼라일 양. 마음을 비워. 그 여자한테서 입수한 것들을 되새겨 봐. 뭐라도 떠오르는 게 있나?"

나는 숨을 깊이 들이마시며 불안감을 내리눌렀다. 결국엔 다 괜찮을 거다. 저자는 날 볼 수 없다. 나는 반스가 원하는 걸 해주고 깔끔히 사라질 것이다.

나는 그의 얼굴에 신경을 집중했다….

바로 그 순간 노신사의 눈동자가 덜컥하니 내 눈과 만났다. 그렇게 가만히 정지했다. 앞에 놓인 방어막 너머가 보이고, 내가 거기 있다는 걸 다 안다는 양.

그가 씩 웃었다. 이를 한껏 드러내며 웃었다.

나는 기겁하며 물러나 앉았다. "싫어요!" 내가 말했다. "그만해요!

아무것도 떠오르지 않아요. 아무것도 기억이 안 나요. 제발. 제발 멈춰요! 그만 좀 해요."

반스는 머뭇거리다가 버튼을 눌렀다. 셔터가 닫히기 시작하면서 한 줄기 조명 아래서 미소 짓는 남자를 느긋하게 가렸다.

15

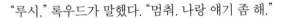

"루시." 록우드가 말했다. "멈춰. 나랑 얘기 좀 해."

"아니. 됐어. 할 얘기 없어."

"천천히 좀 가라니까. 네가 왜 화내는지 알아. 근데 너도 이건 알 아줬으면 해. 반스가 너한테 그런 일을 시킬 줄은 몰랐어."

"몰랐어? 당연히 이리될 줄 알았어야지. 오늘 아침 신문에 실린 네 멍청한 기사 덕분에 내가 애니 워드와 심령 교감했다는 걸 온 세상이 알게 됐는데. 하루아침에 내가 사건의 중심이 되고 말았다고!"

"루시, 제발⋯." 록우드가 내 소매를 붙잡았다. 도로 한복판에서 날 억지로 멈춰 세웠다. 메이페어 주택가의 어딘가였고, 집까지는 온 만큼 더 가야 했다. 대저택들은 고요했고 높은 담장과 소용돌이치는 안개 뒤에 숨다시피 했다. 자정을 막 넘긴 시각이었다. 주변에는 유령조차 없었다.

"나한테 손대지 마." 나는 몸을 흔들어 그의 손을 떨쳐냈다. "네 기사 때문에 난 오늘 밤에 살인자와 대면했어. 그런데 참 재미있게 도, 그 경험이 즐겁진 않더라. 넌 그 사람의 눈을 못 봤잖아, 록우드. 난 봤어. 게다가 그 사람도 날 보는 것 같았고."

"그럴 리 없잖아." 조지는 다른 쪽을 보고 있었다. 검의 칼자루에 손을 얹고 안개를 주시하는 중이었다. 우리가 걸으며 목격한 방문자는 한 놈뿐이었지만―그린 공원에서 나무가 늘어선 길을 따라 아득한 형상 하나가 떠갔다―조심해서 나쁠 건 없었다. 런던에서는 저쪽 길모퉁이 너머에 뭐가 있을지 아무도 장담 못 한다. "그 사람이 널 봤을 리 없어." 조지가 반복했다. "넌 유리 뒤에 있었어. 물론 거기에 누군가가 있다는 것쯤이야 그자도 알았겠지. 그래서 괜히 질겁하게 만들고 싶었던 거고. 그냥 그게 다야."

"그렇지 않아." 나는 나지막이 말했다. "블레이크는 그게 나란 걸 알았어. 다들 그랬듯 그 사람도 기사를 읽은 거야. 록우드 심령 회사에 대해 속속들이 알고, 루시 '칼리슬'이 자기한테 불리한 결정적 증거를 확보했단 것도 알아. 우리가 사는 곳도 어렵지 않게 찾아낼 거야. 석방이라도 되는 날엔 수단과 방법을 가리지 않고 우리 뒤를 쫓을 거라고!"

록우드는 고개를 가로저었다. "루시, 블레이크는 우리 뒤를 쫓지 않아."

"혹 쫓는다 해도," 조지가 말했다. "아주, 아주 느릿느릿 쫓겠지. 지팡이를 짚고 절뚝거리면서. 그 사람, 일흔 살이 넘었어."

"내 말은 블레이크가 석방될 리 없다는 거야." 록우드가 말을 이었다. "그자는 기소될 거야. 유죄판결을 받고 수감될 거라고. 인과응보지. 그건 둘째 치고, 그냥 블레이크의 눈이 이상한 거면? 조지도 눈이 꽤나 이상하게 생겨먹었는데, 우리가 그걸 가지고 얘한테 괜히 기분 나빠하고 그러진 않잖아."

"그렇다니 고맙군." 조지가 말했다. "난 내 눈이 최고 매력 포인트라고 생각했는데."

"맞아. 그래서 더 비극이고. 들어봐, 루시. 네가 왜 그렇게 열을 내는지 알아. 나 역시도 정말 화가 나고. 네 뜻에 반하는 일을 억지로 시킬 권리가 반스에겐 없어. DEPRAC의 전형적인 행동이지. 그들은 자기네가 판을 지배한다고 생각하거든. 하지만 아냐. 아니, 적어도 저들이 우린 지배하지 못해." 록우드는 두 팔을 들고 저기서 소용돌이치는 안개를, 고요한 도로를 가리켰다. "주변을 둘러봐. 자정이 지났어. 이 텅 빈 도시에 우리뿐이야. 다른 모두는 잠들어 있지. 문을 단단히 걸어 잠그고 창가엔 부적을 걸어둔 채. 모두가 두려워해. 너랑 나, 조지를 뺀 모두가. 우린 우리가 선택한 어디든 가고, 반스에게도 DEPRAC에도 다른 누구에게도 매여 있지 않아. 우린 완벽히 자유로워."

나는 외투 자락을 여몄다. 록우드가 늘 그렇듯 일리 있는 말이었다. 밤중에 다시 밖에 나와 있다는 게 좋기는 좋았다. 내 검과 동료들을 옆에 끼고 있는 것도. 런던 경찰청에서의 짧은 조우가 야기한 괴로움은 서서히 옅어지고 있었다. 기분이 약간은 나아진 듯도 했다. "네 말이 맞는 것 같긴 해…." 내가 말했다. "정말 그렇게 생각해? 블레이크가 석방될 일은 없다고?"

"물론이지."

"그건 그렇고 루시." 조지가 말했다. "네 기분이 좀 나아질 얘기가 있어. 아까 널 기다리다가 퀼 킵스를 봤거든. 오늘 밤 DEPRAC 작업에 투입된 피츠 대원 무리에 껴 있더라고. 정기적으로 참여해야 하는 업무야. 기관들 사이의 합의 사항이라서. 음, 그러니까 오늘 저녁에 그 인간이 하수도를 순찰했다 정도로만 해두자. 거기서 킵스네 작업조가 고약한 뭔가한테 제대로 당했더라고. 여기서 말하는 뭔가가 방문자는 아니고. 웩, 너도 그 사람들을 봤어야 했는데. 똥물을 뒤집어쓴."

216

나는 못 참고 웃음을 터트렸다. "그래도 킵스는 아직 일이라도 있네. 우리 사건 장부는 이제 텅 비었는데."

"똥물보단 가난이 낫지." 조지가 말했다.

록우드가 내 팔을 꼭 쥐었다. "왜들 이래. 내일 걱정은 넣어둬. 무슨 수가 생길 거야. 집에 가자. 땅콩버터샌드위치 먹고 싶어."

내가 고개를 끄덕였다. "난 코코아랑 감자칩."

집으로 향하는데 안개가 더욱 자욱해졌다. 철제 울타리들을 칭칭 감고 항마등도 꽁꽁 옭매서는 간간이 나오는 빛줄기를 짓누르고 비틀었다. 텅 빈 보도에서 우리 발소리가 울리고 길 저편에서 이상하게 메아리치는 통에 이따금 또 다른 삼총사 모습을 숨긴 채 우리와 나란히 걷는 듯한 기분도 들었다.

포틀랜드 로의 항마등은 고장이 나 있었다. 덮개 밑에서 맹렬히 타오르던 평소의 빛은 오간 데 없이 파란 전기 불꽃만 튀고, 렌즈의 붉은 기운은 왠지 힘없고 억울해 보였다. 이웃 창문들 대부분이 어둑했고 다들 굳게 닫힌 채 커튼을 덮어쓰고 있었다. 우리는 척척 들러붙는 안개를 헤치고 문으로 다가갔다.

앞장서서 걷던 록우드가 손을 뻗어 울타리 출입문을 열려다 갑자기 멈췄다. 그 바람에 조지와 내가 그의 등에 부딪혔다.

"조지," 록우드가 조용히 말했다. "네가 애니 워드의 목걸이를 마지막으로 갖고 있었지. 그거 어떻게 했어?"

"다른 전리품들이랑 선반에 뒀는데. 왜?"

"은유리함이 밀봉돼 있었던 거 맞아? 봉인이 풀리거나 하진 않았고?"

"당연히 아니지. 무슨…."

"방금 우리 사무실 창문에서 빛을 봤어."

록우드가 난간 아래를 가리켰다. 지하 마당은 시꺼먼 웅덩이였다. 37번지 밖에 서 있는 가로등의 희미한 주황색 불빛이 그 웅덩이를 대각선으로 갈랐다. 절반은 불빛에 잠기고 절반은 어둠에 잠기는 지점에 문제의 창문이 있었다. 낮에는 그 너머로 내 업무용 의자와 책상 가운데에 올려둔 화병이 엿보이곤 했다. 지금 보는 창문은 입체감이 전혀 없어서 벽돌벽에 그려둔 검은색 사각형 같았다.

"아무것도 안 보이는데." 조지가 나직이 말을 뱉었다.

"정말 찰나였어." 록우드가 말했다. "다른 빛의 자취일 수도 있겠다고 생각했는데, 어쩌면… 아니, 저기 또 보인다!"

이번엔 우리 모두가 봤다. 유리창 너머에서 희미하게 휙휙 스치며 번뜩이는 빛을. 충격이 우리를 거머쥐었다. 누구도 꿈쩍하지 않았다.

"손전등이야." 조지가 가만히 말했다.

나는 고개를 끄덕였다. 살갗이 스멀거렸다. "집에 누군가가 있어."

"그 누군가는," 록우드가 말했다. "야밤에 돌아다니는 걸 겁내지 않는 인물이지. 다시 말해, 무장을 했을 거란 얘기고. 최소한 레이피어나 화염탄쯤은 가지고 있을 거야. 좋아, 생각을 해보자. 집엔 어떻게 들어갔을까?"

나는 눈을 가늘게 뜨고 마당 저쪽을 살폈다. "현관문은 멀쩡해 보이는데."

"내가 가서 뒤쪽을 확인해 볼까?" 조지가 말했다. "정원 쪽 문을 부수고 침입했을 수도 있잖아."

"하지만 그게 아니라면 넌 집 밖에 발이 묶이고 말 거야…. 아니, 이번 건은 다 같이 움직여야 해. 평소처럼 현관문으로 들어간다. 다만 조용히 움직여."

록우드는 좁은 보도를 사뿐히 밟았다. 타일 위를 소리 없이 움직

였다. 바깥 현관에서 잠시 멈추더니 문설주 중간쯤에서 나무가 조그
맣게 뜯긴 자리를 발견하고는 침묵 속에서 가리켰다. 그가 문을 앞으
로 밀자 문이 활짝 열렸다. "쇠막대로 자물쇠를 땄어." 조지가 소리
죽여 말했다.

"여기가 침입 경로면," 록우드가 말했다. "놈들을 지하에 가둘 수
있겠어." 그는 우리를 가까이로 불러 귀에 대고 속삭였다. "좋아. 1층
부터 확인하고 나선형 계단으로 내려간다. 소리 내지 않게 주의하고."

"위층들은 어쩌고?"

"거긴 감당 못 해. 층계참이 삐걱거리거든. 게다가 놈들이 털고 있
는 건 사무실이 분명해. 자, 검은 준비됐어? 놈들을 찾으면 구석으로
몰고 무장을 해제시켜."

"놈들이 저항하면?" 내가 물었다.

록우드의 치아가 순간 번뜩였다. "필요에 따라 물리력을 사용한다."

* * *

현관홀은 암흑이었다. 집 안 깊숙한 곳에서는 아무 소리도 들리지
않았다. 우리는 등 뒤로 문을 당겨 닫고 잠시 정지해 눈을 어둠에 적
응시켰다. 크리스털 해골등이 열쇠 탁자 위 자기 자리에서 활짝 웃었
다. 벽에 달린 외투 걸이는 시커먼 덩어리일 뿐이었다. 록우드가 검
으로 맞은편 진열장을 가리켰다. 언뜻 보기에는 모두가 전과 같은 듯
했다. 이윽고 나는 가면과 박 몇 개가 원래 위치를 살짝 벗어나 있음
을 눈치챘다. 누군가가 분별없이 손을 대고 살핀 듯했다. 저 앞 부엌
문 너머에서 생각하는 식탁보가 뿌옇고 희끄무레하게 보였다. 다시
귀를 기울였지만 아무 소리도 듣지 못했다. 그리고 보니 나는 무의식

중에 내 감각들 전부, 그러니까 외부와 내부의 감각 모두를 동원하고 있었다. 출장을 나가 유령잡이라도 하는 것처럼.

하지만 여기는 우리 집이고 우리 보금자리였다. 그런 곳에 지금 침입자가 있었다.

록우드가 검날로 왼쪽과 오른쪽을 가리켰다. 조지가 휘리릭 응접실로 향했다. 나는 그림자라도 되는 양 걸음을 옮겨 서재로 갔다. 들어서는 순간 비어 있음을 감지했다. 그곳을 서성이는 존재의 흔적은 없었다. 그러나 서재도 우리 손님의 관심을 피해가지는 못했다. 책장 앞 바닥에 책과 종이들이 마구 흩어져 있었다.

복도로 나오니 록우드가 계단 옆에서 기다리고 있었다. 조지의 보고 내용도 나와 비슷했다. "누군가가 여기저기를 뒤졌어." 그가 나지막이 말했다. "뭔가를 찾는 거야."

록우드는 말없이 고개만 끄덕였다. 우리는 조용히 부엌으로 이동했다.

우리 적이 부엌도 뒤졌다고는 장담할 수 없었다. 엉망진창 부엌은 어제오늘의 일이 아니었으니까. 식탁에는 우리가 텃밭 사건을 처리하러 가기 전에 먹고 남긴 음식물이 널려 있고 조리대마다 잡동사니가 그득했다. 시리얼 옆에는 철가루 단지들이 놓여 있고 소금탄들은 조지가 한참 만들다 만 자리에 조그만 더미로 쌓여 있었다. 그중 어떤 것도 당장의 우리에겐 쓸모가 없었다. 우리 먹잇감은 인간이었으니까.

록우드는 지하실로 이어지는 조그만 문으로 다가갔다. 문은 아주 살짝 열려 있었다. 그는 검 끝을 손잡이에 끼우고 바깥쪽으로 부드럽게 당겼다. 어둠, 정적, 나선형 계단의 꼭대기…. 밑에서 올라오는 뜨듯한 공기에서 종이와 잉크, 마그네슘 냄새가 진동했다. 불은 꺼져 있었고, 우리는 굳이 스위치를 젖힐 생각이 없었다. 어디선가 조그맣게 슥슥거리는 소리가 났다. 쥐들이 컴컴하고 빠듯한 공간을 통과하며 내는 소음 같기도 했다.

우리는 서로를 쳐다보며 칼자루를 더욱 힘주어 잡았다. 록우드가 나선형 계단의 가장 위 층계에 발을 얹었다. 신속한 동작으로 계단을 내려갔다. 조지와 내가 뒤따랐다. 철제 계단에 발을 딛지 않다시피 날래게 움직였다. 순식간에 바닥에 닿았다.

우리가 내려선 지점은 지하실에서도 별다른 용도가 없는 공간으로, 벽에는 벽돌이 그대로 노출돼 있고 서류 정리장과 철이 든 포대들 말고는 아무것도 없었다. 불을 켜지 않은 탓에 칠흑같이 어두웠고, 빛이라고는 오른쪽 아치형 출입구에서 희미하게 보이는 녹색 반짝임이 전부였다. 그 반대편 아치에서 쥐 같은 슥슥거림이 들렸다. 손전등의 존재를 암시하는 듯한 빛이 사람을 놀리기라도 하듯 순간적으로 내달리고 사라졌다.

방문자 빰치도록 스르르 미끄러져 가 오른쪽 아치 너머를 재확인한 우리는 혼돈의 현장을 발견했다. 뒤집힌 서류함들, 열려 있는 벽장들, 사무실 바닥에서 바다를 이룬 종이들. 조지의 책상에 놓인 유령단지의 덮개가 젖혀져 있었다. 선명한 녹색 플라스마 속에서 해골의 윤곽이 보였다. 그 위에서 몸통을 잃어버린 얼굴이 울적하게 빙글빙글 회전했다.

레이피어 보관실에는 아무도 없었고 장비실 문은 굳게 닫혀 있었다. 이제 남은 곳은 지하실의 뒤쪽, 전리품 선반이 있는 공간뿐이었다. 우리는 슬금슬금 다가갔다. 저 앞의 누군가가 계속되는 수색에 조급증이 나는 모양이었다. 바스락거리는 소음이 전에 비해 상당히 커졌다.

우리는 마지막 아치에 도달해 안을 들여다봤다.

전리품이 보관된 방은 완전한 암흑은 아니었다. 사실 이곳은 한밤중에도 컴컴한 적이 별로 없다. 문 옆 선반에 진열된 보관함에서 나오는 빛 덕분이다. 록우드가 전리품으로 간직하는 몇몇 물건들—각종 뼈들, 피로 얼룩진 플레잉 카드들—은 완전히 무해하다. 거기에 초자연적 힘 같은 건 아예 없어서 아장거리는 꼬마한테 갖고 놀라고 줘도 괜찮을 정도다. 하지만 나머지는 활성 상태의 출처들이고 암흑의 시간에 현현하는 요괴의 힘을 여전히 지니고 있다. 유리 너머에서 은은한 빛—연파랑과 노랑, 연보라색, 녹색, 고동색—들이 번뜩이면서 위치와 모양을 바꿔가며 쉼 없이 탈출로를 찾는다. 무척 아름다운 장면이다. 하지만 그와 동시에 기괴하고 가능하면 오래 들여다보지 않는 게 상책이다.

지금 누군가가 그것들을 들여다보고 있었다.

선반들 옆에 검은색 옷을 입은 거대한 형체가 서 있었다. 남자에다 어깨가 널찍했다. 키도 록우드보다 머리통 절반은 더 컸다. 기다란 외투를 입었고, 거기 달린 모자를 뒤집어써서 얼굴을 가렸다. 허리춤엔 눈부신 레이피어를 차고 있었다. 그는 우리에게서 얼굴을 돌린 채로 검은색 장갑을 낀 손에 조그만 보관함 하나를 올려놓고 살펴보고 있었다. 손전등을 가져다 대고 불을 비췄다. 빛줄기가 보관함 측면에서 반사돼 천장까지 길게 늘어졌다.

원하는 게 무엇이든 그는 찾지 못했다. 경멸스럽다는 듯 보관함을 바닥에 내동댕이쳤다.

"차라도 한잔하면서 뒤지겠어요?" 록우드가 정중히 말했다.

그 인물이 빙글 돌아섰다. 록우드가 침입자의 얼굴에 손전등 불빛을 쏟아부었다. 내 의지와 달리 헉 소리가 절로 나왔다. 남자의 외투에 달린 모자가 앞으로 처지고 구부러진 모양새가 꼭 맹금의 부리 같았다. 그 밑으로 보이는 얼굴은 흰 천으로 만든 가면에 덮여 있었다. 시꺼멓고 길게 갈라진 틈이 눈구멍을 대신했다. 얼굴 중앙을 비켜나 들쭉날쭉하게 찢어놓은 또 다른 칼집 하나가 입에 해당했다. 가면 아래에 있는 남자의 어떤 것도 보이지 않았다.

침입자는 록우드의 손전등 때문에 앞이 안 보이는 게 분명했다. 빛을 가리려 팔을 들어 올렸다.

"내 말이 그 말야. 손들어." 록우드가 말했다.

남자의 팔이 잽싸게 내려가 벨트에 달린 검을 향했다.

"삼 대 일이거든." 록우드가 알려줬다.

금속이 내는 휙 소리. 남자의 검이 뽑혔다.

"그리 나온다 그거지." 록우드는 검을 들고 천천히 걸어나갔다.

누가 봐도 3호 작전을 써야 할 상황인 듯했다. 이 작전은 강력한 2급령을 상대로 사용하는 게 보통이지만 당연히 인간 적들에게도 통한다. 나는 왼쪽으로, 조지는 오른쪽으로 움직였다. 록우드는 가운데를 지켰다. 우리는 검을 쳐들고 준비 태세를 유지했다. 포위망을 꾸준히 좁혀 들어가며 침입자를 둘러쌌다.

아니, 그건 우리 생각이었다. 흰 가면을 쓴 인물은 태평해 보였다. 왼손을 선반으로 뻗어서는 우중충한 파란빛으로 반짝이는 보관함을 집어 들었다. 몸을 돌리며 가공할 만한 힘을 실어 던졌다. 보관함이 조지의 발 쪽 바닥을 때렸다. 뚜껑의 경첩이 부서지고 보관함이 깨졌다. 거기서 손가락 부위의 뼛조각 하나가 툭 떨어졌다. 그와 동시에 파란빛이 탈출해 조그만 구름처럼 번져나갔다. 마룻장에서 희미한 파란색 환영이 피어오르더니 누더기 차림으로 깡충거리는 기형적 생물로 변신했다. 목운동을 하고 팔을 뒤로 당겨 기지개를 켜다가 느닷없이 몸통을 옆으로 꺾어 조지에게 곧장 달려들었다.

그 이상은 나도 보지 못했다. 침입자가 다른 보관함 두 개를 들어 록우드와 내게 던져서였다. 록우드에게 날아간 보관함은 바닥을 때리고 튀어 올랐지만 깨지지 않았다. 내 것은 산산조각이 나면서 여자의 머리핀과 노란색 플라스마 여섯 가닥, 그리고 심령의 격렬한 곡성을 뱉어냈다. 플라스마 가닥들은 바닥에서 구르고 몸부림치더니 공격 직전의 코브라처럼 벌떡 일어나 내게 세차게 달려들었다. 나는 광란의 휘두르기와 후려치기로 놈들을 조각조각 썰어버렸다. 일부는 즉시 흩어지고 사라졌다. 나머지는 다시 결합해 공격을 재개했다.

검이 챙챙 부딪쳤다. 록우드가 앞으로 튀어나가 적과 맞붙고 있었다. 둘의 검이 거듭 만났다. 그 뒤에서는 조지가 요괴의 마구잡이 강타를 쳐내는 중이었다. 그는 놈을 뒤로 밀어낸 뒤, 허공에 검으로 문양을 그렸다.

내가 맞닥트린 방문자는 약하고 우유부단했다. 놈을 완전히 끝장낼 시간이었다. 나는 벨트를 뒤져 철가루 주머니를 찾아냈다. 통째로 뜯어 놈에게 던졌다. 반짝이는 빛이 폭발했다. 플라스마는 몸부림치며 오그라들고 줄어들기를 계속하다 결국 바닥에서 연기를 뿜는 웅덩이 신세가 됐다.

내 옆에서 철이 철을 강타했다. 록우드와 침입자는 방 가운데서 전진과 후진을 반복하며 날랜 공격을 주고받았다. 가면을 쓴 남자는 움직임이 민첩했고 공격은 정확하고 묵직했지만, 록우드는 여유를 잃지 않았다. 그의 발동작은 하늘하늘 춤추는 듯했고 몸놀림은 뽐내는 듯 유려했다. 신발은 바닥을 좀처럼 건드리지도 않았다. 검을 쥔 팔이 우아하게 까딱거리고 검 끝은 날렵한 잠자리처럼 위치를 바꿨다.

조지는 자기 대적자와의 실랑이를 더는 참을 수 없었다. 뒤로 살짝 물러나 벨트에서 소금탄을 뽑아서는 별로 잽싸지 못한 요괴를 반짝이는 사파이어색 티끌로 만들어버렸다. 그 소리에 록우드가 집중력을 잃고 힐끗 옆을 봤다. 그 순간 가면을 쓴 적이 록우드의 얼굴에 검을 휘둘렀다. 공격이 제대로 들어갔더라면 끔찍한 부상이 됐을 터였다. 록우드가 몸을 비틀었다. 검 끝이 획 하고 그의 뺨을 스쳤다. 가면 쓴 적의 자세가 흐트러진 와중에 록우드가 옆으로 비켜서며 검을 내찔렀다. 상대가 꽥 하고 소리치며 가슴팍을 움켜잡았다. 필사적으로 검을 휘둘러 록우드를 밀어내고는 고꾸라지듯 달려나가 방을 가로질렀다. 조지가 팔을 뻗어 저지하려 했다. 장갑 낀 주먹이 날아올라 조지의 볼에 꽂혔고, 그는 악 소리와 함께 뒤쪽 벽에 충돌했다.

침입자는 나선형 계단 방향으로 질주했고 록우드가 뒤쫓았다. 나는 가닥가닥 사라지는 노란색 플라스마를 뛰어넘어 추격에 가담하며 검을 마구잡이로 휘저었다. 남자는 나선형 계단을 그대로 지나쳐 아치를 통과하고 주 사무실로 들어갔다. 사무실 창문으로 스며들어 오는 희미한 빛에 순간적으로 남자의 윤곽이 보였고, 나는 그가 무엇을 하려는지 깨달았다.

"어서! 놈이⋯."

록우드도 이미 위험을 인지하고 있었다. 달리면서 벨트에 손을 뻗어 그리스의 불을 뽑았다.

침입자는 마지막 남은 힘을 다해 내 책상으로 갔다. 그 위로 도약하는 동시에 두 팔을 교차해 얼굴을 가렸다. 웅크린 자세로 창문과 충돌해 정신없이 회전하는 유리 파편 속에서 창을 뚫고 나갔다.

록우드가 욕설을 뱉고는 사무실 저쪽 끝에서 화염탄을 던졌다. 화염탄은 깨진 창문을 곧장 통과해 마당으로 날아갔다. 화염이 든 산탄통이 돌바닥에 부딪혀 깨지는 소리가 들렸다. 은백색의 폭발이 밤을 밝혔고 창틀에 그나마 남아 있던 유리가 방 안으로 들이쳤다. 책상 위로 확 쏟아지며 유령단지를 때리자 그 속의 얼굴이 움찔하며 눈을 부라렸다. 깨진 유리 조각들이 엎질러진 얼음처럼 바닥에 미끄러졌다. 록우드는 검을 손에 든 채 훌쩍 뛰어 책상 위로 올라갔다. 나는 그의 뒤에서 정지했다. 우리는 더는 추격하지 않았다. 너무 늦었다는 걸 알고 있었다. 지하실 밖에서는 조그만 흰색 불꽃들이 깨진 화분 속에서 깜빡이고, 벽을 덮은 담쟁이덩굴을 가로지르며 마치 크리스마스 조명처럼 춤추다 사그라졌다. 연기가 솟아올라 거리로 퍼져나갔다. 우리 위쪽 어딘가에서 다채로운 종류의 자동차 경보기들이 삐삐거리며 불평했다. 하지만 지금껏 했던 모든 게 헛수고가 됐다. 침입자는 사라졌다. 계단 꼭대기에서 울타리 문이 살랑살랑 흔들렸다. 그리고 천천히 멈췄다.

록우드는 바닥으로 뛰어내렸다. 우리 뒤에서 형상 하나가 나타났다. 조지였다. 고통스러운 듯 발을 질질 끌며 한쪽 턱을 부둥켜 잡고 있었다. 아랫입술의 찢긴 자리에서 피가 흘렀다. 나는 동정의 뜻으로 힘없이 웃어 보였다. 록우드는 조지의 팔을 토닥였다.

"흥미진진하네." 조지가 잠긴 목소리로 말했다. "손님들을 좀 더 자주 모셔야겠어."

나는 갑자기 어지러웠다. 다리가 풀렸다. 몸을 지탱하려 책상에 기댔다. 싸움이 시작된 내내 잊고 있었던 후유증, 신 로드 추락 사건이 남긴 통증과 좌상이 떠올랐다. 록우드도 그와 비슷하게 맥이 빠지는 기분을 경험한 게 틀림없었다. 벨트에 검을 다시 꽂기까지 두세 번의 시도를 해야 했다.

"조지," 록우드가 말했다. "애너벨 워드의 목걸이 말야. 다른 전리품이랑 함께 됐다고 했지. 아직 거기 있는지 확인 좀 해줄래?"

조지가 셔츠 소매로 입술을 찍어냈다. "그럴 필요 없어. 그 생각이야 벌써 했고, 가서 봤는데 사라졌어."

"그쪽 선반에 둔 거 확실해?"

"오늘 아침에. 아무리 봐도 없어."

정적이 이어졌다. "아까 그자가 온 게 목걸이 때문인 것 같아?" 내가 물었다.

록우드는 한숨을 내쉬었다. "가능성은 충분하지. 어쨌든 이제 손에 넣긴 했겠네."

"아니." 내가 말했다. "아니야." 그 말과 함께 나는 내 옷깃을 옆으로 당겼다. 목걸이가 든 은유리함이 나타났다. 함에 달린 끈이 내 목에 얌전히 걸려 있었다.

16

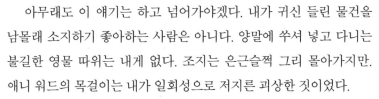

아무래도 이 얘기는 하고 넘어가야겠다. 내가 귀신 들린 물건을 남몰래 소지하기 좋아하는 사람은 아니다. 양말에 쑤셔 넣고 다니는 불길한 영물 따위는 내게 없다. 조지는 은근슬쩍 그리 몰아가지만. 애니 워드의 목걸이는 내가 일회성으로 저지른 괴상한 짓이었다.

목걸이를 본 건 전날 오후, 버드나무 저택에 출동할 준비를 하던 중이었다. 조지가 전리품 선반의 다른 진귀한 수집품들 틈에 놓아둔 모양이었다. 목걸이는 조그만 보관함에 든 채로 유리 안쪽에서 칙칙하게 빛을 발했다. 여느 사람 같으면 그냥 지나치고 말았을 것을, 나는 보관함을 집어 들어 목에 걸고는 유유히 걸어나갔다.

내가 이런 짓을 벌인 이유를 설명하기는 쉽지 않았다. 특히 그날의 싸움 뒤에 엉망이 된 상태로는. 그래서 그다음 날 아주 늦은 아침식사를 마치고서야 나름의 이유를 제시해 볼 수 있었다.

"손이 쉽게 닿는 곳에 목걸이를 보관하고 싶었을 뿐야. 다른 전리품들이랑 같이 처박아 두고 싶지 않았어. 내가 목걸이를 만졌을 때 일어난 일 때문인 것 같아. 애니 워드와 심령 교감을 했던 그때 말야. 내가 당시에 경험했던 감각들은 워드의 감각들이었어. 난 워드가 느졌던 걸 느꼈어. 그녀가 된다는 게 어떤 건지 짧게나마 봤었어. 그래서…."

"그래서 네 재능이 위험하다는 거야." 록우드가 불쑥 말했다. 그날 아침의 그는 창백하고 진지했다. 두 눈을 가늘게 뜨고 날 곰곰이 뜯어봤다. "넌 지나치게 민감해. 놈들이랑 너무 가까워진다고."

"아니, 내 말 오해하지 마." 내가 말했다. "난 애니 워드와 전혀 가깝지 않아. 그녀가 생전에 특별히 근사한 사람이었다고 생각하지도 않아. 지금은 잔인하고 위험한 유령이라는 것도 잘 알고. 하지만 내 촉각 때문에 워드가 겪은 일을 일부나마 정말로 알게 됐어. 그 고통을 이해하게 됐어. 그러니까 그녀를 위한 정의가 이제는 실현되길 바란다는 얘기야. 난 그녀가 잊히는 게 싫어. 너도 봤잖아, 록우드. 굴뚝 속 모습을! 블레이크가 무슨 짓을 했는지 알잖아. 그래서 그 목걸이가 다른 전리품 틈에 방치돼 있는 걸 봤을 땐, 그냥… 그냥 옳지 않게 느껴졌어. 그 남자가 응징당하기 전까진, 정의가 제대로 실현되기 전까진 그녀를… 버리면 안 될 것 같아." 나는 두 사람에게 애달픈 미소를 지어 보였다. "근데 아무리 봐도… 기본적으론 좀 미친 짓 같지. 그치?"

"넵." 조지가 대답했다.

"넌 좀 조심할 필요가 있어, 루시." 록우드의 목소리는 단호하고 냉정했다. "악의를 가진 유령은 만만하게 볼 상대가 아냐. 넌 다시 비밀을 만들고 있고, 비밀을 만드는 요원은 나머지 모두를 위험에 빠트려. 난 신뢰할 수 없는 사람은 누가 됐든 우리 팀에 두지 않아. 내 말 무슨 뜻인지 알겠어?"

알다마다. 나는 먼 곳을 쳐다봤다.

"하지만…." 록우드가 말을 계속했다. 조금은 누그러진 말투였다. "어쩌다 보니 모든 게 좋은 쪽으로 풀리긴 했네. 이 목걸이는 도난당하고 말았을 거야, 네가 아니었으면."

그는 말하는 동안에도 목걸이를 손에 쥐고 있었고, 펜던트의 금색 표면이 햇빛에 반짝였다. 우리는 지하실에서 정원으로 통하는 문 옆에 서 있었다. 열린 문으로 시원한 공기가 흘러들어 오며 간밤에 보관함을 빠져나온 방문자들이 남긴 부패의 냄새를 희석했다. 바닥 여기저기에 깨진 유리와 플라스마 얼룩이 흩어져 있었다.

조지는 전리품 선반을 정리하며 보관함들을 자세히 점검하는 중이었다. 끝단이 살짝 나풀거리는 앞치마를 입고 두 소매는 걷어붙인 채였다. "따로 도난당한 건 없어." 그가 말했다. "그러니까 그 남자가 암시장에 고용된 보통 절도범이라면 확실히 이상하긴 하지. 이 중엔 진짜 기가 막히는 물건도 있거든. 가령 해적의 손이나 이 사랑스러운 종아리뼈 같은…."

록우드는 고개를 가로저었다. "아니. 그자가 원한 건 이 목걸이야. 그게 아니면 너무 많은 우연이 겹친 게 돼. 목걸이를 간절히 원하는 누군가가 있다고 봐야지."

"뭐, 그 누군가가 누군지 우린 이미 알잖아." 내가 말했다. "휴고 블레이크."

조지가 딴죽을 걸었다. "그러기엔 문제가 하나 있지. 그자가 지금 구금 상태라는 거."

"구금 상태 맞지." 록우드는 동의했다. "하지만 그게 무슨 상관이려고. 블레이크는 부자야. 그런 급습쯤이야 쉽게 사주할 수 있었겠지. 그런데 정말이지 이해가 안 돼. 목걸이가 블레이크한테 왜 그리 중요한지. 그 라틴어 문구가 그자의 유죄를 입증하는 것도 아니잖아. 그치?" 그는 머뭇거렸다. "다만…."

"다만," 내가 말했다. "저 목걸이에 그가 들키고 싶지 않은 또 다른 단서나 비밀이 들어 있는 게 아니라면 말이지."

"정확해. 밝은 데서 다시 한번 살펴보자."

우리는 조그만 정원으로 나갔다. 록우드가 목걸이를 들고 있는 사이 조지와 내가 조사했다. 목걸이는 전과 다를 바 없었다. 금 바탕에 진주 같은 조각들이 박힌 타원형 펜던트. 한쪽이 다소 찌그러지고 가장자리가 벌어져 있었다.

나는 그걸 물끄러미 쳐다봤다. 가장자리가 벌어져 있다….

"우린 바보들이야." 말이 안 나올 지경이었다. "이렇게 떡하니 보이는데."

록우드가 날 힐끗 쳐다봤다. "그러니까…."

"그러니까 이건 원래 벌어지는 거라고! 이 펜던트는 로켓*이야. 열리는 거! 열어볼 수 있는 거야."

나는 록우드에게서 펜던트를 건네받아 좁게 갈라진 틈에 엄지손톱을 나란히 올렸다. 부드럽게 비틀자 일그러진 형체에 아랑곳하지 않고 대번에 통쾌한 딸깍 소리가 났다. 펜던트가 두 부분으로 갈라졌다. 위에 달린 경첩을 기준으로 양옆으로 밀어 여는 방식이었다. 나는 두 면을 제대로 벌려 로켓을 연 채로 손바닥에 올려놨다.

그때 내가 뭘 기대했는지 지금도 잘은 모르겠다. 하지만 뭔가를 기대하기는 했다. 어쩌면 머리칼 한 뭉치쯤? 혹은 사진? 사람들은 로켓 안에 이런저런 것들을 보관하는 법이니까. 그러라고 로켓이 있는 거니까.

한마음으로 우리는 로켓의 열린 면을 들여다봤다.

머리칼 같은 건 없었다. 사진도, 유품도, 조그맣게 접은 편지도 없

• 목걸이에 사진 등을 넣을 수 있게 만든 조그만 갑.

었다. 그렇다고 로켓이 완전히 비어 있었다는 얘기는 아니다. 그렇지 않다. 거기에 뭔가가 있기는 했다.

또 다른 문구였다. 로켓 내부의 매끄러운 금 바탕에 단정히 새겨진.

$$A \neq W$$

$$H.\,II.\,2.115$$

"여기 있네." 록우드가 말했다. "숨겨진 단서. 그자가 감추고 싶었던 게 이거였군."

"이 AW는 당연히 애너벨 워드를 뜻하겠지." 내가 말했다.

"H는 휴고일 테고." 조지가 나지막이 말했다. "휴고 블레이크에서…."

록우드는 인상을 찌푸렸다. "제대로 가고 있는 것 같긴 한데. 틀림없이 뭔가가 더 있을 거야. 숫자는 어때? 무슨 암호 같기도 하고…."

"이건 DEPRAC한테 넘기는 게 낫겠어." 내가 불쑥 말했다. "우리가 갖고 있을 순 없어. 이건 중대한 증거야. 경찰도 봐야 한다고. 게다가 블레이크는 이 펜던트가 여기 있는 걸 알잖아."

"네 말이 맞을지도 몰라." 록우드가 말했다. "난 사실 반스한테 털어놓고 싶은 마음은 정말로 없거든. 그보다는 우리 힘으로 밝혀냈으면 하지. 그렇지만…." 사무실에서 전화기가 쩌렁쩌렁 울렸다. "어쩌면 우리한텐 달리 뾰족한 수가 없는지도. 전화 좀 받아. 그래 줄래, 조지?"

조지가 자리를 뜨고 얼마간 시간이 흘렀다. 그가 돌아왔을 때는 록우드가 펜던트를 보관함에 다시 넣고, 나는 바닥의 잔해를 쓸기 시작한 참이었다.

"설마 또," 록우드가 말했다. "반스는 아니겠지?"

조지의 이목구비가 살짝 상기돼 있었다. "실은, 아냐. 새 의뢰인이야."

"유령고양이가 나무에 올라갔다는 노부인쯤 되나 봐?"

"아니. 그리고 너, 루시, 거기 비질은 그만두고 위층을 청소하는 게 좋겠어. 존 페어팩스야, 새 의뢰인은. 페어팩스 철강 회장. 그가 지금 여기로 오고 있어."

영국제도를 덮친 난제가 국가 경제에 악영향을 끼쳤다는 건 다들 인정하는 바다. 산 자를 괴롭히러 돌아오는 죽은 자들, 어둠이 내린 뒤의 환영들, 이런 문제들은 그에 걸맞은 결과를 몰고 왔다. 의욕과 생산성이 저하됐다. 모두가 야간조 근무를 기피했다. 겨울철이면 회사들은 오후가 끝나기도 전에 업무를 마감했다. 하지만 이때를 틈타 번성한 기업도 있기는 했다. 근본적인 필요를 채운다는 이유에서였다. 그중 하나가 바로 페어팩스 철강이었다.

그전부터도 이미 철강제품 제조사의 선두 반열에 올라 있던 페어팩스 철강은 이번 위기 발발과 동시에 봉인구와 철가루, 쇠사슬을 피츠와 로트웰 대행사에 납품하기 시작했다. 난제의 악화와 함께 정부 차원에서 항마등의 대량 생산에 돌입했고, 거기에 필요한 어마어마한 양의 금속을 조달한 것도 페어팩스 철강이었다. 이 거래만으로도 회사는 돈방석에 앉았다. 하지만 당연히 그게 다가 아니었다. 집집마다 정원 여기저기에 뿌려놓는 저 못생긴 철제 땅속요정들은 어디서 만들었을까? 저 후진 프로텍토™ 목걸이는? 신생아들이 병원을 떠나기 전에 손목에 차는 조그만 플라스틱 팔찌, 거기 달려 방긋 웃는 철제 얼굴은 또 어떻고? 그 모든 게 페어팩스 제품들이었다.

페어팩스 철강의 소유주인 존 윌리엄 페어팩스는 결과적으로 영국 제일의 부자 중 하나로 손꼽히며 은제품 분야의 거물들, 마리사 피츠와 톰 로트웰의 후계자들, 링콘셔 고원에 대규모 라벤더 농장을 소유한 남자와 어깨를 나란히 하게 됐다. 페어팩스 회장은 런던 어딘가에 살았고, 그가 손가락을 딱 하고 튕기기만 하면 어느 부처든 가릴 것 없이 현직 장관들이 발에 불이라도 붙은 듯 부리나케 그의 저택을 찾아왔다.

그런 그가 지금 여기에 몸소 행차하고 있었다.

우리가 응접실을 얼마나 부랴부랴 치웠는지는 말 안 해도 알겠지.

잠시 뒤 길가에서 대형 자동차가 부르릉거리는 소리가 들렸다. 나는 밖을 슬쩍 내다봤다. 번쩍거리는 롤스로이스 한 대가 공회전하며 멈춰 서고 있었다. 도로가 꽉 차는 듯했다. 차창에는 은을 입히고 번쩍번쩍 광을 낸 보호용 창살을 달았고, 창 양옆은 은으로 만든 트래서리*로 장식했다. 후드에서는 조그만 은제 여인상이 겨울 햇살에 반짝였다.

운전기사가 나타났다. 빳빳한 잿빛 제복을 매만지며 행진하듯 롤스로이스를 끼고 돌아 뒷문을 열었다. 나는 얼른 몸을 숨겼다. 집 안에서는 록우드가 미친 듯이 쿠션의 모양을 잡고, 조지는 소파 밑에 떨어진 케이크 부스러기를 쓰레질하는 중이었다. "밖에 왔어." 내가 낮은 목소리로 경고했다.

록우드는 심호흡했다. "오케이. 좋은 인상을 주도록 해보자고."

우리는 자리에서 일어나 존 페어팩스 씨를 맞이했다. 일어난들 크

---

* 서양 중세 건축에서 창틀에 짜 넣는 장식적인 골조.

게 달라질 것도 없었지만. 페어팩스는 키가 무척이나 크고 마른 남자였다. 나보다 훨씬 크고 록우드보다도 훨씬 컸다. 페어팩스를 뒤따르던 조지는 그의 그림자로 완전히 뒤덮였다. 일흔 혹은 여든, 아니 나이를 얼마나 먹든 상관없이 인상적인 규모를 자랑하도록 만들어진 사람이었다. 이 정도면 사우샘프턴의 부둣가에 조선대*도 놓겠다 싶은 골격이었다. 그럼에도 그의 팔다리는 가늘고 쇠약했다. 기다란 실크 재킷의 소매들은 안쪽이 헐렁했다. 두 다리는—지팡이가 몸을 지탱해 주는데도—걸음을 내디딜 때마다 후들거렸다. 그를 보는 순간 나는 강인함과 연약함이 기이하게 혼합된 인상을 받았다. 사람들 백 명이 바글거리는 방에 있다 한들 그를 못 보고 넘어가는 건 불가능했다.

"안녕하세요." 록우드가 인사를 건넸다. "여기는 루시 칼라일입니다. 제 동료죠."

"반갑소." 목소리는 굵직했고 앞으로 뻗은 손은 모든 걸 아우를 듯 거대했다. 커다란 사각형에다 머리칼이 없고 반점으로 얼룩덜룩한 머리가 저 높은 곳에서 내 쪽으로 기울어져 왔다. 검은 눈이 환히 반짝였다. 이마의 주름은 깊었다. 그가 미소를 짓자(미소라고 부르기엔 정말 무리가 있었다. 차라리 내 존재를 알은척해 주는 것에 가까웠다.) 은을 씌운 치아가 드러났다. 권위를 행사하고 명령을 내리는 데 익숙한 얼굴이었다.

"만나서 반갑습니다." 내가 말했다.

우리는 자리에 앉았다. 우리의 손님은 의자를 완전히 뒤덮었다. 그의 지팡이는 마호가니로 만들어졌고 철제 손잡이는 개의 머리 형상을 하고 있었다. 마스티프 혹은 불도그쯤 돼 보였다. 페어팩스는

---

* 배를 만들거나 수리할 때 올려놓는 대.

구부리고도 여전히 거대한 무릎 한쪽에 지팡이를 기대 세우고 넓게 편 손을 의자 팔걸이에 얹었다.

"모시게 돼 영광입니다." 록우드가 말했다. "차 어떠십니까?"

페어팩스는 고개를 살짝 숙이며 찬성조로 그르렁거렸다. "피트킨 브렉퍼스트로, 준비된 게 있다면. 심부름꾼한테 설탕도 가져오라고 해주시오."

"심부름꾼이요? 어, 네. 어서 가봐, 조지. 모두에게 한 잔씩 부탁할게."

하필이면 앞치마 벗는 걸 깜빡했던 조지가 한쪽 다리를 빙글 돌려 방을 나갔다. 얼굴엔 아무 표정도 없었다.

"자, 록우드 선생." 존 페어팩스가 말했다. "난 바쁜 사람이오. 선생은 내가 금요일 아침에 불쑥 전화한 이유가 궁금할 테고. 그러니 한담 따위는 건너뛰고 일 얘기로 바로 들어갑시다. 내게 대단히 골치 아픈 심령 사건이 하나 있소. 그쪽 문제를 도와주면 섭섭지 않게 보답을 하리다."

록우드는 진중하게 고개를 끄덕였다. "그러시군요. 기쁜 마음으로 돕겠습니다."

우리 방문객의 시선이 실내를 훑었다. "근사한 집이로군. 뉴기니 산 항마구 컬렉션도 훌륭하고, 그래…, 사업은 잘되시는지?"

"웬만큼은 됩니다."

"거짓말을 정치인처럼 하시는군, 록우드 선생." 페어팩스가 말했다. "걸릴 것 없이 자연스러워. 내 어머니는—신이시여, 그분을 편히 잠들게 하시고 밤에 이승을 떠돌지 말게 하옵소서—늘 그러셨소. 누구에게든 분명하고 정직하게 말하라고. 난 평생 그분의 조언을 따라 왔지. 그러니 어서." 그는 거대하고 편평한 손바닥으로 자기 무릎을 찰싹 때렸다. "우리가 앞으로 잘 지내려면 서로에게 솔직해야지! 선생의 사업은 잘 안 되고 있소. 신문에서 봤거든! 선생이 재정적인 어려움에 처해 있다는 걸 알고 있소…. 여러분이 솜씨도 좋게 태워먹은 저택 사건 뒤에는 더더욱." 그가 메마른 잔향 같은 소리로 키득거렸다. "선생은 막대한 벌금을 물어야 하는 처지지."

록우드의 뺨에서 근육 하나가 씰룩였다. 그걸 제외하면 짜증스러운 기색은 전혀 없었다. "그렇습니다. 지금 한창 그 돈을 마련하는 중이긴 하지만요. 훌륭한 의뢰들이 많이 들어오는 편이라 회사 수입은 든든합니다."

페어팩스는 그쯤 해두라고 손짓했다. "또 거짓말을 하는군, 록우드 선생! 이 말을 꼭 해줘야겠어. 나는 DEPRAC에 인맥이 있고 선생의 최근 기록을 읽었소. 그 '훌륭한' 의뢰들의 규모와 수준을 익히 안다는 얘기지. 잿빛 아지랑이! 차가운 아낙*! 재잘거리는 안개*! 아무리 생각을 해봐도 이보다 더 부실하고 따분할 순 없는 1급령들! 여기 계시는 칼라일 양의 급여나마 감당이 된다는 게 오히려 놀랍군."

듣고 보니 맞는 말이었다. 생각해 보니 그랬다. 나는 한 달 동안 급여를 받지 못했다.

록우드의 눈이 번쩍였다. "그래서 말입니다만, 오늘 우리를 찾아오신 이유를 여쭤도 되겠습니까? 런던엔 다른 대행사도 많은데요."

"그렇긴 하지." 페어팩스는 무성한 눈썹을 들어 올리고는 그 검고 반짝이는 시선을 우리 둘에게 고정했다. "하지만 참으로 우연히도 그 사건과 관련한 선생의 기사에 호감을 갖게 됐소. 감명을 받았지. 여러분이 단순히 시신을 찾는 데 그치지 않고…." 그가 머뭇거렸다. "그 여자 이름이 뭐였더라?"

"애니 워드입니다."

"애니 워드의 신원 또한 밝혀낸 것 말이오. 난 여러분의 당당함이 마음에 들어요. 세부적인 부분들에 관심을 갖는 것도 좋고. 젊음과 자주적인 정신도 훌륭하단 말이지!" 페어팩스는 지팡이에 의지해 몸을 앞으로 숙였다. 그의 얼굴에 뭔가 새로운 게 서려 있었다. 따뜻함은 딱히 아니었고 격렬한 열정에 더 가까웠다. "나 또한 시작은 아웃사이더였소, 록우드 선생. 젊을 적에 갖은 고생을 해가며 앞길을 닦았지. 대기업들에 맞서 싸웠고 힘든 고비들을 넘겼소…. 선생이 하루하루를 계속해 나가게 이끄는 그 열정이 뭔지 난 잘 알지! 게다가 피츠나 로트웰 쪽에 내 돈을 보태주고 싶은 생각이 없기도 하고. 그들은 이미 부자니까. 아니, 난 선생이 꿈조차 꿔본 적 없는 기회를 주겠다고 제안하는 거요. 선생이 가진 힘을 동원해 뭔가 다르고 보다 위험한 수수께끼를 풀 수 있는지 보겠다는 거지…. 아, 선생네 사람이 다시 왔군."

조지가 돌아와 있었다. 손에 든 쟁반에는 내가 지금껏 구경 한번 못 해본 다기들이 집합해 있었다. 다들 하나같이 훌륭한 본차이나˙에 조그만 분홍 꽃송이가 그려진 것들로, 어찌나 섬세하고 가냘픈지 입술에 대는 순간 산산이 부서지고 말 것 같은 부류의 점잖은 찻잔들이었다. 그 옆 접시에 불안하게 쌓인 두툼한 잼 도넛 탓에 찻잔의 고풍스러움이 살짝 손상되는 문제는 있었지만.

"고마워, 조지." 록우드가 말했다. "여기에 둬."

조지는 쟁반을 테이블에 내려놓고, 찻잔을 채우고, 장내에 도넛을 권했다. 도넛을 집는 사람이 아무도 없었기에 그는 더미 맨 밑에서 개중 가장 커다란 놈을 빼내서는—이 과정에서 다른 도넛 대부분을 뒤적거렸다—접시에 툭 하니 놓은 뒤 참 오래도 계속되는 만족스런

˙ 뼛가루를 섞어 만든 고급 도자기.

한숨과 함께 내 옆자리로 파고들었다. "저리 좀 가봐." 그가 말했다. "그 사이에 뭐 얘기된 거라도 있어?"

페어팩스의 눈이 휘둥그레졌다. "록우드 선생, 이건 중요한 논의요! 심부름꾼은 밖에서 대기해야지."

"어, 저 친구는 사실 사무원이 아닙니다. 조지 커빈스예요. 저랑 같은 일을 하죠."

페어팩스는 조지를 요모조모 뜯어봤다. 녀석은 손가락에 묻은 잼을 핥느라 정신이 없었다. "그렇군…. 뭐, 정 그러시다면, 더는 지체하지 맙시다." 그는 한 손을 재킷 안쪽에 넣고 민망하게 헤집었다. "이걸 한번 보시오." 그 말과 함께 구깃구깃한 사진 한 장을 테이블에 던졌다.

집이었다. 말이 집이지 실은 그 이상이었다. 광활한 부지에 지어진 전원풍의 대저택이었다. 사진은 드넓고 매력적으로 관리된 잔디밭을 사이에 두고 멀리서 찍은 것이었다. 가장자리에 버드나무와 화단들이 보이고 호수도 하나쯤 있는 듯한 분위기를 풍겼지만, 그 뒤의 저택이 모든 걸 압도했다. 크고 검은 덩어리 같은 저택은 복층구조처럼 보였다. 기둥들과 광활한 현관 계단, 들쑥날쑥한 위치에 참 많이도 만들어놓은 가느다란 창문들이 눈에 띄었으나 건물의 정확한 나이와 원래 용도는 가늠하기 힘들었다. 사진을 찍은 시간대는 무척 이르거나 무척 늦거나, 둘 중 하나인 듯했다. 태양은 건물 뒤편 어딘가에 걸려 있었고, 아주 오래된 굴뚝 여럿이 만드는 길고 검은 그림자가 뭔가를 거머쥐려는 손가락처럼 잔디밭 위로 길게 드리워져 있었다.

"콤 케리 홀이오." 페어팩스가 혀로 음절들을 굴려 뱉었다. "버크셔에 있지. 런던 서쪽에. 들어본 적 있소?"

우리는 고개를 가로저었다. 다들 처음 듣는 이름이었다.

"그래, 그리 유명한 곳은 아니지. 그렇다고는 하지만 영국에서 제일가는 흉가가 아닐까 싶소. 가장 극악무도한 곳이라 해도 무리가 없을 게야. 내가 알기로는 그 집 환영들에게 목숨을 잃은 전 주인이 벌써 네 사람이나 되오. 이 저택과 부지에서 까무러치도록 놀라거나, 유령접촉을 당하거나, 불행한 운명을 맞은 하인이며 손님이며 하는 자들의 수는…." 그는 조그맣고 건조하게 키득거렸다. "뭐, 일일이 나열하자면 끝이 없지. 사실 이곳은 삼십 년 전에도 비슷한 종류의 섬뜩한 추문에 시달리다 폐쇄됐고, 최근에 와서야 다시 사용되기 시작했소. 내 수중에 들어오면서부터."

"지금 거기서 지내시는 거예요?" 내가 물었다.

돔지붕 같은 머리가 삐딱하니 기울고 검은색 눈동자가 날 향해 빛났다. "그 집이 내가 가진 유일한 부동산은 아니오. 그런 의미로 물은 거라면. 난 이따금 방문할 뿐이지. 홀은 아주 오래된 곳이라오. 원래는 소수도원*이었고. 지역 수도원에서 나온 수도사 무리가 터를 닦았지. 서관 중심부에 있는 석조들은 그 시절에 만들어진 거요. 이후에는 지역 귀족들이 줄줄이 소유하며 폐허를 개축하고 손보다가 18세기 초 즈음해 지금과 같은 형태로 개조됐소. 그러다 보니 건축학적으로 기이하게 뒤죽박죽돼 있지. 끝이 막혀 있거나 다시 입구로 연결되는 통로라든가, 이상하게 바뀌는 층수라든가…. 하지만 그보다 중요한 건 이 집의 사악한 평판이 어제오늘의 일이 아니라는 거요. 이곳에 출몰한 방문자들의 얘기는 수세기를 거슬러 올라간다오. 간단히 말해 여긴 출몰이 이미 목격되던 장소 중 하나요. 난제가 시작되기 훨씬 전부터 말이지. 뭐라고들 하느냐면…."

---

* 가톨릭교회의 수도사나 수녀가 거주하는 곳.

"여기 이거, 누가 내다보고 있는 건가요?" 조지가 불쑥 물었다. 그는 페어팩스가 설명하는 내내 사진을 유심히 들여다보고 있었다. 재미있다는 듯, 두꺼운 둥근 테 안경 너머로 뚫어져라 보던 터였다. 그러고는 사진을 집어 들더니 통통한 손가락으로 저택 주벽에 나 있는 점 하나를 가리켰다. 록우드와 나는 사진 가까이로 몸을 숙이며 눈을 찡그렸다. 출입문에 달린 포르티코*의 한참 위에서 왼쪽으로 치우친 곳에 좁다란 창문으로 추정되는 어둑한 삼각형이 있었다. 그 삼각형 안에 미약한 잿빛 자국이 있었는데 거의 보이지 않을 정도로 희미했다.

"아, 그걸 찾아냈나 보군. 그렇지?" 페어팩스가 말했다. "맞소. 정말 무슨 형상처럼 보이지. 그렇잖나? 안에 떡하니 서 있는 듯한. 여기서 재미있는 건, 이 사진은 내가 홀을 상속받기 두 달 전에 촬영됐다는 사실이오. 당시에는 저택이 완전히 폐쇄돼 있었지. 거주 중인 사람도 전혀 없었고."

페어팩스는 차를 한 모금 마셨다. 그의 까만 눈이 반짝거렸다. 다시 한번 나는 그의 태도에서 즐거움을 감지했다. 저 얼룩과 그것이 암시하는 바에서 어떤 쾌락이라도 느끼는 사람처럼.

"사진이 촬영된 시각은 언제인가요?" 내가 물었다.

"황혼 녘이오. 해가 지고 있지, 보시다시피."

얘기가 오가는 내내 록우드의 얼굴은 좀처럼 억누를 수 없는 흥분으로 빛났다. 그는 상체를 앞으로 숙이고 뼈가 불거진 팔꿈치를 무릎에 올린 채 두 손을 맞붙이고 있었는데, 힘줄 하나하나가 호기심으로 팽팽했다. "그 현상과 관련한 얘기를 하려던 참이셨죠." 그가 말했다. "그러니까 놈들이 어떻게 현현하는지요."

---

* 대형 건물 입구의 기둥 위에 올리는 현관 지붕.

페어팩스는 손에 든 찻잔을 테이블에 내려놓고 한숨과 함께 의자 등받이에 몸을 기댔다. 거대한 손이 지팡이의 철제 손잡이를 움켜쥐었다. 다른 손은 그의 말에 맞춰 움직였다. "난 늙은이요. 환영을 직접 보진 못하지. 원칙적으로는 놈들을 감지하지도 못하고. 하지만 그런 나조차 이 집의 악독한 기운을 고스란히 느낀다오. 문을 통과하는 순간부터 감지하고 입속에서 맛보지. 아, 정말이지 역겨운 공기야, 록우드 선생. 이런 건 사람의 영혼을 무너트린다니까. 구체적으론…." 그는 지팡이에 살짝 체중을 싣고 뼈마디가 아픈 양 미세하게 자세를 조정했다. "글쎄, 이런저런 말들이 있는데. 부지를 관리하는 버트 스타킨스한테 물으면 될 거요. 모르는 게 없는 모양이더라고. 하지만 이웃에 가장 널리 알려진 얘기, 다시 말해 가장 핵심적인 출몰은 두 개요. '붉은 방', 그리고 '울부짖는 계단'과 관련이 있지."

심오한 정적이 이어지다가 조지의 배에서 무진장 크게 꼬르륵거리는 소리에 바사삭 깨졌다. 지붕이 무너지지 않았다 뿐이지, 그 정도로 요란했다.

"미안합니다." 조지가 명랑하게 말했다. "몹시 시장해서요. 다들 괜찮으시다면 도넛을 하나 더 먹을까 하는데요. 더 드실 분 있나요?" 아무도 그의 말을 듣고 있지 않았다. 그는 접시로 손을 뻗었다.

"붉은 방이요?" 내가 물었다.

"울부짖는 계단요?" 록우드가 의자의 가장자리로 바짝 당겨 앉았다. "어서요, 회장님. 좀 더 말씀해 주시죠."

"선생이 그처럼 관심을 보이다니 무척 기쁘군." 페어팩스가 말했다. "내가 사람을 정말 잘 봤다는 생각이 드는구먼. 자, 붉은 방은 저택 서관 2층에 있는 침실이오. 아니, 그렇다기보다는 한때 침실로 사용된 적이 있지. 더는 아니고. 지금은 완전히 비어 있소. 거긴 초자연적 존재가 너무 막강해서 발을 들이는 모두에게 재앙을 흩뿌리는 곳이거든. 거기서 밤을 보내고 살아 돌아올 수 있는 자는 아무도 없지. 뭐, 떠도는 얘기는 그렇소."

"그 방에 직접 들어가 보셨습니까?" 록우드가 물었다.

"안을 들여다본 적은 있소. 물론 낮 시간에."

"그래서 분위기가…."

"진동을 해요, 록우드 선생. 사악한 기운이 진동을 해." 페어팩스가 고개를 뒤로 젖혔다. 그 상태로 우릴 내려다보며 말했다. "내가 이 방의 힘을 믿는 데는 그럴 만한 이유가 있소. 머지않아 선생에게 설명할 테고. 다음은 울부짖는 계단인데, 내가 보기엔 이게 더 이상야릇한 얘기라오. 이 계단은 1층 롱 갤러리*와 중간 층계참을 연결해요. 계단은 돌로 만들어졌고 아주 오래됐소. 내 경우엔 이 계단에서 불쾌한 감각은 경험한 적이 없고 그랬다는 사람도 못 봤소. 하지만 오래전에 계단에서 끔찍한 참상이 목격됐고 그와 관련된 영혼들이 거기 갇혔다고들 해요. 특정한 때에, 그러니까 이 방문자들의 힘이 절정에 달할 때인지, 아님 놈들이 새로운 희생자의 존재를 감지할 때인지 몰라도 광적인 포효가 들린다는구먼. 계단 자체가 소리를 뿜는 거지."

록우드는 나긋나긋이 물었다. "실제 계단이 울부짖는다고요?"

"그런 모양이오. 난 들어본 적이 없소."

"붉은 방 말인데요…." 조지는 도넛을 다 먹어가는 중이었다. 말을 멈추고 입속의 것을 삼켰다. "그 방이 2층에 있다고 하셨죠? 사진의 이 창문과 같은 층일까요?"

"그래요…. 그쯤 되지 싶군. 사진에 설탕을 묻히지 말아주겠소?

---

* 저택이나 궁전의 기다란 방 또는 폭이 넓은 복도.

딱 한 장뿐이라."

"죄송합니다."

"대단히 흥미롭군요." 록우드가 말했다. "말씀하신 바에 따르면 저택에는 둘 이상의 방문자가 있습니다. 출처도 두 개 이상이고요. 다시 말해 유령 군집이 있는 셈이죠. 가능한 얘기라고 생각하십니까?"

"확신하오." 페어팩스가 말했다. "놈들의 존재가 느껴지거든."

"그렇군요. 하지만 시작이 뭘까요? 주요한 사건이 틀림없이 있었을 텐데요. 그 모두를 촉발시킨 핵심적이고 충격적인 계기가…. 여기서 이런 질문이 생깁니다. 어떤 방문자가 최초였나?" 록우드는 손가락들을 맞대고 톡톡거렸다. "지금 저택은 비어 있습니까?"

"서관은 비어 있는 게 확실하오. 위험이 집중돼 있는 곳이니까. 내 수하, 스타킨스가 오랜 세월 관리인으로 일했소. 옆에 딸린 건물에 거주하지."

"그럼 회장님은 부지를 방문하실 때면 어디에 머무십니까?"

"동관에 스위트룸이 있소. 상대적으로 현대적인 공간이지. 자체 출입구가 있고 각 층마다 철문을 달아 본관과 분리했소. 내가 직접 설치를 지휘했고 돈으로 살 수 있는 최고의 방어책들을 완비했지. 덕분에 그간 밤잠을 방해받는 일은 없었소이다." 페어팩스는 우리 한 사람 한 사람에게 차례로 시선을 고정했다. "난 겁이 많은 편은 절대 아니오. 그런데도 콤 케리 홀의 서관에서 홀로 밤을 보낼 생각은 죽었다 깨어나도 못 할 거야. 하지만," 그는 철제 불도그를 다정히 만지작거렸다. "바로 그거요. 내가 선생에게 맡기려는 일이."

나는 가슴이 철렁했다. 치마를 살짝 정돈한 걸 빼고는 꼼짝도 하지 않았다. 록우드의 눈이 빛나고 있었다. 조지의 눈은 언제나처럼 무표정했다. 그는 천천히 안경을 벗고 스웨터 앞자락에 안경알을 문질렀다. 우리는 기다렸다.

"이 일을 시도하는 게 여러분이 처음은 아니오." 페어팩스가 말을 이었다. "록우드 선생이 조금 전에 했던 것과 똑같은 질문들이 이전 소유주의 머릿속에도 있었겠지. 삼십 년 전에 그는 조사를 해보기로 마음먹고 피츠 대행사에서 소규모 팀—어린 남녀 요원과 그들의 성인 감독관—을 고용해 초기 답사를 진행했소. 저택에서 하룻밤을 보내기로 합의하고 소위 붉은 방에 집중하기로 했지. 뭐, 그들은 표준 절차에 따라 작업했어요. 저택의 주 출입문은 잠그지 않았소. 그러니 명백한 탈출로가 있었던 셈이지. 붉은 방에는 내선 전화를 설치했고. 이 전화는 버트 스타킨스의 숙소와 연결돼 있었으니 도움이 필요했다면 청할 수 있는 상황이었소. 세 사람 모두 아주 노련한 조사관이었어요. 소유주는 그들을 남겨두고 황혼 녘에 저택을 떠났다오. 몇 시간 뒤, 잠자리에 들던 스타킨스는 건물 위층 창문들에서 손전등 불빛이 안정적으로 움직이는 모습을 목격했소. 그러다 자정쯤에 이 관리인의 전화가 울리기 시작했다는군. 그는 수화기를 들었소. 감독관이었지. 그자가 말하기를 기이한 현상이 관찰되고 있어서 전화가 제대로 작동하는지 확인차 걸었다고 했소. 나머지는 모든 게 무탈하댔고. 감독관은 상당히 차분했다고 하오. 그가 전화를 끊었고, 스타킨스는 잠자리로 돌아갔소. 그날 밤 전화기는 다시 울리지 않았어요. 이튿날 아침, 스타킨스와 소유주가 현관 계단에서 만났는데 피츠 팀은 모습을 드러내지 않았소. 7시 30분에 두 사람은 콤 케리 홀로 들어갔어요. 내부는 조용했지. 아무도 전화를 받지 않았고. 어디를 확인해 봐야 할지는 물론 뻔했소. 붉은 방의 문을 열었을 때, 전화기 옆에서 고개를 처박고 고꾸라진 감독관의 시체를 발견했소. 유령접촉을 당했고 숨은 이미 끊어져 있었지. 여자애는 방 반대쪽에 있었소. 창문 옆에 쪼그려 앉은 채로. 방금 쪼그려 앉았다고 했소. 어찌나 단단히 웅크리고 있는지 몸을 펴서 얼굴을 볼 수도, 맥박을 확인할 수도 없었소. 그랬던들 별 의미도 없었겠지만. 당연한 얘기로 그 애 역시 뻣뻣이 죽어 있었소. 안타까운 말이지만 같이 간 남자애는 무슨 일을 당했는지조차 모른다더군."

"사인을 특정하지 못했다는 말인가요?" 조지가 물었다.

"그를 발견조차 못 했다는 말이오."

"죄송합니다만," 록우드가 말했다. "자정에 감독관이 전화를 걸어왔을 때, 어떤 종류의 현상을 경험하고 있는지 설명했던가요?"

"아니. 그런 얘기는 없었소." 페어팩스는 재킷에서 회중시계를 꺼내 잠시 확인했다. "시간이 없소. 십오 분 내로 핌리코에 가 있어야 하거든! 좋아요, 요점만 말하죠. 앞서 얘기했듯 선생네 회사가 내 눈길을 사로잡았소. 난 여러분의 능력이 놀랍고, 또 흥미롭다오. 자, 이제부터 제안을 하겠소. 난 신 로드 건의 벌금을 내줄 용의가 있소. 그거면 화재로 인한 손실을 보상하고 덤으로 DEPRAC의 입도 막을 수 있을 거요. 그 6만 파운드를 벌기 위해 여러분이 할 일은 조사에 전념하는 것뿐이오. 사실 난 여러분이 콤 케리 홀에 도착하는 순간 여러분의 계좌로 그 돈을 송금할 생각이오. 그에 더해 여러분이 그곳의 미스터리를 풀고 출처의 위치까지 파악해 낸다면 상당한 수수료를 추가로 지급하겠소. 선생 회사는 기본 수임료가 얼마요?"

록우드가 액수를 말했다.

"그 두 배를 주겠소. 장담컨대 콤 케리 홀은 만만히 볼 상대가 아니거든." 페어팩스가 불도그의 머리를 움켜잡고 몸을 앞으로 밀며 일어날 채비를 했다. "한 가지 더. 난 필요한 게 있으면 즉시 움직이는 사람이오. 여러분이 이틀 내로 작업에 착수하길 바라오."

"이틀이요?" 조지가 말했다. "하지만 준비할 시간이 필…."

"딱 한 번만 말하리다. 내 제안에는 협상의 여지가 없소. 여러분은 계약 조건을 더하고 말고 할 입장이 아니오. 아, 한 가지 조건이 더 있군. 홀에는 화기나 폭발물을 반입할 수 없소. 거기엔 오래고 값진 가구들이 어마어마하게 많거든. 여러분을 못 믿겠다는 건 아니오. 다만, 무례를 용서하시오." 은을 씌운 치아가 반짝거렸다. "다만 내 재산을 태워먹고 싶지 않을 뿐." 의자가 끼이익거리며 저항하는 소리가 났다. 페어팩스가 자리에서 일어났다. 가느다란 다리로 우리 위에 우뚝 솟은 모양새가 꼭 모종의 거대한 곤충 같았다. "아주 좋소. 물론 당장 마음을 정하라는 건 아니오. 오늘 중으로 알려주시오. 이 명함에 내 비서의 전화번호가 있소."

나는 소파 등받이에 몸을 기대며 볼 풍선을 불었다. 당장 마음을 정하라는 건 아니라니, 아주 지당하신 말씀이었다. 피츠의 조사관들은 최고다. 다들 아는 사실이다. 그런 사람들 셋이 거기서 죽었단 말이다! 그들의 뒤를 따르는 건, 그것도 제대로 준비할 시간조차 없이 덤비는 건 한낱 광기에 지나지 않았다. 붉은 방? 울부짖는 계단? 그래, 페어팩스가 제안하는 돈이 록우드 심령 회사를 살릴 순 있을지 몰라도, 우리가 목숨을 잃기라도 하면 그게 다 무슨 소용인가? 의심의 여지가 없는 일이었다. 우리는 이 문제를 아주 신중히 의논해야 했다.

"대단히 고맙습니다." 록우드가 말하고 있었다. "하지만 지금 당장 답을 드릴 수 있습니다. 이 건은 우리가 맡도록 하죠." 그는 자리에서 일어나 손을 내밀었다. "최대한 빨리 콤 케리 홀로 출동할 수 있게 준비하겠습니다. 일요일 오후면 될까요?"

4

콤 케리 홀

17

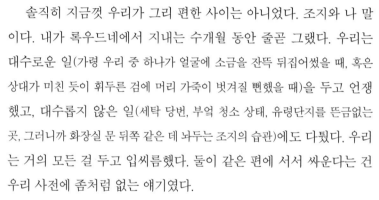

솔직히 지금껏 우리가 그리 편한 사이는 아니었다. 조지와 나 말이다. 내가 록우드네에서 지내는 수개월 동안 줄곧 그랬다. 우리는 대수로운 일(가령 우리 중 하나가 얼굴에 소금을 잔뜩 뒤집어썼을 때, 혹은 상대가 미친 듯이 휘두른 검에 머리 가죽이 벗겨질 뻔했을 때)을 두고 언쟁했고, 대수롭지 않은 일(세탁 당번, 부엌 청소 상태, 유령단지를 뜬금없는 곳, 그러니까 화장실 문 뒤쪽 같은 데 놔두는 조지의 습관)에도 다퉜다. 우리는 거의 모든 걸 두고 입씨름했다. 둘이 같은 편에 서서 싸운다는 건 우리 사전에 좀처럼 없는 얘기였다.

페어팩스가 떠난 뒤의 점심시간은 그 보기 드문 순간들의 하나였다. 그의 롤스로이스가 부릉거리며 떠나기 무섭게 우리는 의논도 없이 그런 결정을 했다며 록우드를 공격했다. 나는 그에게 콤 케리 홀의 끔찍한 악명을 되새겨 줬다. 조지는 적어도 두 주, 기왕이면 한 달의 시간은 있어야 그 저택의 역사를 제대로 조사할 수 있다고 주장했다. 그 정도도 준비하지 않는 건 자살 행위나 다름없다고 했다.

록우드는 기분 좋게 침묵하며 얘기를 들었다. "다 했어?" 그가 말했다. "좋아. 세 가지만 말할게. 첫째, 이건 우리 회사를 파산에서 구할 아마도 유일한 기회야. 호프 씨네 보상금을 단박에 지불할 수 있어. 게다가 DEPRAC한테서도 벗어날 수 있고. 이런 엄청난 기회를 무턱대고 거절할 순 없어. 둘째, 여기 책임자는 나고 내 말대로 가는 거야. 셋째, 지금껏 우리 누구든 이 정도로 매력적인 사건을 맡아본 적 있어? 울부짖는 계단이라는데? 붉은 방은 또 어떻고? 왜들 이래! 드디어 우리 재능에 걸맞은 임무를 맡게 됐는데! 남은 평생 변두리에서 따분한 음영자들이나 쿵쿵거릴 작정이야? 마침내 제대로 된 놈이 나타난 거야! 이걸 거절하는 건 범죄라고."

그의 근거들, 그중에서도 특히 두 번째는 우리에게 씨알도 안 먹혔다. 조지는 안경을 스웨터에다 신경질적으로 비벼댔다. "여기서 진짜 범죄는," 그가 말했다. "페어팩스의 말도 안 되는 조건들이지. 마그네슘 화염을 못 쓴다고, 록우드! 이건 완전히 미친 짓이야!"

록우드는 소파 등받이에 등을 걸치고 누웠다. "흥미로운 요구긴하지."

"흥미?" 내가 소리쳤다. "애초에 말이 안 되는 거지!"

"페어팩스는 멍청이야." 조지가 말했다. "설사 그 집이 그가 말한 것의 반만큼밖에 위험하지 않대도 가능한 모든 무기를 동원하지 않는 건 미친 짓이 될 판이라니까!"

나는 고개를 끄덕였다. "그리스의 불 없이 2급령에 맞서는 사람은 없어!"

"맞아! 게다가 지금 우리가 얘기하는 건 2급령들의 군집이라고…."

"놈들의 소행으로 입증된 사망 사고들까지 있는 데다…."

"준비 시간도 절대적으로 부족해서 과거의…."

"… 기록을 제대로 조사할 수가 없단 말이지." 록우드가 말했다.

"그래, 그래, 나도 안다고. 너희 둘이 돌아가면서 삼십 초씩 귀에다 대고 빽빽거리는데 어떻게 몰라. 두 사람 다 바가지 좀 그만 긁고 들어볼래? 괴짜처럼 보이긴 해도 페어팩스는 우리의 의뢰인이야. 우린 그 사람이 원하는 대로 따라야 하고. 우리한테는 검이 있을 거잖아. 아냐? 방어진을 만들 쇠사슬도 넉넉히 챙길 테고. 그러니 우리가 딱히 비무장 상태로 진입한다고는 할 수 없지." 그가 움찔했다. "루시, 너지금 눈에서 레이저 나오는 그거 또 하고 있잖아."

"그래, 맞아. 왜냐면 난 네가 이 일을 진지하게 생각하는 것 같지가 않거든."

"땡. 난 사실 이 일을 몹시도 진지하게 생각하고 있어. 우린 콤 케리 홀에 갈 거야. 우리 생명을 걸고 실수 없이 제대로 할 거야." 그가 미소를 지었다. "근데 그게 우리가 늘 하는 일 아냐?"

"그거야 장비를 제대로 갖췄을 때 얘기지." 조지가 으르렁거렸다. "그리고 한 가지 더. 페어팩스가 우릴 선택한 이유랍시고 한 얘기가 도무지 말이 안 돼. 록우드 심령 회사보다 크고 성공적인 대행사가 런던에만 열다섯 개는 돼. 그런데도 넌 그가 우리 회사의 문을 두드렸다는 게 그리 놀랍지 않은가 봐."

록우드는 고개를 가로저었다. "오히려 그 반대야. 난 페어팩스의 그 선택에 주목할 점이 있다고 생각해. 그게 이번 건에서 가장 매력적인 부분인 것도 같고. 그러니 이 기회를 최대한 활용해서 일이 어찌 돌아가는지 볼 필요가 있다 그거야. 자, 얘기 끝났으면…."

"아니." 내가 말했다. "아직 안 끝났어. 휴고 블레이크랑 펜던트 문제는 어쩌고? 넌 벌써 그 일을 까먹은 모양인데, 우린 고작 열두 시간 전에 침입을 당했어. 그 문제는 어떻게 해?"

"블레이크 건은 나도 계속 생각하고 있어." 록우드가 말했다. "하지만 지금은 페어팩스와 그의 제안이 우선순위가 돼야 해. 우리가 준비에 쓸 수 있는 시간은 마흔여덟 시간이고, 그 일분일초가 소중해. 블레이크는 구금 중이야. 그러니 펜던트를 반스한테 당장 가져갈 필요는 없어. 그쪽에 넘기기 전에 암호부터 풀어보고 싶기도 하고. 언론에 얘기할 거리가 더 생기는 셈이니까. 콤 케리 홀에서 우리가 거둔 승리의 자세한 내막이 곁들여질 수 있다면 더없이 좋겠지." 그는 자기 말을 자르려는 내게 한 손을 들어 보였다. "아니, 루시. 더 이상의 침입은 없을 거야. 이제 우리도 경계 중이라는 걸 그들이 알 테니까. 그리고 네 친구 애니 워드는 정의가 실현되기까지 장장 오십 년을 기다렸잖아. 거기서 며칠쯤 더 기다린다고 해서 크게 달라질 건 없겠지. 오케이, 일할 시간이다. 조지, 네가 몇 가지 조사를 좀 해줘야겠어."

"그야 뻔하잖아." 조지가 으르렁거렸다. "콤 케리 홀 얘기겠지."

"맞아. 그리고 다른 것들도 더. 가서 준비해, 기운 좀 내고. 조사 시간이잖아. 기쁨에 겨워 폴짝폴짝 뛰어야지. 루시, 오늘 네가 할 일은 나랑 같이 집을 손보고 장비들을 살피는 거야. 다들 만족해? 좋아."

만족을 하든 말든, 록우드가 이런 기분일 때는 다툼이 불가능했다. 그걸 뻔히 아는 조지와 나도 더는 덤비지 않았다. 얼마 지나지 않아 조지는 기록물보관소로 출발하고, 나는 지하실의 록우드와 합류했다. 그렇게 이틀 동안의 광적인 작업이 시작됐다.

그날 오후에는 록우드의 감독 아래 가정 방비를 수리하고 보강했다. 현관문에 자물쇠들을 새로 달고 지하실 창문에는 튼튼한 철창살―산 자와 죽은 자 모두를 차단하기에 적합한―을 덧댔다. 작업자들이 일하는 동안 록우드는 전화기 앞에 앉아 여기저기와 통화했다. 레이피어 판매상 멀렛 & 손스에서 새 검들을 주문했다. 런던 내 대행사 비품의 주요 공급업체인 저민 스트리트의 새철스와 얘기해 철가루와 소금을 새로 가져다달라고 요청했다. 화염탄의 빈자리를 그렇게라도 메꿔볼 요량이었다.

그사이 나는 지하실 바닥에 무기와 방어구들을 늘어놨다. 쇠사슬과 검에 광을 내고 각종 가루통을 다시 채웠다. 은제 봉인구들을 재시험하면서 가장 강력한 상자와 끈, 사슬망을 있는 대로 골라내고 크기가 작은 소품들은 한쪽에 따로 정리했다. 마지막으로, 그리고 섭섭한 마음과 함께 작업용 벨트에서 화염탄들을 제거해 장비실에 넣었다. 탁한 유리 저편에서 전체 과정을 무척이나 흥미롭게 지켜보던 유령단지 속 얼굴이 이 대목에서 입 모양으로 다급히 떠들어댔고, 짜증이 점점 차오르던 나는 전용 손수건으로 놈을 덮어버렸다.

준비가 계속되는 내내 록우드는 다가오는 모험의 만만치 않은 규모에 심란한 눈치였다. 기력이 넘치는 듯했지만—나는 그가 그처럼 들떠서는 온 집 안을 깡충깡충 뛰어다니고 계단을 한 번에 세 칸씩 오르는 모습을 처음 봤다—또 한편으론 이상하리만치 뭔가에 몰두해 있었다. 좀처럼 말을 하지 않았고, 가끔은 하던 일을 멈추고 멍하니 허공을 응시했다. 자기 머릿속의 웬 복잡한 문양을 따라가며 그 끝을 찾아내려 애쓰는 사람처럼.

조지는 하루 종일 기록물보관소에 처박혀 있었다. 나는 그가 귀가하는 걸 결국 못 보고 잠자리에 들었는데, 아침에 일어나 보니 그새 또 집을 나서고 없었다. 놀랍게도 록우드 또한 외출을 준비하고 있었다. 그는 복도 거울 옆에 서서 머리에 눌러쓴 거대한 납작 모자를 신중히 매만지는 중이었다. 싸구려 정장을 걸쳤고 옆구리엔 낡은 서류 가방을 끼고 있었다. 내가 말을 걸자 평소 말투와는 상당히 다른 사투리로 대답했다.

"어떤 것 같아?" 그가 물었다. "제대로 시골스러워?"

"그런 거 같아. 맞아. 뭐라 말하는지도 못 알아먹겠어. 왜 그러는 건데?"

"콤 케리에 가려고. 몇 가지 확인하고 싶은 게 있어. 많이 늦을 거 야."

"나도 같이 가줄까?"

"미안. 여기는 여기대로 중요한 일들이 있잖아, 루시. 네가 우리 본진을 지켜주기도 해야 하고. 이따가 새철스랑 멀릿에서 배달을 올 거야. 물건이 도착하면 새 검들을 꺼내서 살펴봐 줄래? 문제가 있으 면 멀릿 영감님한테 전화 넣어. 새철스네 물건은 신경 안 써도 돼. 내 가 돌아와서 확인할게. 도구 가방도 한번 더 점검하고, 식량도 슬슬 챙기기 시작해 줘. 그리고," 그는 재킷 주머니를 더듬더니 조그만 은 유리함을 꺼냈다. "그 유령소녀의 목걸이는 네가 가지고 있어줬으면 해. 며칠 내로 조사를 재개하겠지만 그때까지 날 대신해서 잘 보살펴 줘. 몸에 지니고 다녀, 저번처럼." 그는 서류 가방을 집어 들고 복도를 내려가기 시작했다. "아, 그리고 루스. 배달 말고는 아무도 집에 들이 지 마. 우리의 가면 쓴 친구가 다음번엔 좀 더 교묘한 접근을 시도할 지도 모르니까."

늦은 오후가 됐다. 낮게 걸린 겨울 태양이 지붕들 너머에서 반짝 였다. 라일락 빛깔의 희미한 원반 같기도 했다. 포틀랜드 로 35번지 는 냉랭하고 휑했다. 잿빛 평면들을 열두 단계의 명암들이 채웠다. 집엔 나밖에 없었다. 조지도 록우드도 돌아오지 않았다. 나는 배달물 들을 받고, 도구 가방을 다시 정리하고, 간식과 음료를 챙기고, 다음 날 아침 작업에 입을 옷들을 다림질했다. 지하실의 에스메랄다를 상대로 검술 연습도 했다. 그리고 이젠 가파르게 내리는 땅거미 속에서 집을 서성이며 답답함과 씨름하고 있었다.

나는 솔직히 페어팩스의 의뢰 때문에 심란한 게 아니었다. 그 일의 위험성이 내 마음 한구석에 혼령들의 군집처럼 무리 지어 있기는 했지만. 내가 보기에도 록우드는 옳았다. 회사를 살리고 싶다면 그처럼 후하고 비범한 제안을 덮어놓고 거절해선 안 되는 것이다. 그리고 이 의뢰를 둘러싼 의문들—일단 붉은 방과 울부짖는 계단의 정확한 정체가 무엇인지부터—이 많은 것만큼이나 나는 조지의 조사 능력을 자신했기에 우리가 진짜 아무것도 모르는 채로 그 집에 발을 들이는 일은 없으리란 걸 잘 알았다.

이 의뢰가 우리의 관심을 끄는 건 당연한 일이었지만, 거기서 내가 좀 배제당하고 있다는 생각에 약이 오르기도 했다. 조지는 책과 신문으로 특기를 발휘하는 중이었다. 록우드는 (짐작건대) 홀의 따끈따끈한 정보를 모으고 있었다. 그런데 나는? 집에 처박혀 잼샌드위치를 만들고 무기를 정리했다. 그 역시 의심의 여지없이 중요한 일이었지만, 그렇다고 딱히 설레는 일은 아니었다. 나는 더 본격적으로 기여하고 싶었다.

하지만 날 정말로 심란하게 하는 건 우리가 애니 워드 사건을 방관하고 있다는 사실이었다. 나는 펜던트 문제를 며칠 더 미뤄둬도 된다는 록우드의 생각에 동의하지 않았다. 가면 쓴 강도니 이상한 암호니 하는 문제가 걸려 있는 상황에서 우리가 어떻게든 손을 놓지 않는 게 중요해 보였다. 그리고 이 믿음을 굳히는 충격적인 전화가 그날 오후에 걸려왔다. 발신인은 반스 경위로, 휴고 블레이크가 곧 석방된다는 소식이었다.

"증거 불충분이야." 반스가 딱딱거렸다. "요점만 말하면 그래. 휴고 블레이크는 자백하지 않았고, 우린 그자가 그날 피해자의 집에 들어갔다는 걸 입증하지 못했어. 이제 그자의 변호사들이 바삐 움직이기 시작했고, 그 말인 즉 우리에게 남은 시간이 얼마 없다는 거지. 뭔가 다른 걸 찾아내지 못하는 한은 말일세, 칼라일 양. 아님 그자가 실토하는 수밖에 없는데, 안타깝지만 내일쯤엔 경찰서를 걸어나가게 될 거야."

"뭐라고요?" 내가 소리쳤다. "그렇게 풀어주면 안 되죠! 그 사람은 분명 유죄라고요!"

"그래, 하지만 우리가 입증하질 못하잖나. 그치?" 그리 말하는 반스의 콧수염이 잔물결을 일으키는 게 눈에 훤했다. "휴고 블레이크가 피해자를 집에 데려다줬다는 사실만으론 부족해. 그자를 범죄와 연관시킬 결정적인 증거가 없어. 너희 머저리들이 그 집을 불태우지만 않았어도 거기서 뭔가가 나왔을지도 모르지. 지금 상황으로 봐서는, 유감이네만 그자는 처벌을 모면할 공산이 커." 반스는 최후의 콧방귀와 함께 전화를 끊었고, 홀로 남겨진 나는 분통이 터졌다.

결정적인 증거가 없어…. 하지만 어쩌면 그래, 그 증거가 우리 손에 이미 있는지도.

나는 목에 걸고 있던 조그만 보관함을 들어 올려 사그라져 가는 햇빛에 비춰봤다. 유리 너머에 기형적으로 늘어져 있는 펜던트의 금빛 몸체가 꼭 얕은 물속의 장어 같았다. 토르멘툼 메움, 라이티티아 메아…. 단어들이 보일락 말락 했다. 그리고 로켓 안에는, 뭐였더라? A≠W, H.Ⅱ.2.115…. 이유야 알 수 없지만 이 글자와 숫자들 속에 결정적 단서가 감춰져 있었다. 블레이크가 노리는 것도 그거였다. 결정적 단서이기에 그토록 간절히 되찾으려는 것일 테고. 그 단서를 반스에게 건네면, 그가 문제를 마무리할 것이다.

아니, 아닐 거다. 그 살인자는 법망을 끝내 빠져나갈 거다. 지난 오십 년 동안 그랬듯.

내 속에서 차갑고 거센 분노가 일었다. 저 암호를 풀지 못하면 마지막 기회를 놓치는 것이나 다름없었다. 블레이크는 그날 일을 절대 인정하지 않을 테고, 진실을 아는 건 그밖에 없었다.

아무도 없었다. 한 사람을 제외하면….

나는 손에 든 유리함을 가만히 내려다봤다.

문득 떠오른 그 생각은 정말 절대 해서는 안 되는 것이라 잠시 꼼짝도 못 하고 서서 내 심장이 불안하게 뛰는 소리를 듣고 있었다. 목숨을 걸고 해야 하는 일이었다. 혹 문제가 생긴대도 쉽게 처리할 수 있으리라 자신하긴 했지만. 그보다 나쁜 건 록우드의 노여움을 사게 되리란 사실이었다. 그는 위험한 행위는 뭐가 됐든 반드시 허가부터 받으라고 경고했었다. 내가 조금의 분별이라도 있는 사람이라면 그가 돌아올 때까지 기다려야 했겠으나, 그랬다가는 지금 계획 중인 이 실험을 금지당하리라는 것 또한 불 보듯 뻔했다. 그럼 나는 정말로 쓸모없는 하루를 보낸 셈이 되는 거고, 그사이 비열한 블레이크는 목을 빼고 석방의 시간을 기다리겠지.

나는 집을 헤매고 다녔다. 목적 없이 배회하며 머릿속 계획을 이리저리 살폈다. 빛이 줄어갔다. 정신을 차려보니 부엌이었다. 천천히 나선형 계단을 밟아 밑으로 내려갔다. 지하실 뒤편 벽의 영물 선반은 격자 모양의 암흑이었다. 이 밤, 해적 손만이 희미한 연보라색으로 빛날 뿐, 다른 전리품들은 컴컴했다.

감수할 가치가 충분한 위험이었다. 성공하기만 하면 펜던트의 이상한 숫자 암호를 해독하는 과정을 통째로 건너뛸 수 있었다. 블레이크의 유죄를 입증할 결정적 증거를 손에 넣을 수도 있었다. 혹 실패한다면, 그런들 무슨 상관인가? 록우드만 모르면 그만이었다.

기름을 바르고 검사를 마친 쇠사슬들이 바닥에 줄줄이 늘어서서 가방에 들어가길 기다리고 있었다. 나는 개중에서 가장 길고 두꺼운 녀석, 5센티 두께의 통통한 사슬을 골라 질질 끌고는 훈련실로 들어갔다. 너덜너덜 지푸라기로 속을 채운 조와 에스메랄다가 구슬프게 침묵하며 대롱거렸다. 사슬을 바닥에 펼치고 직경 1.2미터가량의 원 모양으로 두 번 감은 뒤 양 끝을 서로 겹쳤다. 강제로 풀리는 일이 없도록 끝부분의 고리 두 개에다 자전거용 자물쇠를 채웠다. 아주 막강한 방어진이었고 2급령과의 대적에서 효과가 검증된 방어 체계였다. 이 역시 페어팩스 철강의 제품일 터였다. 조사관들은 대개가 방어진 안쪽에 선다. 방랑하는 유령의 유형을 불문하고 안전을 확보하기 위해.

오늘, 나는 그 원칙을 바꿔볼 작정이었다.

훈련실에는 창문이 따로 없어 벌써부터 무척 컴컴했다. 시계를 확인하니 겨우 5시였는데, 평소의 기준으로 보자면 유령이 본격적으로 현현하기에 너무 이른 시각이었다. 하지만 내 선택지에 기다림은 없었다. 록우드와 조지가 언제 들이닥칠지 몰랐다. 게다가 유령이 정말 간절하면 일찍 나타날 수도 있지 않겠나?

쇠사슬을 넘어 방어진으로 들어간 뒤 주머니에서 은유리함을 꺼냈다. 바닥에 무릎을 꿇고 앉아 유리함의 잠금쇠를 눌러 열었다. 뚜껑을 젖히고 함을 뒤집었다. 손바닥에 떨어진 펜던트는 고통스럽도록 차가웠다. 냉장고 깊숙한 곳에서 막 꺼내 든 물건이라도 되는 것처럼. 나는 펜던트를 바닥에 조심조심 내려놨다. 그런 다음 자리에서 일어나 쇠사슬을 다시 넘었다.

여기까지는 무난했다. 결과가 즉시 나타나리라곤 생각지 않았던 터라 사무실로 가서 몇 가지 물건을 챙겨 왔다. 고작 이 분 정도 자리를 비웠을 뿐인데 다시 돌아갔을 때는 훈련실 안 공기가 이미 냉각돼 있었다. 천장에 달린 조와 에스메랄다가 살살 흔들렸다.

"애니 워드?"

없었다. 대답은 없었다. 하지만 관자놀이가 당기는 기분, 방에 모여드는 희미한 힘이 느껴졌다. 나는 방어진에서 아주 약간 떨어진 곳에 서 있었다. 주머니에 소금 봉지를 넣고 한 손에는 종이를 든 채로.

"애니 워드?" 내가 다시 말했다. "와 있는 거 알아요."

쇠사슬의 원 안에서 아득하게 빛나는 은빛. 소녀의 희미한 이차원적 윤곽이 접히고 휘었다. 나타났다 사라졌다.

"누가 죽인 거예요, 애니?"

윤곽이 아까처럼 뒤틀리고 깜빡였다. 나는 귀를 기울였지만 아무 목소리도 듣지 못했다. 계속 옥죄는 머리가 이젠 욱신거렸다.

"휴고 블레이크였나요?"

아무 변화도 없었다. 시각적으로는 그랬다. 찰나의 순간에 나는 들릴락 말락 한 속삭임을 잡아냈다고 생각했다. 멀리 떨어진 방에서 누군가가 조용히 얘기하는 소리 같았다. 나는 안간힘을 쓰며 들었다. 어찌나 힘을 썼는지 이마가 지끈거렸다…. 아니, 사라졌다. 애초에 그런 소리가 정말 있기나 했는지 모를 일이었다.

글쎄, 기대가 과했나 보다. 내가 뭐라도 잡아낼 수 있으리라 생각했다니. 죽은 자를 심문하는 게 그리 간단한 일이었다면 내로라하는 재능을 가진 누구든 그 기술을 터득했을 테지. 현실은 그렇지 못해서 마리사 피츠 말고는 성공한 사람이 아무도 없었다. 그녀가 3급령과 나눈 대화는 전설이나 다름없었다. 못 살아. 도대체 나는 무슨 생각이었던 거지? 당장이라도 소금을 꺼내 들고 이 난장판을 정리해야 했다.

그럼에도 마지막으로 해보고 싶은 게 있었다.

나는 조지가 사진을 복사한 종이를 챙겨 와 등 뒤에 감추고 있었다. 이제 손을 앞으로 빼서 종이를 펴 들고 쇠사슬로 접근했다. 종이를 홱 뒤집어 블레이크의 사진들이 방어진을 향하도록 했다. 거기, 그가 둘이나 있었다. 주요 머그샷*이라 할 만한 사진에서는 검은색 넥타이와 중절모, 장갑으로 멋을 낸 채 싱긋 웃고 있었고, 역시 같은 차림으로 분수대 옆에서 찍은 단체 사진에서는 애니 워드에게 딱 붙어 서 있었다.

"여기," 내가 말했다. "이 사람이었어요? 휴⋯."

귀를 찢는 심령의 비명, 비탄과 분노의 울부짖음에 나는 나동그라졌다. 공기가 터져 나와 방을 휩쓸고, 쇠사슬이 밖으로 밀리며 원이 짱짱해지고, 벽면의 벽돌에서 먼지가 흩날렸다. 지푸라기로 만든 인간 모형이 거세게 흔들리다 못해 천장을 때렸다. 나는 널브러진 채 문 근처까지 밀려가며 비명을 질렀다. 머릿속에서 느껴지는 엄청난 압력에 두개골이 쪼개질 것만 같았다. 눈길을 드니 유령이 방어진 안을 저돌적으로 오가며 경계와 충돌하고, 그러면서 왈칵왈칵 뿜어져 나오는 플라스마가 쇠사슬에 닿으며 치익거렸다. 유령의 형체는 기괴하게 비틀려 있었다. 머리는 기형적으로 기다랬고, 막대기 같은 몸은 부러진 뼈처럼 갈라져 있었다. 소녀의 모습은 조금도 남아 있지 않았다. 그럼에도 심령의 곡성은 그칠 줄 몰라서, 나는 얼이 빠지고 귀가 먹먹했다.

쓰러지면서 손에 들고 있던 사진은 놓쳐버리고 말았지만 소금탄은 아직 주머니에 있었다. 나는 간신히 몸을 일으켜 앉아 방어진 안으로 소금탄을 힘껏 던졌다.

• 범죄자 식별용 얼굴 사진.

봉지가 터지고 소금이 흩날렸다. 몸부림치며 구슬피 울던 존재는 사라졌다. 내 머릿속 소음도 뚝 끊겼다.

나는 바닥에 널브러져 있었다. 입을 떡 벌린 채 머리칼에 뒤덮인 눈을 깜빡였다. 맞은편에서 지푸라기 인간 모형 두 개가 미친 듯이 흔들렸다. 그러다 이내 느려지기 시작하더니 고요히 정지했다.

"오우," 내가 말했다. "되게 아프네."

"나도 방금 그 생각 했는데."

아치형 문간에 록우드와 조지가 서 있었다. 너무 놀라서 표정조차 제대로 짓지 못하는 얼굴로 날 빤히 내려다봤다.

"잠깐만!" 내가 말했다. "입 좀 다물어, 조지! 잠깐만! 내가 보여준다니까!"

이 분이 족히 지나고도 나는 말할 기회를 못 잡았다. 그래, 정신이 없긴 했다. 일단 머리가 웅웅거리기를 멈춘 뒤에 내가 가장 먼저 한 일은 방어진에서 펜던트를 회수하는 거였다. 이게 말처럼 쉽진 않았는데, 만지면 물집이 잡힐 정도로 꽁꽁 얼어버린 소금이 펜던트를 온통 뒤덮고 있어서였다. 다음으로 펜던트를 보관함에 넣어야 했다. 이 역시 쉽진 않았는데, 조지 커빈스가 귀에다 대고 호통을 치고 있어서였다. 하지만 나는 설명해야 했고 하려면 빨리 해야 했다. 록우드는 내게 한마디도 하지 않았다. 그의 뺨은 얼룩덜룩했고 입은 굳고 고집스레 닫혀 있었다.

"봐." 내가 말하며 바닥에서 종이를 집어 들었다. "난 우리가 원칙적으로 했어야 하는 일을 했어. 애니 워드한테 사진들을 보여줬어. 누구의 사진일까? 휴고 블레이크. 그녀가 어쨌을까? 폭발했어. 그런 비명은 생전 처음 들어봤다고."

"그 여잘 일부러 풀어줬다는 거야?" 록우드가 말했다. "어리석은 짓을 했어."

그의 얼굴을 보니 덜컥 겁이 났다. "풀어준 거 아냐." 나는 필사적으로 말했다. "그저… 조금의 자유를 더 준 것뿐야. 그리고 나름의 결실도 있었어. 다른 어떤 방법으로도 얻어내지 못했던."

조지가 콧방귀를 뀌었다. "무슨 결실? 그 여자가 정말 너랑 얘기라도 했어? 아니. 법정에서 쓸 법적 문서에 서명이라도 했나? 아니."

"애니 워드의 반응은 명확했어, 조지. 원인에 대한 결과. 누가 봐도 헷갈릴 수 없는 거였다고."

록우드는 고개를 끄덕였다. "아무리 그렇대도 해선 안 될 행동이었어. 그 종이 이리 줘."

나는 말없이 종이를 건넸다. 눈이 따끔거렸다. 위기였다. 나는 또다시 잘못된 선택을 했고, 이번엔 록우드가 용서하지 않으리란 걸 알았다. 그의 얼굴에서 읽을 수 있었다. 이 회사에 고용돼 일하는 시간도 이걸로 끝이었다. 나는 문득 내 손으로 내동댕이친 것들의 소중함을 깨달았다.

록우드가 옆으로 비켜났다. 그의 신발이 뽀드득뽀드득 소금을 밟았다. 그는 불빛 아래 서서 종이를 훑었다. 하지만 조지는 날 놔줄 생각이 없었다. 내게 바짝 다가섰다. 안경 너머의 눈이 안경알을 밀어내기라도 할 기세로 튀어나와 있었다.

"그런 짓을 벌이다니 정말 믿기지가 않는다, 루시. 넌 돌았어! 유령을 고의적으로 풀어놓다니!"

"실험이었어." 내가 말했다. "네가 그리 불만일 건 또 뭔데? 너도 그 멍청한 유령단지를 갖고 맨날 난리를 치잖아."

"거기다 비교할 게 아니지. 난 유령을 단지에서 꺼내지 않으니까.

그리고 내가 하는 건 과학적인 연구거든. 꼼꼼히 통제되는 환경에서 수행하는 거라고."

"꼼꼼히 통제? 저번엔 단지가 욕조에 들어가 있던데!"

"맞아. 유령의 열반응성을 시험 중이었으니까."

"거품을 푼 욕조에서? 단지가 온통 거품투성이던데. 물에다 근사한 향이 나는 입욕제를 풀고는⋯." 나는 그를 빤히 쳐다봤다. "단지랑 같이 욕조에 들어가는 거니, 조지?"

조지의 얼굴이 벌게졌다. "아니, 아니거든. 맨날은 아냐. 나, 난 시간을 아끼려던 거였어. 욕조에 들어가던 순간에 그 생각이 떠오른 것뿐야. 엑토플라즘의 온기 저항성과 관련한 유용한 실험을 해볼 수도 있겠다고. 수축하는지 여부를 확인⋯." 그는 두 손을 거칠게 휘저었다. "잠깐! 왜 내가 너한테 해명하는 건데? 넌 좀 전에 우리 집에다 유령을 풀어놨잖아!"

"루시⋯." 록우드가 말했다.

"풀어놓은 거 아니라고!" 내가 외쳤다. "저 소금들을 봐. 상황을 제대로 통제하고 있었다니까."

"그랬구나." 조지가 말했다. "그래서 그렇게 바닥에 대자로 널브러져 있었구나. 설령 네가 유령을 통제하고 있었다 해도 그건 기술이 아니라 운이 좋아서였겠지. 저 망할 놈의 것이 지난번엔 우리 머리를 날려버릴 뻔했는데 이젠⋯."

"오, 불평불만은 넣어두시죠. 그러는 자기는 발가벗고 유령이랑⋯."

"루시!" 우리는 말을 멈췄다. 록우드는 우리가 말다툼을 시작하던 때와 똑같은 자세로 서 있었다. 천장등 아래서, 종이를 든 채. 그의 얼굴은 창백하고 목소리는 이상했다. "방문자한테 이 종이를 보여줬다고?"

"그게, 응. 난….".

"어떻게 들고 있었어? 이렇게? 아님 이렇게?" 그는 종이를 쥔 손 모양을 이리저리 잽싸게 바꿨다.

"어, 마지막 거. 그런 듯해."

"유령이 종이 전체를 본 게 확실해?"

"음, 응. 하지만 아주 잠시였어. 곧장 미쳐버렸지. 너희도 봤다시피."

"그래." 조지가 단호히 말했다. "우리도 봤지. 록우드, 넌 왜 아무 말이 없어. 루시한테 얘기 좀 해줄래. 이런 짓 좀 하지 말라고? 이번이 두 번째야. 우릴 위험에 빠트린 게. 이쯤에서 분명히 말해야겠….".

"분명히 말해야겠네. 잘했어." 록우드가 조지의 말을 잘랐다. "루시, 넌 천재야. 네가 중대한 접점을 찾아낸 것 같아. 이건 결정적인 단서라고."

나는 조지 못지않게 놀랐다. 조지의 아래턱은 살랑살랑 움직이는 그네를 닮아 있었다. "오, 고마워…." 내가 말했다. "네 생각에… 네 생각엔 이게 사건에 도움이 될 것 같아?"

"엄청나게."

"그럼 경찰에 얘기할까? 펜던트를 반스한테 보여줘야 하나?"

"아직은 아냐. 조지 말이 맞아. 엄밀히 말해 유령의 반응은 증거가 될 수 없으니까. 하지만 걱정 마. 네 덕분에 확실해졌어. 우린 애니 워드의 얘기를 아주 가까운 시일 내에 만족스레 마무리하게 될 거야."

"그러면 좋긴 하지…." 나는 당황스러운 만큼이나 엄청나게 안도했다. "하지만 너희가 알아야 할 게 있어. 휴고 블레이크가 석방될 거야." 나는 반스의 전화에 대해 얘기했다.

록우드가 미소를 지었다. 그는 갑자기 느긋해 보였다. 명랑하기까지 했다. "걱정할 거 없어. 집은 보안이 철저해. 놈들이 우릴 다시 털진 못할 거야. 그렇대도 우리가 콤 케리에 가 있는 동안 펜던트를 굳이 여기에 둘 필요는 없겠지. 네가 가져가, 루시. 목에 걸고 있어. 약속할게. 애니 워드 문제는 조만간 처리할 거야. 하지만 그 전에," 그가 싱긋 웃었다. "페어팩스 건이 기다려. 조지가 그 집에 대해 알아낸 게 있대."

"맞아." 조지가 말했다. "홀의 출몰 사태에 대해 이것저것 좀 찾아봤지."

나는 그를 빤히 쳐다봤다. "페어팩스의 말만큼 안 좋아?"

"아니." 조지가 안경을 벗고 피곤한 듯 눈을 비볐다. "내가 본 바로는, 그보다 훨씬 많이 제대로 안 좋아."

18

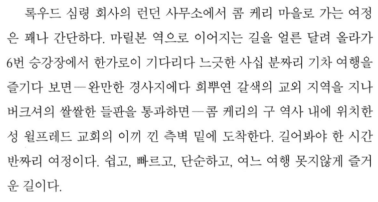

록우드 심령 회사의 런던 사무소에서 콤 케리 마을로 가는 여정은 꽤나 간단하다. 마릴본 역으로 이어지는 길을 얼른 달려 올라가 6번 승강장에서 한가로이 기다리다 느긋한 사십 분짜리 기차 여행을 즐기다 보면―완만한 경사지에다 희뿌연 갈색의 교외 지역을 지나 버크셔의 쌀쌀한 들판을 통과하면―콤 케리의 구 역사 내에 위치한 성 윌프레드 교회의 이끼 긴 측벽 밑에 도착한다. 길어봐야 한 시간 반짜리 여정이다. 쉽고, 빠르고, 단순하고, 여느 여행 못지않게 즐거운 길이다.

그래, 맞다. 이론상으로는 그렇다. 그러나 그 길도 그리 재미있지만은 않다. 쇠붙이가 잔뜩 든 대왕 더플백 여섯 개 더하기 여분의 검 네 개가 든 레이피어 가방의 운반을 돕는 처지라면. 그리고 허리에 찬 새 검이 자꾸만 걸리적거리는 상황이라면. 그것도 모자라 무리의 대장과 그의 부관이 한통속이라도 되는 양 속편하게 지갑을 안 가져왔고, 그래서 당신이 기차푯값과 더불어 가방 무게에 따른 추가 운임을 지불해야 하는 상황이라면. 거기다 흥정에 시간을 너무 들인 나머지 첫 기차를 놓치고 만다면. 맞다, 이 모두를 겪으면 기분이 참으로 좋아죽겠는 지경이 된다.

그리고 영국에서 가장 악명 높은 흉가를 향해 간다는, 거기서 죽지 않기를 기원한다는 사소한 문제도 물론 있었다.

특히 저 마지막 요인은 여정 내내 개선될 기미를 보이지 않았다. 조지가 지난 이틀 동안 찾아낸 정보들을 자세히 보고한 덕분에 더욱 그랬다. 그가 가져온 링바인더는 깔끔히 적힌 메모들로 가득했고, 기차가 완만한 언덕의 울창한 습곡 사이에 숨겨진 마을들의 첨탑과 항마등을 느긋하고도 명랑하게 지나치는 동안, 그는 종이에 적힌 고약한 내용들로 우리를 융숭히 대접했다.

"페어팩스가 우리한테 했던 얘기는 기본적으로 다 사실인 듯해." 그가 말했다. "콤 케리의 홀은 수세기에 걸쳐 악명을 쌓아왔어. 시작은 소수도원이었다는 거, 기억하지? 그와 관련한 중세 문서를 하나 찾았어. 소수도원을 처음 세운 건 '성 요한의 이단 수도사들'로 알려진 집단이야. 대외적으로는 그들이 '적법하게 하느님을 숭배하길 거부하고 어둠의 것들에 빠지고 말았노라'로 돼 있어. 그 '것들'이 뭘 의미했는지는 모르겠지만. 오래 지나지 않아 남작들 한 무리가 이 소문을 듣고 소수도원을 태워 없앴어. 그 부지를 빼앗아 자기들끼리 나눠 가졌지."

"모함이라도 한 건가?" 내가 말했다. "수도사들한테 죄를 뒤집어씌운 거야? 땅을 슬쩍하려고?"

조지가 고개를 끄덕였다. "어쩌면. 그때부터는 부유한 가문들—케리가, 피츠 퍼시가, 스록모턴가—이 소유했어. 이 풍요로운 사유지 덕을 톡톡히 봤지. 하지만 홀이라는 건물 자체는 골칫덩어리에 지나지 않았어. 자세한 내용은 많이 못 찾았는데, 15세기의 어느 소유주가 '악의적인 존재'를 이유로 저택을 버린 적이 있어. 홀은 두세 번 정도 완전히 소실되다시피 했고—이것 좀 봐—1666년엔 역병이 창궐해서 거주자를 몰살시켰어. 손님 하나가 저택에 찾아갔다가 집 안의 모두가 죽어 있는 걸 발견한 모양이야. 조그만 아기 한 명만 살아남아서 침실의 요람에서 울고 있었대."

록우드가 휘파람 소리를 냈다. "처참하네. 어쩜 그게 방문자 군집일 수도 있겠다. 홀에 있다던."

"아기는 무사했대?" 내가 물었다.

조지가 메모를 확인했다. "응. 사촌한테 입양됐고 나중에 학교 선생님이 됐어. 엄청난 불운을 겪었지만 운 좋게 빠져나온 거지. 어쨌든 그 저택의 불길한 기운은 이번 세기까지도 쭉 계속되고 있어. 사고들이 줄을 이었는데, 페어팩스 직전의 소유주—그의 먼 친척—는 총으로 자살했대."

"우릴 기다리는 방문자들이 부족할 일은 없겠네, 그럼." 록우드가 혼잣말을 했다. "울부짖는 계단이나 공포의 붉은 방에 대한 얘긴 없었어?"

"짧게 하나 있어. 코벳의 『버크셔 전설』에." 조지는 책장을 넘겼다. "기록에 따르면, 콤 케리 출신의 아이들 둘이 홀의 '옛 계단' 밑에서 의식을 잃은 채 발견됐대. 한 명은 현장에서 사망했지만 다른 한 명은 그런대로 회복해서 '역겹고 사악한 조효, 잔인하고 불경스러운 아우성'이 자기들을 괴롭혔다고 보고했어." 그는 탁 소리와 함께 서류철을 덮었다. "그러고 나서 그 애도 죽었고."

"조효가 뭔데?" 내가 물었다.

"'울부짖다'쯤 되겠지." 록우드는 스쳐가는 풍경을 내다봤다. "온통 얘기, 얘기뿐이네…. 지금 우리한테 절실한 건 실제 사실이야."

조지가 의기양양하게 안경을 고쳐 썼다. "아아, 어쩌면 그것도 내가 좀 도울 수 있겠다." 그는 링바인더에서 종이 두 장을 꺼내서는 객실 창문 아래 달린 조그만 테이블에 펼쳐놨다. 첫 번째 종이는 어느 거대한 건물의 평면도를 손으로 그린 것이었다. 쭉 뻗은 두 개 층의 각 벽과 창문, 계단들이 잉크로 꼼꼼히 기록돼 있었다. 여기저기에 파란색으로 주석도 달려 있었다. 중앙 로비, 서재, 공작의 방, 롱 갤러리…. 상단에 조지의 단정하고 조그만 글씨가 보였다. '콤 케리 홀: 서관'

"정말 굉장한데, 조지." 록우드가 말했다. "이건 또 어디서 찾아냈어?"

조지가 통통한 코를 긁적였다. "폴 몰에 있는 왕립건축학술원에서. 오만 가지 도면이랑 측량 기록이 거기 다 있거든. 이건 19세기에 그려진 거야. 그 거대한 계단 좀 봐. 완전 괴물이지. 실제로 보면 압도적일 거야. 다른 평면도는," 그는 두 종이의 순서를 바꿨다. "훨씬 오래된 거야. 중세까지 거슬러갈 수도 있겠고. 아주 대략적인 개요이긴 하지만, 여기선 홀이 소수도원의 기본 뼈대를 유지하던 시절의 모습을 볼 수 있어. 규모가 훨씬 작지. 그리고 이쪽 방들은 나중에 주택으로 개조되면서 철거된 거야. 19세기 평면도엔 그 방들이 없거든. 하지만 봐, 거대한 계단은 이때도 있잖아. 오늘날의 로비와 롱 갤러리가 될 공간들도. 롱 갤러리는 원래 수도사들이 식사를 하던 구내식당이었어. 위층에 있는 방 일부도 19세기 평면도와 일치해. 그러니까 이 둘을 비교하면," 조지가 말했다. "서관에서 가장 오래된 구역이 어딘지 알 수 있는 거지."

"그리고 거긴," 록우드가 말했다. "궁극의 출처가 있을 가능성이 가장 높은 곳이기도 하고. 아주 좋아. 오늘 밤에 그 구역들의 수색을 시작한다. 내가 부탁한 다른 자료들은 어떻게 됐어, 조지? 좀 볼 수 있을까?"

조지는 얇은 녹색 서류철을 꺼내 들었다. "여기 있어. 존 윌리엄 페어팩스와 관련해 내가 찾을 수 있는 전부야. 전에 말했던 대로, 그는 육칠 년 전에 그 부지를 물려받았어. 저택의 악명에 정나미가 떨어지거나 하진 않았나 봐. 아무튼 거기 페어팩스 관련 자료가 왕창이야. 인터뷰니 약력이니 하는 것들 말야."

록우드는 서류철을 들고 좌석 등받이에 기대앉았다. "어디 보자…. 으음, 페어팩스는 여우 사냥의 열성 지지자인 모양이네. 사냥과 낚시를 좋아하고… 엄청 많은 자선단체를 지원하고. 오우, 젊은 시절엔 정열적인 아마추어 연기자였군…. 이 비평 좀 봐. '윌리엄 페어팩스, 오셀로 역으로 강렬한 연기 선보여….' 상상도 못 해본 얘기네. 하지만 어찌 보면 말은 된다. 그는 지금도 좀 연극적인 구석이 있으니까."

"사건이랑은 별로 관련이 없는 얘기네. 그치?" 내가 말했다. 나는 그때까지도 평면도를 연구하면서 굽어지는 계단을 손으로 따라가고 악명 높은 붉은 방의 위치를 따져보는 중이었다.

"오, 의뢰받은 일의 배경 정보는 많이 알수록 좋지…." 록우드는 자료에 몰두했다. 대화는 끊기기를 반복했다. 기차는 질주했다. 한 번 혹은 두 번, 나는 외투 앞에 손을 대고 그 밑에 걸린 조그맣고 단단한 물건의 윤곽을 느꼈다. 유령소녀의 펜던트가 든 보관함이었다. 그걸 내내 몸에 지니고 있었다. 안전하게, 록우드가 지시한 대로. 그가 옳기를 바랐다. 우리가 조만간 그 사건을 마무리하리란 얘기가 사실이기를. 물론 우리가 오늘 밤 콤 케리 홀에서 살아남는다는 전제하에.

콤 케리 기차역 밖에서 자동차 한 대가 우리를 기다리고 있었다. 머리칼이 부스스한 십 대가 후드에 느긋하니 기대서서 〈본격 괴담〉

의 과월호를 읽고 있었다. 에베레스트에서 돌아오는 세 명의 셰르파 견습생처럼 짐에 눌려 비틀거리는 우리를 보고 잡지를 내리는 그의 시선에서 냉담한 흥겨움과 뒤섞인 연민이 느껴졌다. 그가 약간은 빈정대는 듯한 몸짓으로 자기 앞머리를 만졌다. "록우드 씨 맞죠? 연락 받고 왔어요. 홀까지 모시겠습니다."

뒷좌석에 차곡차곡 짐이 실리고, 조지와 내가 약간의 고생 끝에 끼어들어 가 앉았다. 록우드는 깡충거리며 차를 끼고 돌아 조수석으로 갔다. 택시가 갑자기 방향을 틀어 도로로 나가는 통에 동네 연못의 오리 떼가 꽥꽥거리고, 나는 조지의 무릎에 꼴사납게 고꾸라졌다. 암울한 표정으로 몸을 일으켰다. 십 대는 이 사이로 휘파람을 불며 삭막한 잿빛의 느릅나무 사이를 운전했다.

"보니까 차에 철을 추가로 보강하거나 하지는 않았네요." 록우드가 말을 걸었다.

"필요 없어요. 여기서는." 십 대가 대답했다.

"안전지대라 그건가요? 주변에 방문자가 없는?"

"없어요. 놈들은 다들 그 저택에 모여 있으니까." 그가 도로의 움푹 팬 곳을 피해보겠다고 급회전하는 바람에 나는 또다시 조지의 무릎 위에 엎어졌다.

조지가 날 내려다봤다. "도움이 필요해? 그 상태로 있어도 돼, 그게 더 편하다면."

"아니. 아니, 사양할게. 내가 알아서 할 수 있어."

"콤 케리 홀 말인가요?" 록우드가 말하고 있었다. "좋군요. 우리가 오늘 밤에 묵을 곳이 거기거든요."

"신관에서요? 아님 버트 스타킨스 영감네에서?"

"본관에서요."

잠깐의 침묵이 이어졌다. 그사이 십 대는 운전대를 놓은 손으로 성호를 긋고, 계기판 위의 조그만 종교적 상징물을 만지고, 의식이라도 치르듯 창밖으로 침을 뱉었다. 백미러를 들여다보며 뭔가를 곰곰이 생각했다. "저 빨간색 더플백이 마음에 들어요." 그가 말했다. "내 축구용품들을 넣어 다닐 수 있겠어요. 내일 홀에 들러 저 가방은 내게 달라고 얘기해도 괜찮을까요? 페어팩스 씨가 욕심내진 않겠죠. 그쵸? 스타킨스 영감도 마찬가지고."

"미안한데," 록우드가 말했다. "우린 내일도 변함없이 저 가방이 필요할 거라서요."

십 대가 고개를 끄덕였다. "어쨌든 들러볼게요." 그리고 덧붙였다. "가서 본다고 큰일이 나는 것도 아니니까."

택시는 오르막길을 오르고, 군데군데 흩어져 있는 숲들을 통과하고, 복잡하게 뒤얽힌 격자무늬의 들판들을 가로질렀다. 썰렁하고 컴컴한 들판에는 겨우살이 초목들이 늘어서 있었다. "홀 내부에 들어가본 적 있어요?" 록우드가 물었다.

"네? 내가 미쳤어요?"

"그래도 뭐든 아는 게 있을 텐데요. 그곳의 출몰 현상에 대해서."

십 대는 비좁은 옆 차선으로 냅다 방향을 틀었다. 막판에 가서 운전대를 꺾는 경이로운 기술 덕분에 뒷좌석의 모든 게 맹렬히 왼쪽으로 쏠렸고, 내 머리는 창유리와 조지 얼굴의 웬 말랑한 부위 사이에 잔혹하게 끼이고 말았다. 몇 초 동안 들리는 것이라곤 귓속에 훅훅 끼쳐오는 조지의 숨소리뿐이었다. 그가 세상 쓸데없는 우물거림과 함께 몸을 비틀어 떼어낼 때쯤 우리는 당장이라도 무너질 듯한 출입구를 통과해 기다란 직선 진입로를 질주하고 있었다.

"… 살해, 은닉, 영원한 실종." 십 대의 얘기가 한창이었다. "내 생각엔 그렇게 모든 게 시작된 거예요. 이 근방 사람들은 다 아는 얘기인데. 죽음이 죽음을 부르고, 그 죽음의 사슬은 이 집이 존재하는 한 계속 커지겠죠. 깡그리 불사르고 잿더미엔 소금을 뿌려야 한다고, 우리 엄만 늘 그래요. 이 집 주인한테는 그런 식의 분별을 기대할 수가 없어요. 자기의 그 하찮은 실험들에 완전히 꽂혀 있거든요. 자, 다 왔습니다. 10파운드 50펜스에다 초과 수하물 비용으로 2파운드 추가예요."

"재미있네요." 록우드가 말했다. "특히 제일 처음 얘기가요. 고맙습니다."

택시가 멈춘 곳은 자갈 깔린 진입로 끝이었다. 차창 너머로 완만하게 경사진 대정원이 보였다. 여기저기에 떡갈나무와 너도밤나무가 서 있고, 페어팩스의 사진에서 존재를 눈치챘던 호수의 일부도 보였다. 다들 하나같이 사람의 손이 닿지 않은 듯 부스스한 몰골이었다. 초목이 무성했고 호숫가에는 웃자란 사초*가 엉겨 붙어 있었다. 조지가 앉은 쪽 창문으로는 옅은 색 나무둥치 하나, 받침대에 항아리를 얹은 모양의 거대한 장식물 두 개, 그리고 그 모두의 뒤에 덩어리진 잿빛 석조 저택밖에 보이지 않았다.

록우드는 운전사와 얘기하느라 정신이 없었다. 나는 차에서 내려 조지를 도와 가방을 챙겼다. 머리 위로 콤 케리 홀이 거대하고도 드높게 솟아 있었다. 공기는 눅눅하고 쌀쌀했다.

저 위쪽에서는 기다란 벽돌 굴뚝들이 구름들을 배경으로 짐승의 뿔처럼 융기해 있었다. 저택의 좌측부, 그러니까 더 낡았을 것으로 추정되는 서관은 대체적으로 아주 오래된 석조 건물이었고, 지붕

---

* 주로 습지에서 자라는 여러해살이풀.

근처와 모서리 정도만 벽돌로 교체돼 있었다. 창문이 무척이나 많았다. 크기도 위치도 제각각인 창문들마다 11월의 잿빛 하늘이 멀거니 떠 있었다. 쩍쩍 갈라진 기둥들이 떠받치는 추접한 콘크리트 포르티코 아래 양문형 주 출입구가 있고, 거기서부터 계단이 길게 뻗어 나왔다. 서관 저쪽 끝에는 기념비적이라 할 만하게 나이도 크기도 상당한 물푸레나무가 서 있었다. 벽돌을 누르는 뼈처럼 하얀 나뭇가지들이 꼭 거대한 거미의 다리들 같았다.

입구 계단의 우측부에 해당하는 동관은 덩치도 더 작고 벽돌 건물에다 누가 봐도 현대적이었다. 건축상의 웬 괴상한 우연으로 동관과 서관이 서로를 향해 약간 비스듬한 각도로 서 있는 바람에 저택 자체가 묘하게 팔을 뻗어 날 포위하는 듯 느껴졌다. 이 추하고 억압적인 잡종 건물이 벌써부터 몹시 싫었다. 그 명성을 몰랐다 해도 마찬가지였을 터다.

"근사한데요!" 록우드가 명랑하게 말했다. "우리가 밤을 보낼 호텔이 여기군요." 그는 운전사와 놀라울 정도로 오랫동안 신나게 떠들어댔다. 내가 지켜보는 가운데 지폐 한 뭉치―12파운드 50펜스보다 훨씬 많은 듯한―와 함께 봉인한 갈색 봉투를 운전사에게 건넸다.

"꼭 전해줄 거죠. 그렇죠?" 그가 말했다. "중요한 거예요."

십 대가 고개를 끄덕였다. 자갈 세례 속에서 그의 택시가 포효하며 떠나갔다. 공포와 휘발유 냄새, 그리고 저택의 계단을 내려오는 노인의 모습을 뒤로한 채.

"방금 그건 다 뭐였대?" 내가 캐물었다.

"그냥 소포인데, 보낼 곳이 있어서." 록우드가 말했다. "나중에 얘기해 줄게."

"쉿." 조지가 속삭였다. "저 사람이 '버트 스타킨스 영감'이겠군.

정말 영감이긴 하다. 그치?"

스타킨스는 확실히 무척 늙었다. 말랑함과 수분 따위는 빠져나간 지 오래라는 양 딱딱하고 바싹 말라 보였다. 페어팩스가 나이와 노화에도 불구하고 황소처럼 혈기왕성하다면, 이 노인은 서관 옆 물푸레나무에 더 가까웠다. 옹이가 박히고 뒤틀리면서도 끈덕지게 생명을 부지해 온. 그는 헝클어진 회백색 머리칼에 폭이 좁은 얼굴의 소유자였는데, 점점 가까워올수록 거미줄 같은 주름들이, 석회암 판석마냥 길고 깊게 패여 얽히고설킨 홈들이 더욱 선명해졌다. 그의 옷차림은 침울하게 단정한 분위기를 풍겼다. 그는 시꺼먼 벨벳으로 된 구식 연미복을 입었고, 거기 달린 소매에서 잿빛 반점투성이 손가락들이 튀어나와 있었다. 줄무늬 바지는 믿기 힘들 정도로 앙상했고 신발은 그의 코만큼이나 길고 뾰족했다.

그가 멈춰 서서 우리를 음산하게 살폈다. "콤 케리에 온 걸 환영하네. 페어팩스 씨가 기다리고 계시나 당장은 몸이 좀 편찮으셔. 조만간 여러분을 맞이할 준비가 되실 걸세. 그사이 여러분에게 부지 여기저기를 보여준 뒤 홀로 안내하라고 하셨어." 관리인의 목소리는 불안정하고 짜증스러웠다. 버드나무의 기다랗게 갈라진 이파리가 바스락거리는 소리 같았다.

"고맙습니다." 록우드가 말했다. "어르신이 스타킨스 씨인가요?"

"그렇다네. 난 오십삼 년 동안 여길 관리했어. 어릴 때부터 쭉. 그래서 이곳에 대해서라면 알 만큼 알고, 그걸 누가 알아주든 말든 상관 안 해."

"무, 물론 그러시겠죠. 훌륭하신 말씀입니다. 가방은 어디에 두면 될까요?"

"여기 그냥 둬. 누가 옮겨줄 셈이냐고? 홀의 거주자들은 아니겠지, 당연히. 그들은 해가 지기 전엔 꼼짝도 안 하니까. 자, 가지. 정원을 보여주겠네."

록우드가 손을 들었다. "실례지만, 여기까지 먼 길을 와서요. 혹시 근처에… 화장실이 있습니까?"

그물 같은 주름들이 더 깊어졌다. 그림자가 노인의 눈을 덮었다. "이따 저택에 가면 쓰도록 하지. 당장은 데려갈 수 없네. 집 내부는 페어팩스 씨가 직접 안내하겠다고 하셨어."

"지금 좀 급한데요."

"다리를 꼬고 참아봐."

"그게, 가는 길만 알려주셔도 돼요."

"안 돼! 안 될 일이야."

"그럼 저 항아리들 뒤에서 실례 좀 할게요. 아무도 모를 거예요."

스타킨스가 얼굴을 잔뜩 찌푸렸다. "입구로 들어가서 로비를 가로지르게. 계단 왼쪽에 조그맣게 있어."

"정말 감사합니다. 얼른 갔다 올게요." 록우드가 서둘러 사라졌다.

"지금 저 정도도 못 참는데," 관리인이 말했다. "오늘 밤엔 어쩔 생각인 겐가? 롱 갤러리에서 빛이 빠져나가기 시작하면 말일세."

"어, 저도 모르겠네요." 내가 말했다. 록우드의 행동이 나도 약간은 당혹스러웠다.

"뭐, 굳이 기다리고 있을 필요는 없겠지." 스타킨스가 서관을 가리켰다. "이 석조 건물은 홀에서 가장 오래된 부분에 해당한다네. 원래 있었던 소수도원의 뼈대―저쪽으로 예배당의 창문이 보이지―로, 악명 높은 성 요한 수도사들이 지었어. 아, 참으로 사악한 교단이었지! 하느님에게 등을 돌리고 어…."

"…둠의 것들을 숭배했죠." 내가 중얼거렸다.

스타킨스가 날 흘겨봤다. "이 안내는 누구 담당인가, 나인가 자네인가? 하지만 자네 말이 맞네. 그토록 타락한 제물들이며 의식들이며…. 오오, 생각만으로도 끔찍하군. 자, 소문이 쫙 퍼졌고 마침내 남작들이 소수도원을 털었지. 개중에서도 가장 사악했던 일곱 수도사는 우물에 던져졌네. 나머지는 건물째 불탔고. 맞아, 저 벽들 너머에서 울부짖으며 몰살됐지! 그건 그렇고, 여러분의 침대는 2층의 손님방에 준비해 뒀네. 화장실도 딸려 있고. 여러분을 위한 모든 편의시설이 완비돼 있어."

"고맙습니다." 내가 말했다.

"그 우물은 아직 있나요?" 조지가 물었다.

"아니. 내가 젊었을 때 마당 이쪽 편에 안 쓰는 우물 하나가 있었는데, 수년 전에 사람들이 와서는 철제 뚜껑으로 구멍을 봉하고 모래로 덮어버렸네."

조지와 나는 고요한 건물을 잠시 훑었다. 나는 저 중에 어떤 게 페어팩스의 사진에서 봤던, 유령으로 추정되는 형상이 서 있던 창문인지 알아내려 해봤다. 분간이 쉽지 않았다. 잠재적 후보들이 몇 개 있기는 했다. 2층이나 3층쯤 될 것 같았다.

"그 수도사들이 궁극의 출처라고 보세요?" 내가 물었다. "지금껏 말씀하신 바로는 그럴 것 같은데."

"난 그런 추측을 할 만한 입장이 못 돼." 버트 스타킨스가 말했다. "그 수도사들일 수도 있겠지. 다른 한편으론 미친 루퍼스 케리 경일 수도 있고. 1328년에 소수도원의 폐허에다 최초의 홀을 지은 양반이지…. 아, 병아리 오줌보를 가진 친구가 저기 오는군. 뭘 그리 미적대는지 원."

록우드가 타닥타닥 다가왔다. 걸음걸이에서 활기가 넘쳤다. "아까는 죄송했습니다." 그가 말했다. "내가 뭐 놓친 거라도 있어?"

"미친 루퍼스 경 얘기를 막 시작한 참이야." 내가 말했다.

스타킨스가 고개를 끄덕였다. "그랬지. 그자는 이 근방에서 '붉은 공작'으로 알려져 있었네. 불타는 듯한 머리칼과 피에 집착하는 성향 때문이었어. 자기 적수들을 저택 안 깊은 곳의 고문실로 데려갔다고 해. 거기서…." 그가 머뭇거렸다. "아니, 더는 말을 못 하겠군. 어린 여자애 앞에서 할 얘기가 아냐."

"아, 계속하세요." 조지가 말했다. "루시도 몸서리가 나게 겪었거든요. 눈 하나 깜짝 안 하잖아요. 볼꼴 못 볼꼴 다 본 애라니까요."

"보기는 상당히 봤죠." 내가 상냥하게 말했다.

노인이 끙 하고 앓는 소리를 냈다. "이렇게만 말해둠세. 그 적들은 밤마다 공작의… 소일거리가 됐다고. 각 적들에게서 볼일이 끝나면 공작은 그들의 해골을 중앙 계단 층계들에다 얹어놓고 눈구멍 안쪽에다 촛불을 밝혔다지." 그 생각을 떠올리며 공포에 질린 스타킨스는 노쇠하고 눈곱이 주렁주렁한 눈을 홉떴다. "그런 일이 수년간 계속됐다네. 그러다 폭풍우가 치는 밤에 피해자 하나가 빠져나와 녹슨 쇠고랑으로 루퍼스 경의 목을 땄어. 그날부터 지금까지 붉은 공작의 유령이 복도를 활보하고 다닐 때면 희생자들의 영혼이 절규하는 소리가 들린다고 해. 사람들 말로는 그 계단 자체가 울부짖는 것처럼 느껴진다는군."

록우드와 조지와 나는 눈길을 주고받았다. "그럼 그게 울부짖는 계단의 기원인가요?" 록우드가 물었다.

스타킨스가 어깨를 으쓱했다. "어쩌면."

"어르신이 직접 들으신 적은 있고요?" 내가 물었다.

"말도 안 되는 소리! 내가 밤에 홀에 들어가는 일은 절대로 없어."

"그럼, 어르신의 지인들은요? 들은 사람이 있나요? 친구분 중에 선요?"

"친구?" 그 개념이 주는 당혹스러움에 관리인의 이마에 주름이 팼다. "난 친구를 가질 만한 입장이 못 돼. 홀을 돌봐야 하는 사람이잖나. 자, 계속 둘러보도록 하지."

늙은 관리인은 우리를 데리고 저택 주변을 마음 내키는 대로 누비며 외관상 특징들을 가리키고 간략한 설명을 덧붙였다. 그러면서 보니 이 집은—적어도 노인의 견해로는—돌덩이 하나, 나무 한 그루에까지 진저리 나는 비화가 얽혀 있었다. 사연들의 전체적인 분위기를 확립한 건 루퍼스 경과 수도사들이었다. 그 뒤를 이은 홀의 소유주는 거의 대부분이 미쳤거나, 악했거나, 그 두 기질이 지저분하게 조합된 인물들이었다. 그들의 난도질과 교살이 오랜 세월 꼬리에 꼬리를 물며 무수한 살인이 자행됐다. 이론적으로는 그중 무엇이든 홀의 끔찍한 분위기에 일조했을 수 있지만, 일화가 많아도 너무 많다 보니 듣는 입장에선 오히려 무감해지고 잘 믿기지도 않았다. 록우드는 회의적인 미소를 짓지 않으려 기를 썼다. 조지는 뒤에서 꾸물거리며 하품을 하고 눈을 흡떴다. 나는 모든 얘기를 기억하려는 노력을 이내 포기하고 저택을 뜯어보며 시간을 때웠다. 주 출입문을 제외하면 1층에는 눈에 띄는 출구가 없다는 점이 특이했다. 페어팩스가 사용한다는 현대적인 동관만이 예외였다. 그곳 옆문 밖에 롤스로이스가 서 있었다. 예의 그 운전기사가 매서운 날씨에도 아랑곳 않고 셔츠 소매를 걷어붙인 채 후드를 닦고 있었다.

동관 너머 경내에 뱃놀이용 호수가 있었다. 우중충한 분위기에다 콩팥 모양이었다. 그 가까이에 장미 정원, 그리고 흉벽이 망가진 높고 둥근 탑이 있었다.

스타킨스가 그쪽을 가리켰다. "라이오넬 경의 폴리˚를 감상하시게."

"특이한 탑이네요." 록우드가 용감히 나섰다.

"아이고 기대되라." 조지가 속삭였다.

노인이 고개를 끄덕였다. "그렇지. 1863년에 캐롤라인 스록모턴 양이 저 탑 꼭대기에서 몸을 던졌다네. 아름다운 여름 저녁이었다고 들 하지. 그녀는 톱니 모양 담장에 두 다리를 벌리고 서서 치맛자락을 휘날리고 있었어. 몸의 윤곽 뒤편 하늘이 피처럼 붉었지. 그사이 하인들은 차와 씨앗케이크로 구슬려 그녀의 마음을 돌리려 했네. 당연히 어림없었지. 사람들 말로는 그녀가 버스에서 내리듯 태연히 발을 내디뎠다더군."

"고요한 마지막이긴 했네요, 어쨌든." 내가 말했다.

"그리 생각하나? 추락하는 내내 비명을 지르고 팔을 퍼덕였다는데?"

짧은 정적이 이어졌다. 바람이 호수의 차가운 수면을 흐트러트렸다. 조지가 목을 가다듬었다. "뭐… 근사한 장미 정원이네요."

"그렇지…. 그녀의 몸뚱이가 떨어진 자리에 만들었어."

"쾌적한 호수…."

"존 케리 경이 비명횡사한 곳이지. 어느 밤엔가 수영을 하러 갔다가. 호수 가운데까지 헤엄쳤다 돌덩이처럼 가라앉았다지. 죄 많은 기억들에 짓눌려서."

록우드가 관목과 울타리로 둘러싸인 조그만 오두막을 급히 가리켰다. "저 집은 어떤…."

"케리 경의 시신은 끝내 발견되지 않았어. 못 찾았지."

"정말요? 안됐네요. 그럼, 저 집…."

˚ 순전히 장식적 목적으로 지은 건축물.

"아직 저 밑에 있는 게지. 진흙과 돌과 오래전에 가라앉은 이파리들을 요람 삼아…. 아, 방금 뭐라고 했나?"

"저 조그만 집이요. 저 집에 얽힌 끔찍한 얘기는 또 뭔가요?"

늙은 관리인은 사색하듯 잇몸을 빨았다. "없네."

"전혀 없다고요?"

"없어."

"정말이세요? 동반 자살이나 치정 범죄 같은 거 없어요? 아무리 못해도 칼부림쯤은 있었을 텐데요, 분명."

관리인은 생각이 많은 눈으로 록우드를 뜯어봤다. "혹시 말이오, 선생. 대학에서 한다는 그 잘나빠진 농담으로 날 조롱하는 건가?"

"제가 어찌 감히요." 록우드가 말했다. "게다가 전 대학에 다니지도 않는걸요."

"자네는 내가 했던 얘기들을 믿지 않나 보군." 노인이 말했다. 수레바퀴가 진창을 미끄러지듯 눈곱이 주렁주렁한 눈이 빙그르 돌아 조지와 날 향했다. "여러분 모두가 그런 모양이야."

"아뇨, 아뇨. 믿어요." 내가 말했다. "하나부터 열까지 다 믿어요. 그렇지, 조지?"

"거의 대부분은."

스타킨스가 도끼눈을 떴다. "내 말이 사실인지 아닌지는 여러분도 조만간 알게 되겠지. 어쨌든 간에 저 오두막엔 유령이 없네. 저긴 내가 사는 곳이니까. 방문자가 발 들이지 못하게 관리하고 있지." 그처럼 먼 거리에서조차 기와지붕에서 대롱거리는 철제 방비가 선명히 보였다.

노인은 더는 아무 말도 하지 않았다. 성큼성큼 걸음을 옮겨 마지막 모퉁이를 돌아 우리를 다시 저택 앞으로 데려갔다. 가서 보니 주 출입구 계단 꼭대기에 우리의 도구 가방들이 옮겨져 있었다. 그리고 활짝 열린 문 앞에 껑충하고 앙상한 형상이 서서 철제 손잡이가 달린 지팡이를 흔들며 인사했다.

19

"어서 오시오, 록우드 선생. 어서 와요!" 존 윌리엄 페어팩스가 우리를 문간 너머로 이끌며 록우드의 손을 잡아 흔들고, 조지와 내게 무뚝뚝하게 고개를 끄덕였다. 그는 내 기억 속 모습보다도 더 크고 더 마르고 더 사마귀 같았다. 팔다리가 너무 앙상해 진회색 정장이 쭈글거렸다. "시간 맞춰 왔군. 약속한 그대로야. 나 또한 내 약속을 지켰다는 걸 확인하게 될 게요. 십 분 전에 계좌로 송금했소, 록우드 선생. 선생네 회사의 미래가 보장된 셈이지. 축하하오! 이제 동관의 내 거처로 함께 가서 우리가 합의한 대로 선생의 은행 담당자와 통화하도록 해요. 커빈스 군과 칼라일 양, 저기 보이는 롱 갤러리의 난롯가에 간식거리가 준비돼 있을 거요. 아니, 가방들은 신경 쓰지 마시오! 스타킨스가 알아서 할 테니."

페어팩스는 걸음을 옮기며 큰 소리로 떠들어댔다. 널돌 깔린 바닥에서 그의 지팡이가 딱딱거렸다. 록우드는 그와 나란히 걸었다. 조지는 잠시 뒤쳐져 출입구 바닥 깔개에서 발을 쿵쿵거리며 신발을 털었다. 나는, 나 역시 뒤쳐졌는데 신발을 터느라 그런 건 아니었다. 내가 아직 꼬마였던 때, 회초리를 든 제이콥스에게 떠밀려 귀신 들린 농가에 억지로 들어갔던 날 이후 처음으로 나는 첫 번째이자 가장 중요한 규칙을 위반했다.

문간에서 망설인 것이다. 주저하고 겁먹은 채로.

홀의 로비는 거대한 정사각형으로, 아치형 나무 천장과 소박하게 회칠한 벽으로 꾸며져 있었다. 조지의 평면도에 따르면 이 로비는 옛 소수도원의 잔재였고, 그 규모와 수수함으로 볼 때 여전히 꽤나 교회다웠다. 아주 오래된 십자형 대들보들이 교차하는 천장에 조그맣게 조각된 형상들이 뜻 모를 시선으로 내려다보고 있었다. 날개가 달리고 예복을 입은 그들의 얼굴은 세월에 닳아 반들거렸다. 벽에는 유화들이 걸려 있었다. 대부분이 오래전에 살았던 귀족과 귀부인의 초상화였다.

로비 양쪽에 들여세운 아치들이 다른 방들로 이어졌다. 하지만 내 바로 맞은편에 보이는 훨씬 커다란 아치는 천장만큼이나 우뚝했고, 그 아치 너머에….

그 아치 너머에 계단이 있었다. 디딤널이 널찍한 석조 계단이었다. 세월과 수 세기 동안 그곳을 거쳐간 발들에 닳은 중앙부가 대리석처럼 매끈했다. 양옆에 달린 석조 난간이 부드럽게 중간 층계참으로 이어졌다. 층계참 위에 둥근 유리창이 있었다. 이 창을 통해 그날 최후의 햇빛이 들어와 반짝이며 계단을 붉게 물들였다.

나는 계단을 봤고 움직일 수 없었다. 그저 바라보며 귀를 기울였다.

내 옆에서 조지가 거대하게 살찐 발을 쿵쿵거렸다. 스타킨스 영감이 첫 번째 도구 가방을 힘겹게 들어 올려서는 쌕쌕거리고 헉헉거리며 로비로 가 쿵 하고 내려놨다. 일꾼들이 들고 지나가는 컵과 케이크 쟁반에서 식기들이 쟁그랑거렸다. 록우드가 다른 방으로 들어서며 웃는 소리가 들렸다.

그러니까 주변의 소음이 상당했다는 얘기다. 하지만 귀를 기울이던 나는 뭔가 다른 걸 들었다. 정적. 그 저택의 더 깊은 정적이었다. 그게 온 사방에서 감지됐다. 감각과 의식 모두로. 그 정적은 내게서 길게 뻗어나가 복도와 층진 바닥을 따라 달리고, 저 거대한 석조 계단을 오르고, 열린 문들을 지나 외로운 창문들 밑을 통과하고, 그렇게 전진하고 또 전진해 더없이 무시무시하게 멀리까지 이어졌다. 거기에 끝 따위는 없었다. 저택은 한낱 입구에 불과했다. 정적은 영원히 계속됐다. 그리고 우리를 기다리고 있었다. 그것의 기다림을 느낄 수 있었다. 뭔가가 날 굽어보고 있는 듯한 인상을 받았다. 거대하고 절벽 같은 것이, 내 머리 위로 무너져 내릴 준비를 마친 채.

조지의 신발 털기가 끝났다. 이제 그는 일꾼들과 그들의 케이크를 추적하기 시작했다. 스타킨스는 짐 가방과 씨름하고 있었다. 다른 이들은 사라지고 없었다.

나는 내 어깨 너머의 자갈 깔린 진입로와 그 뒤의 정원을 돌아봤다. 전원의 겨울 풍경에서 빛이 빠져나가고 저 밖 들판의 이랑들에 그림자가 가득했다. 조만간 범람하고 홍수처럼 땅을 뒤덮으며 어둠을 퍼트릴 터였다. 그리고 저택의 정적이 요동칠 것이다….

공포가 가슴을 옥죄었다. 굳이 발 들이지 않아도 된다. 돌아설 기회는 아직 있다.

"무서워. 그렇지?" 도구 가방을 안은 스타킨스가 어깨로 날 밀치고 가며 말했다. "그렇대도 자녤 탓하진 말게. 그 가여운 피츠 여자애도 말이지, 삼십 년 전이었던가. 그 애도 겁에 질렸었어. 아닌 게 아니라, 자네가 도망친다 해도 난 그냥 그러려니 할 걸세." 그는 뚱하게 위로하는 듯한 눈길로 날 쳐다봤다.

스타킨스의 목소리가 내 미혹을 끊어냈다. 나는 그 순간을 넘겼고

마비가 풀렸다. 나는 말없이 고개를 저었다. 느리고 기계적인 걸음으로 문턱을 넘어 쌀쌀한 복도를 가로지르고 롱 갤러리에 들어섰다.

음울하게 아름다운 공간이었다. 압도적인 길이를 따라 줄줄이 늘어선 창문들이 조명 역할을 했다. 로비와 같은 시기에 만들어진 게 분명했다. 회칠한 돌, 떡갈나무 천장, 그림자 속에 숨은 조각물들, 거뭇해진 그림들의 대열이 서로 같았다. 벽 중간쯤에 있는 거대한 벽난로에서 불이 튀며 불똥을 뱉었다. 벽 끝은 빛바랜 태피스트리* 한 점이 채우고 있었다. 잘 알려지지 않은 어느 신화의 명장면을 담은 듯했는데 꼬마 천사 여섯과 반나체의 풍만한 여자 셋, 평판이 그리 좋아 보이진 않는 곰 한 마리가 수놓아져 있었다. 벽난로 옆에 놓인 테이블에서는 일꾼들이 다과상을 준비하고 있었다.

조지는 케이크 한 조각을 벌써 끝낸 뒤, 재미있다는 듯 태피스트리를 들여다보고 있었다. "타르트가 끝내줘." 그가 말했다. "커스터드 든 걸로 꼭 먹어봐."

"나중에. 록우드랑 얘기 좀 해야겠어."

"타이밍 좋네. 저기 온다."

록우드와 페어팩스는 로비를 지나 롱 갤러리에 들어와 있었다. 록우드가 다가와 우리를 막아섰다. 그의 표정은 평온했지만 눈에 어떤 광채가 있었다.

"여기 분위기 좀 느껴봤어?" 내가 말을 꺼냈다. "우리…."

"기막힌 일이 벌어졌어." 록우드가 내 말을 가로챘다. "저들이 우리 가방을 뒤졌어."

조지와 나는 그를 뚫어져라 봤다. "뭐?"

---

* 여러 가지 색실로 직물에 그림을 수놓은 것.

"우리가 스타킨스랑 돌아다닐 때였어. 페어팩스가 수하들을 시켜 가방을 확인했다고. 그리스의 불을 안 가져온 게 확실한지 보려던 거야."

조지가 식식거렸다. "그딴 식으로 나오면 안 되지!"

"알아! 우리가 약속까지 한 마당에 말이지."

다과가 준비된 테이블 너머에선 페어팩스가 무슨 실수를 트집 잡아 일꾼들에게 설교를 늘어놓고 있었다. 한 팔을 휘저으며 지팡이로 바닥을 쿵쿵거렸다.

"뒤졌다는 걸 넌 어떻게 아는데?" 내가 나지막이 물었다.

"아, 내가 은행이랑 통화한 뒤에 저 양반이 까놓고 말하던걸. 철면피가 따로 없더라고. 누구에게든 똑같이 했을 거라나. 이 유구한 저택의 뼈대와 그 속의 몹시도 값비싼 가구들을 보호해야 한다나 뭐라나. 하지만 그가 내게 진짜로 하려던 말은 이거였어. 내 집에선 내 법을 따른다. 내 방식대로 하던가, 아님 아예 하지 마라."

"처음부터 그런 식이었어." 조지가 말했다. "이 모든 게 다 이상해. 어떤 것도 말이 안 돼. 화염탄도 못 쓰게 해, 조사할 시간도 안 줘. 그래 놓고는 자기 입으로 영국 최악의 흉가라고 주장하는 곳에 우리더러 들어가래. 그리고…."

"단순한 주장이 아냐." 내가 말했다. "지금 이거 안 느껴져? 우릴 온통 에워싸고 있는?"

나는 둘을 빤히 쳐다봤다. 록우드가 무뚝뚝하게 고개를 끄덕였다. "그래. 느껴져."

"좋아, 그럼 넌 정말로 그리 생각하는 거야? 우리가…."

"록우드 선생!" 롱 갤러리 저편에서 페어팩스의 굵직한 목소리가 울려 퍼졌다. "차가 기다리고 있소! 테이블로 와요. 오늘 저녁과 관련한 조언을 해드리리다."

간식은 훌륭했고 차는 피트킨의 최상품이었다. 탁탁거리는 불꽃의 온기 또한 그 죽음 같은 정적을 잠시나마 물리쳐 줬다. 페어팩스는 간식을 먹는 우리와 나란히 앉아 눈꺼풀이 처진 검은 눈으로 지켜보면서 홀에 대한 일반적인 얘기들을 늘어놨다. 그 안의 여러 보물들—중세 후기의 천장, 세브르 도자기와 앤 여왕의 가구 컬렉션, 로비와 계단에 걸려 있는 르네상스풍의 독특한 유화—을 논했다. 우리 발밑으로 뻗어 있는 널찍한 와인 저장고와 머지않아 복원했으면 하는 약초 정원, 호수 밑바닥에 폐허 상태로 있는 소수도원의 회랑을 설명했다. 우리 임무와 관련이 있는 얘기는 한마디도 하지 않은 채로 다과 시간이 끝났다. 그는 일꾼들을 내보낸 뒤 본론으로 들어갔다.

"시간이 없소." 페어팩스가 말했다. "스타킨스와 난 날이 저물기 전에 여길 떠나고 싶은 마음이 간절하오. 여러분 역시 일을 시작하기 전에 나름의 준비를 해야 할 테니 짧게 끝내죠. 전에 말했다시피 이곳 서관이 홀의 난제의 구역이오. 여러분도 그 정도는 이미 감지했을 테지."

그는 말을 멈추고 기다렸다. 길고 가는 손가락으로 접시 위 건포도 한 알을 추격하던 록우드가 세련된 미소를 지어 보였다. "아주 흥미진진한 밤이 될 듯합니다."

페어팩스가 킬킬거렸다. "좋은 자세야. 아주 훌륭하오. 그럼 기본 규칙을 말씀드리리다. 황혼 녘이 되면 여러분을 실내에 가두겠으나, 이건 알아두시오. 주 출입구의 문은 밤새 잠그지 않고 둘 거요. 여러분이 건물을 떠나야 할 수도 있으니까. 또한 각 층에는 동관의 내 거처로 연결되는 철문이 나 있소. 이 문들은 잠가두겠지만 위급할 경우 크게 두드리면 내가 돕도록 하죠. 서관에서는 심령의 영향으로 전기

설비가 잘 작동하지 않지. 그 대신 로비에다 스타킨스의 별채와 연결되는 전화기를 설치할 거요. 저택 내부의 문들은 딱 한 개를 제외하고 모두 열어둘 테니 자유롭게 다녀도 좋소. 제외된 문의 경우엔," 페어팩스가 재킷 주머니를 토닥였다. "여기에 열쇠가 있지. 조만간 여러분에게 넘기도록 하겠소. 지금까지의 내용 중에 질문이라도?"

"심령 현상이 가장 활발한 구역을 알려주시면 도움이 될 듯합니다." 록우드가 조용히 말했다. "아직 시간이 있으시다면."

"아무렴. 아무렴, 그래야지. 스타킨스!" 노인이 우렁차게 목소리를 높였다. 그러자 그보다 더한 노인이 로비에서 허둥지둥 등장하며 앙상한 손을 비벼댔다. "보리스랑 칼한테 전화를 설치하라고 해." 페어팩스가 말했다. "난 록우드 선생이랑 집을 둘러볼 테니. 스타킨스는 부리기에 괜찮은 사람이라오." 가볍게 인사하고 사라지는 관리인의 뒷모습에 대고 솔직히 털어놨다. "못 봐줄 정도로 겁쟁이인 것만 빼면. 이런 시간대에, 아니 하늘에 해가 쨍쨍할 때조차 저자가 위층에 올라가는 꼴은 구경을 못 한다니까. 뭐, 조심성 덕에 이처럼 장수할 수 있었겠지만. 이제 가봅시다."

자리에서 일어난 우리는 페어팩스를 뒤따라 롱 갤러리를 가로질렀다. 그는 벽난로 저쪽 끝에 있는 문을 가리켰다. "저기로 나가면 정원 전망의 방들과 접객 공간, 온실과 부엌이 나올 거요. 다들 오래되긴 했어도 이 갤러리만큼 오래되진 않았지. 소수도원 시절부터 있던 곳이니까. 여기와 연결된 다른 건물들도 있긴 했지만 한참 전에 다들 철거됐소." 페어팩스가 막다른 벽면의 태피스트리를 가리켰다. "현재로서는 저기가 이 저택의 끝이오."

그는 우리를 다시 로비로 데려가 아치형 입구 너머로 안내했다. 바닥에 카펫이 깔린 사각의 공간으로, 우뚝 솟은 책장들이 줄줄이 늘어선 탓에 어둑했다. 저 멀리로 징이 박힌 철문이 보였다. 강철에 가죽을 덧대 불편해 보이는 현대풍 의자들이 독서 테이블 사이에 놓여 있었다. 상당수의 사진 액자들이 한쪽 벽면을 뒤덮다시피 했다. 컬러 사진도 있었지만 대부분은 흑백이었다. 개중에서 가장 크고 눈에도 잘 띄는 위치에 걸린 액자 속에서는 심각한 표정의 청년이 더블릿*과 러프**, 타이츠*** 차림으로 케케묵은 몰골의 해골을 들여다보고 있었다.

록우드는 흥미롭다는 듯 사진을 살폈다. "실례합니다만, 회장님 아닌가요?"

페어팩스가 고개를 끄덕였다. "그렇소, 나요. 젊은 시절에 햄릿을 연기했지. 사실 셰익스피어 작품의 배역 대부분을 맡아봤지만, 이 덴마크 남자야말로 내가 가장 사랑하는 인물이라오. 아, '사느냐, 죽느냐' 생사의 갈림길에서 오도 가도 못하는 영웅⋯. 내 연기가 상당히 괜찮았다고 자부하는데 말야. 그건 그렇고 여기가 서재요. 내가 서관에 와 있는 동안 가장 많은 시간을 보내는 곳이지. 전 주인의 독서 취향이 형편없었던 탓에 내가 소장한 책들로 교체하고 새로 단장도 좀 시켰소. 저기 저 문 너머로 딱 한 걸음이면 안전한 내 방이오. 철제 가구들—물론 내 회사에서 제작한—이 유령의 접근을 막아주지."

"감히 말씀드리자면 아주 쾌적한 공간이네요." 록우드가 평했다.

"저택을 조사하는 여러분이 여기에 그리 많은 시간을 할애할 일은 없지 싶소." 페어팩스는 우리를 다시 로비로 데려갔다. 스타킨스

• 중세 남성들이 입던 짧고 꼭 끼는 상의.

•• 주름을 많이 넣어 목에 두르던 둥근 칼라.

••• 스타킹 형태의 긴 바지.

가 화려한 화병 옆에 놓인 보조 테이블에 시꺼먼 구식 전화기를 설치하고 있었다. "출처가 뭐든 간에, 이 저택에서 가장 오래된 구역에 있을 게 분명하오. 로비, 아님 롱 갤러리, 가장 가능성이 높게는 위층. 거기, 조심 좀 하지!" 일꾼 두 명이 뭉텅이로 감긴 전화선을 테이블 주변에서 풀고 있었다. "한나라 물건이라고! 그 화병의 가치가 얼마인 줄 알기나 해?"

페어팩스의 질책이 계속됐으나 나는 그쪽으론 귀를 닫아버린 터였다. 로비를 가로질러 걸으며 내면에 귀를 기울였고 가만히 도사린 정적 속에서 내 심장이 뛰는 소리만을 들었다. 저 앞에서 거대한 계단이 솟아올라 휘며 중간 층계참으로, 그 너머의 어둠으로 이어졌다. 층계 두 개마다 한 개 꼴로 난간 측면에 엄청 많은 비늘과 뿔이 달린 이상한 생명체가 조각돼 있었고, 조각마다 발톱 사이에 조그만 주춧돌이 놓여 있었다.

"뭐가 좀 들려?" 조지가 웅얼거렸다. 그도 나와 함께 딴생각을 하는 중이었다.

"아니. 그 반대야. 뭘로 덮어씌워 놨나 싶을 정도야."

"전설의 울부짖는 계단을 찾으셨구먼!" 페어팩스가 우리 곁에 돌아와 있었다. "난간에 조각된 용들의 주춧돌이 보이죠? 저기가 붉은 공작이 희생자들의 해골을 올려둔 ─혹은 올려뒀다고들 하는─곳이라오. 오늘 밤이 지나고 나면 저 계단에 얽힌 사연이 사실인지 여러분이 확인해 줄 수 있을지도 모르겠군. 부디, 여러분 자신을 위해서라도 이 계단이 울부짖는 소리는 듣는 일이 없길 바라오."

페어팩스가 앞장서서 계단을 오르고 그의 지팡이가 디딤널을 짚으며 딱딱거렸다. 우리는 침묵 속에서 삐뚤빼뚤한 줄을 이루며 뒤따랐다. 서로를 무시한 채 감각에 모든 걸 내맡겼다. 나는 손가락들이 난간 위를 마음껏 뛰어다니게 됐다. 심령의 흔적들에 마음을 열고 내 내 귀를 기울였다.

우리는 중간 층계참의 창문 밑을 지났다. 느릿한 네 형상이 최후의 햇빛에 물들며 계단을 더 올라 2층 층계참에 도착했다. 암적색의 두꺼운 카펫과 보송한 감촉의 붉은색 벽지가 모든 소리를 흡수했다. 이 위쪽 구역에선 이상한 단내가 났다. 열대성 꽃향기처럼 달달한 향에 부패의 냄새가 그득했다. 조지의 평면도에서 본 기억이 있는 길고 넓은 복도가 동서로 저택의 윤곽에 맞춰 뻗어 있었다. 복도 양옆에는 수많은 방들이 있었다. 반쯤 열린 문틈으로 보이는 어두운 색조의 가구와 그림, 육중한 황금 거울들…, 페어팩스는 그 모두를 그대로 지나쳤다. 우리를 이끌고 서쪽 방향으로 걷자 복도가 끝나며 문이 하나나왔다.

페어팩스가 멈춰 섰다. 계단의 위력 때문인지, 아님 돌연 텁텁해진 공기질 탓인지 그의 숨이 가빴다.

"이 문 너머가," 그가 마침내 입을 열었다. "내가 얘기했던 곳이오. 붉은 방 말이오."

눈앞에 견고한 나무문이 굳게 닫힌 채 잠겨 있었다. 그 위에 남겨진 표식을 제외하면 우리가 지나쳐 온 문들과 다르지 않았다. 누군가가, 언젠가, 문 한가운데에 크고 험한 X자를 새겼다. 한 획은 짧고 다른 획은 길었다. 둘 모두 격렬한 몸짓의 결과물로, 나무를 깊이 파고들어 가 있었다.

페어팩스는 바닥을 짚은 지팡이의 위치를 조정했다. "자, 록우드 선생, 새겨들으시오. 특히나 위험한 곳인 탓에 이 방은 늘 잠가둔다오. 하지만 내게 열쇠가 있고, 이 자리에서 그걸 선생에게 양도하는 바요."

그는 열쇠를 가지고 괜한 법석을 있는 대로 떨었다. 재킷 주머니를 두드리고 속을 헤집더니, 드디어 열쇠가 모습을 드러냈다. 고리 모양의 검붉은 끈에 끼워진 조그만 금빛 물건이었다. 록우드는 열쇠를 차분히 받아 들었다.

"내 생각에," 페어팩스가 말했다. "출처는 저 방에 있소. 그걸 추적할지 여부는 여러분의 판단에 달린 문제고. 굳이 들어가지 않아도 된다오. 그건 여러분의 선택에 맡기겠소. 하지만 여러분도 이미 느끼고는 있겠지, 내 말이 옳다는 걸…."

페어팩스가 무슨 말을 더 했는지 모르겠지만, 나는 아까의 정적을 갑자기 깨고 나온 소리, 희미하고 끈질긴 속삭임을 떨쳐내느라 여념이 없었다. 아주 가까운 어딘가에서 들리는 그 목소리들이 불쾌하기 그지없었다. 정신을 차리고 보니 록우드의 얼굴은 잿빛이 돼 있고 조지조차 낯빛이 푸르뎅뎅하니 헛구역질이 나는 듯했다. 그는 추위를 느끼는 사람처럼 옷깃을 목 끝까지 끌어 올리고 있었다.

아래층 로비에서는 화병 옆 전화기의 설치가 끝나 있었다. 전화선은 돌바닥을 가로질러 서재 안 어딘가의 콘센트에 꽂혀 있었다. 일꾼들은 벌써 철수했다. 어슴푸레하게 어둠이 내린 문간에서 버트 스타킨스 영감의 윤곽이 안절부절못하고 있었는데, 다른 일꾼들을 뒤따르고 싶어 안달이 나는 모양이었다.

"십 분 남았습니다, 회장님!" 그가 외쳤다.

페어팩스가 우리를 살폈다. "록우드 선생?"

록우드가 고개를 끄덕였다. "괜찮습니다. 십 분이면 충분합니다."

우리는 롱 갤러리의 높고 가느다란 창문 아래서 조용히 움직였다. 가방에 든 물품을 모두 꺼내 필요한 장비를 챙기고, 끈을 조이고 방어구를 정비했다. 각자가 평상시에 쓰는 장비 세트를 그대로 소지하되 화염탄의 빈자리를 메꿔줄 장비들을 조금씩 더 챙겼다.

나는 작업용 벨트에 레이피어, 손전등과 여분의 건전지, 양초 세 개와 라이터와 성냥, 은제 소형 봉인구(서로 다른 모양으로) 다섯 개, 철가루 세 봉지, 소금탄 세 개, 라벤더물이 든 병 두 개, 온도계, 공책, 펜을 챙겼다. 어깨띠처럼 몸에 두른 별도의 끈에는 플라스틱 산탄통을 둘씩 짝지어 일렬로 달아뒀다. 각 쌍마다 철가루 250그램과 소금 250그램이 들어 있었다. 다음으로 가느다란 쇠사슬을 고리처럼 감아 역시 어깨에 걸었다. 폈을 때 전체 길이가 2미터에 달하는 사슬로, 과한 소음을 막기 위한 방음용 비닐 포장재에 단단히 싸여 있었다. 마지막으로 외투 겉주머니에 비상식량을 넣었다. 에너지음료와 샌드위치, 초콜릿이었다. 뜨끈뜨끈한 차가 든 보온병, 대형 쇠사슬과 봉인구는 별도의 가방에 넣어 따로 운반했다. 복장은 평소에 입는 옷에다 보온 장갑과 보온 조끼, 레깅스를 추가했고 신발 안에는 두꺼운 양말을 신었다. 아직 모자를 쓸 정도로 춥지는 않아서 외투 주머니에 쑤셔 넣었다. 옷에 가려져 보이지 않을 뿐, 은유리함에 든 목걸이도 그대로 착용하고 있었다.

다른 둘도 거의 비슷하게 무장했지만, 록우드의 경우엔 외투 가슴팍에 달린 주머니에 선글라스를 고정시켜 뒀다. 장비에 짓눌리고 평소보다 거추장스럽더라도 개별 방어가 가능한 수준의 철을 소지하도록 유의했다. 서로 흩어지기라도 하면, 그래서 필요하면 개인 방어진을 구축할 수 있어야 했다. 그러고도 도구 가방에는 5센터 두께의 쇠사슬이 쌍으로 준비돼 있었다. 가장 막강한 방문자조차 움직이려면 고생깨나 할 물건이었으나, 당장은 거기에 모든 걸 걸진 않을 생각이었다.

준비가 끝났다. 창밖의 빛이 거의 사라졌다. 저쪽 벽난로에서 주황색 불꽃들이 낮게 춤췄다. 어둠이 롱 갤러리의 천장을 따라 슬금슬금 전진하고, 거대한 석조 계단의 굴곡과 귀퉁이에서 일렁거렸다. 하지만 그래서 뭐? 맞다, 날이 저물고 밤이 내렸다. 홀의 방문자들이 꿈틀대기 시작했다. 하지만 록우드 심령 회사는 준비가 됐다. 우리는 함께 일하고, 그래서 겁먹지 않을 터였다.

"자, 여기까지구먼." 페어팩스가 말했다. 그는 문간의 스타킨스 옆에 서 있었다. "내일 아침 9시에 다시 와 보고를 받도록 하겠소. 마지막으로 묻고 싶은 거라도?"

그가 우리를 찬찬히 둘러봤다. 우리는 가만히 서서 기다렸고, 록우드는 레이피어에 한 손을 얹은 채 특유의 부드러운 미소를 짓고 있었다. 택시 대기 줄에 선 사람처럼 느긋하기만 했다. 그 옆에서는 조지가 소금과 철의 무게를 이기려 바지를 한껏 올려 입은 채 언제나처럼 어설프게 무덤덤한 척하며 두껍고 둥근 안경테 너머의 눈을 깜빡였다. 그리고 나는… 나는 그 마지막 순간에 어떤 모습이었을까? 부디 양호하게 처신했길 바란다. 두려움을 내비치지 않았길 바란다.

"질문 더 없소?" 페어팩스가 반복했다.

우리는 각자 거기 말없이 서서 그가 자신의 이 함정을 봉인하고 떠나기를 기다렸다.

"그럼 아침이 올 때까지!" 페어팩스가 작별조로 엄숙하게 손을 들었다. "다들 행운을 빌겠소!" 그는 버트 스타킨스에게 딱딱하게 고개를 끄덕이고 몸을 돌려 계단을 내려갔다. 스타킨스가 손을 뻗어 문을 닫았다. 경첩들이 나란히 끼익거렸다. 문짝들이 안으로 들이쳤다. 그 사이로 잠시 관리인의 몸이 보였는데, 황혼을 배경 삼은 그의 윤곽이 앙상하고 비틀린 교수대 같았다…. 이윽고 문이 쾅 닫혔다. 그 반향이 로비 사방에서 날카롭게 울리고 저 멀리 갤러리들까지 이어졌다. 나는 그 메아리들이 계속해서 떠내려가 저택의 먼지 낀 구역들에 가닿는 소리를 들었다.

"페어팩스가 지팡이를 깜빡하고 갔으면 웃길 것 같지 않아?" 조지가 말했다. "그래서 그걸 챙기러 허둥지둥 돌아와야 한다면? 그럼 스타일을 완전 구길 텐데. 안 그래?"

아무도 대답하지 않았다. 메아리는 사라졌고 저택의 열렬한 정적이 솟구쳐 올라 마치 우물에 차오르는 물처럼 우리를 휘감았다.

20

"일에는 순서가 있는 법." 록우드가 말했다. "여기서 기다려."

그는 로비를 가로질렀다. 널돌 깔린 바닥을 뚜벅뚜벅 걸어 콤 케리의 옛 귀족과 귀족부인들의 시선 아래를 지나 계단 옆 조그만 문으로 갔다. 그 문을 열고 안으로 사라졌다. 문이 닫히고 잠깐의 정적이 이어졌다. 조지와 나는 서로를 쳐다봤다. 이상하게도 무슨 도자기 소리가 났다가 다시 고요해졌다. 이윽고 변기의 물을 내리는 소리가 들렸다. 록우드가 외투에 손을 닦으며 나타났다. 한가롭고 느긋하게 걸어왔다. "이제 좀 낫네." 그는 옆구리에 번들거리고 축축한 꾸러미를 끼고 있었다.

"그건 뭔데?" 조지가 물었다.

록우드는 꾸러미를 흔들어 보였다. "새철스가 구할 수 있는 것 중 가장 강력한 마그네슘 화염 일곱 개." 그가 말했다. "평상시대로 각자의 벨트에 달고 출발해 보자고." 그는 꾸러미에 감긴 테이프를 뜯고 젖은 비닐봉지를 열었다. 비스듬히 기울이자 밝은 색 은제 산탄통 두 개가 그의 손바닥으로 떨어졌다.

"록우드…." 조지가 버벅거렸다. "어떻게…."

"옷 속에 감추고 있었구나!" 내가 외쳤다. "여기 도착해서 숨긴 거야! 우리가 스타킨스랑 밖에서 기다리는 동안에!"

록우드가 미소를 지었다. 그의 치아가 어스름 속에서 희미하게 빛났다. "맞아. 외투 안감에다 달아뒀었어. 이 집에 도착하자마자 화장실로 가서 변기 수조에 숨겼지. 여기 있어, 루시. 손 내밀어 봐."

나는 산탄통을 가졌다는 사실이 주는 위안을 만끽한 뒤, 작업 벨트의 원래 자리에 달았다. 록우드가 두 개를 더 꺼내 조지에게 건넸다.

"페어팩스가 끝에 가선 몸수색을 하거나 장비를 검사할 것 같았거든." 록우드가 말했다. "한발 앞서서 안전한 곳에 숨기고 들키지 않으려던 거였는데. 이건 인정해야겠어. 그가 우리 몰래 가방을 뒤질 정도로 밉상이라곤 생각 못 했어. 하지만 잘됐지 뭐. 페어팩스의 본모습을 가늠하게 해주잖아."

"왜, 페어팩스의 본모습이 어떤데?" 조지가 자기 산탄통을 들여다보며 물었다.

"무시무시하지. 딱 보면 알겠지 않아? 이거 두 개는 내 거…."

나는 고개를 절레절레 저으며 혀를 내둘렀다. "네가 이랬다는 걸 페어팩스가 알기라도 하면…."

"아, 그럴 일 없을걸." 록우드가 웃는 늑대처럼 벙글거렸다. "그 사람을 어떻게든 속여 넘기려고 고민하는 일도 없을 테고. 지금까진 그가 규칙들을 정했어. 이제부턴 우리가 그 규칙들을 손볼 거야. 우리한테 유리한 쪽으로."

"시비를 걸려는 건 아닌데, 록우드." 조지가 말했다. "네가 굉장한 일을 한 건 맞아. 하지만 우리가 하다못해 앤 여왕의 의자 다리에라도 불을 지르는 날엔 약속된 돈의 나머지를 못 받을 거야. 호프 가족처럼 페어팩스한테 고소를 당할 수도 있고. 그럼 우린 결국 원점으로 되돌아가는 셈이란 말야."

"오, 우릴 고소하겠지. 맞아." 록우드가 동의했다. "하지만 그게 뭐어때서? 이 그리스의 불은 우리의 생명을 구하고도 남을 거야. 여기서 마지막으로 밤을 보낸 요원들이 어찌 됐는지 기억하지? 우리 사전에 죽어 널브러진 채 발견되고 어쩌고 따윈 없어. 그런 이유로 어제 쇼핑의 대미는 이 아이템이 장식했지…."

그는 뒤집어 든 봉지를 톡톡 털었다. 일곱 번째 산탄통이 굴러떨어졌는데 다른 화염탄보다 살짝 컸다. 다른 것들과 마찬가지로 측면에 선라이즈 물산의 떠오르는 태양 로고가 찍혀 있었다. 하지만 종이 포장지는 흰색이 아니라 검붉은색이었다. 물건 한쪽 끝에 기다란 도화선이 달려 있었다.

"신형 화염탄이야." 록우드가 말하며 벨트의 다른 산탄통들 옆에 물건을 고정했다. "새철스에서 일하는 남자가 그러는데, 피츠랑 로트웰네 조사관들이 군집 사례에서 사용하기 시작한 제품이래. 공습 피해 지역이나 전염병 유행지 같은 데 말야. 은이랑 철, 마그네슘 폭풍파를 광범위하게 발생시킨다네. 상당한 거리를 두고 투척해야 할 거야. 화력이 무진장 세 보이니까. 그랬으면 좋겠고. 나름 비싸게 주고 샀거든. 자, 이 쓰레기는 어디에 숨기면 좋을까?" 그는 축축한 봉지를 구겨서 페어팩스의 한나라 화병에 쑤셔 넣었다. "됐다." 그가 명랑하게 말했다. "자, 이제 일하자."

우리는 서재를 작전 본부로 정했다. 주 출입구, 그리고 더 안전한 동관과 연결되는 문 모두와 가까웠다. 차고 넘치게 많은 철제 의자들이 방문자의 움직임을 눌러주기도 할 터였다. 우리는 가방들을 서재로 옮기고 테이블 하나를 골라 전기등을 설치했다. 록우드가 조명의 밝기를 낮췄다.

"뭐, 앞서 대강 둘러보긴 했으니까." 그가 말했다. "어떻게들 생각해?"

"사방이 놈들로 들썩이고 있어." 내가 말했다.

조지가 끄덕였다. "그중에서도 특히?"

"붉은 방 근처의 복도?"

"아무렴."

"들은 거라도 있어, 루시?"

"그 복도에서? 엄청 많은 속삭임들. 너무 나직해서 무슨 말인지 하나도 못 알아들었지만 그 목소리들은… 사악했어. 그런 것 같아. 그 밖의 다른 곳들은 정적뿐이야. 근데 그건 내가 익히 아는 정적이긴 해. 밤이 깊어지면서 깨지게 될 그런 정적 말야." 나는 사과의 미소를 지었다. "미안. 별로 말이 안 되지. 그치?"

록우드가 고개를 끄덕였다. "사실, 그래. 나도 똑같아. 절명광이 사방에 있는 것까진 알겠는데, 아직 하나도 제대로 보질 못했어. 넌 어때, 조지?"

"난 너희 둘만큼 감지하고 있진 못한데," 그가 말했다. "하지만 아까부터 신경이 쓰이는 게 있기는 해." 조지는 벨트에서 온도계를 분리해서는 문자반을 우리 쪽으로 들어 보였다. "페어팩스랑 서재에 있었을 때의 온도는 16도였어. 지금은 13도고. 급강하하는 중이야."

"앞으로 한참은 더 떨어지겠지." 록우드가 말했다. "좋아. 체계적으로 움직여 보자. 온도 지도를 만들고 감각을 기록해. 계단을 포함한 1층부터 시작해서 와인 저장고로 이동할게. 거기까지 확인하고 잠시 휴식할 거야. 그런 뒤엔 다른 층으로 이동. 밤은 길어, 집은 크고. 우린 쭉 함께 이동한다. 홀로 이탈하는 일은 없어야 해. 어떤 이유로든 절대 안 돼. 화장실을 가야겠으면 다 같이 가. 간단하지."

"난 차는 그만 마셔야겠네, 그럼." 내가 말했다.

내가 옳았다. 저택이 그들로 들썩이고 있었다. 그리고 얼마 지나지 않아 놈들이 모습을 드러내기 시작했다.

작업이 가장 먼저 시작된 서재의 경우에는 철제 가구들 덕분에 심령 흔적들이 상대적으로 적었다. 하지만 거기에서조차 전기등을 잠깐씩 끄고 어둠 속에 서 있노라면 눈앞을 쏘다니는 빛의 반점과 가닥들이 감지되기 시작했다. 너무 희미하고 순식간이라 본격적인 현현으로 발전하진 못했지만 플라스마의 흔적이라는 사실에는 변함이 없었다. 전통적인 피츠 기법에 의거해 조지는 서재의 네 귀퉁이와 중앙에서 온도를 측정하고 평면도에 세심히 기록했다. 그가 작업하는 동안 나는 검을 들고 보초를 섰고, 록우드와 함께 재능을 써서 감각들을 확인했다. 그리 많이 잡아내지는 못했다. 예의 그 정적이 내 귀를 덮어버렸다. 록우드는 아주 오래된 절명광으로 짐작되는 희미한 빛들이 있다고는 했지만, 그보다는 벽면의 유치하고 연극적인 사진들에 더 관심이 가는 눈치였다.

조지가 로비에서 측정한 온도의 평균은 11도였다. 플라스마 반점들은 이제 눈에 띄게 선명해져서는 어둠 속의 반딧불이처럼 우리 주위를 날아다녔다. 여기서 백록색의 유령안개가 처음으로 목격됐으나 좀처럼 감지하기 힘들어서 집중해서 보려고 하면 눈이 아팠다. 안개는 바닥 근처에서 철떡거리며 방 주변부에 서서히 쌓여갔다.

그리고 이제는 다른 현상들도 슬슬 속도를 냈다. 맘먹고 귀를 기울이자 지각의 머나먼 끝자락에서 라디오 잡음처럼 낮게 깔려 치직거리는 소리가 들리기 시작했다. 줄어들고 커지기를 반복하며 뭔가 의미 있는 소리로 응집될 것 같은 징후를 끝도 없이 보이면서도 절대로 그러지 않았다. 그 모호함이 나는 어쩐지 불안했다. 그 기분을 떨쳐버리려 갖은 애를 썼다.

그사이 록우드는 로비에서 절명광 세 개를 감지했는데, 각각이 당황스러울 정도로 밝았다.

"최근 거 같아?" 내가 물었다.

록우드는 선글라스를 벗어 외투에 꽂았다. "오래됐지만 끔찍하게 충격적인 사건이 남긴 걸 수도 있고. 뭐라 단정 짓긴 힘들어."

거대한 계단 자체의 판독값은 놀라울 정도로 무난했다. 조지가 몇몇 곳에서 측정해 평균을 낸 온도도 로비와 다르지 않았다. 기본적으로 깔리는 소리에 별다른 변형은 감지되지 않았고 울부짖는 소리도 확실히 없었다. 난간의 조각 장식을 (다소 머뭇머뭇) 만져보며 심령의 기운을 찾아보려 했을 때도 강렬한 불안감 말고는 아무것도 느끼지 못했다. 솔직히 그 불안이야 계단이 있든 말든 느끼는 거였고.

롱 갤러리의 저쪽 끝 벽은 그림자에 가려 보이지 않았고 공기는 차가웠다. 벽난로 안에서 포효하던 불길은 이미 쪼그라들어 외롭고 둔한 불꽃이 돼 있었다. 흔들리고 전율하면서도 끝내 꺼지지 않았다. 조지는 다시 온도계를 확인했다. "8도. 거기서도 계속 떨어지는 중."

"슬슬 권태가 감지되는데." 내가 말했다. "누구 또 느끼는 사람 있어?"

두 사람이 동시에 고개를 끄덕였다. 그렇다. 시작되고 있었다. 사기가 곤두박질치는 그 익숙한 느낌, 가슴을 잔인하게 내리누르는 끔찍한 무게. 그저 웅크리고 앉아 눈을 감고 싶다는 생각밖에 들지 않는….

우리는 서로에게 바짝 붙어 검에 손을 얹고 함께 전진했다.

다과 테이블과 벽난로를 지나 롱 갤러리의 막다른 벽을 덮은 빛바랜 태피스트리에 가까워질수록 절망감이 강해졌다. 온도는 급강하했다. 유령안개가 발목께를 떠다니고 소파에 부딪혀 철썩였다. 그리고 이때부터는 뒤를 돌아보면 진짜 환영들이 눈에 들어오기 시작했다. 로비 가운데에 희미한 형상들이 서 있었다.

약한 1급령들에게 통하는 기이한 법칙—놈들은 곁눈으로 볼 때 가장 선명하다—에 따라 힐끗거리니 회색과 검은색의 흐릿한 자국들이 짧게 깜빡이다 녹아 없어졌다. 둘은 어린아이, 하나는 성인 크기였다. 그것 말고는 파악되는 게 전혀 없었다.

우리는 있는 힘껏 놈들을 무시하며 교대로 보초를 서고 롱 갤러리의 막다른 벽을 조사했다. 여기는 확연히 더 추웠다. 록우드가 태피스트리 한쪽 귀퉁이를 들고 그 밑을 들여다봤다.

"나도 거기가 궁금했는데." 조지가 말했다. "어때?"

록우드는 태피스트리를 놨다. "그냥 돌이야. 여기가 냉점이긴 한데."

"맞아. 6도에서 5도로 떨어지는 중. 좋아. 다 됐어. 이동하자."

1층 조사를 마치고 거대한 계단으로 돌아올 때쯤 우리는 이미 온갖 종류의 해로운 안개와 소리와 악취에 노출된 상태였고, 개중엔 조지가 원인이 아닌 것도 있었다. 롱 갤러리만큼 추위가 극심하거나 기운이 안 좋은 곳은 없다는 결론이 나왔지만, 어쨌든 초자연적 현상은 서관 전체에서 관찰됐다. 악의적인 잡음은 더 커져 있었다. 다른 절명광들의 위치가 지도에 추가됐다. 환영들이 빈번히 출몰했다. 우리 가까이로 접근하는 일은 없었으나 복도의 저쪽 끝, 아님 우리가 막 지나온 자리, 아님 이제 가보려고 하는 위치에 매번 나타났다. 놈들의 세세한 모습은 분간이 불가능했지만 그중 일부는 어린애가 분명했다. 흔히들 말하는 1급령의 전형으로 보였다. 반응하지 않고 공격성이 없으며, 그저 조금 슬플 뿐이었다.

"놈들이야 별거 아니지." 조지가 말했다. 우리는 록우드의 양초가 만드는 허약하고 둥근 빛을 앞세우고 와인 저장고로 이어지는 비좁은 계단을 내려가는 중이었다. "음영자, 관망자, 아지랑이…. 놈들은 근본적이고 본격적인 출몰 근처에 모여드는 부수적 현현일 뿐이니까. 지금껏 우리가 본 어떤 것도 출처가 아닌 셈이지. 아니, 우리는 아직 출처의 근처에도 못 갔어. 태피스트리의 냉점이 그나마 유력한데. 너희도 알지, 거기 바로 위가 어딘지. 그치?"

나는 대답하지 않았다. 한 시간이 넘도록 아무도 붉은 방을 입에 올리지 않은 터였다. 우리의 조사가 가닿을 곳은 결국 거기란 걸 모두가 알았지만.

저장고 안은 칠흑같이 어두웠고 심술궂은 돌풍이 불었다. 진입과 거의 동시에 촛불이 꺼져 전기 손전등에 의지해야 했다. 손전등 빛줄기들이 어둠을 둥글게 밀어내며 아치형 통로와 잿빛 돌, 아주 오래된 기둥, 널돌이 울퉁불퉁한 바닥과 거기서 소용돌이치는 유령안개를 골라냈다. 벽면을 우묵하게 파놓은 공간 일부에는 망가진 술통과 와인 보관용 선반이 가득했다. 나머지에는 땔감과 잡동사니, 거미줄과 쥐가 들어 있었다. 우리가 발을 끌며 더 깊이 들어갈수록 거미줄은 무성해지고 유령안개는 선명해졌다. 온도는 계속 내려갔다.

저장고의 마지막 칸은 밋밋한 돌벽으로 끝났다.

"위층이랑 양상이 같아." 내가 들어주는 손전등 아래서 지도에 글자를 끄적이며 조지가 말했다. 록우드는 검을 들고 곁에 서 있었다. "우린 지금 롱 갤러리의 막다른 벽 바로 밑에 있고, 또다시 냉점이야. 여기도 5도가 나왔는데 저장고에서는 가장 낮은 수치지. 저기 저 거미줄 좀 봐…. 이 벽에 분명 뭔가가 있어. 아악!"

그땐 이미 록우드가 우리를 옆으로 밀친 뒤였다. 그는 검으로 허공을 미친 듯이 내리 베었다. 검 끝이 막다른 벽의 돌을 때렸고 어둠 속에서 노란 불꽃이 튀었다.

그가 욕을 뱉었다. "놓쳤어!" 으르렁거리며 말했다. "사라졌어."

나는 검을 빼 들고 있었다. 조지는 배낭과 쇠사슬 때문에 몸의 중심을 잃어 돌바닥에 나동그라져 있었다. 조지와 내가 사납게 두리번거렸다. 내 손전등 불빛이 광란하는 원을 그리며 회전했다. 난무하는 잿빛 석제 고리들에 포위당한 것만 같았다.

"뭐였어?" 내가 물었다. "록우드…."

그는 눈을 덮은 머리칼을 쓸어 넘기며 가쁜 숨을 쉬었다. "넌 못봤어?"

"응."

"저기 있었잖아. 네 옆에 서 있었어. 맙소사, 진짜 날래네."

"록우드…."

"남자야. 저 벽 옆 어둠에서 헤엄치듯 나왔어. 얼굴이랑 손뿐이었어. 널 잡으려고 손을 뻗는 것 같았다고, 루시. 내 생각엔 수도사였어. 정수리 쪽에 머리칼이 없었어. 수도사들이 하는 산발 스타일 같았는데."

"산발이 아니라 삭발." 조지가 바닥에 누운 채 말했다.

"산발이든 삭발이든 뭐든 간에. 마음에 드는 얼굴은 아니었어."

우리는 다시 1층으로 갔다. 유령안개 몇 가닥이 조금 더 전진해 서재를 뚫고 들어와 있었지만 전기등 불빛은 여전히 강렬했고, 환영들은 멀찍이 떨어져 있었다. 록우드는 전기등의 밝기를 약간 더 올렸다. 우리는 어깨에 멘 쇠사슬을 내려 등짝에 휴식을 주고, 페어팩스의 독서 테이블에 보온병과 비상식량을 꺼내놓은 뒤 정적 속에 둘러

앉았다. 밤 10시가 조금 넘은 시각이었다.

나는 아까부터 가슴을 누르는 서늘한 무게에 신경이 쓰이던 차라 이 시간을 틈타 외투 아래서 은유리함을 꺼냈다. 안에서 희미한 푸른 빛이 반짝였다. 나로서는 애니 워드의 펜던트가 심령의 빛을 내는 모습을 처음 보는 셈이었다. 그녀의 영혼이 아직 활성 상태임이 분명했다. 사방에서 계속되는 방문자들의 격렬한 움직임에 반응하느라 그러는 걸지도 몰랐다. 그 빛엔 어쩌면 다른 이유가 있는지도 몰랐다. 방문자와 관련한 문제에서는 모든 게 추측일 뿐이었다. 오십 년의 세월이 흐른 뒤에도 우리는 모르는 게 너무 많았다.

조지는 두둑한 무릎에 평면도를 펼쳐놓고 있었다. 짜증 나는 박자에 맞춰 연필로 치아를 톡톡거리면서 아까 달아둔 주석들을 연구했다. 록우드는 자기 몫의 비스킷을 먹어치운 뒤 손전등을 들고 자리에서 일어나 책장을 꼼꼼히 살폈다. 저 밖 로비에서 고독한 유령 하나가 어둠에 싸인 채 서 있다가 돌연 깜빡이고는 사라졌다.

"잡았다." 조지가 말했다.

나는 보고 있던 유리함을 냉큼 치웠다. "뭘 잡아?"

"출처. 어디 있는지 알겠어."

"그야 누구나 짐작할 것 같은데. 붉은 방이잖아." 누군가는 그 얘기를 꺼내야 할 시점이었다. 이번 휴식이 끝나면 위층으로 올라갈 차례였다.

"어쩌면." 조지가 말했다. "어쩜 아닐 수도 있고." 그는 피로한 눈을 문지르려 벗고 있던 안경을 다시 썼다. 조지는 그게 참 신기하다. 안경을 쓰지 않은 눈은 조그맣고 나약해 보인다. 길을 잘못 든 우둔한 양처럼 자꾸만 깜박거리고 다소 당황한 듯도 하다. 하지만 다시 안경을 쓴 눈은 예리하고 냉철하다. 멍청한 양을 아침으로 잡아먹는 독수리의 눈 같다. 지금이 딱 그랬다. "방금 든 생각인데," 조지가 말했다. "아예 처음부터 평면도에 떡하니 나와 있는 얘기였어. 판독값 덕분에 분명해진 것 같고. 여길 좀 봐⋯."

그는 테이블에 평면도들을 나란히 놨다.

"이게 소수도원 유적의 옛 구조야. 중세에 그려졌지. 여기가 구내식당, 지금은 롱 갤러리가 돼 있어. 위층으로 가면 여기 이 방들이 수도사들의 기숙사야. 그중 다수가 사라졌지만 이거 하나는 아직 존재하지. 현재는 붉은 방으로 알려져 있고."

"록우드," 내가 불쑥 말했다. "얘기 듣고 있는 거야?"

"음, 응⋯." 록우드는 페어팩스의 사진이 걸린 벽 근처에 서 있었다. 책장에서 커다란 책 한 권을 꺼내 빈둥빈둥 넘겨보고 있었다.

"중세 평면도를 보면," 조지가 말을 이어갔다. "붉은 방 너머에 통로들이 있어. 롱 갤러리 너머에도. 나중에 가서 철거된 부분이지. 두 층 모두에서 그 통로들은 다른 방들로 연결돼. 더 많은 기숙사실이든 저장고든, 기도를 위한 예배당이든 뭐든. 지하 저장고가 있는 층에도 이렇게 증축한 공간들이 있을 수 있겠지만, 확실히는 모르지. 평면도에는 나와 있지 않으니까. 하지만 19세기 평면도상에는 통로로 연결된 공간들이 더는 남아 있지 않아. 서관도 오늘날과 똑같은 형태로 끝나고. 저 커다란 돌벽으로 말야. 바로 거기에 냉점이 있고."

"엄청 견고한 벽이던데. 아냐?" 내가 물었다.

"엄청 두꺼운 벽인 거지." 조지가 말했다. "그게 핵심이야. 원래 평면도에 그려진 벽보다 훨씬 두껍다는 거. 그 벽은 이전에 통로들이 있던 자리까지 확장돼 있는 거야."

찌르는 듯한 흥분이 약한 전기충격처럼 내 가슴을 관통하고 팔의 근육들을 간질였다. "네 생각엔⋯."

조지의 안경이 번뜩였다. "맞아. 내 생각에 우린 지금 비밀의 방 얘기를 하고 있는 거야."

"그러니까… 방들을 철거하던 당시에 연결 통로의 일부는 그냥 막아두기만 했을 수도 있다는 거네? 가능한 얘기 같아. 어떻게 생각해, 록우드?"

대답이 없었다. 뒤돌아보니 록우드는 책장에서 책을 더 꺼내다 읽느라 정신없었다. 우리를 등지고 앉아서는 자기 보온병 아래다 책을 더미로 쌓아두고 있었다. 내가 쳐다보는지도 모르고 느긋하니 차를 한 모금 마셨다.

"록우드! 지금 뭐 하는 건데?"

그가 고개를 돌렸다. 다른 어딘가에 가 있는 눈, 지난 며칠 내내 신경 쓰이던 그 눈이었다. 머나먼 곳의 뭔가를 보고 있는 것도 같았다. "미안, 루시. 뭐라고 했어?"

"뭐라고 했다기보다는 고함을 쳤지. 지금 뭐 하는 거야? 조지가 굉장한 걸 발견했다고."

"그래? 잘됐네…. 난 페어팩스의 스크랩북을 보는 중이야. 젊은 시절에 출연한 모든 연극의 기록을 모아뒀더라고. 안내 책자, 입장권, 비평…, 뭐 그런 것들 말야. 아주 흥미로워. 페어팩스는 나름 괜찮은 배우였어, 옛날 옛적에는."

나는 그를 빤히 쳐다봤다. "그래서 뭐? 그게 지금 무슨 상관인데? 우리가 출처를 찾는 거랑 무슨 관련이 있는데?"

"없지…. 난 그저 특정하고 싶은 것뿐이거든. 가까이에 있는데 닿을 듯 닿을 듯 닿질 않아서…."

그 순간 그의 안에서 딸깍하고 스위치가 켜지더니 얼굴이 맑아졌다. "네 말이 맞아…. 지금은 우선순위가 따로 있지." 그는 껑충껑충 뛰어와 우리 곁에 앉더니 조지의 등짝을 친근하게 찰싹 때렸다. "아까 뭐랬지, 조지? 저쪽 벽에 비밀의 방이 있다고?"

"방이 됐든 통로가 됐든, 맞아." 조지가 안경을 고쳐 쓰고 빠르게 설명했다. "페어팩스가 했던 얘기 기억해? 삼십 년 전에 실패로 끝난 피츠 탐사대 얘기? 그게 내 이론에 마침표를 찍어줘. 조사관 둘이 붉은 방에 죽어 있었지. 세 번째 조사관, 그러니까 남자애는 증발했어. 우리가 아는 한, 유령은 피해자를 먹어치우지 않아. 그럼 그 남자애는 어디에 있을까?" 조지는 포동포동한 손가락으로 평면도를 쑤셨다. "여기야. 비상식적으로 두꺼운 막다른 벽 속 어딘가. 그 애는 입구를 발견하고 들어간 거야. 어느 방문자—아마도 이 모든 사건의 중심에 있는 바로 그 방문자—한테 붙들렸겠지. 아이는 끝내 돌아오지 못했어. 아직 저 안에 있는 거야. 그리고 아리프네 가게 최고의 초콜릿 도넛 세 개를 걸고 장담하는데, 거기에 출처도 있어."

우리는 전기등이 만드는 조그만 빛 웅덩이에 잠긴 평면도를 들여다봤다. 그 주변부에서 유령안개가 파도처럼 철썩였다. 록우드는 고개를 숙이고 서로 맞댄 두 손을 꽉 누르고 있었다. 깊은 생각에 빠진 듯했다.

"좋아." 록우드가 마침내 입을 열었다. "긴히 할 얘기가 있어."

"페어팩스의 스크랩북 얘기는 아니겠지, 응?" 내가 말했다.

"아냐. 들어봐. 늘 그렇듯이 조지가 제대로 짚었어. 콤 케리 홀의 출처는 저 벽에 숨겨져 있을 거야. 그걸 찾으려면 입구부터 특정해야 할 텐데, 그건 십중팔구 붉은 방에 있을 테고. 자, 홀에 얽힌 얘기 중엔 헛소리도 있을 거야. 저 울부짖는 계단에 얽힌 사연만 해도 정말일 것 같지가 않거든. 하지만 붉은 방은 확실히 달라. 방문 밖에서도 우리 모두가 그 기운을 느꼈을 정도야. 안으로 들어가는 건 보통 일이 아니겠지." 록우드는 눈길을 들고 우리를 차례로 뜯어봤다. "근데 꼭 들어가지 않아도 돼. 페어팩스가 자기 입으로 그랬잖아. 그 방에 꼭 들어갈 필요는 없다고. 오늘 저녁에 여기 나타난 것만으로 우린 신 로드 화재의 손실을 보상할 만큼의 돈을 벌었어. 페어팩스가 벌써 지급을 끝냈어. 여기 도착했을 때 은행에 확인해 봤거든. 맞아, 출처를 추적하면 더 벌 수 있어. 하지만 반드시 그래야 하는 건 아냐. 그거 없이도 우리 회사는 무사할 테니까."

"과연 그럴까?" 조지가 반문했다. "앞으로 우리한테 올 의뢰가 얼마나 더 있을 것 같은데, 록우드? 페어팩스의 깜짝 제안을 빼면 우리 회사의 평판은 신 로드의 불길이 다 잡아먹었거든."

록우드는 굳이 부인하지 않았다. "내가 계속 얘기했다시피," 그가 나지막이 말했다. "이 상황을 반전시킬 대단한 성공이 필요한 건 맞아. 애니 워드 사건을 풀면 될 일이지. 물론이야. 루시 덕분에 고지가 눈앞이기도 하고. 하지만… 성공이 완전히 보장된 건 또 아니니까." 그가 한숨을 쉬었다. "난 결정을 못 하겠어. 이곳의 출처를 찾는다는 건 글쎄, 그게 또 하나의 기회인 건 분명하지. 하지만 위험천만한 기회야. 여기 숨어 있는 게 뭐든 간에 소름 끼치게 강해." 그는 의자 등받이에 기대앉으며 웃었다. 그리고 이번 웃음은 최고 100만 와트짜리 미소, 자기 의지와 달리 무조건 복종하게 되는 그 미소는 아니었다. 그저 따뜻하고 다정한 싱긋거림일 뿐이었다. "니들은 날 알잖아." 그가 말했다. "우리가 놈을 충분히 상대할 수 있다고 생각해. 하지만 그 믿음을 너희한테 강요하진 않을 거야. 피해 가고 싶대도 괜찮아. 결정은 두 사람한테 맡길게."

조지와 나는 서로를 쳐다봤다. 나는 그가 말하기를 기다렸다. 그는 내 말을 기다렸다. 머릿속에서 치직거리던 심령 잡음이 잦아들었다. 저택을 지배하는 그것 또한 내 결정을 기다리는 양.

그날 저녁을 경험하기 전이었다면? 나는 물러섰을지도 모른다. 당장의 본능을 전적으로 믿고 따르기엔 앞선 위기 상황들에서 이미 너무도 여러 번 잘못된 선택을 한 터였다. 하지만 저 문을 통과해 들어오고부터, 특히 탐색을 시작하고부터 내 자신감은 서서히 올라가고 있었다. 우리는 손발이 잘 맞았다. 그 어느 때보다 훌륭했다. 신중하고 철저하고 더 나아가 능란했다…. 거기서 나는 록우드 심령 회사가 언젠가 이룩할 미래를 봤다. 그런 미래를 가벼이 포기해 버리고 싶지 않았다. 나는 깊은숨을 들이마셨다.

"얼른 둘러보는 쪽에 한 표 던질게." 내가 말했다. "우리 뒤에 퇴로를 열어둔다는 전제하에. 혹 상황이 안 좋아지면 최대한 빨리 방을 나와서 건물 밖으로 이동하는 걸로."

록우드가 고개를 끄덕였다. "좋은 생각이야. 조지는?"

조지는 널찍한 볼을 부풀렸다. "놀랍게도 루시가 이번엔 좀 말이 되는 소릴 했네. 내 생각도 같아. 다만," 그가 벨트의 산탄통들을 토닥였다. "필요한 경우 우리가 가진 모든 무기를 써도 좋다는 전제하에."

"얘기 끝났네, 그럼." 록우드가 조용히 말했다. "짐들 챙겨. 가보자."

이제 우리는 마음을 정했고 꾸물거리지 않았다. 그렇다고 무모하게 굴지도 않았다. 신중을 기해가며 계단을 올랐다. 언제나 몇 걸음 앞을 보고 또 들었다. 전과 마찬가지로 혼령들은 우리와 거리를 유지했지만, 유령안개는 우리의 무릎께까지 올라와 있었다. 록우드는 층계참 위와 침실 문들 너머에서 절명광을 짚어냈다. 내 경우에는 아까의 그 압도적인 정적이 되돌아와 관자놀이를 강하게 압박했다. 공기는 탁하고 찐득찐득했다. 질리도록 속이 느글거리는 단내가 층계참에서부터 우리를 따라왔다. 훼손된 문밖에 서자 속삭임이 잠잠해졌다. 등 뒤 통로를 쭉 훑으니 손전등 불빛 가장자리 너머로 모여드는 환영들이 감지됐다.

"기다리는 것 같잖아." 내가 중얼거렸다. "우리가 들어가길 기다리는 것 같아."

"박하 가져온 사람?" 조지가 물었다. "안 봐도 알겠다. 저 안에선 박하가 필수란 걸."

록우드가 주머니에서 열쇠를 꺼내 잠금장치에 꽂았다. "잘 돌아가는데." 그가 말했다. 야무진 딸깍 소리가 났다. "오케이, 됐다. 시작해 보자. 루시 말대로 얼른 한번 둘러보는 거야. 그뿐이야."

조지가 고개를 끄덕였다. 나는 있는 힘껏 미소를 지었다.

"걱정 마." 록우드가 말했다. "다 괜찮을 거야."

이윽고 그는 문고리를 잡고 밀었다. 그렇게 공포의 밤이 시작됐다.

21

으스스한 분위기를 내보겠다고 경첩들이 기이하게 삐걱거리거나 하진 않았다. 솔직히 말해 그럴 필요가 없었다.

문이 활짝 열리면서 건조하고 차가운 공기가, 먼지와 결핍의 냄새가 훅 하니 끼쳐왔다. 사용되지 않는 방에 들어갈 때의 느낌과 꼭 같았다. 록우드가 어둠에다 손전등을 비췄다. 은은하고 둥근 불빛에 맨몸을 드러낸 마룻널이 방 저편까지 이어졌다. 잿빛에다 칙칙하고 얼룩덜룩했다. 낡은 양탄자의 다 해진 조각들이 군데군데 보였는데, 수세기에 걸쳐 앉은 더께 탓에 마룻널과 한 몸이 돼 있었다.

록우드의 손전등 빛줄기가 위로 움직여 맞은편 벽에 도달했다. 높게 올린 흰색 굽도리널이, 원래 진녹색이지만 먼지와 세월로 거의 검은색이 돼버린 벽지가 언뜻 보였다. 벽지 여기저기가 찢겨나가 벽돌로 된 속살이 고스란히 드러났다. 빛줄기는 계속 위를 향했다. 벽과 천장 사이의 육중한 코빙*이, 화려하게 장식한 회반죽 천장이, 거길 뒤덮은 소용돌이와 나선무늬들이 보였다. 손전등 빛이 천장 한가운

---

* 벽면과 천장의 연결부를 활처럼 둥글게 처리하는 건축의 한 형태.

데 매달린 샹들리에에 가 닿았다. 장식용 고리와 사슬에서 기다랗게 늘어져 대롱거리는 연한 잿빛 줄들이 아까 문이 열리느라 흐트러진 기류에 요동쳤다.

거미들…. 확실한 신호였다.

록우드가 손전등을 아래로 내렸다. 발치를 보니 문이 닫히는 선에 정확히 맞춰 복도 카펫이 끝났다. 경계에 두꺼운 철선을 박아뒀던 자리였다. 그 너머는 먼지와 마룻널, 그리고 황량함 그 자체의 붉은 방이었다.

"뭐라도 감지한 사람?" 록우드가 물었다. 그의 목소리가 낯설고 휑하게 느껴졌다.

뭐라도 감지한 사람은 없었다. 록우드가 철선 자국 너머로 발을 내딛고 조지와 내가 무거운 도구 가방을 들고 뒤따랐다. 사방에서 시원한 공기가 소용돌이쳤다. 우리의 신발이 마룻널 위에서 은은하게 타닥거렸다.

진입과 동시에 강력한 현상이 우리를 덮치리라 예상했지만 모든 게 잠잠하기만 했다. 내 두개골 속 압력은 그 어느 때보다도 극심했지만. 방 안에서는 유령안개가 생기지 않았고 잡음이나 속삭임도 당장은 들리지 않았다. 우리는 가방을 내려놓고 각자의 손전등으로 주위를 살폈다.

붉은 방은 커다란 직사각형의 공간으로, 서관의 옆면을 통으로 차지하고 있었다. 그러니까 문에서 마주 보이는 벽이 저택의 끝이었고, 아래층의 롱 갤러리로 치자면 태피스트리가 걸린 벽에 해당했다. 이 벽에는 문도 창문도 없었지만 군데군데 뜯겨나간 벽지 틈으로 그 밑의 벽돌인지 돌인지가 들여다보였다.

오른쪽 벽에도 창문은 없었다. 왼쪽에는 원래 세 개가 있었지만 그중 두 개는 벽돌로 막았다. 마지막 창문에는 덧문이 달려 있었는데 문짝을 뒤로 접어 창 옆 움푹진 공간에 고정해 뒀다.

샹들리에 말고는 가구가 전혀 없었다.

"아주 '붉은' 건 아니다. 그치?" 조지가 말했다. 나도 내내 그 생각을 하고 있었다.

"일에도 순서가 있지." 록우드가 씩씩하게 말했다. "루시, 방어진 만드는 걸 도와줘. 조지, 넌 퇴로를 확보해 주고."

손전등을 입에 문 록우드와 내가 도구 가방을 열고 5센티 두께의 초강력 쇠사슬을 끄집어냈다. 바닥에 내려놓고 둥글게 모양을 잡기 시작했다. 그 방에서 기다리는 게 뭐든 그에 맞서 우리를 보호할 기본 방어진이었다.

그사이 조지는 자기 배낭에 몸을 숙이고 있었다. 옆주머니의 지퍼를 열고 안을 더듬었다. "방문자 차단용 문고기를 여기 어디에 뒀는데." 그가 말했다. "어디 보자…."

"문고기?" 내가 물었다.

"'문 고정 기구.' 약간의 최신 테크놀로지라고나 할까. 새철스에서 구했지. 맞아, 비싸. 하지만 그만한 가치가 있다고. 아, 찾았다." 그는 삼각형 모양으로 대충 깎은 나무를 꺼냈다.

나는 물끄러미 쳐다봤다. "그거 그냥 쐐기 아냐?"

"아니. 문고기야, 친구. 무려 문고기라고. 안에 철심이 박혀 있거든."

"쓰레기통에서 주운 것처럼 보이는데. 도대체 얼마를 주고 산 거야?"

"기억 안 나." 조지는 문을 열린 상태로 유지해 줄 위치에 물건을 놓고 발로 단단히 차 넣었다. "마음껏 비웃어봐. 문고기가 문을 잡아 줄 거고, 그 덕에 우린 목숨을 구할 테니."

그것만큼은 조지의 말이 옳았다. 그 전해에 발생한 섀드웰의 소리 정령 사건 때 그림블 소속 조사관 두 명이 다른 동료들의 뒤를 따르려는 찰나 화장실 문이 쿵 하고 닫혔다. 문은 그야말로 요지부동이었다. 아무도 손을 쓰지 못했고, 두 조사관은 소용돌이치는 변기 파편에 맞아 죽었다. 방문자의 방문이 끝났을 때, 문은 아무렇지도 않게 열렸다.

"문간에 소금도 뿌려둬." 록우드가 말했다. "빈틈없이 해야지." 우리는 쇠사슬 방어진을 완성한 뒤 도구 가방들을 끌어다 놨다. "좋아. 누구든 신호하면 여기로 후퇴하는 거야. 온도는?"

"6도." 조지가 말했다.

"지금까진 모든 게 좋아. 당장은 이 방이 저택에서 가장 잠잠한 곳인 듯해. 그걸 최대한 활용해 보자고. 숨겨진 문들이 있는지 보는 거야. 저기가 그 막다른 벽이지. 맞아, 조지?"

"응. 숨겨진 입구의 표시일 수 있는 건 뭐든 찾는 거야. 버튼, 레버, 뭐 그런 것들. 두드리면서 속이 비었나 보고."

"오케이. 일차 수색은 루시랑 내가 할게. 조지, 여기 남아서 경계를 서줘."

록우드와 나는 벽 양쪽 끝으로 갔다. 텅 빈 공간에서 신발 소리가 메아리쳤다. 손전등 렌즈의 초점 범위를 줄여 빛이 우리의 내적 감각을 교란하는 정도를 최소화했다. 나는 벽 왼쪽 모서리를 골랐다. 유일하게 막히지 않은 창문에서 멀지 않았다. 먼지 낀 유리 너머로 저 멀리 있는 마을의 불빛들과 겨울 별 한 쌍이 간신히 보였다.

나는 손전등을 끄고 손으로 벽을 훑었다. 별다른 문제없이 매끈했다. 벽지 또한 평평하고 잘린 부분도 없었다. 벽을 가로 방향으로 쓸어보고 세로 방향으로 더듬었다. 이따금 멈추고 귀를 기울였지만 사방이 잠잠하기만 했다.

"무슨 냄새 안 나?" 록우드가 불쑥 말했다. 그가 비추는 손전등 불빛 언저리에 그의 옆얼굴이 걸려 있었다. 이맛살을 찌푸리고 콧살을 찡그린 표정이었다.

"무슨 냄새?"

"달콤한데 시큼한… 뭔지 모르겠네. 익숙한데 이상해."

"설명만 들어서는 완전 루시인데." 조지가 말했다. 그는 우리 뒤쪽, 방 한가운데에 있었다.

몇 분이 흘렀다. 어둠 속에서 록우드의 손과 내 손이 만났다. 벽 가운데에 도달한 것이다. 잠시 뒤 우리는 각자 왔던 길을 되짚어가기 시작했다. 이번에는 손가락 마디로 벽면을 두드렸다.

"플라스마 가닥이 생기는데." 조지가 외쳤다.

"수색을 멈춰볼까?"

"일단은 계속해."

벽이 거의 끝나가는 지점, 홀로 남은 창문의 모퉁이에서 드디어 미세한 음질의 변화가 감지됐다. 내가 통통 두드리는 소리가 더 높고 깊이 울리는 듯했다. 벽 안쪽에 공간이 있어 메아리라도 치듯이.

"뭔가 발견한 것 같아." 내가 말했다. "안이 빈 듯한 소리가 나는 곳이 있어. 네가…."

"뭔데 저건?" 조지가 말했다. 우리 모두가 들은 터였다. 어둠 속 어딘가에서 나는 은은하고 단호한 탁 소리. 록우드와 내가 돌아봤다.

"방어진으로 들어와." 조지가 말했다. "손전등은 켜지 말고. 내 것만 쓰게."

우리가 서둘러 돌아가는 사이 조지의 손전등 빛줄기가 느리고 조심스레 우리를 스쳐 지나서는 천장과 벽과 바닥을 헤집었다. 모든 게 전과 똑같아 보였다.

아니, 아닌가? 은밀하고도 은근하게 공기 중의 뭔가가 달라져 있었다.

우리는 방어진 한가운데에서 등을 맞대고 섰다. 서로의 어깨와 어깨를 딱 붙였다.

"손전등을 끌게." 조지가 말했다.

불이 나갔다. 우리는 휑한 방의 어둠 속을 가만히 바라봤다.

"루시," 록우드의 목소리였다. "뭐가 들려?"

"속삭임이 시작됐어." 내가 말했다. 목소리들이 일제히 소리를 높였다. "아까랑 같아. 사악한 목소리가 엄청 많아."

"어디서 나는 건지 알겠어?"

"아직은 모르겠어. 사방에서 들리는 듯해."

"오케이. 조지, 뭐가 보여?"

"빛의 가닥이랑 소용돌이. 밝은데 찰나야. 여러 군데서 보이는데."

잠깐의 정적이 이어졌다. "넌, 록우드?" 내가 물었다.

그가 무거운 목소리로 말했다. "절명광들이 보여."

"한 개 이상?"

"루시, 자그마치 수십 개야. 전엔 왜 못 봤는지 모르겠어. 방 전체가 사형실이나 다름없어…." 그가 숨을 들이켰다. "다들 검을 꺼내."

세 쌍의 어깨가 부딪치고 움직였다. 강철이 단체로 쓸리는 소리가 났다.

"놈이 감지했어." 조지가 말했다. "가닥들이 미쳐 날뛰었어. 지금은 다시 잠잠하고."

"루시?"

"속삭임이 더 커지고 성났다가 잦아들었어. 이제 어쩌지?"

"저 냄새!" 록우드가 말했다. "다시 난다. 엄청 강해! 이번엔 너희도…." 그는 답답하다는 듯 탄식을 내뱉었다. "지금 저걸 아무도 못 맡는다고?"

"응." 내가 말했다. "록우드, 집중해. 이제 어떡해? 방에서 나가?"

"그래야 할 것 같아. 뭔가 큰 게 오고 있어. 아아…, 절명광이 너무 밝아!" 록우드가 주머니를 더듬어 선글라스를 찾아 서둘러 쓰는 소리가 들렸다.

"하지만 루시가 문을 찾았다고 하지 않았어?" 조지가 말했다. "아무래도 우리…."

"문은 아니고," 내가 말했다. "속이 빈 듯한 통 소리가 났어. 벽이 얇은 것처럼. 왜 그런 건지는 몰라도."

"둘 중 어느 쪽이든 상관없어." 록우드가 말했다. "당장 방에서 나간다."

어둠 속에서 탁 소리가 났다. 은근하지만 묵직했고 처음 들었던 소리와 동일했다. 한 번 더 탁. 그리고 또.

"우리랑 문 사이에서 나는데." 조지가 말했다.

"아니, 아니야."

"조용." 록우드가 말했다. "일단 들어보자."

탁, 탁, 탁…. 느리고 규칙적이었다. 소리와 소리 사이에 내 질주하는 심장박동이 다섯 개씩 들어갔다. 어디서 나는 소리인지, 그 정체가 뭔지 분간하기 어려웠지만 정말로 익숙하기는 했다. 전에도 들어본 적이 있었다. 무슨 영문인지 포틀랜드 로의 욕실이 떠올랐다. 아래층 욕실, 이따금 내가 샤워를 하고, 조지가 벗어 던진 속옷들이 누군가의 방심한 발을 기다리며 매복하는 그곳. 처음에 나는 위험하고 흉하다는 공통분모 때문에 그 욕실이 떠오르는 건 줄 알았다. 이

321

윽고 공통분모는 그게 아님을 깨달았다. 아래층 욕실 샤워 꼭지에는 문제가 있었다. 물이 뚝뚝 떨어진다는.

탁, 탁, 탁….

"손전등 켜봐, 록우드." 내가 속삭였다. "네 앞을 비춰봐."

그는 순순히 따랐다. 어쩌면 그 또한 깨달았으리라.

손전등 빛이 마룻널에 우아한 금반지처럼 떨어졌다. 그 가운데에 검고 형태가 들쭉날쭉한 뭔가가 있었다. 기형의 거대한 몸집에 수없이 많은 다리가 달린 거미 같았다. 탁. 새로운 다리가 자라나 옆으로 뻗어나갔다. 탁. 또 다른 다리, 이번엔 더 길고 가늘고 멀리까지 늘어났다…. 탁 소리가 날 때마다 형체의 가운데서 휙휙 움직임이 일었다. 그 시커먼 게 번들거렸고 붉은 기가 돌았다.

록우드의 손전등 빛줄기가 서서히 위를 향했다. 다음에 떨어지는 걸 정확한 타이밍에 허공에서 잡아냈다. 빛줄기가 회반죽 천장에 닿았다. 나선형 몰딩을 따라 더 크고 더 시커먼 얼룩이 번지고 있었다. 그 가운데서 당밀만큼이나 눅진거리고 거무튀튀한 물질이 아래로 처지고, 무거워지고, 끝내 방울이 돼서는 밑으로 후드득 떨어져 내렸다.

"이제 알겠네, 그게 무슨 냄새였는지." 록우드가 중얼거렸다.

"피…." 내가 말했다.

"글쎄, 엄밀히는, 당연한 얘기지만 플라스마가 맞지." 조지가 말했다. "이 방문자는 몹시 이례적이게도 해부학적으로 무의미한 겉모습을 선택하기로 한 것뿐이야. 즉…."

"엄밀히 따위 나는 신경 안 써, 조지!" 내가 외쳤다. "모양도 피고 냄새도 피야. 그럼 나한테는 피야."

우리가 지켜보는 와중에도 천장에 웅덩이지는 물질이 계속 늘어 한 방울씩 떨어트리는 것만으론 무게를 더는 감당 못 할 지경이 됐다. 두 번째 지점, 우리에게 좀 더 가까운 위치에서 방울이 떨어지기 시작했고 내리꽂히는 속도도 더 빨랐다. 나 역시 손전등을 켜고 바닥의 얼룩이 바깥쪽으로 튀는 모습을 확인했다. 부러진 손가락 모양의 피가 방어진 방향으로 뻗어왔다.

"가까이 오게 두지 마." 조지가 말했다. "다른 플라스마랑 마찬가지로 유령접촉하게 될 거야."

"철수한다." 록우드가 딱딱하게 말했다. "짐을 챙겨. 아니, 쇠사슬은 됐어. 안 쓴 것만 가져가. 준비됐어? 서두르자, 그럼. 날 따라와."

우리는 쇠사슬 장벽에서 나가 방을 가로질렀다. 방 가운데서 몸집을 불리는 덩어리와 널찍이 거리를 두느라 원을 그리듯 이동했다. 덩어리가 악의를 파도처럼 뿜어댔다. 방 안은 차디찼다.

"잘 있어라. 다신 보지 말자." 문으로 다가가며 조지가 말했다.

하지만 가서 보니 문이 닫혀 있었다.

일순간 아무도 움직이지 않았다. 뱀 같은 공포가 스르르 내 복부를 휘감고 옥죄는 기분이었다. 록우드가 나섰다. 성큼성큼 세 걸음만에 문 앞으로 가 문고리를 돌렸다. 붙들고 다급히 흔들었다. "닫혔어." 그가 말했다. "열리질 않아."

"그놈의 쐐기는 어찌 된 건데?" 내가 말했다.

조지의 목소리에 힘이 없었다. "문고기거든."

나는 험한 욕을 뱉었다. "이름 따위 신경 안 써, 조지! 작동이 안 됐잖아! 네가 설치를 제대로 안 한 거지."

"괜찮게 했거든."

"아니. 넌 그걸 네 비덩발로 몇 번 툭툭거리고 말았어! 참고로 말하자면, 여기서 비덩발은 '비계 덩어리 발'이야."

"닥치라고, 루시!"

"니들 둘 다 좀 닥치고," 록우드가 으르렁거렸다. "문 여는 것 좀 도와줄래?"

우리는 함께 문고리를 붙들고 있는 힘껏 잡아당겼다. 문은 꿈쩍도 하지 않았다.

"열쇠가 어딨지?" 내가 물었다. "록우드, 열쇠. 열쇠 어쨌어?"

그가 머뭇거렸다. "문에 꽂아뒀는데."

"오, 장하다, 정말." 내가 말했다. "너도 그렇고 조지도 그렇고 차라리 문에다 '방문자 여러분 어서 옵쇼'라고 써놓지 그러냐."

"다시 말하는데, 괜찮게 설치했었다고." 조지가 소리쳤다. "거기다 소금까지 뿌려뒀단 말야." 그는 신발에 밟히는 알갱이들을 사납게 걷어찼다. "보이지? 놈은 애초에 문 근처에도 못 가야 옳아."

"진정해." 록우드가 말했다. 그는 손전등으로 다시 천장을 비춰보는 중이었다. 우리가 서 있는 자리에 불길하리만치 가까운 지점에서 새로운 피 웅덩이가 거꾸로 차오르기 시작했다. "놈이 우리의 공포에 반응하고 있어. 방어진으로 돌아가자."

이 임무는 나름 괜찮게 완수했다. 물론 전보다 현저히 큰 원을 그리며 움직여야 했지만. 뚝뚝 떨어지던 방울 일부는 이제 핏줄기가 돼 약하게 틀어둔 수돗물마냥 줄줄 흘렀다. 놈들이 만드는 소음은 더는 짧게 끊어지는 탁탁 소리가 아니라 액체를 쉼 없이 들이붓는 듯한 두두두 소리에 가까웠다. 바닥에서는 상당한 크기의 피 웅덩이가 계속 몸집을 불렸다.

"이러다 완전히 둘러싸이고 말겠어." 내가 말했다. "저기다 플라스마를 도대체 얼마나 모아놓고 있는 거지?"

"엄청나." 조지가 중얼거렸다. "보통의 2급령이 아냐. 소리정령이 고급 염력을 가질 순 있어. 문을 닫고, 안 열리게 하고, 열쇠를 돌리는 건 가능하지. 하지만 소리정령은 저렇게 현현하지 않아. 저 피로 봐선 변형자가 분명한데. 그치만 변형자는 문에 꽂힌 열쇠를 돌리지 않는단 말이지…."

"내가 어리석었어." 록우드가 말했다. "정말 어리석었어. 모든 걸 너무 만만하게 봤어…. 루시, 우린 비밀 출구를 찾아야 해. 아까 벽에서 느낌이 달랐던 부분이 어딘지 알려줘."

바닥 한복판의 흥건한 웅덩이에서 피가 날랜 팔을 뻗었다. 그 끝이 쇠사슬 방어진 근처까지 왔다가 식식거리고 치익거리며 물러났다. 공기에서 피비린내가 진동했다. 숨을 쉬기가 힘들었다.

"아님 그냥 여기 있든지…." 내가 말했다. "적어도 이 안으로는 못 들어오잖아."

조지가 꽥 소리를 지르고 펄쩍 뛰며 옆으로 비켜났다. 도구 가방에 발이 걸리며 쇠사슬 너머로 고꾸라질 뻔했다.

록우드가 욕을 뱉었다. "너 지금 뭐 하는…." 손전등을 비췄다. 조지가 가방들 위에 쭈그려 앉아 재킷을 움켜잡고 있었다. 그의 어깨에서 한 줄기 연기가 피어올랐다.

"위쪽." 조지가 갈라진 목소리로 말했다. "어서."

손전등 빛줄기가 후다닥 위를 향했다. 거기, 샹들리에가 있었다. 먼지와 거미줄을 잔뜩 휘감고. 붉은 액체 한 줄기가 천장에서 떨어져 샹들리에 중앙의 등 기둥을 타고 밑으로, 굽이진 크리스털 술 장식을 따라 밖으로 흘렀다. 샹들리에 가장 아래쪽에서 새로운 핏방울 장식이 서서히 커지고 있었다.

"그럴… 그럴 리 없어." 내가 말을 더듬거렸다. "우린 지금 철에 둘러싸여 있는데."

"저리 비켜!" 록우드가 날 밀어내는 순간 방울이 떨어지며 방어진 가운데에 피를 튀겼다. 우리 셋 다 쇠사슬 위에 서 있다시피 하는 상황이었다. "방어진을 너무 크게 만들었어." 록우드가 말했다. "철 힘이 안쪽까지 미치질 못해. 가운데가 취약점이야. 이 방문자는 그걸 뚫을 정도로 강하고."

"쇠사슬을 안쪽으로 들여서 조정하면…." 조지가 입을 열었다.

"방어진이 작아지면," 록우드가 말했다. "우린 비좁은 공간에 끼여 있게 돼. 아직 자정도 안 됐어. 동이 트기까지 일곱 시간이 남았는데 이놈의 건 이제 막 시작이란 말야. 안 돼, 어쨌든 탈출해야 해. 그말은 곧 루시의 벽 모서리로 가야 한단 얘기지. 움직여."

우리는 손전등으로 머리 위를 계속 비추며 방어진을 벗어났다. 웅덩이들이 세를 불리고 있는 곳 반대편으로 나와 막다른 벽 왼쪽 모서리를 목표로 둥글게 움직였다. 하지만 출발하기가 무섭게 천장에서 눅진하고 시꺼먼 자국이 자라나서는 우리 쪽으로 잽싸게 흘러오기 시작했다. 내 뱃속의 공포가 더 강하게 틀어 올랐다. 나는 비명을 지르고픈 충동을 억눌렀다.

"잠깐," 내가 말했다. "놈은 우리 위치를 감지하고 있어. 우리가 한꺼번에 몰려가면 곧장 포위되고 말 거야."

록우드가 고개를 끄덕였다. "맞는 말이야. 잘 생각했어. 어서, 조지. 놈의 신경을 분산시키자. 루시, 넌 저리로 가서 계속 찾아봐."

"알았어…." 나는 서둘렀다. "근데 왜 나야?"

"넌 여자잖아." 록우드가 외쳤다. "그러니까 더 민감한 거 아냐?"

"감정에 있어선, 맞아. 인간 행동의 미묘한 차이를 감지하는 데 있어서도, 그래. 하지만 비밀 통로를 찾는 데도 반드시 그러리란 보장은 없다고."

"오, 그게 그거지 뭘 그래. 게다가 레이피어 휘젓기는 기본적으로 조지랑 내가 유일하게 잘하는 거잖아." 록우드는 춤을 추듯 방을 가로질러 갔다. 손전등을 빙빙 돌리고 천장을 향해 높이 쳐든 검을 흔들어댔다. 조지도 비슷하게 움직이며 다른 벽 모서리로 향했다.

방문자가 한눈을 제대로 파는지 어떤지 확인할 시간이 없었다. 나는 검을 치우고 밝기를 최저로 낮춘 손전등을 꽉 물었다. 내가 있는 곳을 대강이나마 보기 위해서였다. 내 왼쪽이 움푹진 창문 공간이었다. 창유리 너머는 상쾌하고 선선한 밤이었고, 그 밑으로 10미터 높이의 깎아지른 듯한 절벽이 계속되다 자갈 진입로와 만났다. 누가 알겠는가. 진짜 끝장이 나기 전에 저리로 뛰어내려야 할지. 어쩌면 그게 죽기엔 더 나은 방법일지도.

냉기에도 불구하고 얼굴에서 땀이 비 오듯 쏟아졌다. 나는 떨리는 손을 벽에 갖다 댔다. 울리는 소리가 들렸던 부분과 그 주변을 다시 한번 샅샅이 훑었다.

수확이 없었다. 벽면은 한없이 매끈하기만 했다.

모서리에 도달한 나는 두 벽의 이음매를 위아래로 더듬다가 충동적으로 옆벽을 확인했다. 스위치든 문이든 있을지도 몰랐다. 까치발로 서서 최대한 높이 손을 뻗었다. 허리를 한껏 굽혔다. 압박하고 눌렀다. 밀었다. 계속 반복하다 드디어 움푹진 창문에 닿았다. 그때까지도 아무 성과가 없었다.

뒤돌아보니 우리의 전술이 어느 정도는 먹힌 듯했다. 조지와 록우드는 저 멀리에서 쿵쿵거리고 다니며 공포를 함성과 휘파람으로 바꾸고 방문자에게 무례한 모욕을 퍼부었다. 그에 반응해 천장 가운데의 웅덩이가 새로운 가지들을 뻗었다. 샹들리에 부근에서 길고 성난 핏줄기들이 갈라져 나와 중세 기사들의 긴 창처럼 두 사람을 노렸다.

하지만 나라고 놈의 관심을 완전히 벗어난 건 아니었다. 충격적이게도 핏줄기가 어느새 바닥을 가로질러 와 내 발치까지 뻗어 있었다. 머리 위에서는 천장 가운데 얼룩의 가지 하나가 아슬아슬한 지점까지 들어와 있고, 거기서 검고 가느다란 피가 줄줄 떨어졌다. 시커먼 방울들이 내 신발 옆 바닥을 치고 튀어 올랐다. 그중 하나는 뒤꿈치를 때렸다. 쉭 소리가 났다. 가늘고 흰 연기가 피어오름과 동시에 나는 펄쩍 뛰어 창턱에 올라앉았다.

이러면 곤란했다. 자칫하면 완전히 갇히게 될 터였다. 나는 몸을 돌리고, 웅크리고, 뛰어내려 갈 준비를 했다. 그 와중에 손가락이 창옆에 고정돼 있는 나무 덧문을 건드렸다. 나는 덧문을 쳐다봤다. 그리고 그 절박한 순간에 어떤 생각이 머릿속을 스쳤다.

나는 덧문에 손전등 불빛을 퍼부었다. 이 견고한 한 쪽짜리 나무판은 창문이 나 있는 움푹진 공간과 길이도 너비도 같았다. 뒤쪽을 넘어다 보니 창문 옆에 달린 커다랗고 검은 경첩들이 덧문을 돌벽에 붙여놓고 있었다. 덧문을 당기면 몸체가 반회전해 창유리를 덮을 것이다.

그리고—어쩌면—다른 뭔가가 나올지도 모르지.

나는 덧문을 붙잡고 내 쪽으로 당겨봤다. 덧문 밑이 보고 싶었다, 혹시 모르니까. 어디선가, 뭔가가 헐거워졌다. 덧문의 움직임이 느껴졌다. 나는 얼른 손전등을 갖다 댔다. 벌어진 틈이 보였다. 내 손가락이 겨우 들어갈 너비의 균열이었다. 그 밑은 그저 돌뿐일지 모른다. 이건 진짜로 그냥 덧문일지 모른다. 그게 아니면….

"조지! 록우드!" 나는 어깨 너머로, 콸콸 쏟아지는 피의 기둥 저편의 그들에게 소리쳤다. "찾은 건지도 모르겠어! 빨리, 도움이 필요해!"

나는 지체하지 않고 덧문을 당겼다. 낑낑거리며 들어 올리고 끌어당겼다. 덧문은 꿈짝도 하지 않았다.

뭔가가 날 옆으로 밀어냈다. 창문으로 몸을 날린 록우드였다. 피가 방 가장자리에 근접했다. 록우드는 벽에 몸을 납작하게 붙인 채 달려온 터였다. 그 뒤를 따라 조지가 검을 머리 위로 비스듬히 치켜든 채 아무렇게나 질주했다. 떨어지는 피가 검 끝에 맞아 사방으로 튀고 철과 접촉해 식식거리며 불꽃을 일으켰다. 그는 풀쩍 뛰어 우리 옆에 착지했다. 아무도 입을 열지 않았다. 조지가 내게 검을 건넸다. 그와 록우드는 덧문을 부둥켜 잡고, 전의를 다지고, 당겼다.

나는 돌아서서 우리 셋의 머리 위로 검을 들어 올렸다. 참으로 무력한 방어였다.

핏자국은 이제 천장을 완전히 뒤덮다시피 했다. 우리가 있는 벽 모서리의 삼각형 공간만 유일하게 오염되지 않았다. 거길 제외한 사방에서 억수 같은 피가 흡사 커튼을 친 것처럼 쏟아졌다. 우레와 같은 소리를 내며 세차게 휘몰아치는 모양새가 꼭 뇌우 속에서 일렁이는 빗줄기 같았다. 바닥은 피바다였다. 핏물이 마룻널 사이에서 연못을 이루고 굽도리널에 휘몰아쳤다. 샹들리에에서도 피가 뚝뚝 떨어졌다. 크리스털 장식들이 벌겋게 빛났다. 이제 알 것 같았다. 이 방이 가구 없이 텅 빈 이유를, 그토록 오랜 세월 버려진 이유를. 이젠 알았다. 이 방이 그런 이름을 갖게 된 이유를.

조지의 숨이 멎었다. 록우드가 소리를 질렀다. 둘이 한꺼번에 뒤로 휘청하며 내게 몸을 부딪쳤다. 마침내 열린 덧문 문짝을 붙든 채로. 그 너머에서 텁수룩하게 엉겨 붙은 거미줄들이 시신의 머리칼처럼 길게 나부꼈다. 내 손전등을 비추자 벽 속으로 난 조그만 아치형 입구와 함께 역시 어둠이 보였다.

덧문 귀퉁이에도, 내가 기우뚱하게 쳐들고 있는 검의 날에도 피가 튀었다. 장갑과 팔에서 핏방울이 치익 소리를 냈다.

"들어가! 들어가!" 나는 두 사람에게 손짓했다. 그들이 구멍으로 몸을 굴렸다. 내가 뒤따랐다. 뒤로 움직이며 창턱에서 아주 오래된 돌바닥으로 몸을 옮겼다. 덧문 안으로 피가 쏟아졌다. 움푹진 공간을 타고 흐르고 내 발을 향해 홍수처럼 들이쳤다.

덧문 안쪽에서 우리는 철제 고리에 걸린 낡은 밧줄을 발견했다. 조지와 록우드가 부둥켜 잡고 힘겹게 당겼다. 덧문이 서서히 닫혔다. 점점 좁아지는 틈새로 피가 폭포수처럼 쏟아지며 조지의 팔에 핏방울을 왕창 끼얹었다. 그가 욕을 하며 나자빠졌다. 나도 몸의 균형을 잃었다. 록우드가 마지막 힘을 짜내 밧줄을 당겼다. 문이 닫혔다. 우리는 어둠 속에 남겨져 피가 튀고 쿵쿵대는 소리를 들었다. 저 이름 없는 '것'이 벽 너머에서 분노로 폭발했다.

22

느닷없이, 그러니까 스위치를 누르거나 플러그를 뽑기라도 한 것처럼 갑작스레 끔찍한 소음이 뚝 끊겼다. 우리만 덩그러니 남겨졌다.

나는 돌연한 정적에 움찔거렸다. 거칠거칠한 돌에 기대앉아 고개를 쳐들고 입을 벌린 채 숨을 헐떡거렸다. 피가 귓가를 쿵쿵 때렸다. 가슴이 정신없이 오르내렸다. 그 움직임 하나하나가 고통을 안겼다. 사방이 완전한 암흑이었지만 두 사람도 내 곁에, 이 빠듯한 통로에 꽉 끼다시피 널브러져 있다는 걸 알았다. 그들의 힘겨운 숨소리가 날 닮아 있었다.

우리는 차곡차곡 한 더미로 쌓이다시피 나동그라졌었다. 공기는 차갑고 시큼했지만, 적어도 지독한 피비린내는 사라지고 없었다.

"조지." 내가 꺽꺽거렸다. "괜찮아?"

"아니. 누군가의 궁둥이에 발이 짜부라지는 중이야."

나는 짜증스레 몸을 비켰다. "플라스마 말야. 맞은 자리 괜찮냐고."

"아. 그래. 챙겨줘서 고맙다. 손에 닿진 않았어. 이 재킷은 못 쓰게 된 것 같지만."

"잘됐네. 어차피 끔찍한 재킷이었어. 손전등 있는 사람? 내 건 떨어트렸어."

"나도." 록우드가 말했다.

"여기." 조지가 딸각 소리와 함께 손전등을 켰다.

손전등 불빛은 매번 가장 불리한 상황에서 켜진다. 느닷없고 냉혹한 빛이 포착해 낸 조지와 나는 두 눈을 부릅뜨고 머리칼은 땀과 공포로 떡이 진 채 서로에게 찰싹 달라붙어 있는 몰골이었다. 조지의 팔은 백록색으로 성이 나 있었다. 플라스마가 떨어진 자리였다. 거기서 연기가 피어올랐고 내 무릎에 가로놓인 검에서도 마찬가지였다. 눈길을 내리니 신발과 레깅스 여기저기에도 플라스마가 튀어 있었다.

록우드는 용케도 그리 대단히 망가지진 않았다. 외투에 옅은 얼룩이 남았고 플라스마 한 방울에 앞머리 끝이 하얗게 탔다. 조지의 얼굴이 선홍색으로 빛나는 반면, 록우드의 얼굴은 더욱더 창백하기만 했다. 조지와 내가 헐떡거리고 끙끙거리고 아무렇게나 나뒹구는 반면, 록우드는 차분하고 뻣뻣하게 누워 호흡이 진정되기를 기다렸다. 선글라스를 벗어버린 그의 검은 눈동자가 번뜩였다. 턱은 굳게 닫혀 있었다. 나는 단번에 알 수 있었다. 그는 감정들을 마음속 깊은 곳으로 끌고 들어가 딱딱하고 단단하게 굳힌 뒤였다. 그의 얼굴에는 내가 지금껏 본 적 없는 뭔가가 있었다.

"뭐," 그가 말했다. "일단은 마무리됐네."

조지는 비밀 공간을 손전등으로 비췄다. 몇 초 전까지만 해도 굵은 손가락 같은 피가 콸콸 쏟아졌는데, 지금 덧문은 바짝 마른 먼지 범벅에다 얼룩 하나 없었다. 무슨 일이 있었냐는 듯 감쪽같았다. 혹 우리가 저 휑한 방에 다시 간대도 그곳 역시 멀쩡하고 깨끗할 게 분명했다. 그렇다고 옳다구나 되돌아갈 생각은 전혀 없었고.

록우드는 어정쩡하게 일어나 앉아 비닐 방음재로 포장한 쇠사슬 뭉치를 고쳐 멨다. "상황이 나쁘지 않아." 그가 말했다. "대형 사슬이랑 가방 속 장비들을 잃었지만 검이랑 철, 은제 봉인구는 챙겼어. 우리가 바라던 것도 찾아냈고."

나는 깨끗하고 잠잠한 덧문의 표면을 가만히 쳐다봤다. "왜 우릴 쫓아오지 못했을까? 유령은 벽을 통과할 수 있잖아."

록우드가 어깨를 으쓱했다. "경우에 따라서는 방문자가 죽음을 맞이한 장소에 너무 완벽히 매여서 인근에 다른 공간이 있다는 개념 자체를 상실하기도 해. 그러니까… 놈의 사냥터를 떠남과 동시에 우린 소멸된 거나 다름없고, 우리가 소멸됐다면…."

나는 그를 쳐다봤다. "너 뭐가 뭔지 전혀 모르겠지. 그치?"

"응."

"이런 상황도 가능하지." 조지가 말하며 손전등을 움직였다. "아까 문을 닫을 때 당긴 빗줄의 고리 보이지? 철로 만들어져 있어. 여기도 봐, 덧문에다 철선을 격자 모양으로 왕창 박아놨잖아. 이 아래 돌에도…. 상당히 오래돼 보여. 아주 오래전에 누군가가 저 특정한 방문자를 묶어두려고 설치한 거야. 그게 이 통로를 안전히 지켜주는 거고."

그는 손전등을 부채꼴 모양으로 돌려가며 우리가 갇힌 공간을 보여줬다. 아주 비좁은 복도의 벽도 바닥도 오래되고 가느다란 벽돌로 만들어져 있었다. 복도는 짧은 거리를 간 뒤 서쪽 벽 모퉁이와 만났다. 조지의 평면도에서 수상쩍도록 두껍게 표시된 벽이었다. 거기서부터 벽돌이 견고한 돌덩이로 바뀌고, 통로가 오른쪽으로 꺾였다. 통로의 굽이진 곳은 천장부터 바닥까지 두툼한 잿빛 커튼처럼 드리운 거미줄에 완전히 막히다시피 했다.

"저 거미들은 도대체가 정이 안 가." 내가 말했다.

"이 옆길엔 거미가 거의 없어." 록우드가 말했다. "철제 소품이 많아서겠지. 하지만 저 모퉁이를 돌면 원래의 소수도원 건물로 들어가는 거고 출처에도 근접하게 돼. 그건 더 많은 거미와 더 강력한 출몰을 의미하고. 이제부턴 뭐든 나타나면 가능한 모든 무기를 사용해 즉시 대응한다."

우리는 힘겹게 일어섰다. 나는 조지에게 그의 검을 돌려주고 내 검을 뽑았다. 손전등은 아까 떨어뜨린 벽돌 바닥에 그대로 있었지만 전구가 나갔다. 록우드의 손전등은 없어졌고 조지의 손전등은 불빛이 전보다 어두워진 듯했다.

"그건 아껴둬." 록우드가 말했다. 그러고는 양초를 꺼내 나눠줬다. 불을 붙이니 겨자색 불꽃이 높다랗고 강렬하게 타올랐다. "양초는 초자연적 기운의 증가를 보여주는 좋은 지표기도 하니까." 그가 덧붙였다. "눈을 떼지 말고 잘 지켜봐."

"우리에 넣은 고양이를 쓸 수 없다니 안타깝네. 톰 로트웰은 썼었는데." 조지가 말했다. "뭐니 뭐니 해도 고양이가 가장 민감한 지표이긴 하잖아. 야옹거리는 소리를 견뎌낼 수 있다는 전제하에."

"출처가 붉은 방에 없다니 믿기지가 않아." 내가 말했다. "방문자가 저 정도로 강력한데."

"게다가 무진장 이상하기도 하지." 조지가 덧붙였다. "소리정령과 변형자의 혼종이야. 새로운 유형이라고."

"아니, 그건 그냥 변형자였어." 록우드가 양초를 앞으로 내밀고 벽 모서리로 이어지는 길을 살폈다. "소리정령이라기엔 염력이 전혀 없었잖아."

"놈이 문을 닫아 잠근 걸 깜빡했구나." 내가 말했다.

"놈이 그랬어? 내 생각은 다른데."

나는 멀어지는 그의 등짝에 대고 인상을 썼다. 그는 벌써 이동하고 있었다.

"잠깐," 내가 말했다. "그럼 다른 유령이 그랬다는 거야?" 묻는 순간 답이 떠올랐다. "사람의 소행이란 얘기야? 우릴 일부러 가뒀다고? 하지만 그 말은…."

조지가 길고 낮게 휘파람을 불었다. "페어팩스, 아님 스타킨스…."

"근데 그 사람들은 집에 들어오지 않았잖아." 내가 항변했다. "일몰 뒤에는."

"스타킨스는 그렇지." 록우드가 말했다. "자, 어서. 우리에겐 할 일이 있다고."

그래도 나는 그를 보고만 있었다. "그럼 페어팩스가? 하지만 왜? 록우드…."

록우드가 손을 들어 내 말을 끊었다. 그는 벽 모서리에서 주렁주렁 걸린 거미줄을 피해 몸을 낮게 수그렸다. 거미줄로 초를 쳐들자 반짝이는 검은 몸뚱이 수십 개가 확 퍼져나가면서 원형의 빛을 피해 달아났다. "온도가 바로 떨어지는데." 그가 말했다. "벽돌 바닥에서 넘어오자마자. 독기도 느껴져. 즉각적인 권태랑…. 조지, 거기 온도부터 확인해 봐. 그런 다음에 돌바닥으로 넘어와 재고."

조지가 날 밀치고 가 온도를 측정하기 시작했다. 나는 마지못해 뒤따랐다.

"네가 페어팩스를 좋아하지 않는 건 알아." 내가 말했다. "하지만 지금 네 말은 그 사람이 제정신이 아닌…."

"오, 그는 완전 제정신이야." 록우드가 말했다. "온도차는, 조지?"

"한 걸음 차이로 9도에서 5도까지 떨어져."

록우드가 고개를 끄덕였다. "돌덩어리들로 완전히 둘러싸이는 셈이니까. 게다가 저기로 들어갈수록 추워질 일만 남았지."

그는 자기 옆의 아치 모양 통로를 가리켰다. 쩍 벌린 입처럼 시꺼멓게 뚫려 있었다. 우리의 촛불은 어둠을 그리 깊숙이까지 파고들지 못했다. 조지가 잠깐씩 손전등을 켜가며 또 다른 통로의 시작점을 밝혔다. 이번 통로는 우리가 지나온 것보다 더 높고 넓었다. 벽 속으로 길게 뻗어 있었다.

온도 저하에 있어서는 록우드가 옳았다. 나는 처음으로 진짜 추위를 느꼈다. 모자를 꺼내서 썼다. 외투의 지퍼를 끝까지 올렸다. 두 사람도 상황은 비슷했다. 나는 그 와중에도 록우드를 노려보고 있었다. 페어팩스와 붉은 방의 문 얘기를 거부하는 그가 짜증스러웠다. 그는 또다시 입을 닫았고 자기가 아는 걸 공유하지 않고 있었다. 페어팩스가 전화를 걸어오고부터 며칠간 내내 이런 식이었다. 어쩌면 그 전부터였는지도 모른다. 강도 사건 이후, 아니, 더 나아가 우리가 목걸이를 발견하고부터….

나는 두 손을 목으로 가져가 감춰진 줄을 확인했다. 외투 아래서 유리함이 차갑고 딱딱하게 가슴을 내리눌렀다. 지금 반짝이고 있을지 궁금했다. 애니 워드의 유령이 무슨 빛이라도 뿜고 있는 건 아닌지. 뭐, 그녀는 충분히 안전하다. 당장의 걱정거리는 애니 워드가 아니었다.

록우드가 장갑을 꼈다. 조지는 꼴 보기 싫은 녹색 방울 털모자에 머리를 욱여넣었다. 우리는 통로를 걷기 시작했고, 록우드가 앞장섰다. 그는 양초를 높이 들었다. 그 변변찮은 불꽃 위에서 거미줄이 무더기로 춤췄다.

고작 몇 걸음 들어섰는데 조지가 우리를 멈춰 세웠다. 그러고선 오른쪽 벽을 가리켰다. 돌덩이를 파낸 아치형 공간에 벽돌이 아무렇게나 채워져 있었다. "붉은 방에서 나오는 원래의 길이야. 저택을 재건할 때 막아버렸지. 우린 지금 소수도원의 통로 중 하나에 들어와 있어."

"좋아." 록우드가 말했다. "지도를 보자. 그럼 알 수 있겠지. 어디에…."

그가 고개를 홱 돌렸다. 양초 심지가 전율한 것이다. 촛불이 어둑하고 맥없이 쪼그라들었다. 우리 모두가 변화를 느꼈다. 방문자가 근처를 지날 때 따라오는 변화였다.

우리는 기다렸다. 준비 태세로 검을 들고 다른 손은 벨트 근처를 맴돌았다.

처음에는 아무것도 없었는데 다음 순간… 우리 앞 어둠 속에 소년이 서 있었다. 그는 허약하게 빛났다. 얼마나 멀리 떨어져 있는지, 공중에 떠 있는지 돌바닥에 닿아 있는지 분간이 쉽지 않았다. 그의 다른 빛은 자신밖에 비추지 못했다. 나는 귀를 기울였고 희미한 훌쩍임을 들었다고 생각했지만, 환영의 얼굴은 멍하고 맑았다. 너무도 많은 방문자들이 그렇듯이 우리 쪽을 보는 표정이 숨김없고 휑했다.

"복장을 봐." 록우드가 속삭였다.

소년은 상당히 어렸다. 나보다 어리지 싶었다. 금발에다 땅딸막해 덩치가 제법 커 보이고, 얼굴은 선이 부드럽고 동그랬다. 조지를 때빼고 광낸 다음, 말쑥하게 다림질한 옷 속에 억지로 욱여넣으면 소년의 사촌쯤으로 보일지도 몰랐다. 소년은 어두운 색 바지와 기다란 회색 재킷을 입었는데, 그에게는 좀 너무 커 보였다. 재킷과 바지를 재단한 방식의 뭔가(나는 패션에 젬병이다.)가 소년이 수십 년은 족히 묵은 환영이라고 말해줬다. 하지만 저 기본 제복도, 그가 옆에 차고 있는 검의 이탈리아식 칼자루도 한 번 보면 헷갈리려야 헷갈릴 수가 없었다.

"맙소사." 내가 말했다. "피츠네 꼬마야. 여기서 죽었다던."

훌쩍임이 더 커졌다. 환영이 깜빡였다. 우리에게서 천천히 몸을 돌리고 통로를 따라 떠내려갔다.

눈에 보이고 귀에 들리던 모든 게 별안간 사라졌다. 어둠과 정적, 콧속에서 희미해지는 시큼한 단내만 남았다. 양초 심지가 낮처럼 환히 타올랐다. 우리는 멈췄던 호흡을 다시 시작했다.

"이제 정말 박하가 있어야겠다." 조지가 말했다.

"녀석이 말을 걸진 않았어, 루시?" 록우드가 물었다.

"아니. 하지만 뭔가를 얘기하려고는 했어."

"유령들은 그게 문제야. 속 시원히 뱉는 법이 없다니까. 글쎄, 아마도 경고를 하려던 걸 테지. 하지만 우린 계속 가야 해. 별다른 수가 있는 것도 아니니."

우리는 통로를 따라 걸었다. 전보다는 천천히 움직였다. 3미터도 채 가지 않은 지점, 그러니까 우리가 환영을 목격한 대략적인 위치에 계단이 있었다.

나선형 계단이었다. 빠듯하고 비좁고 아래로 가파르게 내리꽂혔다. 우리가 있는 통로가 곧장 계단으로 이어지고, 계단 입구는 조그만 돌멩이로 빙 둘러져 있었다.

"섭씨 4도." 조지가 사무적으로 말했다. 온도계의 빛이 안경에 반사되면서 그의 입김을 녹색으로 물들였다.

"내려가야 하는 모양이네." 록우드가 말했다. "중세 평면도에 이 계단이 있었어, 조지?"

"모르겠어…. 사실, 응, 있었던 것 같아. 기숙사와 구내식당을 연결하는 계단. 꺼내서 확인해 볼까?"

"아니. 아냐, 그냥 해치우자."

우리는 계단을 내려가기 시작했다. 록우드가 먼저, 다음이 나였고 조지가 맨 끝을 맡았다. 편안한 느낌의 공간은 아니었다. 어딘가무척 오래되고 자연광으로부터도 매우 멀리 떨어진 곳에 있다는 기분이 강했다. 추운데도 공기가 텁텁하고 양옆 벽이 꽉 조여드는 듯했다. 천장에 겹겹이 드리운 거미줄을 피해 목을 바짝 움츠려야 했다. 양초에서 나는 연기에 눈물이 차올랐고, 펄럭거리며 타는 불꽃이 매끈하게 돌아내려 가는 돌계단에 불안한 그림자를 드리웠다.

"피츠네 꼬마를 밟고 넘어지지나 말라고, 록우드." 조지가 말했다. "녀석이 저 아래 어딘가에 있으니."

나는 조지를 돌아보며 인상을 썼다. "웩, 조지. 그런 소릴 굳이 왜하는데?"

"나 긴장했나 봐."

나는 한숨을 쉬었다. "그래…. 그럴 만해. 나도 마찬가지야."

이제 그 긴장감을 우리 모두가 느꼈다. 우리의 감각은 적색경보를발령하고 더없이 하찮은 도화선에도 대비했다. 겉보기에는 모든 게잠잠했다. 소리도, 절명광도, 부유하는 플라스마 가닥도 없었다. 하지만 그런 건 무의미했다. 붉은 방도 시작은 이와 다르지 않았다.

계단은 조그만 사각형 공간으로 슬쩍 넓어졌다가 하강을 계속했다. 사각 공간 양쪽에 폐쇄된 아치형 통로들이 있었다. 록우드가 멈춰 섰다. "여기가 1층이야. 이 벽 반대쪽이 태피스트리일 거야. 너희도 기억하지? 수상한 곰이 그려진."

"기억하지." 내가 말했다. "냉점이 있던 곳이잖아."

"맞아. 온도가 3.5도까지 떨어졌어." 조지가 말했다. "집을 통틀어가장 낮아." 그의 목소리는 굳어 있었다. "점점 가까워지고 있어."

"여기서부턴 천천히 가는 게 좋겠어." 록우드가 박하 향 껌을 내밀었다. 우리는 기계적으로 질겅대며 다시 내려가고, 빙글빙글 지하 저장고가 있는 층을 향해 갔다. 그때 머릿속을 스치는 생각이 있었다.

"이 계단…." 나는 부러 아무렇지도 않게 말했다. "아니겠지…. 설마 그 계단은 아닐 거야. 그치?"

뒤에서 조지가 키득거렸다. "아냐. 걱정하지 마. 그건 다른 계단이야."

"확실해? 그 전설책이 분명히 그랬어? 로비의 중앙 계단이라고?"

"응."

우리는 꾸준히 내려갔다. 한 걸음, 한 걸음 조심스레. 돌고 돌아 아래로 향했다. 록우드의 촛불이 어둑해지며 깜빡이고는 다시 원래의 상태로 돌아갔다.

"글쎄." 조지가 덧붙였다. "그러고 보니 꼭 집어 거기라고 하진 않았네. '옛 계단' 정도로 언급했을 뿐이야. 하지만 언제나 모두가 그걸 저 중앙 계단으로 추정해 왔어. 난간에 새긴 용이니 두개골 받침이니 하는 것들도 그렇고."

"그래…. 그러니까 그것도 결국엔 추정이라는 거네…. 하지만 자연스레 저 중앙 계단을 떠올릴 수밖에 없긴 하지. 그렇잖아, 전설의 계단이 정말로 존재한다면 말야."

"응. 그렇지."

"근데 중앙 계단엔 초자연적인 징후가 전혀 없었고. 맞아?"

"없었지. 전혀 없기는 여기도 마찬가지고." 조지가 평소답지 않게 단호히 말했다. "전설은 전설일 뿐이야."

확실히 그래 보였다. 나는 조금도 의심하지 않았다. 그러니까 한쪽 장갑을 벗어 주머니에 넣은 건 스스로를 안심시키는 차원에서 한 행동일 뿐이다. 나선 모양으로 서서히 내려가며 손끝으로 돌벽을 훑은 건 더없이 단순한 호기심에서 그랬을 뿐이다.

다행스럽게도 벽의 냉기 말고는 아무것도 느껴지지 않았다. 어마어마하게 오랜 세월 동안 돌들의 틈바구니에 가라앉아 있었던 깊고 건조하고 생명 없는 냉기였다. 그게 살갗을 쿡쿡 쑤셔대는 통에 찌르르 전기가 통하며 뒷목에 소름이 쫙 돋았다. 어딘가 불쾌한 느낌, 하지만 그걸로 끝이었다. 그저 냉기였다.

손가락을 떼려는 찰나, 소리가 들렸다.

처음에는 아득했다. 하지만 순식간에 곁에 와 있었다. 장화의 쿵쿵거림. 장화, 그리고 금속의 쨍그랑거림. 그 소리들로, 그리고 남자 여럿의 목소리들로 계단이 울렸다. 그들의 튜닉이 바스락거리고 검들이 바각거렸다. 갑작스레 온 사방이 그들이었다. 우리가 내려가는 속도에 맞춰 움직이고 있었다. 불타는 타르와 연기와 땀이 뒤섞인 냄새가 났고, 그걸 공포의 악취가 압도했다. 누군가가 나는 못 알아듣는 언어로 고함쳤다. 절박한 외마디 외침, 도움을 간청하는 소리였다. 사슬 갑옷이 잘랑거리고 일격이 가해졌다. 고통에 찬 신음 소리가 뒤를 이었다.

앞으로, 아래로 장화들이 움직였다. 우리가 내딛는 걸음걸음마다 무시무시한 공포의 기운이 더욱 강해지고 손에 잡힐 듯 뚜렷해졌다. 이제 애원하는 목소리는 하나가 아니었다. 여럿이었다. 귀를 계속 기울이고 있으려니 그들의 외침이 소리를 키우기 시작하고 더욱 절박하게 쩌렁거렸다. 커지고, 거기서 더 커지고… 이내 다른 소리들―장화가 저벅대는 소리와 사슬 갑옷이 쩔렁대는 소리―까지 집어삼키더니 종국에는 땅속 깊은 곳에서 부풀어 오르는 아우성, 발작적이고 새된 공포의 울부짖음만이 남는 듯했다…

나는 후다닥 손을 뗐다.

사라졌다. 나는 매캐한 공기를 한 모금 마시고 마음을 졸이며 벽을 훑어봤다. 아, 다행이다. 아주 잠시 내 그림자만 조금 달라 보일 뿐이었다. 어쩐지 더 크고, 더 가늘고, 더 날카롭고, 더 구부정하고… 아니, 여전히 같았다. 소리는 사라졌다.

나는 감각을 잃은 손가락에 더듬더듬 장갑을 끼웠다. 사라졌다….

아니, 아니었다. 아직 들렸다. 희미하게, 그리고 아득하게. 울부짖는 메아리가 계속되고 있었다.

"음, 얘들아…." 내가 말했다.

내 앞에서 록우드가 갑자기 멈춰 서더니 소리를 꽥 질렀다. "그럼 그렇지! 이런 바보가 있나!"

조지와 나는 자리에 서서 그를 가만히 봤다. "왜?" 조지가 물었다. "뭔데 그래?"

"지금껏 이렇게 떡하니 있었는데."

"뭐가?"

"모든 것에 대한 답. 아, 난 진짜 멍청이야!"

나는 얼굴을 찡그리며 장갑 낀 손바닥으로 머리를 짚었다. 귀를 기울였다. 열심히 기울였다. "록우드, 잠깐만." 내가 말했다. "너 지금 저 소리가…."

"더는 못 참아." 조지가 말했다. "록우드, 너 요새 진짜 이상하거든. 무슨 일인지 말해. 딱 봐도 페어팩스 얘기고, 우릴 그런 위험에 밀어 넣은 게 그의 소행이라면 우리한테도 설명을 해줘야 한다고 생각해."

록우드가 고개를 끄덕였다. "맞아, 그래. 하지만 출처부터 찾고. 그다음에…."

"아니. 그렇겐 안 돼. 당장 말해."

울부짖음이 부풀고 있었다. 희미하지만 강도를 높이고 있었다. 촛불이 깜빡였다. 벽에서 그림자들이 비틀렸다. "록우드." 내가 간청했다. "들어보라고."

"방심해선 안 돼, 조지." 록우드가 말했다. "설명할 시간 없어."

"빨리 말해, 그럼. 짧게 하고."

"아니! 니들 둘 다 닥치라고!" 그들이 날 쳐다봤다. 나는 손가락으로 관자놀이를 긁어 팠다. 나도 모르게 이를 앙다물었다. 그 무시무시한 소음이 있는 대로 소리를 높여 벽에서 터져 나온 터였다. "저게 안 들려?" 내가 속삭였다. "울부짖고 있잖아."

록우드가 얼굴을 찌푸렸다. "뭐? 아니… 아닌 것 같은데."

"그냥 내 말 좀 들어! 이게 그 계단이야! 당장 여길 벗어나야 돼."

잠깐의 머뭇거림이 이어졌다. 하지만 록우드는 그처럼 강력한 경고를 무시하기엔 너무 좋은 대장이었다. 그가 내 손을 잡았다. "알았어. 우리가 널 계단 밑으로 데려갈 거야. 거기선 소리가 멈출지도 모르니까. 너뿐인가 보다, 루시. 저걸…." 록우드가 말을 잃었다. 그의 손에 바짝 힘이 들어갔다. 그가 휘청거리는 게 느껴졌다. 소리가 한 번 더 팽창한 뒤였다. 모종의 물리적 장벽을 깨고 나와 처음으로 나보다 덜 민감한 귀에도 들리게 된 거였다.

나는 뒤를 돌아봤다. 조지도 눈을 휘둥그레 뜨고 얼어붙어 있었다. 그가 뭐라 말했지만 들리지 않았다. 울부짖는 소리가 그저 너무도 컸다.

"아래로!" 록우드가 소리쳤다. 적어도 그리 말하는 입 모양은 볼 수 있었다. 아래로! 그는 비틀거리면서도 내 손을 꼭 쥐고 있었다. 날 잡아당겼다. 뒤에서 조지가 주먹으로 귀를 틀어막은 채 우당탕탕 내려왔다.

몸을 던지듯 계단을 내려가는 우리를 둘러싸고 빛과 어둠이 빙글빙글 돌았다. 촛불이 광적으로 뛰어오르고, 우리의 그림자는 벽 위로 솟구쳤다.

사방에서 울부짖는 소리가 거세졌다. 계단과 돌에서 곧장 흘러나왔다. 처참하리만치 시끄러웠다. 연신 얻어맞는 것처럼 고통스러웠다. 하지만 그 소리가 그토록 견디기 힘든 건, 듣고 있으려니 속이 뒤틀리고 머리가 쪼개지고 눈앞이 빙글빙글 도는 건, 거기 담긴 영적인 괴로움 때문이었다. 그 울부짖음은 무한히 계속되고 영원히 이어지는 죽음, 그것의 공포가 깃든 소리였다. 그게 우리를 휘감고 돌며 정신을 할퀴어댔다.

아래로, 아래로, 돌고, 돌고. 그리고 우리와 함께 질주하는 그림자들은 어느 순간부터 더는 우리 자신의 것이 아니었다. 그림자보다 검고 머리에 뾰족한 두건을 쓴 형상들이었다. 그들의 가늘디가는 팔이 벽을 따라 저 높이까지 뻗어나갔다. 아래로, 아래로―우리는 떨어지고, 뛰고, 덜렁거리는 거미줄을 찢고 뚫었다. 돌고, 돌고―벽에서는 두건을 쓴 형상들이 오르내리며 양옆에서 나란히 속도를 맞췄다. 그림자 손가락들이 내리꽂히고 파고들었다. 계단은 영원히 계속됐다. 그칠 줄 모르는 울부짖음이 시뻘겋게 달군 쇠말뚝처럼 두개골을 가르고 들어왔다. 내가 바라는 건 저 끔찍한 소리가 멈추는 것뿐….

이때 계단이 끝나며 조그만 사각형 공간이 펼쳐졌다.

우리는 고꾸라졌다. 손에서 놓친 양초들이 돌바닥을 따라 미끄러졌다. 눈앞이 빙글빙글 돌았다. 몸을 일으킬 수 없었다. 소리와 하강이 야기한 구역질 나는 현기증 탓이었다. 울부짖음은 멈추지 않았다. 그리고 이제 질주하는 그림자들이 계단에서 방 주변부로 줄줄이 쏟아져 나왔다. 섬뜩한 광기에 젖어 춤추고 깡충거리는 동안 벽면에 희미하게 비치는 그들의 검은 윤곽은 급강하를 계속했다. 손목에서 어둑어둑한 밧줄 토막이 덜렁거렸다.

"수도사들이야." 내가 숨을 헐떡였다. "그 수도사들 말야! 그들이 여기서 죽인 사람들."

일곱 수도사, 얘기에선 그랬다. 일곱 수도사가 신성모독의 죄목으로 우물에 던져졌다고.

나는 고개를 쳐들고 기울어진 바닥의 저편을 건너다봤다. 거기, 가로누워 살랑거리는 촛불이 방 한복판의 구멍을, 크고 둥글고 돌이 둘러진 구멍 속의 깊이를 알 수 없는 암흑을 비추고 있었다. 그리고 그 가까이에….

우리와 우물 사이에 조그맣게 쪼그라든 형체가 놓여 있었다. 옹송그려 쌓인 뼈와 누더기, 그 윤곽을 폭신하게 둘러싼 겹겹의 거미줄들. 목이 꺾인 각도가 기이하고 부자연스러웠다. 속이 허전한 재킷 소매가 구멍을 향해 있었다. 그리로 몸을 끌고 가 저 어둠 속으로 미끄러져 내리기를 소망이라도 했던 것처럼.

피츠네 소년은 계단 끝에 거의 도달했다. 그리고 다음 순간, 울부짖음에 살해당했다. 광란의 도주를 하다 발을 헛디뎌 계단에서 굴러 떨어졌고, 결국 목이 부러지고 말았으리라.

최소한 그건 신속한 종말이기라도 했지. 울부짖음은 날 미치게 만들고 있었다. 나는 몸을 일으켜 세웠다. 힘든 일이었다. 움직이기도 생각하기도 힘들었다. 옆에 있는 록우드와 조지도 비슷한 상황이었다. 록우드의 귀에서 피가 줄줄 흘렀다.

그는 술 취한 사람처럼 우리의 먹살을 잡아 가까이 끌어당겼다. "출처를 찾아!" 그가 외쳤다. "틀림없이 여기 있어. 이 방 어딘가에 있다고!"

록우드는 우리를 힘껏 떠밀었다. 조지가 비틀거리며 그 와중에 벽의 검은 윤곽 중 하나에 근접했다.

그 즉시 조지 옆 돌벽에서 반투명한 손이 쭉 뻗어 나왔다. 손가락은 길고 앙상했으며 팔에는 허연 털이 나 있고, 손목에선 형벌에 쓰는 밧줄이 다 해진 채 덜렁거렸다. 그 손이 조지를 노렸다. 록우드가 더 빨랐다. 벨트에서 소금탄을 뜯어내 벽으로 던졌다. 소금 알갱이에 불이 붙으며 녹색으로 타올랐다. 팔이 후퇴했다. 벽에서 맹렬히 꼬이고 물결치는 그림자가 꼭 뱀 같았다.

록우드와 조지와 나는 앞으로 달려나가 휘청거리고 허우적거리며 사방을 마구 뒤지고 다녔다. 아무 소득이 없었다. 방은 허무 그 자체였다. 출구도 선반도 없었다. 벽과 돌, 가만히 기다리는 깊고 시커먼 우물을 빼면 아무것도 없었다.

백색의 섬광. 폭발하는 소금과 철. 조지가 방의 반대쪽 구석에 있는 그림자들을 향해 그리스의 불을 던진 것이었다. 돌에서 모르타르가 떨어졌다. 방이 흔들렸다. 가장 가까이에 있던 윤곽들이 잠시 깜빡이고는 다시 춤췄다.

절망이 찾아들었다. 우리는 이제 온 힘을 다해 최후의 공격을 감행하고 있었다. 철가루, 소금탄, 화염탄을 있는 대로 벽에 던지며 유령 그림자를 없애려고, 그 무시무시한 소리를 잠재우려고 몸부림쳤다. 돌들이 갈라지고, 연기가 혓바닥을 날름거리고, 불길이 거미줄의 커튼을 타고 치솟았다. 소금과 철의 입자들에 불이 붙어 여남은 개는 되는 색깔로 반짝이며 활강하고 사방으로 튀었다. 그럼에도 살해당한 수도사들의 형상은 춤을 멈추지 않았고 그들의 울부짖음도 계속됐다.

소용없어. 엄청난 무기력이 날 집어삼켰다. 우리는 출처를 절대로 찾지 못할 테고, 이제 우리의 벨트와 어깨띠는 비었고, 화염탄은 바

닳았고, 힘은 다 써버렸고…. 나는 몸놀림을 늦추다 결국 완전히 멈췄다. 저쪽에선 조지가 검을 빼 들고 주변을 마구잡이로 타격하고 있었다. 자기 몸이 벽에 닿는지 어쩌는지도 모르고 있었다. 록우드는 우물 옆에 딱 붙어 서서 이맛살을 찌푸린 채 사납게 두리번거리고 있었다. 아직도 어떤 해법을 좇고 있는 게 분명했다.

불쌍한 록우드. 해법 따위는 없었다. 우리의 재능은 쓸모없고, 무기는 바닥났다.

나는 팔을 툭 떨어트렸다. 고개를 숙였다. 우리는 출처를 절대로 찾지 못할 거다. 절대로 찾지 못할 거고 저 소리는 절대, 결코 멈추지 않을 거다.

다만….

나는 멍하니 우물을 바라봤다.

이런 멍청이 같으니. 울부짖음을 멈출 방법이 있다. 소란에서 정적으로, 고통에서 평화와 고요로 단박에 옮겨 갈 방법이. 그리고 그건 매우, 매우 쉽게 달성이 가능하다.

저쪽 계단 근처의 조지는 검을 손에서 놔버린 뒤였다. 털썩 무릎을 꿇고 앉아 몸을 웅크린 채 두 팔로 머리를 감싸고 있었다. 그 뒤쪽 벽에서 의기양양한 그림자들이 승리감에 도취돼 춤췄다.

나는 발을 끌며 전진했다. 돌을 두른 입구가 앞에 있었다. 저 부들부들한 잿빛 돌들의 수직 갱도가 평화로운 어둠으로 이어진다….

그래. 쉬웠다. 뻔했다. 나는 처음부터 알고 있었다. 결국 이게 홀이 약속한 미래였다. 모든 일이 시작되기 전, 로비에 서서 망설이던 내게. 어차피 여기로 오게 되리란 걸 나는 알았다. 차근차근 수월하게, 펄럭이며 돌아다니는 1급령과 유령안개와 사악한 속삭임을 지나 유혈이 낭자한 방을 통과하고, 마지막으로 저 계단을 돌아내려 온 이곳. 언제나 여기서 끝나도록 돼 있었다. 바로 이 공간에서. 우물 속 정적이 있는 곳, 홀과 모든 출몰의 심장부로서 정적이 영원히 계속되는 이곳에서. 이젠 아주 간단했다. 고작 몇 걸음이면 울부짖음이 멈춘다. 나 역시 정적의 일부가 될 것이다.

나는 서둘러 첫 번째 걸음을 내디뎠다. 두 번째 걸음을 옮기려는 찰나, 가슴에서 돌연한 통증이 타올랐다. 날카롭고 싸늘한 경련이었다. 나는 주춤하며 목에 건 줄을 뜯적였다. 펜던트에서 비롯된 자극이었다…. 에너지가 폭발하는 것 같은. 은유리를 통과해 느껴질 정도로 강했다. 이놈의 애니 워드. 마지막까지 귀찮게 하기는! 뭐, 상관없다. 그녀도 나와 함께 없어지면 그만이었다.

우물의 수직 갱도가 기다렸다. 내게 몹시도 많은 것들을 약속했다. 나는 더는 망설이지 않을 생각이었다. 그저 안도하는 마음만으로 마지막 몇 걸음을 전진해 우물 가장자리로 갔다….

거기에 아슬아슬하게 섰다. 암흑의 심연 위로 몸을 내밀었다.

뭔가가 날 붙들고 있었다. 꼭 안고 있었다. 내 몸을 끌어 안전한 돌바닥으로 데려갔다.

록우드였다. 얼굴은 초췌하고 머리칼은 헝클어지고, 외투는 찢기고 얼룩졌다. 셔츠 옷깃을 타고 피가 흘러내렸다. 그는 내 허리를 더 단단히 감싸고 날 자기 쪽으로 당겼다.

"안 돼." 내 귀에 대고 말했다. "안 돼, 루시. 절대로 그렇게 되게 두지 않아."

그 말과 함께 그는 날 놓고 목을 움츠려 어깨에 둘러메고 있던 쇠사슬을 벗어서는 바닥에 던졌다. "성냥!" 그가 소리쳤다. "네 성냥을 줘. 사슬도!" 그러고는 벨트를 더듬었다. "철도 더 필요해. 수중의 은제 봉인구도 죄다. 어서, 움직여! 우리가 바보짓을 했어." 그가 외쳤다. "우물이 출처야. 당연하잖아. 저기가 방문자들이 있는 곳이라고."

그의 의지가 유령굴레를 뚫고 끝없는 울부짖음이 야기하는 무력감을 돌파했다. 나는 쇠사슬을 벗고 봉인구를 뜯어냈다. 벨트에 달린 주머니를 열고 선라이즈 물산의 성냥을 꺼냈다. 그사이 록우드는 벨트에서 마지막 산탄통을 떼어냈다. 그거였다. 검붉은색 포장지의 센 놈. 이 초강력 화염탄에는 안전 도화선이 참으로 길게도 달려 있었다. 불을 붙인 뒤 멀리까지 대피할 시간을 벌 수 있게.

록우드가 주머니칼을 꺼내 도화선을 아주 조금만 남기고 잘라냈다.

"받아!" 그가 외쳤다. "불을 붙여!"

그러고는 어느새 내 곁을 떠나 쇠사슬들을 질질 끌고는 숨 막히는 울부짖음에 맞서 싸우며 우물로 향하고 있었다. 사방의 벽에서 몸을 던지던 일곱 형상이 갑자기 멈췄다. 그들 또한 정신이 번쩍 든 듯했다. 요괴의 팔들이 돌을 뚫고 우리 쪽으로 뻗쳐왔다. 그들 옆에서 두건 쓴 머리들이 최초로 속박을 풀고 나왔다.

나는 성냥을 그어 기름 발린 도화선에 갖다 댔다. 불꽃이 튀며 꼬마 필라멘트처럼 빛났다.

우물가의 록우드는 쇠사슬과 봉인구를 구멍으로 차 넣었다. 비틀거리며 물러나 내게서 화염탄을 가져가며 귀에 대고 소리쳤다. "뛰어, 루시! 계단으로 가!"

하지만 나는 움직일 수 없었다. 우물로 잡아끄는 죽음 같은 장력이 여전했다. 온몸이 타르에 잠기기라도 한 것 같았다. 몸을 돌릴 힘조차 없었다.

방문자들은 이제 벽을 완전히 빠져나왔다. 사방에서 스르르 좁혀 들어왔다. 가장 근처의 둘이 조지에게 닿기 직전인데, 그는 여전히 바닥에 웅크리고 있었다.

나머지는 우리 둘에게 모여들었다. 썩어가는 두건 아래 뼈처럼 하얀 얼굴들은 실체가 없었다. 눈구멍이 휑하고 날카로운 치아가 번뜩였다. 울부짖음은 높아져만 갔다.

록우드는 화염탄을 들고 휘청휘청 우물가로 갔다. 도화선이 거의 다 탔다.

그가 손에 든 걸 구멍으로 떨어트렸다. 도화선의 빛이 찰나의 순간 우물 안 돌들을 밝히고 사라졌다.

록우드가 돌아섰다. 그 찰나의 순간 나는 그의 갸름하고 파리한 얼굴을 봤다. 그의 검은 눈이 내 눈과 만났다.

두건 쓴 그림자들이 우리를 내리 덮쳤다.

이윽고 울부짖음이 멈췄다. 그림자들이 얼어붙었다. 그리고 천 분의 일 초 뒤, 세상이 소리 없이 터지는 빛으로 폭발했다.

23

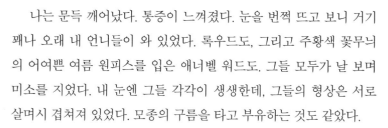

　나는 문득 깨어났다. 통증이 느껴졌다. 눈을 번쩍 뜨고 보니 거기 꽤나 오래 내 언니들이 와 있었다. 록우드도, 그리고 주황색 꽃무늬의 어여쁜 여름 원피스를 입은 애너벨 워드도. 그들 모두가 날 보며 미소를 지었다. 내 눈엔 그들 각각이 생생한데, 그들의 형상은 서로 살며시 겹쳐져 있었다. 모종의 구름을 타고 부유하는 것도 같았다.

　나는 그중 어떤 것도 믿지 않았다. 머리도 지끈지끈 아팠다. 그래서 암울하게 쳐다보고만 있었다. 그들이 마침내 와해돼 사라질 때까지. 그리고 나는 다른, 더 어두운 공간에 남겨졌다.

　어둡지만 칠흑 같은 어둠은 아니었다. 은색 빛 하나가 타올랐다.

　조용했지만 완전한 고요는 아니었다. 귓속이 웅웅 울렸다.

　카랑카랑하고 양철이 부딪치는 듯한 웅웅거림이었다. 모기의 낑낑대는 윙윙거림과 비슷한. 그 소리를 듣는 순간 나는 희열이라 할 만한 감정을 느꼈다. 그런 이명이 들린다는 건 내 귀가 아프다는 뜻이고, 귀가 아프다는 건 죽지 않았음을 의미하니까. 지금 내가 있는 곳이 저 우물 밑바닥의 고요한 공간은 아닌 셈이었다.

　거기다 연기와 화약이 뒤섞인 강렬한 냄새도 느껴졌고, 입에선 화학물질의 맛이 났다. 내 옆얼굴이 단단한 돌바닥을 내리누르고 있었다.

몸을 움직이니 아팠다. 호프 씨의 서재 창문에서 또 뛰어내린 것 같았다. 날 얇은 막처럼 덮은 뭔가가 머리칼과 살갗에서 우수수 떨어지는 걸 느끼며 몸을 옆으로 굴려 일어났다.

내가 앉은 곳은 그 끔찍한 지하실의 한쪽 구석이었다. 폭발의 위력이 날려 보낸 자리였다. 이마가 피로 끈적거렸다. 아직까지도 흩날리는 재와 철의 희끄무레한 파편이 날―방 안의 다른 모든 것과 마찬가지로―뒤덮고 있었다. 나는 콜록거리며 입안에 든 걸 뱉어냈다. 기침을 하니 두통이 더 심해졌다.

방 한복판에 뚫린 우물의 수직 갱도에서 파리한 흰색 연기가 느릿느릿 피어올랐다. 성이 난 듯한 은색 광채가 저 아래 깊은 곳에서 연기 기둥을 비췄다. 우물 바닥에서 괴기스레 빛나며 맥박 치고 타올랐다. 방 전체가 마그네슘 빛으로 반짝였다. 어디선가 희미하게 폭발의 잔향이 들렸다. 그때의 충격은 돌들에 고스란히 남아 있었다. 우물 둘레의 돌멩이 몇 개가 사라졌고 가장자리에서 시작된 구불구불한 균열이 방 저편까지 이어졌다. 바닥 한쪽이 위로 들려 있었다. 균열이 가 닿은 벽면에서는 돌들이 원래 위치를 벗어나 있었다. 한둘은 벽에서 아예 뽑혀 나왔고 나머지도 불안한 각도로 돌출된 상태였다. 바닥 여기저기에 조그만 돌 조각들이 흩어져 있었다. 거기 누운 시체들 위에도.

시체 세 구, 하얀 먼지에 뒤덮였다. 시체 세 구, 우물 속 폭발로 흩어졌다. 그중 누구도 움직이지 않았다.

가여운 피츠네 꼬마의 경우에는 충분히 그럴 만했다. 그 부분에 있어 녀석은 이미 오랜 내공을 쌓은 터다.

하지만 록우드와 조지는….

나는 벽에 의지해 천천히 그리고 조심히 일어섰다. 어지러웠지만 머릿속에 울부짖음이 가득할 때보다는 훨씬 나았다. 그 심령 공격으로 마음에 구멍이 뚫린 듯했다. 마모되고 비어버린 듯했다. 회복기에 접어들어 병상 밖으로 처음 나오는 사람처럼 느껴졌다.

가장 가까이에 조지가 있었다. 팔다리를 대자로 벌리고 누워 있었다. 안경이 날아가고 한 손에선 피를 흘리고 있다는 것만 빼면 눈밭에 누워 눈 속 천사를 만들다 걸린 어린애 같았다. 그가 거친 숨을 내쉬었다. 복부가 오르내렸다.

나는 가까이 다가가 무릎을 꿇었다. "조지?"

신음 한 번에 기침 한 번. "너무 늦었어. 난 두고 가…. 이대로 잠들게 해줘…."

나는 그를 세차게 흔들고 옆얼굴을 휘갈겼다. "조지, 정신 차려! 조지, 제발. 괜찮은 거야?"

눈 하나가 뜨였다. "아야. 그쪽 뺨이 그나마 안 아픈 유일한 데였는데."

"여기, 자, 네 안경." 나는 잿더미에서 안경을 파내 그의 가슴에 얹었다. 안경알 하나에 금이 가 있었다. "냉큼 일어나."

"록우드는?"

"모르겠어."

나는 방 반대편에서 그를 찾아냈다. 모로 누운 그의 외투 자락이 바깥쪽으로 날린 모양새가 꼭 부러진 날개 한쪽 같았다. 그는 미동도 없었다. 재에 덮인 얼굴이 석고상처럼 매끈하고 희고 차가웠다. 돌덩이에 맞았는지 머리칼에 피가 묻어 있었다. 나는 그의 곁에 무릎을 꿇고 이마에서 재를 쓸어냈다.

그가 눈을 떴다. 날 보는 눈이 맑고 또렷했다.

나는 목을 가다듬었다. "안녕, 록우드…."

의식이 돌아왔다. 처음엔 당황하다가 천천히 알아보는 듯했다.

"오…, 루시." 그가 눈을 깜빡이고 쿨럭이더니 일어나 앉으려 했다. "루시, 난 잠깐 네가… 별거 아냐. 넌 어때, 루시? 괜찮은 거야?"

나는 벌떡 일어났다. "응, 괜찮아."

조지가 망가진 안경 너머로 날 지켜보고 있었다. "나 다 봤어."

"뭘? 보긴 뭘 봐? 아무 일도 없었는데."

"내 말이. 그 자식 몫의 싸다구는 어디 갔지? 붙들고 흔들어대기는? 이거 지금 직장 내 차별이야."

"걱정 마. 다음번엔 록우드의 따귀도 반드시 갈길 테니까."

조지가 낄낄거렸다. "아주 좋아…. 그쯤이면 난 발로 차서 깨우겠단 뜻이겠지만."

"그것도 명심할게."

우물에서 은색 연기가 끝없이 피어오르고, 우리는 그 빛에 의지해 대열을 정비했다. 화염탄의 가공할 폭발력을 우리는 비교적 멀쩡히 이겨냈다. 록우드와 조지가 파편에 맞았고, 우리 셋 다 앞서 겪은 일로 몸을 떨긴 했지만. 레이피어는 건졌으나 철과 소금이 바닥났다. 조지가 어깨에 멨던 쇠사슬은 아직 있었다. 록우드와 내 건 아까 우물에 던져 넣었었다.

우리가 가장 먼저 한 일은 남은 잼샌드위치와 에너지음료를 나누는 거였다. 조지와 나는 돌덩이에 나란히 앉아 우리 몫을 먹었다. 함께 옹송그리며 온기를 유지했다. 록우드는 약간 멀찍이 서서 굳은 표정으로 연기를 쳐다보고 있었다.

"처음부터 우물을 공격했어야 했어." 조지가 말했다. "그 지옥 같은 소리에 뇌가 뒤죽박죽되지만 않았어도 아마 그렇게 했을 거야. 우물이 출처일 수밖에 없었지, 사실. 일곱 수도사들의 뼈가 거기 있잖아. 그들이 죽은 곳이기도 하고."

나는 말없이 고개를 끄덕였다. 맞다. 그들은 거기서 죽었다. 밧줄에 줄줄이 엮여 계단을 내려갔다. 곧 닥쳐올 일을 뻔히 알면서, 너무도 잘 알면서. 그 마지막 여정의 끔찍한 공포가 돌들에 아직까지도 깃들어 있었다….

"얘기가 서로 어떻게 연결되는지 이제 알겠어." 조지가 말을 이었다. "수도사들의 혼령이 너무도 오래 버티고 있고 죽음 자체도 무척 끔찍하다 보니까 그들의 영향력이 집 구석구석에 스민 거야. 그게 다른 모든 방문자들의 토대가 됐고. 이 우물가에서 벌어진 사건 때문에 훗날 홀의 거주자 여럿이 미쳐서는 무시무시한 짓들을 벌인 거지."

"스타킨스가 사랑해 마지않는 살인마 공작들이랑 자살한 부인들 얘기구나." 나는 마지막 남은 샌드위치를 삼켰다. "그럼 이걸로 다 끝난 걸까?"

"그러길 바라야지." 조지는 소용돌이치는 연기를 음미했다. "아까 그 화염탄이 어마어마한 양의 철과 은과 마그네슘을 저 밑에 퍼부었을 거야. 운이 좋으면 우리가 사람을 불러 우물을 막을 때까지 수도사들의 유해와 근사하게 섞여서 출몰을 눌러줄 수 있겠지. 그럼 계단은 안전해질 거야. 붉은 방도 마찬가지고."

"그 방의 피가 여기 수도사들이랑 연관돼 있다고 보는 거야?"

"현현한 겉모습이 달랐을 뿐, 그 피가 곧 수도사들이라고 보는 거지. 수도사들의 유령은 변형자야. 위치에 따라 형체를 바꾸지. 붉은 방에서는 콸콸 쏟아지는 피, 계단에서는 울부짖는 그림자들. 이 지하실에선 신체를 본뜬 환영으로까지 변신했잖아. 물론 그게 그들이 가장 좋아하는 변신법은 아니었지만. 말이 '그들'이지, 사실 수도사의 유령들은 한 몸이나 다름없이 움직였어. 출몰이 그처럼 강력했던 것도 그래서야. 그런 식의 융합이 아예 없는 얘기는 아니거든. 셔본 성의 그 유명한 사건에서도 그렇지 않았었나?"

"아마도. 무슨 생각 해, 록우드? 아까부터 말이 없네."

그는 처음엔 대답하지 않았다. 연기만 지켜볼 뿐이었다. 가늘고 어둑한 그의 윤곽에 찢긴 채 힘없이 걸린 외투가 폭풍우를 맞닥트린 새의 깃털 같았다. "내가 무슨 생각을 하느냐고?" 록우드가 나직이 말했다. "우리가 죽을 뻔한 게 벌써 두 번째라는 생각을 하는 중이야." 그는 고개를 돌려 우리를 봤다. 얼굴은 피투성이에 머리칼은 부스스했다. 그가 움직이자 몸에서 재가 조그만 구름처럼 떨어졌다. "우리가 정말 운 좋게 살아남았다고 생각하는 중이야. 내가 좀 더 빨리 눈치채지 못했고, 우리의 적을 심하게 얕봤다고 생각하는 중이야. 책임자로서 이건 용서받지 못할 실수고, 그래서 미안해. 하지만," 그의 목소리가 거칠어졌다. 그는 이를 앙다물고 말했다. "이제 그것도 다 끝이야."

조지와 나는 그를 가만히 쳐다봤다. "어, 잘됐네." 내가 말했다. "그럼 지금 뭐가 어떻게 되고 있는 건지 얘기를 좀…."

"막대가 필요해!" 록우드가 소리쳤다. 어찌나 느닷없는지 조지와 내가 동시에 움찔했다. 록우드는 돌연 활기를 되찾고는 너덜너덜한 외투 자락을 흩날리며 방을 성큼성큼 돌아다녔다. "꼬챙이, 쇠지렛대, 뭐든! 어서! 서둘러! 이러고 있을 시간이 없어!"

"나한테 지렛대가 있긴 해." 내가 벨트를 더듬으며 말했다. "하지만…."

"그거면 될 거야. 이리 내." 그는 쇠지렛대를 낚아채 방 건너 허물어진 벽으로 튀어가서는 돌 사이에 쑤셔 넣었다. "그렇게 앉아만 있지 말라고." 우리에게 으르렁거렸다. "뭐야, 둘이 소풍이라도 왔어? 우린 여기서 나갈 거야."

"잠깐만, 록우드." 조지가 입을 열었다. 그와 나는 힘겹게 일어섰다. "우린 지금 땅속 깊은 곳에 있어. 그 벽을 뚫으면 된다고 어떻게 장담해?"

"연기를 보라고!" 록우드는 지렛대를 홱홱 비틀고 헐거워진 돌을 당기고, 그게 자기 발 사이의 널돌에 떨어져 깨지자 옆으로 펄쩍 비켜났다. "연기가 나갈 수 있으면 우리도 나갈 수 있는 거야!"

사실이었다. 조지도 나도 미처 눈치채지 못했는데, 우물에서 나오는 연기가 웬일로 방 안에 고이지 않았다. 그러는 대신 잿빛의 은근한 기류가 돼 천장을 가로지르고는 망가진 벽의 돌들 틈으로 빨려나가고 있었다.

"압력차가 있는 거야." 록우드가 외쳤다. "더 넓은 공간으로 끌려나가고 있어. 지하 저장고일 거야. 이 벽 너머는 저장고가 틀림없어. 화염탄이 일을 반으로 줄여줬어. 우린 구멍을 키우기만 하면 돼. 어서!"

그의 기운이 우리를 자극했다. 조지와 나는 뻐근함과 피로를 쫓아버리고 칼과 지렛대를 찾아 들었다. 가장 헐거운 틈새에 꽂아 흔들고 돌들을 비틀어 빼냈다. 우리 옆에서 록우드도 작업 속도를 올리며 지렛대를 힘겹게 들썩이고 필요에 따라서는 맨손으로 돌을 뽑아냈다. 그의 눈이 번뜩였다. 입은 핏기가 가시도록 굳게 다물었다.

"우린 오늘 밤 두 개의 문제를 상대하고 있어." 록우드가 돌 사이의 모르타르를 난도질하며 말했다. "서로 연결된 듯 보이지만 실은 상당히 다르지. 첫째, 콤 케리 홀의 출몰 문제. 그 건은 끝났어. 수도사들이 사라졌으니 다른 환영들은 꾸준히 소탕해 나가면 돼. 더는 위험할 게 없어. 두 번째 문제는," 그는 지렛대를 옆으로 던지고 조지를 도와 중간 크기의 돌을 당겼다. "우리 친구 존 윌리엄 페어팩스 씨와 관련이 있고, 그 얘긴 아직 끝나지 않았지."

돌이 떨어지며 산산조각 났다. 나는 잔해들을 치웠다. 록우드와 조지가 벽 중간의 취약한 부분을 다시 공략하기 시작했다.

"그래서," 내가 말했다. "페어팩스 말인데. 그 사람이 왜?"

"이 의뢰가 어딘가 심각하게 잘못됐다는 건 처음부터 명백했어." 록우드가 말했다. "우리를 여기로 불러들이던 것 자체가 한낱 우스운 기행이라기엔 너무 이상했거든. 맞아, 대가가 무지하게 후하긴 했지. 그래서 더 이상했던 거고. 페어팩스는 왜 우릴 선택했을까? 피츠든 로트웰이든, 여남은 개도 더 되는 대행사 어디든 갈 수 있는 사람이? 최근에 우리 실적이 좀… 들쭉날쭉했는데, 그걸 보고도 우리한테 감명을 받았다고 하질 않나."

"자기도 우리처럼 아웃사이더였다고 했잖아." 내가 돌덩이를 잡아당기며 말했다. "우리의 열정이 마음에 든다고─발 조심해! 오, 미안, 조지─도 했고. 자주적인 정신이랑."

록우드의 입술이 비틀렸다. "맞아. 근데 그건 그 사람의 말일 뿐이지. 아냐? 픽도 얄팍한 주장이야. 그의 젊은 시절 얘길 읽다가 그가 부자 아버지의 재산을 몽땅 물려받았다는 걸 알게 된 상황이라면 더욱 그렇게 느껴지지. 근데 그가 우릴 선택했다는 문제 말고도 세 가지가 마음에 걸렸어. 첫째, 왜 지금일까? 홀을 벌써 수년째 소유해 왔는데, 유령을 정리하는 문제가 갑자기 왜 그토록 절박해졌나? 둘째, 왜 그리 서두를까? 준비 기간이 이틀이라니 말이 안 되잖아! 그리고 셋째, 도대체 왜 화염탄의 소지를 금지하나?"

"맞아. 나도 화염탄 문제는 납득이 안 가더라." 조지가 말했다. "정신이 제대로 박혔으면 화염탄도 없이 A급 방문자를 상대하는 임무는 절대로 맡지 않을 텐데."

"우린 맡을 거였지." 록우드가 말했다. "페어팩스는 그걸 알았어. 우리가 현금이 간절한 상황이란 걸. 그에 못지않게 간절히 우릴 여기로 불러들이고 싶었고. 문간에 나타나기만 해도 6만 파운드의 빚을 갚아주겠다고 제안할 정도로 간절히. 내 눈엔 그게 비정상적인 관대함, 혹은 다른 속내가 있는 행동처럼 보였고. 난 둘 중 어느 쪽인지 알아내고 싶었어. 그래서 맨 처음 했던 게, 이틀째에 잠깐 콤 케리 마을을 방문하는 거였지."

"뚫린다, 뚫려!" 조지가 말했다. 그새 돌을 하나 더 뽑아내려 씨름하고 있었다. 쩍쩍 갈라진 벽 가운데에 조그만 틈이 생겨 있었다. 그 너머는 암흑과 텅 빈 공간이었다.

록우드가 고개를 끄덕였다. "좋아. 잠깐 쉬었다 하자. 지금 몇 시야, 루시?"

"새벽 3시."

"밤이 끝나가네. 동틀 때쯤엔 여기서 나가야 해. 좋아. 그래서 나는 콤 케리로 갔지. 외판원인 척하면서 집집마다 다녀봤어."

"뭘 팔았는데?" 조지가 캐물었다.

"네 만화책 컬렉션이지, 조지. 오, 걱정하지 마. 하나도 안 팔았어. 가격을 엄청 높게 불렀거든. 하지만 그걸 구실 삼아 주민들이랑 얘기를 할 수 있었지."

"그래서 어찌 됐는데?" 내가 물었다.

록우드는 유감스러운 표정을 지었다. "보아하니 내 시골 말투가 잘 안 먹히는 것 같더라고. 아무도 말을 못 알아먹는 데다, 덩치가 산만 한 짐꾼 셋이 진심으로 열 받아서 쫓아오는 바람에 물레방아 연못을 빙글빙글 돌아야 했지. 하지만 일단 사투리를 수정하고부터는 모든 게 순조로웠고 페어팩스에 대한 몇 가지 소문을 듣게 됐어. 사람들 말이, 그자가 종종 회사 트럭을 갖고 홀에 온다는 거야. 이 트럭엔 페어팩스 철강의 신제품이 가득하대. 거기 주민들은 물건을 저택 안으로 옮겨주고 돈을 받고. 대부분이 평범한 가정용품 — 현관문 안전고리나 창문 걸이 같은 것 — 이지만, 그보다 몸집이 큰 것도 분명 있었어. 거대한 나무 상자를 꽉 채울 정도였대. 며칠 지나면 그 물건들을 다시 다 빼고 말야. 페어팩스가 거기서 뭘 하는지 뻔하다더라. 콤케리 홀의 유령들한테 신제품의 안전성을 시험하느라 정신없다는 얘긴데, 그 자체로는," 록우드가 머리칼을 쓸어 넘기고 벽을 살피며 말했다. "문제될 게 없지. 기업들한테는 안전성 검사가 필수니까. 하지만 여기서 다시 질문이 생겨. 이 저택이 아주 유용하다는 걸 알게 됐으면서 그토록 갑작스레 쓸어버리기로 작정한 이유는 뭘까? 우리를 왜 불러들인 거지?"

"우리한테 위험에 대해 더 얘기해 주지 않은 이유는 뭐고?" 내가 덧붙였다. "여기서 내내 실험을 하고 있었다면 붉은 방에 대해 알았을 게 분명한데 말야. 지하에 숨겨진 계단까지는 몰랐다 쳐도."

"내 말이…. 저기 있지, 다음으로 여기 이 사각 덩어리를 처리해야겠어. 이것만 뽑아내면 조지도 어찌 비집고 들어가 볼 수 있을 거야."

조지의 불퉁한 반응은 지렛대가 돌을 때리는 소리에 묻혀 사라졌다. 우리는 사각 덩어리에 몇 분을 더 할애했다. 엄청난 수고 끝에 어찌어찌 끄집어내다 중간 부분이 다시 끼이고 말았다. 우리는 한 번 더 휴식했다.

"어쨌든 요점만 간추려 보면," 록우드가 말했다. "난 페어팩스와 그의 저의가 매우 의심스러웠어. 조지가 조사해 온 자료를 보곤 생각이 더 많아졌지. 그때 기차에서 읽었던 것 말야. 페어팩스는 젊은 시절에 꽤나 막 살았어. 아버지는 그가 사업에 곧장 뛰어들길 바랐지만, 그는 런던에서 흥청망청하며 세월을 보냈지. 술에 도박에, 배우의 꿈도 꿨고. 난 이런 얘기들을 별 생각 없이 흘려보내고 말았을 거야. 루시의 결정적 발견이 아니었다면." 록우드는 극적으로 뜸을 들였다.

"그게 뭔데…?" 조지가 말했다. 나는 그가 물어봐 줘서 고마웠다. 그게 뭔지 모르기는 나도 마찬가지였다.

"루시가 나한테 이걸 보여줬거든." 록우드는 몸을 곧게 폈다. 외투에 참 다양하게도 달린 주머니들을 뒤지면서 껌 종이와 양초 심지와 토막 끈들을 줄줄이 꺼내 버린 끝에 구깃구깃 접힌 종이가 나타났다. 그걸 우리에게 건넸다.

종이는 복사본으로, 조지가 기록물보관소에서 찾아낸 잡지 기사였다. 오십 년 전에 런던 최고의 카페와 카지노를 휩쓸고 다닌 부유층 자제들에 대한 얘기였다. 분수대 곁에 모인 화려한 사람들 가운데 애니 워드가 있었다. 거기 함께 복사된 독사진에선 휴고 블레이크가 잘난 척 환심을 사려는 얼굴로 날 올려다봤다.

"분수 옆을 봐." 록우드가 말했다.

은은한 마그네슘 불빛만으로는 자세한 부분까지 볼 수 없어서 조지가 손전등을 켰다. 흥에 겨운 사람들 뒤로 흰색 넥타이와 연미복으로 우아하게 멋을 낸 청년들 무리가 서 있었다. 한 명은 장식용 분수대의 수반에 기어올라 가 있고 나머지는 그 옆에 늘어서 있었다. 모두에게서 재력과 활력, 왕성한 기운이 느껴졌다. 개중 키가 가장 큰 사람이 일행과 약간 떨어진 위치에서 분수의 그림자에 몸을 걸치고 서 있었다. 덩치가 매우 크고 근육질에다 어깨가 떡 벌어졌고, 눈부시게 빛나는 머리칼은 길고 검고 풍성했다. 머리칼과 그림자가 얼굴

일부를 가리긴 했지만 기본적인 형상—큼직한 코와 짙은 눈썹, 잘 발달한 사각턱의 단호한 윤곽—은 충분히 선명했다.

조지와 나는 침묵하며 가만히 들여다봤다.

그간의 세월에 살이 무척 많이 빠졌지만, 그가 확실했다.

"페어팩스….." 내가 말했다.

조지가 현자처럼 관조적인 분위기로 고개를 끄덕였다. "내 이럴 줄 알았지."

나는 그에게 눈을 부라렸다. "뭐? 웃기지 마. 너 진짜 아무것도 몰랐잖아!"

"뭐…." 조지는 종이를 다시 록우드에게 건넸다. "그 인간이 빌어먹게 수상쩍다는 건 알았다고, 어쨌든."

"그러니까 내가 이 종이를 보여줬을 때 애니 워드의 유령이 공포인지 고통인지 미쳐버리긴 했는데…." 나는 말을 끊고 입술을 깨물었다. 외투 아래 살갗에서 은유리함이 차갑게 타올랐다. "하지만 이 자체로는…."

"맞아." 록우드가 말했다. "이 자체로는 입증되는 게 별로 없어. 한 가지 중요한 사실을 제외하면. 페어팩스가 거짓말쟁이라는 거. 우릴 만나러 왔을 때, 그는 애니 워드와 일면식도 없는 사람처럼 굴었어. 이름도 기억을 못 하는 양 유난을 떨었지. 하지만 그는 분명 워드와 아는 사이였어. 젊은 시절에 함께 어울리던 무리의 일원이었으니까."

"그뿐만이 아냐!" 내 심장이 방망이질 쳤다. 어지러웠다. 아까 나 선형 계단에서 그랬던 것처럼 머리가 빙글빙글 돌았다. 하지만 이번은 유령 때문이 아니었다. 지금 울부짖는 건 내 기억이었다. 나는 내 내 잊고 있었던 한 가지 사실을 떠올렸다. "애니 워드도 배우였어. 페어팩스처럼. 기억해? 옛날 신문 기사. 워드가 촉망받는 배우의 길을 걷다 포기했다고 했잖아. 이런저런… 이유로."

"그 이유가 곧 휴고 블레이크였지." 록우드가 대답했다. "그자에게 휘둘렸고, 그래서…."

"지금 내가 생각하는 거기에 다 함께 갈 의향이 있거든 이걸 공략해야 해." 조지가 불쑥 말하며 돌출된 돌덩이를 두드렸다. "다들 계속 움직여야지? 밤이 영원히 계속되진 않는다고."

그의 의견에 아무도 반대하지 않았다. 침묵 속에서 우리는 돌덩이에 최후의 공격을 가했다. 우리가 가진 힘을 몽땅 동원해 지렛대 두 개와 칼로 고집스런 모르타르를 야만적으로 협공한 뒤에야 돌이 헐거워졌다. 우리는 그대로 서서 구멍을 가만히 쳐다봤다.

록우드가 가까이 다가가 구멍에 대고 눈을 찡그렸다. "아무것도 안 보이는데…. 저장고 끝 쪽 방인 것 같아. 내가 수도사를 봤었던 방 말야. 좋아…. 위층으로 가기만 하면 주 출입문으로 빠져나갈 수 있어. 손전등 줘봐, 조지. 내가 먼저 갈게."

그는 손전등을 입에 물고 자리에서 벌떡 일어나 벽 구멍에 머리부터 밀어 넣었다. 한 차례 꿈틀거리고, 몸을 당기고, 다리를 저었다. 그러더니 전방으로 튕겨나가 사라져 버렸다.

정적.

조지와 나는 대기했다.

벽 너머에서 어둑한 빛이 반짝이고 록우드의 목소리가 들려왔다. "미안." 그가 속삭였다. "손전등을 놓쳐가지고. 괜찮아, 저장고가 맞아. 자, 어서, 루시부터."

내가 통과하는 데는 그리 오래 걸리지 않았다. 팔과 머리가 벽 반대편으로 나가고부터는 록우드가 당겨 빼줬다.

"내가 조지를 처리하는 동안 망을 봐줘." 그가 속삭였다. "밤이 끝나가는 터라 다른 방문자들도 잠잠해지는 중이지 싶은데, 그래도 또 모르니까."

그래서 내가 손전등과 검을 들고 곁을 지키는 사이 록우드는 조지를 구멍으로 빼내느라 씨름했다. 내 시야는 아주 제한적이었다. 저장고 천장의 굽이진 부분마다 짙은 어둠이 드리워져 있었다. 가장 근처 아치 너머로 줄줄이 늘어선 와인 선반들이 어둠 속으로 길게 뻗어 나갔다. 유령안개는 흔적도 없이 사라졌다. 우리가 우물을 공격한 게 군집 전체에 벌써 영향을 미치기 시작한 걸 수 있었으나, 뭐라 단정 짓기는 힘들었다.

하지만 유령은, 그때쯤에는 더 이상 내 주된 관심사가 아니었다. 나는 사진 속 금발 소녀와 분수대 곁의 남자를 생각하고 있었다. 그것이 암시하는 바가 마음을 난타했다.

"다들 준비됐어?" 조지가 구멍을 통과하고 나자 록우드가 속삭였다. "집을 나가서 정원을 가로지를 거야. 최대한 빨리. 길가에 버려진 경비 초소까지 갔으면 해. 동이 트기 전까지 거기 도착할 수 있으면 우린⋯."

"이것부터 대답해 줘." 내가 말했다. "그 강도 사건도 페어팩스가 꾸몄다고 생각해?"

"당연하지. 그게 실패로 돌아가서 차선책을 쓴 거고. 우릴 여기로 불러들이는 거."

"그러니까 펜던트를 노리느라?"

그는 고개를 끄덕였다. "이 모두가 그 때문이야. 펜던트랑 펜던트가 입증하는 것."

"그게 뭘 입증하기에, 록우드 선생?" 굵은 목소리가 물었다.

금속이 짤랑거렸다. 아치 뒤에서 형상 둘이 걸어 나왔다. 형체는 인간인데 괴기하고 일그러진 머리통을 달고 있었다. 하나는 권총을 들었고 다른 하나는 우리 눈에다 대고 손전등을 마구 흔들어댔다. 그 강렬한 빛줄기에 우린 눈이 멀고 타는 듯한 통증을 느꼈다.

"멈춰!" 목소리가 말했다. 우리 손이 슬그머니 칼자루를 향하던 차였다. "오늘 밤 검객놀이는 이걸로 끝이야. 무기를 바닥에 내려놔. 아님 당장 쏴버릴 거야."

"시키는 대로 해." 록우드가 말했다. 그러고는 자기 검을 빼내 바닥에 던졌다. 조지도 똑같이 했다. 나는 마지막까지 복종하지 않았다. 앞의 어둠을, 목소리가 들려오는 방향을 빤히 쳐다봤다.

"서두르라고, 칼라일 양!" 목소리가 명령했다. "아님 가슴팍에 총구멍이라도 내줘?"

"루시…." 록우드의 손이 내 어깨를 꼭 쥐었다.

나는 검을 떨어트렸다. 록우드가 손을 치웠고, 그와 동시에 고상하게 손짓했다. "루시, 조지." 그가 말했다. "두 사람에게 다시 한번 소개하지. 이 밤의 기획자이자 우리의 고객, 존 윌리엄 페어팩스 씨야. 페어팩스 철강 회장이자 저명한 기업인, 왕년의 배우, 그리고 당연한 얘기로, 애니 워드의 살인자."

24

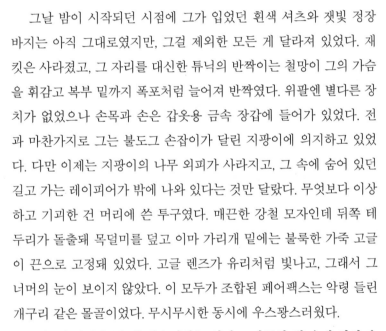

그날 밤이 시작되던 시점에 그가 입었던 흰색 셔츠와 잿빛 정장 바지는 아직 그대로였지만, 그걸 제외한 모든 게 달라져 있었다. 재킷은 사라졌고, 그 자리를 대신한 튜닉의 반짝이는 철망이 그의 가슴을 휘감고 복부 밑까지 폭포처럼 늘어져 반짝였다. 위팔엔 별다른 장치가 없었으나 손목과 손은 갑옷용 금속 장갑에 들어가 있었다. 전과 마찬가지로 그는 불도그 손잡이가 달린 지팡이에 의지하고 있었다. 다만 이제는 지팡이의 나무 외피가 사라지고, 그 속에 숨어 있던 길고 가는 레이피어가 밖에 나와 있다는 것만 달랐다. 무엇보다 이상하고 기괴한 건 머리에 쓴 투구였다. 매끈한 강철 모자인데 뒤쪽 테두리가 돌출돼 목덜미를 덮고 이마 가리개 밑에는 불룩한 가죽 고글이 끈으로 고정돼 있었다. 고글 렌즈가 유리처럼 빛나고, 그래서 그 너머의 눈이 보이지 않았다. 이 모두가 조합된 페어팩스는 악령 들린 개구리 같은 몰골이었다. 무시무시한 동시에 우스꽝스러웠다.

그는 손전등을 든 채 회오리치는 연기로 가득한 빛 속에 서서 우리를 곰곰이 봤다. 그러고는 은을 덧씌운 치아를 드러내며 웃었다.

"오, 자네는 참 멋진 사람이야, 록우드 선생." 페어팩스가 말했다.

"내 그건 인정해 줌세. 보면 볼수록 감탄스럽단 말이지. 이런 상황에서 만나다니 안타깝게 됐어. 자네 정도면 나랑 평생 일해볼 수도 있었을 텐데."

록우드가 어떻게 그럴 수 있었는지는 지금도 모르겠다. 가슴팍을 겨눈 총구에도 불구하고, 넝마가 된 외투와 핏자국과 플라스마 흔적과 옷에 들러붙은 마그네슘과 소금과 재에도 불구하고, 머리칼에서 대롱거리는 거미줄과 찰과상으로 엉망이 된 얼굴과 손에도 불구하고 그는 조금도 동요하지 않는 척 여전히 괜찮게 꾸며내고 있었다.

"무척 친절하시네요." 록우드가 말했다. "그런데 옆에 있는 친구분은 소개시켜 주지 않을 건가요?" 그는 총을 든 인물을 눈짓했다. "그 기쁨은 우리가 아직 못 누린 것 같은데요."

페어팩스만큼 장신은 아니지만 이 남자 역시 굉장한 근육질에다 어깨가 떡 벌어졌다. 내 쪽에서 보는 얼굴은 앳되고 말끔히 면도돼 있었다. 그 또한 개구리 같은 투구와 갑옷 세트를 갖추고 허리에는 레이피어를 찼다.

페어팩스가 건조하게 킬킬거렸다.

"퍼시 그리브, 내 운전기사이자 개인 비서지. 한때는 햄블턴 대행사의 조사관이었다네. 거기가 피츠한테 먹히기 전에 말이지. 아주 유능한 친구고 여전히 훌륭한 검객이야. 사실 자네들과는 벌써 안면이 있지. 일전에 퍼시가 그 동네를 잠깐 방문했었거든."

"오, 그래요." 록우드가 말했다. "우리의 가면 쓴 침입자 말이군요. 나한테 칼을 맞았었는데. 그쵸? 배는 좀 어때요?"

"그럭저럭." 그리브가 대답했다.

"그런 부상이야 하찮지. 자네가 우리한테 입힌 막대한 손실을 생각하면, 록우드 선생." 페어팩스가 말했다. "이 벽 꼴 좀 보게!" 그는 돌 더미와 마그네슘 연기가 아직까지도 살살 흘러나오는 구멍을 손짓했다. "정말 충격이야. 내 집에 화염탄은 일체 들이지 말라고 분명히 요구했는데."

"그건 미안하게 됐습니다." 록우드가 말했다. "그래도 일은 잘됐으니까요. 출처의 위치를 특정하고 파괴했으니 아침에 은행이 문을 열자마자 후불금을 지급받길 기대하고 있겠습니다."

또 한 번의 킬킬거림. "정신 나간 낙관주의도 내가 높이 사는 기질이긴 하지, 록우드 선생. 하지만 무엇보다 경악스러운 건 자네들의 그 생존 능력이라고 해야겠군. 난 정말이지 저 붉은 방의 공포가 자네들을 벌써 수 시간 전에 죽여놨으리라 생각했거든. 안으로 들어가는 걸 보고 밖에서 문을 잠갔지…. 그랬던 자네들이 전혀 뜬금없는 곳에서 먼지를 뒤집어쓴 나무굼벵이처럼 튀어나오지 않았겠나! 꽤나 대단하단 말야. 그 방 밖으로 나가는 길을 찾은 것도 충분히 감탄스러운데 궁극의 출처까지 발견하다니…. 말해보게, 정말 붉은 공작이었나? 난 그 이론이 제일 마음에 들거든."

"아뇨. 계단이랑 수도사였습니다. 그들의 우물을 찾았어요."

"정말? 우물? 저 안에서?" 손전등 불빛에 불투명한 고글이 번쩍였다. 페어팩스의 목소리가 생각에 잠겼다. "흥미롭구먼…. 지금 당장 우물을 봐야겠어."

내 옆에서 조지가 불안스레 몸을 흔들었다. "맞아…. 지금 우물 얘기를 하는 게 무조건 좋은 생각이라고는 할 수 없어, 록우드."

록우드가 싱긋 웃었다. "오, 페어팩스 씨는 이성적인 분이야. 게다가 지금은 우리랑 얘기부터 하고 싶을걸. 아닌가요, 페어팩스 씨?"

투구 밑에서는 말이 없었다. 페어팩스 옆에 선 인물은 꿈쩍도 하지 않았다. 어둠 속에 떠 있는 권총이 우리의 복부를 겨냥하고 있었다.

"그래." 작심한 듯 돌연 냉정해진 목소리였다. "그리고 기왕이면 좀 더 편안한 환경에서 하도록 하지. 난 피곤해서 앉아야겠어. 그리브, 우리 친구분들을 서재로 모시게. 남자애들 어느 쪽이든 수작을 부리면 부담 갖지 말고 여자애를 쏴버려."

록우드가 뭐라 말했지만 나는 듣고 있지 않았다. 충격과 공포 아래서 분노가 들끓었다. 페어팩스는 덮어놓고 그리 생각하는 것이다. 내가 가장 만만하다고. 이 팀의 약점이라고. 나머지 둘을 고분고분하게 만드는 데나 쓰일 뿐, 나 자체로는 아무 위협도 되지 못한다고. 나는 감정을 최대한 배제한 가면을 쓰고 페어팩스를 지나쳐 계단으로 향하는 내내 정면을 똑바로 응시했다.

서재에는 전등들이 환히 켜져 있었다. 어둠 속에서 무척이나 오랜 시간을 보낸 뒤라 서재의 빛이 사악하리만치 밝게 느껴졌다. 우리는 팔로 얼굴을 가리고 비틀거리며 가장 가까이에 보이는 의자로 갔다. 그리브가 앉으라고 손짓했다. 자신은 책장 옆에 자리를 잡고 서서 느슨하게 팔짱을 꼈다. 그의 불룩한 이두박근에 총구가 얹혀 있었다. 우리는 기다렸다.

막대기가 느리고 고통스럽게 바닥을 짚는 소리가 드디어 로비를 가로지르고 페어팩스가 등장했다. 금속 투구에서 빛이 반짝였다. 노인의 어깨는 구부정하고 목은 앞으로 한껏 빠져 있었다. 전체적으로는 어슬렁거리는 맹금 같아 보였다. 그는 머무적머무적 전진해 사진이 걸린 벽 아래의 가죽 의자로 가더니 기다란 안도의 한숨과 함께 가라앉듯 깊숙이 몸을 묻었다. 그가 자리에 앉자 금속 흉갑 가장자리가 부드럽게 절렁이는 소리와 함께 널찍하니 벌어졌다.

"이제야 끝났군." 페어팩스가 말했다. "폭발음이 들리고부터 계속

저 빌어먹을 저장고를 알짱거렸거든. 괜찮아, 그리브. 벗어도 돼. 여긴 유령한테서 안전해."

페어팩스는 고개를 숙이고 투구를 벗은 뒤, 고글을 당겨서 뺐다. 고글에 달린 끈이 이마를 가로질러 벌건 자국을 남겼다. 새까만 눈이 그간의 불편으로 잔뜩 일그러져 있었다. 얼굴에는 나이테가 나 있었다.

머리 위 벽에서는 사진 속 젊은 그가 허세와 거드름 그 자체로 연출된 분위기에서 한곳을 응시하고 있었다. 배우 페어팩스, 매끈하고 준수한 외모의 그는 샅주머니*와 귀걸이, 무진장 꽉 끼는 레깅스 차림으로 석고 해골을 침울하게 바라봤다. 그 사진 아래엔 실물 페어팩스가 근심에 찌든 얼굴로 구부정하게 앉아 피곤한 듯 콜록거렸다. 세월이 그를 얼마나 완벽히 바꿔놨는지, 얼마나 꾸준히 그의 기력을 먹어치우고 활력을 빨아갔는지 보고 있으니 이상했다.

그리브도 투구를 벗었다. 알고 보니 그의 두상은 놀랍도록 폭이 좁았다. 근육질 덩치에 비해 좁아도 너무 좁았다. 스키틀**을 거꾸로 뒤집어 놓은 것 같았다. 머리칼은 군인처럼 짧게 깎았고 입술은 얄따랗고 비정했다.

페어팩스는 근처에 있는 보조 테이블의 책 더미, 몇 시간 전에 록우드가 쌓아놓고 들여다보던 책들 위에 고글과 투구를 내려놨다. 그러고는 흡족한 기색으로 실내를 둘러봤다. "난 이 서재가 마음에 들어. 나만의 경계 지역이랄까. 매일 밤 이승과 저승의 중간지가 되는. 이 집엔 내 회사의 신제품을 시험하러 종종 들르지. 철제 용품들만으로도 꽤 안전하지만, 이 갑옷이 있으면 집 안 깊숙한 곳까지 멀쩡히

---

* 중세 남성 복장에서 바지 앞에 달던 강철제 샅가리개.
** 볼링핀처럼 생긴 게임용품.

다닐 수 있다네."

조지가 말썽을 시작했다. "갑옷이라. 드레스 같은데요."

페어팩스의 눈이 가늘어졌다. "이런 상황에 조롱이라고, 커빈스 군? 그게 잘하는 짓일까?"

"글쎄요. 금속 치마나 곱게 차려입은 미치광이 노인네의 총부리에 오도 가도 못하는 주제라면 이러나저러나 인생 막장인 거죠." 조지가 말했다. "여기서 얼마나 더 나빠지겠어요."

노인은 불쾌하게 웃었다. "그야 두고 보면 알겠지. 하지만 그리 무턱대고 무시라니, 자네가 틀렸어. 이 '드레스'는 진일보한 유형의 강철로 만들어졌네. 성분 대부분이 철이라 방어력이 확실하면서도 알루미늄 합금 덕분에 훨씬 가볍지. 활동성 강화와 완벽한 보호력! 이 투구도 최첨단이야. 조사관들이 가장 취약한 부위가 목이라는 거 알고 있었나, 록우드 선생? 이 가리개가 그 위험을 제거해 주지…. 자네도 하나쯤 갖고 싶지 않아?"

록우드는 어깨를 으쓱했다. "확실히… 처음 보는 물건이긴 하네요."

"또 틀렸어! 정교하고 특이하지만 처음 보는 물건은 아냐. 눈부신 혁신을 추구하는 회사가 페어팩스 철강만 있는 건 아니거든. 이 고글만 해도 지금…." 페어팩스는 흥분을 가라앉혔다. "아무래도 얘기가 옆길로 새는 것 같군."

그는 의자 등받이에 다시 몸을 기대더니 록우드를 잠자코 보고 있었다. 할 말을 따져보는 듯했다. "저 아래 저장고에서," 느릿느릿 입을 열었다. "자네들끼리 무슨 펜던트라느니 거기 얽힌 증거라느니 하는 소릴 들었네. 가벼운 재밋거리 삼아 나도 좀 알았으면 좋겠군. 그 '증거'가 뭘 의미하는지. 그냥 떠들어댄 소리가 아니라면 말야. 그

다음엔," 그는 희미하게 웃었다. "펜던트의 행방과 그걸 찾을 정확한 방법을 얘기해 줄 수도 있겠지."

"그 문제에 있어서는 도움을 줄 일이 없지 싶은데." 조지가 말했다. "그래 봐야 우릴 우물에 처박고 말 거 아닌가?" 그의 창백한 피투성이 얼굴에 맹렬한 저항심이 깃들어 있었다. 내 얼굴도 비슷했다.(그러리라 짐작했다.) 내 경우엔 거기다 깊은 혐오까지 보태져 있었지만. 나는 페어팩스를 보고 있는 것조차 견디기 힘들었다.

하지만 록우드는 지금 이웃이랑 날씨 얘기라도 하는 모양이었다. "괜찮아, 조지." 그가 말했다. "증거 얘기를 해주는 게 좋겠어. 지금 본인이 얼마나 암담한 처지인지 보여주는 것도 중요하니까." 그는 다리를 꼬고 만족스러워 어쩔지를 못하겠다는 양 의자에 몸을 기댔다. "자, 페어팩스 씨, 짐작하다시피 우린 애너벨 워드의 시신에서 펜던트를 발견했어요. 그 자리에서 알았죠. 워드에게 그걸 건넨 자가 곧 살인자라는 걸."

페어팩스가 한 손을 들었다. "잠깐! 그걸 알았어? 어떻게?"

"여기 있는 루시의 초자연적 통찰 덕분에요. 루시는 펜던트를 만지고 강력한 감정의 흔적들을 감지했어요. 애너벨 워드를 흠모한 정체 모를 인물과 살해의 순간을 연결하는."

노인이 고개를 돌렸다. 검은 눈이 날 잠시 뜯어봤다. "아, 그렇지. '민감한*' 칼라일 양…." 그 말투 속 뭔가에 나는 살갗이 쪼그라들었다. "하지만 법적으로는," 페어팩스가 말했다. "다 부질없는 얘기지. 그건 아무 증거가 못 돼."

"그렇고말고요." 록우드가 말했다. "그래서 펜던트에서 발견한 글귀의 의미를 알아야 했죠. 겉면에 새겨진 게 '토르멘툼 메움, 라이티티아 메아', 그러니까 '나의 고통, 나의 환희' 어쩌고 하는 말쯤 되더군요. 이걸로 알 수 있는 건 거의 없었어요. 이 목걸이를 준비한 친구가 가식덩어리에 세상이 자기를 중심으로 돌아가는 줄 아는 부류라는 것밖엔. 하지만 살인자들이 어지간해선 다 그렇지 않나요, 페어팩스 씨? 우리에겐 그 이상의 뭔가가 필요했습니다."

서재에 정적이 흘렀다. 노인은 장식용 철제 단추가 박힌 의자 팔걸이에 옹이진 손을 얹고 꼼짝도 하지 않았다. 한마디도 놓치지 않겠다는 양 목을 길게 빼고 있었다.

"그러다가," 록우드가 말했다. "펜던트 안쪽에서 이걸 발견한 거죠. 내용은, 내 기억이 맞다면 이랬어요. 'A≠W; H.Ⅱ.2.115'. A와 W와 H에 뭔지 모를 숫자들이 붙어 있죠. 처음엔 이 글자들에 깜빡 속아 큰 실수를 했어요. 이걸 보는 순간 우린 AW가 애너벨 워드고, 그래서 뒤에 나오는 H가 그녀를 흠모하던 사람이라고 생각했거든요. 당시 언론에 대대적으로 보도된 워드와 휴고 블레이크의 관계도 있고 해서 이 H가 그를 뜻할 가능성이 꽤 높다고 봤어요. 그는 워드가 살아 있는 걸 마지막으로 본 사람에다 이 사건의 유일한 용의자였으니까. 이번에도 경찰이 곧장 그자부터 떠올리고 잡아들였죠."

"그런데 블레이크는 사실 제대로 훈제청어*였어요. 나중에 꼼꼼히 들여다봤으면 깨달았을지도 모르죠. 애니 워드의 머리글자는 둘 다 썼는데, 그녀를 흠모한 자의 이름은 한 글자만 쓴 게 좀 이상하잖아요? H.Ⅱ.2.115라는 숫자는 또 뭐고요? 일종의 암호? 특정한 일시? 이런 말하기 좀 그렇지만, 정말 모르겠더군요."

록우드는 자기 손목시계를 잠시 들여다보곤 날 보며 활짝 웃었다. "그런데 루시 덕분에 얘기가 완전히 달라졌어요, 페어팩스 씨. 애니

---

* 주의를 다른 곳으로 돌리거나 혼란을 유도해 상대를 속이는 것.

워드와 당신이 한 무리에 껴 있는 사진을 발견했거든요. 난 당신이 우릴 여기로 불러들인 데 다른 속셈이 있었다는 걸 대번에 깨달았어요. 콤 케리로 오는 기차에선 당신의 극단 시절 얘기를 읽다가 애니 워드 또한 배우였다는 사실이 떠올랐고요. 아마 그게 두 사람의 연결 고리였을 겁니다. 또 한 가지 눈에 띈 건 당신이 배우 시절에 썼다던 이름이었어요. 윌 페어팩스. 그 즉시 'A≠W'에 대한 새로운 해법이 나오더군요. 애니 워드가 아니라 애니와 윌Will이라고."

노인은 내내 꼼짝하지 않았다. 아니, 고개만 약간 떨군 걸까. 그의 눈은 이제 검은 그림자에 잠겨 보이지 않았다.

"숫자들의 의미는 못 알아냈어요. 오늘 저녁 전까진." 록우드가 말했다. "울부짖는 계단에 있을 때 감이 왔는데, 그때부턴 좀 바빠서 확인할 시간이 없었죠. 하지만 내 생각에 'H.Ⅱ.2.115'는 당신이 애니 워드와 공연한 작품에서 인용한 거예요. 장담컨대 어떤 이유에서든 두 사람을 이어주는 감상적인 대사일 테고, 좀 더 파고들어가면 두 사람이 실은 아주 가까운 사이였음이 확인되겠죠." 그는 눈길을 들어 벽에 걸린 사진을 쳐다봤다. "굳이 추측을 해야만 한다면, 〈햄릿〉을 꼽겠어요. 당신이 개인적으로 가장 아끼는 작품인 듯하니까. 하지만 진실이야 본인만이 알겠죠?" 록우드는 빙그레 웃으며 무릎 위에서 손깍지를 꼈다. "그래서 페어팩스 씨, 어떤가요? 이젠 당신이 얘기해 줄 차례인 것 같은데요."

페어팩스는 동요하지 않았다. 설마 진짜로 곯아떨어졌나? 아예 불가능한 얘기도 아니었다. 록우드의 설명이 얼마나 길었는지 생각하면. 책장 옆에서 권총을 든 남자가 몸을 움직였다. 다른 사람은 몰라도 그는 눈에 띄게 조급해져 있었다. "4시 30분이 다 됐습니다, 회장님." 그가 말했다.

의자에서, 그늘진 얼굴에서 잠긴 목소리가 흘러나왔다. "그래, 그래. 하나만 더 묻지, 록우드 선생. 자넨 펜던트의 글귀를 쥐고 있었어. 그런데 왜 경찰에게 즉시 알리지 않았지?"

록우드는 잠시 대답이 없었다. "자만심, 그 때문이었겠죠. 내 손으로 풀고 싶었어요. 록우드 심령 회사가 영광을 얻길 원했어요. 실수였죠."

"이해하네." 페어팩스가 고개를 들었다. 아까까지는 단순히 늙어 보이는 수준이었다면 이제 그는 주검 같았다. 밝은 눈이 섬뜩했다. 잿빛 살덩이가 뼈에서 덜렁거렸다. "자만은 사람에게 끔찍한 짓들을 하지. 자네의 경우엔 자네와 자네 동료들의 죽음을 불러왔고, 내 경우엔 평생의 후회로 이어졌어." 그가 한숨을 쉬었다. "자, 훌륭한 증명이었네. 자네의 직관은 그보다 훌륭하고. 자네 말대로 마지막 인용은 〈햄릿〉이네. 애니와 내가 오래전에 함께 공연한 작품이지. 우린 그렇게 만났어. 난 왕자 햄릿, 그녀는 햄릿의 약혼녀 오필리아로. 펜던트의 숫자는 2막 2장 115행을 뜻하네. 거기서부터 118행까지의 대사야.

'별이 불일까 의심하고
해가 정녕 움직일까 의심하고
진리가 거짓말쟁이일까 의심하되
내가 사랑함은 결코 의심 마오.'

페어팩스는 잠시 멈추고 어둠을 지긋이 응시했다. "햄릿이 오필리아에게 하는 말이네." 침묵 끝에 입을 열었다. "그녀를 향한 자신의 사랑은 절대적으로 확고하다고, 우주의 다른 어떤 것도 그보다 더 확고할 수 없다고 말하고 있어. 물론 극 중에서 오필리아는 익사하고 햄릿은 독 바른 칼에 죽지만, 저 원칙은 변함이 없지. 중요한 건 그들 사이의 열정이야…. 그리고 그 열정을 애니와 내가 나눴고."

"그래 놓고 결국엔 죽였잖아." 내가 처음으로 입을 열었다.

페어팩스가 내게 시선을 돌렸다. 검은 눈동자가 돌처럼 무감했다. "자넨 아직 어린애야, 칼라일 양. 그런 문제에 대해 뭘 알겠나."

"아니." 나는 내 경멸을 굳이 숨기지 않았다. "난 애니 워드가 무슨 일을 겪었는지 정확히 알아. 펜던트를 만졌을 때 고스란히 느껴졌거든."

"퍽도 좋았겠구먼." 페어팩스가 말했다. "그게 말일세, 난 늘 생각하거든. 자네가 가진 그런 재능은 득보다 실이 훨씬 많겠다고. 타인이 겪은 죽음의 고통을 느낀다? 그게 매력적이라는 생각은 해본 적이 없네."

"그녀의 죽음만 아는 게 아냐." 내가 나지막이 말했다. "난 워드가 목걸이를 몸에 지니는 동안 경험한 모든 감정을 느꼈어. 당신과 함께하며 겪은 모든 걸 알아." 그리고 그 기억들은 좀처럼 시들 줄을 몰랐다. 나는 그녀의 격분과 날것의 질투, 슬픔과 분노를 여전히 맛볼 수 있었다. 그리고 최종적으로는 그 모든 것의 끝을….

"그 얼마나 우스꽝스러운 능력이란 말인가." 페어팩스가 말했다. "정말 지독히도 무의미하고 걸리적거리기나 할 뿐이야. 아무튼 그럼 자네도 애니 워드가 얼마나 어둡고 난해한 사람이었는지 알겠군. 그여잔 변덕이 심하고 독살스러웠지만 그럼에도 아름다웠어. 우린 여러 편의 소인극*에서 함께 연기했고 그걸 구실 삼아 만났지. 우리 관계는 비밀로 남아야 했거든. 애니는 적당한 집안 출신이 아니었어.

---

* 연기를 직업으로 하지 않는 아마추어들이 비전문적으로 하는 연극.

알다시피 부친이 재단사였나, 뭐 그랬지. 그러니까 내 부모님한테 그녀를 들켰다가는 재산을 한 푼도 못 물려받을 상황이었어. 글쎄, 애니는 끝내 우리 관계를 세상에 알리길 원하더군. 난 당연히 거절했고—도저히 안 될 일이었으니까—그녀는 날 떠났네." 페어팩스의 입술이 안으로 말리며 이가 번뜩였다. "그러더니 한동안 휴고 블레이크와 어울리더군. 멋만 부릴 줄 알지 세상 쓸모없는 작자였어. 하찮은 놈이었고, 애니도 그걸 알았지. 얼마 지나지 않아 그녀는 내게 돌아왔네."

그가 고개를 저었다. 목소리가 커졌다. "이렇게 말해 유감이지만 애니는 제멋대로였어. 내가 용인하지 않는 사람들과 어울렸지. 블레이크를 포함해서. 그 작자와의 만남을 내가 금지했는데도. 우린 자주 싸웠네. 다툼은 점점 강도를 높였고. 어느 날 밤에 난 몰래 그녀를 찾아갔네. 집은 비어 있었어. 그녀를 기다렸지. 애니를 문 앞까지 데려온 자가 다른 누구도 아니고 그 불쾌한 휴고 블레이크 본인인 걸 봤을 때 내 분노가 어땠을지 상상해 보게나. 그녀가 집에 들어서자마자 난 맞서 따졌네. 우린 무시무시하게 충돌했고 마지막엔 내가 자제력을 잃고 말았어. 그녀에게 손을 휘둘렀네. 그녀는 그대로 까무러쳤고. 내 일격에 목이 부러진 거야."

나는 몸서리를 쳤다. 모든 것의 끝. 그 최후의 고통과 공포. 그래, 나는 그 또한 느꼈다.

"입장을 바꿔 생각해 보게, 록우드 선생." 페어팩스가 말을 계속했다. "거기 내가 있었네. 영국 최고 기업의 후계자가 조금 전 제 손으로 죽인 여자의 시신 곁에 무릎을 꿇고. 내가 뭘 어쩔 수 있었겠나? 경찰을 불렀다면 난 파멸했겠지. 옥살이는 뻔했고 교수형도 가능했지. 순간의 광기로 두 사람의 인생이 망가질 판이었단 말일세! 다른 한편으로 그녀를 거기에 그대로 두고 떠난다면? 그렇대도 내가 빠져나갈 수 있으리란 보장이 없었어. 아까 집에 들어오던 걸 본 사람이 있던가? 확신할 수 없었지. 그래서 난 세 번째 방법을 택하기로 했네. 시신을 숨기고 범죄 자체를 은폐하는 것 말일세. 꼬박 스물네 시간이 걸렸다네, 록우드 선생. 내 사랑하는 애니의 무덤을 급조하는 데. 이후 오십 년 동안 날 따라다닐 스물네 시간이었지. 난 유기 장소를 찾고, 벽을 뚫고, 자재를 들여와 구멍을 막아야 했네. 이 모두를 은밀히 해야 했어. 매 순간 발각될까 두려웠고 매 순간 시신을 옆에 두고 일해야 했지…." 노인이 눈을 감고 고르지 못한 숨을 들이마셨다. "뭐, 난 해냈고 그 기억과 함께 평생을 살았네. 그런데 그 같은 수고를 해놓고—이야말로 씁쓸한 모순이네만—펜던트를 깜빡했지 뭔가! 생각도 못 했네. 그냥 완전히 잊고 있었어. 몇 주 지나지 않아 펜던트의 존재를 떠올렸고 깨달았지. 언젠가는 그게… 애를 먹일 수도 있겠다고. 실제로도 그리됐고 말야. 자네의 기사를 읽는 순간 난 자네가 그걸 손에 넣은 거라 생각하고 해결책을 모색했네. 슬쩍 떠본 결과 경찰은 아무것도 모르고 있었어. 나로서는 희망적이었지. 자네 쪽만 해결하면 되는 거였으니. 처음엔 훔치려고 했어. 그리브가 실패했을 땐 어쩔 수 없이 보다 급진적인 수단을 동원해 자네 입을 막아야 했고." 페어팩스가 한숨을 쉬었다. 은을 씌운 치아 사이에서 휘파람 소리가 났다. "이제 콤 케리 홀의 유령까지 날 실망시키고 말았으니 내 손으로 직접 마무리해야겠군. 하지만 그에 앞서 간단한 질문 하나가 남았지. 내 펜던트는 어쨌나?"

아무도 말하지 않았다. 내면의 귀로 살핀 홀은 완전히 비어 있었다. 방문자들은 사라졌다. 우리는 필멸의 적들과만 남겨졌다. 살인자와 그의 심복, 그리고 권총 한 자루.

"대답을 기다리고 있네만." 페어팩스가 말했다. 그는 완벽히 차분했다. 우리를 죽이게 되리란 전망이 눈곱만큼도 괴롭지 않은 모양이었다.

그러나 그에 못지않게 록우드도, 아니 어쩌면 그보다 더 느긋해 보였다. "얘기 잘 들었습니다." 그가 말했다. "더없이 계몽적이네요. 아주 유용하기도 하고. 시간을 좀 더 까먹는 데 도움이 됐거든요. 그게 말이죠, 아까 얘기하는 걸 깜빡했는데, 이렇게 우리끼리 있는 시간이 그리 길지 않을 겁니다. 여기에 도착하자마자 택시 운전사 편에 메시지를 보냈어요. DEPRAC의 반스 경위한테. 당신과 관련해서 그 사람의 귀가 솔깃해질 정보를 주고 새벽녘에 여기서 보자고 했죠."

조지와 나는 그를 멍하니 보고 있었다. 기억났다. 그 소포, 택시 운전사, 둘 사이에 오가던 돈….

"조만간 도착하겠네요." 록우드가 명랑하게 말했다. 그는 의자 등받이에 몸을 기대고 두 팔을 머리 뒤로 쭉 늘렸다. "다시 말해, 당신은 끝났어요, 페어팩스. 그러니 이제 긴장 좀 풉시다. 그리브한테 차라도 한잔씩 돌리라고 하는 게 어때요?"

노인의 얼굴은 보고 있기가 무서울 정도였다. 증오와 공포와 불신이 얼굴을 파도처럼 휩쓸고, 잠시 말문이 막힌 채 있었다. 그러고는 표정이 밝아졌다. "허풍이로군." 그가 말했다. "허풍이 아니라 한들, 그래서 뭐? 누구든 도착할 때쯤이면 자네들은 귀신 들린 우물 옆에서 방문자들과 싸우다 안타까운 최후를 맞이한 신세가 돼 있을 걸세. 한 사람씩 차례로 우물에 뛰어든 거야. 난 완전히 제정신이 아닐 테고. 반스는 아무것도 입증해 내지 못하겠지. 자, 마지막으로 묻겠네. 펜던트는 어디에 있나?"

아무도 말하지 않았다.

"그리브," 페어팩스가 말했다. "여자애를 쏴버려."

"잠깐!" 록우드와 조지가 의자에서 벌떡 일어났다.

"알아어!" 내가 외쳤다. "알았으니까 하지 마! 내가 다 말할게."

자리에서 일어나는 내게 모두의 시선이 쏠렸다. 페어팩스가 앞으로 몸을 숙였다. "훌륭해. 먼저 무너질 쪽이 자네일 줄 알았지. 그래…. 어디다 숨겼나, 응? 어느 방에?"

"루시…." 록우드가 입을 열었다.

"아, 포틀랜드 로에 없어." 내가 말했다. "지금 나한테 있거든."

나는 말하는 내내 노인의 얼굴을 주시했다. 그의 눈이 기쁨으로 팽팽해지고 입이 요염하게 비틀리며 보일 듯 말 듯 은근히 미소 짓는 모습을 봤다. 그리고 그 표정 속의 뭔가, 그 표정만큼이나 찰나의 어떤 것이 금 가고 추접한 창문을 열어젖혀 그자의 가장 진실하고 깊은 본성을 들여다보게 해줬다. 그건 기업의 수장이라는 허세와 오만한 겉모습 아래 대개는 감춰두는 뭔가였다. 더 나아가 그의 건조한 후회로 얼룩진 기나긴 고백의 본바탕이기도 했다. 그날 밤 콤 케리 홀에서 많은 걸 겪었다지만, 그 늙고 기다란 입술에 걸린 은근한 신바람의 미소야말로? 그래, 그건 살인자의 자기애였고, 고민할 것도 없이 모두를 통틀어 가장 혐오스러운 것이었다. 나는 그 오랜 세월 얼마나 많은 이들이 그의 뜻을 거슬렀을지, 그리고 그가 그들을 어떻게 해치웠을지 궁금해졌다.

"보여주지, 그럼." 페어팩스가 말했다.

"물론." 곁눈으로 보니 록우드가 날 뚫어져라 쳐다보며 내 주의를 끌려고 안간힘을 쓰는 중이었다. 나는 그와 눈을 마주치지 않았다. 무의미했다. 나는 이미 마음을 정했다. 내가 어떤 짓을 벌이는 건지 잘 알고 있었다. 뒷덜미로 손을 뻗어 줄을 풀었다. 보관함을 꺼내

다가 유리 아래서 번쩍이는 파리한 불꽃을 본 듯도 했지만 서재를 환히 밝힌 전깃불 때문에 착각한지도 몰랐다. 나는 한 손으로 함을 잡고 조그만 잠금쇠를 옆으로 돌렸다.

"이봐, 그건 은유리…." 그리브가 불쑥 말했다. "펜던트가 왜 거기 들어가 있지?"

나는 뚜껑을 젖히고 함을 뒤집어 손바닥에 대고 털었다. 조지가 조그맣게 헉 하는 소리가 들렸다. 페어팩스 또한 뭐라 말했으나 나는 듣지 않았다. 다른 소리를 듣고 있었다. 아득한 곳에서 나는, 하지만 빠르게 가까워오는.

펜던트는 쓰라리도록 차가웠다. 너무도 차가워서 살갗을 태웠다. "여기." 내가 말했다. "맘껏 가져가."

그 말과 함께 나는 팔을 앞으로 뻗고 고개를 돌렸다.

저 위 벽에 걸린 사진에서는 젊은 페어팩스가 두 다리를 호기롭게 벌리고 앉아 썩어 들어가는 해골을 유심히 들여다보고 있었다. 여기 이 서재에서는 늙어빠진 페어팩스가 아연한 표정으로 내 손의 목걸이를 들여다보고 있었다.

공기가 내 얼굴 옆을 쳤다. 뒤통수의 머리칼이 앞으로 훅 날렸다. 의자 다리들이 카펫을 긁고 테이블이 움직였다. 서재의 책들이 책장 안쪽으로 일제히 밀려들어 가며 어마어마한 쿵 소리를 냈다. 퍼시 그리브가 자기 총으로 무슨 수작을 하던 중에 붕 떠서 날아갔다. 책장에 거세게 부딪히고 바닥에 엎어졌다. 록우드의 의자가 빙글빙글 돌며 조지의 의자와 충돌했다. 둘 모두 내 손에서 분출하는 힘의 풍파에 짓눌려 의자에서 꼼짝하지 못했다.

서재의 전구가 한꺼번에 나갔다.

하지만 어둡지 않았다. 내 눈에 보이는 방은 오히려 점점 밝아지고 있었다. 거기 소녀가 있었으니까. 그녀는 주황색의 꽃이 그려진 어여쁜 여름 원피스를 입었다. 나와 페어팩스 사이에 선 그녀의 몸에서는 이제 다른빛이 물처럼 흘러나왔다. 급류처럼 쏟아져 의자와 양탄자를 삼키고 밝고 차갑게 흐르며 독서 테이블을 휘감았다.

"추워." 목소리가 말했다. "정말 너무 추워."

내 머릿속으로 조그맣게 울리는 듯한 톡톡톡 소리가 흘러들어 왔다. 이 모든 게 시작되던 밤, 신 로드 저택에서 들었던 소리였다. 회반죽 위에서 손톱이 타닥대는 혹은 나무에 못을 박는 듯한 소리. 이젠 거기서 심장박동과도 같은 리듬이 느껴졌다. 그걸 제외하면 모든 게 미친 듯이 고요했다. 찰나의 순간 유령소녀의 눈이 내 눈과 만났다. 이윽고 그녀는 고개를 돌려 의자의 노인을 쳐다봤다.

페어팩스는 그녀를 감지했지만 명확히 보지는 못했다. 사방을 사납게 두리번거렸다. 황급히 테이블 위를 헤집고 고글을 찾아 자기 눈에 갖다 댔다. 가만히 보며 눈을 찡그렸다. 대번에 얼굴이 멍해지면서 그대로 얼어붙었다.

유령소녀가 스르르 그에게 향했다. 머리칼에서 빛이 줄줄 흘렀다.

고글을 잡은 페어팩스의 손에서 힘이 쭉 빠졌다. 콧등에 걸린 고글이 심한 대각선 모양으로 기울다 떨어졌다. 노인의 눈은 경탄과 끔찍한 공포로 완전히 풀려 있었다. 방에 들어오는 숙녀를 맞이하는 신사처럼 천천히 몸을 떨며 자리에서 일어났다. 거기에 서서 기다렸다.

소녀가 두 팔을 활짝 벌렸다.

페어팩스는 아마 움직여 보려 했을 것이다. 스스로 방어해 보려 했을 것이다. 하지만 유령굴레에 완전히 장악당한 상태였다. 검을 쥔 팔이 미세하게 경련하고 그의 손은 벨트 위에 무력하게 걸려 있었다.

한쪽 옆에서 록우드가 사악한 힘을 떨치고 일어났다. 조지의 팔을 잡아 그를 의자들 뒤로 끌어당기고 안전한 거리를 확보했다.

다른빛의 똬리들이 마치 거인의 손가락처럼 사방에서 페어팩스를 감싸 쥐었다. 이제 소녀는 그의 곁에 가 있었다. 플라스마가 철제 갑옷을 건드려 쉭쉭거리며 끓었다. 그녀의 형체가 흔들렸다가 다시 복구됐다.

그녀는 노인의 눈을 들여다봤다. 그가 입을 열었다. 말하려는 듯했다…. 그녀가 노인을 꼭 껴안았다. 싸늘한 품에 그를 안고 밑으로 끌어당겼다.

페어팩스의 외마디 외침은 공허했다.

다른빛이 꺼졌다.

방은 컴컴했다. 나는 손바닥을 기울였다. 펜던트가 바닥에 떨어져 산산조각 났다.

"빨리! 조지, 그리브를 잡아!" 록우드였다. 간신히 보이는 그리브의 형체가 허둥지둥 서재를 가로지르고 가구들을 들이받으며 로비로 달렸다. 록우드는 벽난로에서 부지깽이를 낚아채 뒤따랐다. 조지도 추격에 가담하며 그리브의 머리로 쿠션을 날렸다. 그리브가 잽싸게 피했다. 로비의 아치형 입구를 배경으로 그의 윤곽이 흐릿하게 보였다. 그가 몸을 돌렸다. 섬광, 째지는 소리, 총알 하나가 우리 사이를 가르고 어둠 속으로 사라졌다.

록우드와 조지는 아치에 도달해 잠시 멈췄다가 안으로 들어갔다. 이내 고함과 굉음이 들리고 목소리들이 높아졌다. 다친 손이 고통스러웠지만 나 역시 휘청휘청 로비로 갔다. 거기서 대자로 뻗은 그리브와 그의 목을 겨누고 있는 록우드의 부지깽이를 보고 기절초풍하게 놀랐다. 주 출입문이 활짝 열리고, 반스 경위와 음울한 얼굴의 조사관 무리가 홀로 쏟아져 들어왔다.

5

이후

25

록우드가 반스 경위에게 뭐라 써 보냈는지 모르겠지만 아무튼 효과는 확실했다. 십 대 운전사는 전날 저녁 늦게 런던 경찰청에 메시지를 전달했다. 자정쯤에 반스는 DEPRAC 경관과 대행사 요원들을 승합차 두 대에 나눠 태우고 버크셔로 향했다. 그들은 새벽 3시가 조금 지나 콤 케리에 도착했고, 4시에는 페어팩스의 부지에 와 있었다. 정원 출입구에서 그날의 유일한 난관(버트 스타킨스는 그들이 자기 양배추밭에서 나온 유령들이라 생각하고 창문에서 나팔총으로 철가루를 쏴댔다.)을 맞닥트린 탓에 홀에는 5시가 넘어 진입했다. 그럼에도 록우드가 요청한 것보다 두 시간이나 빨랐고 기가 막힌 타이밍으로 퍼시 그리브의 탈출도 막았다.

그러나 내 입장에서는 그야말로 아슬아슬한 도착이었다.

유령접촉이 있다거나 하진 않았지만, 애니 워드의 마지막 현현에 근거리에서 노출된 바람에 나는 넋이 완전히 나가 있었다. 냉기가 뼈마디를 파고들고 펜던트를 쥐었던 오른손은 손바닥에 '차가운화상'을 입었다. 거기다 기나긴 밤 그 집에서 겪은 다른 모든 게 더해지면서 똑바로 서 있기조차 버거웠다. DEPRAC가 도착한 직후의 그 혼란한 몇 분은 지금도 기억이 흐릿하다.

하지만 상황은 이내 나아지기 시작했다. 피츠 소속 의사가 내게 아드레날린을 주사해 기력을 되살렸다. 다른 이는 부상당한 손에 붕대를 감아줬다. DEPRAC 경관 하나는 그중에서도 최고의 친절을 베풀어 괜찮은 차를 한 컵 만들어줬다. 반스 경위조차 여기저기에 지시사항을 빽빽거리며 소파 근처를 지나다 내 어깨를 토닥이며 괜찮은지 물었다. 나는 괜찮았고, 그가 챙겨주는 게 고마웠지만 다른 누군가에게 책임을 넘긴다는 게 내심 기뻤다.

물론 내가 비켜나 있다고 현장이 멈추는 일은 없었다. 많은 업무들이 여전히 계속되는 중이었다. 가장 먼저 운전기사 퍼시 그리브가 연행됐다. 그는 페어팩스의 섬뜩한 운명을 자세히 목격하지는 못했지만 절망적인 공포에서 헤어 나오지 못할 정도로는 감지했다. 그 공포가 그를 수다쟁이로 만들었다. 경관들에게 떠밀려 제대로 일어서기도 전부터 그는 비밀들을 술술 불고 있었다.

다음으로 레이피어와 화염탄과 소금탄, 그리고 사방을 열정적으로 비추는 회전식 초대형 조명으로 완전 무장한 조사관 무리가 홀을 천천히 횡단했다. 여기서 핵심은 천천히다. 피츠 소속 다수, 텐디 일부, 그림블 소수로 구성된 팀은 하나같이 극도로 조심스레 움직이며 걸음걸음마다 심령 판독을 실시했다. 그들의 머리 위로 쿰 케리 홀의 음침한 명성이 짙게 드리워져 있었고, 그런 탓에 그들의 성인 감독관들은 자꾸만 문간에서 꾸물거렸다. 록우드와 조지가 명랑하게 곁을 지키는 가운데 조사관들은 안전 확보 절차를 시작하고, 명령들을 앞뒤로 고생스레 전달하고, 스치고 그늘지는 모든 것에 기겁했다.

그들이 처음으로 멈춘 곳은 당연히 서재였고 거기서, 회전하는 조명이 페어팩스의 시신을 잡아냈다. 그는 방 가운데 양탄자에 고꾸라져 있었는데, 눈을 부릅뜬 채로 애원이라도 하듯 두 팔을 쭉 뻗고 있었다. 의료진은 아드레날린 주사를 준비해 놓고 있었지만 그걸 사용할 생각은 없었다. 이미 너무 늦었다. 페어팩스는 1급 유령접촉을 당했고, 그 결과 퍼렇게 부풀어 죽었다. 펜던트 근처와 서재 사방에서 즉각적인 심령 판독을 실시했지만 모든 지표가 음성이었다. 애니 워드의 영혼—자기 살인자와 재회한—은 온데간데없었다.

그 뒤에 요원들은 반스의 명령에 따라 홀의 곳곳으로 흩어져 동관에 있던 페어팩스의 일꾼들을 철수시키고 서관에서 우리 얘기의 실체를 확인했다. 이들이 붉은 방으로 접근하는 과정을 록우드와 조지가 지켜보는데, 방문이 잠겨 있는 것이 확인됐다. 열쇠는 록우드의 말대로 페어팩스의 주머니에서 나왔다. 정예 요원들이 살금살금 진입했을 때 붉은 방 자체는 휑하고 고요하고 추웠다.

조지로서는 몹시 신나게도 그날 밤 반스 경위의 지휘를 받는 피츠 조사관 틈에 우리의 오랜 친구 퀼 킵스가 끼어 있었다. 그의 조수인 금발의 칼머리 여자애, 그리고 더벅머리 남자애와 함께. 조지는 그들에게 명령을 내리는 반스 옆에 딱 붙어 서 있는 굉장한 기쁨을 누렸고, 이따금 끼어들어 나름의 제안을 하기도 했다.

"비밀 통로로 나가면 그 전설의 계단을 찾을 수 있을 거예요." 조지가 말했다. "울부짖는 그림자들은 우리가 정리한 것 같긴 한데, 그래도 킵스가 가서 확인해 봐야겠죠. 계단 밑에 수도사들이 학살당한 우물이 있어요. 거기도 킵스네 팀이 봐야 하지 않을까요. 싫어요? 주저하는 것 같은데. 뭐, 그게 너무 무섭다면 아래층 화장실에 잿빛 아지랑이가 있어요. 아무리 그래도 그 정도는 처리할 수 있겠죠."

사실 어떤 위험이 남아 있든 이제 곧 지나갈 터였다. 그날의 첫 새벽 햇살이 롱 갤러리의 창문들을 뚫고 들어와 따스하게 그리고 황금

빛으로 바닥에 길게 누웠다.

누가 반스 아니랄까 봐, 그는 우리 때문에 짜증이 나 죽겠는 상태를 어찌어찌 유지했다. 우리의 훌륭한 일 처리를 마지못해 축하하는 순간에조차 그랬다. 분노를 상징하는 각도로 콧수염을 기울이곤 어슴푸레한 서재에 서서 록우드를 맹공격했다. 펜던트를 그토록 오랫동안 비밀에 부쳤다는 게 이유였다.

"원칙대로라면 난 자넬 고발해야 해. 정보를 숨긴 혐의로." 반스가 으르렁거렸다. "혹은 범죄 현장에서 증거를 훔친 혐의로. 혹은 자네 자신과 자네를 졸졸 따라다니는 두 멍청이를 무모하고 위험한 일에 끌어들인 혐의로. 여기에 단독으로 출동한 건 살인자의 손에 자기 목숨을 고의로 내다 바치는 짓이었다고!"

"살인자가 아니라 살인 용의자요." 록우드가 말했다. "그때까지만 해도 펜던트의 글귀를 완전히 이해하진 못했거든요."

반스는 눈을 흡떴다. 그가 내뿜는 콧방귀의 위력에 콧수염 양 끝이 수평으로 휘날렸다. "살인 용의자라 치고, 그럼! 그런다고 뭐가 달라지는 줄 알아! 그리고 가만 보니 커빈스나 칼라일 양의 뜻을 묻지도 않고 결정했던데!"

이 부분은, 정말 말이야 바른 말이지, 반스가 제대로 짚었다. 나 역시 같은 생각을 하고 있었다.

록우드가 심호흡했다. 반스도 반스지만 조지와 내게 해명해야 할 순간이란 걸 깨달은 듯했다. "어쩔 수 없었어요." 그가 말했다. "페어팩스의 초대에 응해야만 했어요. 빚진 돈을 마련할 방법이 그거밖에 없었거든요. 그리고 우리가 무릅쓴 위험에 대해선, 난 우리 팀의 능력에 백 퍼센트 자신이 있었어요. 우리가 거둔 성과에서 보시다시피 루시와 조지는 런던 최고의 요원이거든요. 우린 방문자의 주요 군집을 무력화했어요. 거기다 과감하고 가차 없는 적도 물리쳤죠. 이 모든 걸 단 한 명의 성인 감독관도 없이 해냈어요, 반스 경위님." 록우드는 그의 가장 해맑고 빛나는 미소를 가동했다.

반스가 움찔했다. "입 닫아. 일찍부터 나오느라 끼니도 거른 속에 무슨…. 어이, 킵스!" 퀼 킵스는 안이 들여다보이는 거대한 플라스틱 상자 세 개의 무게에 깔려 낑낑거리고 있었다. 그중 둘에는 페어팩스의 연극 스크랩북이 가득했고 증거물로 압수 중이었다. 세 번째 상자에는 단정히 포개진 사슬 튜닉과 이상한 철제 투구 두 개가 들어 있었다. "튜닉 하나는 어디에 있고?" 반스가 물었다.

"시신에요." 킵스가 대답했다.

"음, 그거 벗겨야 하는데, 시신이 너무 부풀기 전에. 지금 좀 처리해 주겠나. 어때?"

"뭘 꾸물거리나." 조지가 외쳤다. "빨리, 빨리!"

"그러고 보니 생각나는데," 킵스가 자리를 뜨자 반스가 얼굴을 찡그리며 말했다. "저 투구 말야. 페어팩스의 소유겠지. 맞나?"

"네, 경위님." 록우드가 순진하게 말했다. "저게 뭔지 우리도 궁금했어요."

"그래, 그럼 계속 궁금해하면 되겠네. 저건 내가 압수할 테니. 저 물건들은 이제 DEPRAC 소관이야." 반스가 머뭇거리며 손으로 콧수염을 비틀었다. "페어팩스가 따로… 얘기한 건 없겠지. 이 요상한 물건들에 대해서. 그렇지?" 그가 불쑥 물었다. "여기서 주로 뭘 하고 있었는지도?"

록우드는 고개를 가로저었다. "그 사람은 우릴 죽이는 데만 정신이 팔려 있었던 것 같아요, 경위님."

"그걸 누구 탓을 하겠나." 반스는 우리를 심술궂게 뜯어봤다. "그건 그렇고, 투구 밑에 쓰는 물건이 하나 없는 것 같은데. 어디 있을지 짐작이 가나?"

"아뇨, 경위님. 처음부터 없지 않았을까요."

"그렇진 않았을 텐데…." 반스는 포상 대신 탐문하는 듯한 눈빛을 마지막으로 수여한 뒤, 우리를 홀에서 내보낼 절차를 밟으러 갔다. 우리는 거기에서 서재의 의자에 함께 늘어져 앉아 있었다. 아무 말도 하지 않았다. 누군가가 차를 한 컵씩 더 갖다줬다. 우리는 들판으로 퍼져나가는 햇빛을 지켜봤다.

몇 주 뒤에 콤 케리 홀을 다시 방문한 정리 전문가들은 초자연적 움직임의 위력이 크게 약화됐음을 확인했다. 그들의 작업은 우리의 보고에 의거해 우물 바닥을 훑는 것으로 시작됐다. 상당한 깊이를 내려간 끝에 성인 남자 일곱 명의 아주 오래된 유골을 발견했다. 전에는 서로 묶여 있었을 것이나 이제는 심히 뒤죽박죽된 채 은과 철의 파편으로 범벅돼 있었다. 유해는 회수돼 파괴됐고, 그 뒤부터는—록우드의 예상대로—저택 곳곳이 수월히 정리됐다. 로비의 널돌들 밑과 침실의 낡은 궤짝들에서 부차적인 출처 다수가 나왔지만, 수도사들의 뼈가 사라진 상황이라 그 주변 존재인 1급령 대부분도 차츰 소멸됐다.

록우드는 홀의 최종 정리 작업에 우리도 참여해 보려고 열심히 손을 썼지만, 그 부지의 새로운 소유주들에게 단칼에 거절당했다. 페어팩스 철강의 경영권을 확보한 페어팩스의 조카와 조카딸은 홀이 못마땅했고, 그래서 안전이 확보된 직후 매각해 버렸다. 이듬해 그곳은 사립초등학교가 됐다.

페어팩스에게는 직계 상속인이 없었다. 알고 보니 그는 결혼을 한 적도, 자녀도 없었다. 그러니까 결국 애너벨 워드가 그의 평생의 사랑이기는 했던 모양이었다.

펜던트의 잔해는 반스의 수하들이 쓸어 담아 특수 은유리함에 넣어 가져갔다. 유령소녀의 영혼이 거기 매인 채 남았는지, 아님 (내 믿음대로) 영원히 떠났는지 나는 모른다. 그녀를 다시 보지 못했으니까.

실종됐던 피츠네 소년의 유해는 발견된 날 새벽에 그의 까마득한 후배 조사관들이 우물 근처에서 수습해 가져갔다. 얼마 뒤 록우드는 피츠 대행사의 대표, 퍼넬로프 피츠로부터 편지를 받았다. 그녀는 피츠 대행사의 창립자이자 전설의 조사관 마리사 피츠의 손녀였다. 퍼넬로프는 우리의 성공을 축하하면서 자신과 어린 시절을 함께 보낸 친구이자 동료의 시신을 찾아줘 고맙다고 했다. 소년의 이름은 샘 매카시였다. 기록 차원에서 밝혀두자면, 당시 그는 열두 살이었다.

26

콤 케리 호러
'붉은 방'의 유혈 낭자한 공포
울부짖는 계단의 비밀 밝혀져!
A. J. 록우드 독점 인터뷰

콤 케리 홀에서 최근 발생한 사건과 저택의 소유주였던 거물 기업인 존 윌리엄 페어팩스 회장의 죽음을 둘러싼 소문이 끊이지 않고 있다. 오늘 런던 〈타임스〉는 이번 사건 해결의 주역인 록우드 심령 회사의 앤서니 록우드 씨를 직접 만나 취재한 그날 밤의 놀라운 진실을 공개한다.

본지 기자와의 독점 인터뷰에서 록우드 씨는 홀에서 발견한 무시무시한 2급령 군집과 비밀 통로, 저택 중심부에서 저 악명 높은 '죽음의 우물'을 마주하던 순간의 공포를 상세히 설명했다.

또한 최후의 대결에서 유령접촉한 뒤 심장마비로 사망한 페어팩스 씨의 비극적 죽음에 얽힌 정황도 털어놨다. 그에 따르면, 고인은 "조언을 거스르고 서관에 입장"했다. "페어팩스 씨는 용감한 사람이었습니다. 방문자를 직접 보고 싶었던 모양이에요.

하지만 조사관이 아닌 개인이 난제 구역에 들어오는 건 늘 위험 천만한 일입니다."

　록우드 씨는 애너벨 워드 살인사건의 수사 상황도 공유했다. "새로운 증거가 나왔습니다. 주요 용의자인 휴고 블레이크 씨가 살인과는 무관하다는 사실이 입증됐죠. 살인자의 신원은 풀리지 않은 미스터리로 남아 있지만, 무고한 사람의 명예 회복을 도와 기쁩니다. 이 역시 우리 회사가 제공하고자 하는 서비스의 일환입니다."

록우드 인터뷰 전문: 4~5쪽
존 페어팩스 부고 및 감사문: 56쪽
미래가 기대되는 심령 조사 대행사들: 83쪽

　런던으로 돌아오고 일주일 뒤, 그러니까 늘어지게 잠을 자고 그날의 시련으로부터도 완전히 회복했을 때, 포틀랜드 로 35번지에서 파티가 열렸다. 엄청 큰 파티는 아니었지만—사실 참석자는 우리 셋이 전부였다—그렇다고 슬렁슬렁 준비할 록우드 심령 회사가 아니었다. 조지는 길모퉁이 가게에서 오만 가지 종류의 도넛을 주문했다. 나는 종이 스트리머*를 사다 부엌을 빙 둘러 걸어뒀다. 록우드는 나이츠브리지까지 가서 고리버들로 만든 거대한 식품 바구니 두 개를 들고 돌아왔다. 바구니에는 소시지 롤과 젤리, 파이와 케이크, 콜라와 진저에일** 등 온갖 호사로운 것들이 가득했다. 이 어마어마한 내용

---

* 긴 줄에 장식들이 달린 파티용품.
** 생강 맛을 첨가한 탄산음료.

물들이 바구니 밖으로 나오면서 우리의 부엌은 사실상 사라졌다. 우리가 앉은 곳은 놀라운 먹거리가 가득한 동화의 나라 한가운데였다.

"콤 케리 홀을 위해," 록우드가 잔을 들며 말했다. "그리고 홀이 가져온 성공을 위해. 오늘도 새로운 의뢰가 들어왔어."

"잘됐네." 조지가 말했다. "설마 그 고양이 부인은 아니겠지."

"아니. 첼시 여학교야. 기숙사에 환영이 있대. 팔다리가 없는 남자가 피투성이 몸통을 질질 끌고 샤워장 바닥을 헤집고 다닌다나."

나는 소시지 롤을 집어 들었다. "괜찮을 것 같네."

"응. 나도 기대하고 있어." 록우드는 게임 파이*를 크게 한 조각 덜어갔다. "최근에 한 〈타임스〉 인터뷰가 확실히 한몫했어. 우리도 우리에게 걸맞은 명성을 마침내 누리게 된 거지."

조지가 고개를 끄덕였다. "우리가 콤 케리 홀은 태워먹지 않은 덕분이지. 뭐, 이번엔 의뢰인을 죽였지만. 발전의 여지는 늘 있는 거니까."

록우드가 모두의 잔을 다시 채웠다. 우리는 다정한 침묵 속에서 식사했다.

"안타깝기는 해." 내가 잠시 뒤 말했다. "반스 때문에 페어팩스에 대해 거짓말을 해야 했다니. 그 사람의 본색을 세상에 알렸어야 했는데."

"누가 아니래." 록우드가 말했다. "하지만 아주 막강한 가문이 얽힌 일이야. 영국에서 가장 중요한 기업과 관련돼 있기도 하고. 그들의 우두머리가 살인자에 비열한이라는 사실이 밝혀졌다면 끔찍한 뒤탈이 생겼을걸. 난제가 날로 악화되는 상황에서 DEPRAC는 그런 파장을 감당 못 해."

나는 포크를 내려놨다. "글쎄, 뒤탈이 있다 한들 그게 뭐? 이런 식

---

* 사냥감으로 선호되는 야생동물의 고기를 넣은 파이.

의 속임수는 진짜 정의가 아니잖아. 안 그래? 이제 그 누구도 페어팩스의 진실을 알지 못하겠지. 애니 워드에 대해서도. 아님 어떻…."

"네 덕분에, 루시," 록우드가 말을 끊었다. "애니 워드의 유령은 본인이 원하던 그대로를 얻었어. 정의는 더없이 확실하게 실현됐고. 결과만으로는 사실 훌륭해. 관련자 모두의 관점에서도. 애니 워드는 자기를 죽인 자를 손에 넣었고, 페어팩스는 죗값을 치렀고, 밴스는 소원대로 진실을 은폐했고…. 게다가 밴스도 사건의 실체에 대해서 우리를 입막음할 필요가 있었으니 그 외의 흥미진진한 얘기들을 내가 〈타임스〉에 멋대로 흘리게 둘 수밖에 없었던 거잖아. 다시 말해 우리 또한 무료 광고 효과를 톡톡히 봤고. 빙고. 모두가 행복하지."

"페어팩스만 빼고." 조지가 말했다.

"아, 그렇지. 그 사람은 빼고."

"난 DEPRAC가 뭘 더 감추고 있을지 궁금하다니까?" 내가 말했다. "그 사람들이 얼마나 잽싸게 들이닥쳐서 물건을 빼기 시작했는지 너희도 봤지? 페어팩스의 범죄보다 갑옷이랑 투구에 더 관심이 있는 듯 보일 정도였어. 그 투구는 진짜 무진장 기괴해서… 나도 한번 자세히 봤으면 좋았을 텐데."

록우드는 애석한 미소를 지었다. "운이 나빴지. 그 물건은 지금쯤 런던 경찰청의 지하 금고에 들어가 있을걸. 땅속 깊숙한 곳에. 그런 물건은 뭐든 다시 볼 일 없을 거야."

"내가 이걸 슬쩍하길 잘한 거네, 그럼." 조지가 말했다. 그는 자기 의자 등받이에 걸려 있던 두꺼운 유리 고글을 손에 들었다. "정말 이상한 물건이야. 내가 쓰고 있는 한은 아무 작용을 안 해. 약간 흐릿해 보이는 게 다야. 괜히 눈만 해괴하게 느껴지고…. 이상하고 조그만 표시도 하나 있는데, 여기에. 넌 그게 뭐처럼 보여, 루시?"

조지가 내게 고글을 건넸다. 고글은 예상보다 무겁고 아주 차가웠다. 눈을 가늘게 뜨고 들여다보니 왼쪽 렌즈의 안쪽 테두리에 찍힌 조그만 이미지가 간신히 보였다…. "우스꽝스럽게 생긴 하프 같기도 하네." 내가 말했다. "옆구리에 곡선이 들어가는 조그만 그리스 악기 있잖아. 하프 줄도 보이는데, 여기. 세 개…."

"응. 뭐, 일단 페어팩스네 회사의 로고는 아닌 거네, 확실히." 조지는 고글을 식탁의 젤리 사이로 홀쩍 던졌다. "내가 할 수 있는 건 실험을 계속하는 것뿐일 듯."

"제대로 한번 해보라고, 조지." 록우드가 말했다. 우리는 다시 잔을 들었다.

"진저에일이 떨어져 가네." 조지가 불쑥 말했다. "도넛도 채워야겠고. 이거 보통 심각한 임무가 아니거든. 그러니 내게 맡겨줘." 그는 벌떡 일어나 지하실로 통하는 문을 열고 아래로 사라졌다.

록우드와 나는 서로를 마주 보고 앉아 있었다. 눈이 마주치고, 미소를 짓고, 눈길을 돌렸다. 갑자기 약간 좀 어색했다. 옛날로 돌아간 것처럼.

"저기, 루시. 너한테 묻고 싶었던 게 있어."

"그래. 물어봐."

"그때 서재에서 말야. 그리브가 너한테 총을 쏘려던 때… 네가 목걸이를 꺼내서 유령을 일부러 풀어줬지. 맞아?"

"그랬지."

"그게 우리 생명을 구했으니 누가 봐도 대단한 결정이었어. 잘했어, 다시 한번. 하지만 난 좀 궁금했던 게…," 록우드는 잠시 샌드위치를 들여다봤다. "유령이 우리는 공격하지 않으리란 걸 어떻게 알았어?"

"몰랐어. 하지만 페어팩스가 우리를 죽일 게 분명한 이상, 그 정도 위험은 감수할 만하다고 생각했어."

"그래…, 그러니까 도박이었단 거네." 그는 머뭇거렸다. "유령소녀가 너한테 무슨 얘길 한 건 아니고?"

"아니."

"펜던트를 유리함에서 꺼내라고 얘기해 준 것도 아니고?"

"아니."

"그럼 아예 처음으로 돌아가서, 신 로드에 불이 났던 밤에 애니 워드의 유령이 자기 시신에서 펜던트를 챙기라고 말한 것도 아니고?"

"아니라니까!" 나는 그에게 내 상징과도 같은 '루시 칼라일풍 당혹 미소'를 지어 보였다. "록우드…, 너 지금 내가 유령한테 조종당했다고 의심하는 거야?"

"전혀. 다만 이따금 널 잘 모르겠어서 그래. 서재에서 목걸이를 내밀 때, 넌 정말 조금도 겁나지 않는 듯했거든."

나는 한숨을 쉬었다. 록우드의 질문은 그 일이 있은 뒤 내 머릿속을 떠나지 않던 의문이기도 했다. "있잖아," 내가 말했다. "솔직히 애니 워드의 유령이 페어팩스한테 집중하리라 넘겨짚기는 어렵지 않았어. 우리 누구든 그 정도는 충분히 예상했을걸. 하지만 네 말이 맞아. 난 워드가 우릴 다시 공격하진 않으리라고 상당히 확신했어. 내게 따로 말해준 건 아니었지만. 뭐랄까, 그녀의 의도가 감지되더라고. 내 재능에 때때로 따라오는 현상이야. 난 과거의 감정뿐 아니라 혼령의 지금 생각 또한 희미하게나마 읽을 수 있어."

록우드의 미간에 주름이 잡혔다. "하긴 우리가 대적하는 방문자의 미묘한 부분들을 네가 알고 있는 듯한 느낌을 한두 번쯤 받은 적이 있기는 해. 저번의 그 버드나무 유령처럼. 네가 그랬지. 그가 소중

한 사람을 잃고 슬퍼한다고…. 유령이 그리 말하는 소리를 네가 들은
걸까?"

"아니, 그는 아무 말도 하지 않았어. 내가 느낀 거지. 틀렸을 수도
있어. 이 느낌들을 언제 믿고 언제 믿지 말아야 할지 잘 모르겠어." 나
는 초콜릿 트러플을 들고 만지작거리다 다시 내려놨다. 급히 마음을
정한 터였다. "여기서 문제는 록우드, 그 느낌을 내가 매번 정확히 이
해하진 못한다는 거야. 난 전에 형편없는 실수들을 저질렀어. 런던에
오기 전 마지막 사건은 지금껏 너한테 얘기한 적 없지. 그때 난 거기
있는 유령이 지독한 놈이란 걸 감지하고도 내 직관을 믿지 않았고, 감
독관도 내 말을 듣지 않았어. 그게, 놈은 변형자였거든. 우리 모두를 갖
고 놀았지. 그걸 거의 간파했었는데. 그때 내가 직관을 따랐더라면 우
리 모두를 제때 구해냈을지도 몰라…." 나는 생각하는 식탁보를 내려
다봤다. "결과적으로 난 행동하지 않았어. 그리고 사람들이 죽었지."

"듣기로는 네 감독관의 잘못이 훨씬 큰 것 같은데, 네가 아니라."
록우드가 말했다. "이봐, 루스. 넌 콤 케리 홀에서 네 직관을 완벽하게
따랐어. 그 덕분에 우리 모두가 살아 있고." 그는 날 보며 웃었다. "난
네 재능을, 그리고 네 판단을 믿어. 네가 우리랑 함께여서 정말 자랑
스럽고. 오케이? 그러니 옛날 걱정은 그만둬! 과거는 유령들 거야. 우
리 모두가 후회할 일들을 하며 살아왔어. 정말로 중요한 건 우리 앞
에 놓인 것들이지. 그치, 조지?"

조지가 문을 발로 차서 열었다. 진저에일 상자를 안고 있었다. "재
밌게 놀고 있어?" 그가 말했다. "다들 안 먹고 뭐 하는 거야? 해치워
야 할 게 산더미인데…. 아, 이런. 도넛을 깜빡했네."

내가 얼른 일어났다. "걱정 마. 내가 가져올게."

지하실은 시원했다. 음식을 거기 둔 것도 그래서였다. 따뜻한 부엌에 있은 뒤라 지하의 냉기에 몸이 부르르 떨리고 발갛게 달아올라 있던 얼굴이 따가웠다. 철제 계단을 뚜벅뚜벅 내려가는데 천장에서 메아리치는 두 사람의 목소리가 들렸다. 록우드와 얘기해서 좋았지만 빠져나올 구실이 생겨 행복했다. 옛일을 떠올리거나 애니 워드의 유령과 내가 얼마나 긴밀히 엮여 있었는지 되짚는 게 불편했다. 그렇다고 그에게 거짓말을 한 건 아니었다. 내가 워드의 유령에게 지시를 받지 않은 건 사실이다. 최소한 의식적으로는 그런 적 없었다. 그럼 무의식적으로는? 솔직히 말해, 그런 소통이 정말 있었는지 알기 힘들었다. 하지만 둘 중 어느 쪽이든 이 밤에는 정말로 상관이 없었다. 이 밤의 우리는 편안했다. 이 밤의 우리는 즐거웠다.

도넛은 삼엄한 경비를 자랑하는 장비실에 있었는데, 지하실에서도 거기가 가장 시원했다. 입구에서 바로 보이는 선반에 도넛 쟁반을 올려둔 터였다. 얼른 가지고 나오면 그만이라 전등을 켜지도 않았다. 안으로 들어서는 순간, 조지가 어찌나 고맙게도 바닥에 떡하니 상자를 내동댕이쳐 뒀는지, 그 새우칵테일 맛 감자칩 상자에 발이 걸리고 말았다. 균형을 잃고 앞쪽 선반으로 넘어지며 뭔가 딱딱한 것에 부딪혔다가 이윽고 말랑한 것 위에 주저앉았다.

내가 어디에 앉아 있는지는 모르려야 모를 수가 없었다. 도넛들이었다. 뭐, 그야 록우드한테 주면 그만이고.

나는 자리에서 일어나 치마에 묻은 설탕을 떨고 어둠 속 쟁반으로 손을 뻗었다.

"루시…."

나는 얼어붙었다. 출입문은 어느새 닫혀 있었다. 막대 모양으로 노랗게 빛나는 불 네 개가 눈에 보이는 전부였다. 그걸 빼면 완전한 암흑이었다.

"루시…."

낮은 목소리가 내 귓가에 속삭였다. 아득한데도 아주 가까웠다. 뻔할 뻔 자였다.

내겐 검이 없었다. 작업 벨트도 없었다. 방어구가 전혀 없었다.

나는 무작정 손을 뒤로 뻗어 더듬더듬 문고리를 찾았다.

"이때껏 널 지켜봐 왔어…."

문고리를 잡았다. 조금만, 너무 티 나지 않게 당겼다. 아직은 아니다. 막대 네 개가 슬그머니 노란빛을 내며 주변부의 어둠을 갈라 만든 잿빛 망이 서서히 커졌다. 내 앞에, 도넛 위쪽 선반에 앉아 있었다. 물방울무늬 손수건을 덮어쓴 불룩한 형체가.

"그래…." 목소리가 속삭였다. "어서…, 그거 맞아."

나는 손을 뻗어 손수건을 당겼다. 오늘 유령단지의 플라스마는 파리한 녹색으로 빛났다. 흉물스런 얼굴이 온전히 형체를 갖추고는 바닥의 해골에 빈틈없이 덧씌워져 있었다. 코가 길쭉하고 눈구멍은 휑 뎅그렁하니 넓었다. 입이 사악하게 웃었다. 눈구멍 가운데서 아주 작은 불빛들이 반짝였다.

"진즉 이랬어야지." 유령이 말했다. "줄곧 널 부르고 있었단 말야."

나는 뚫어져라 쳐다봤다.

"맞아…. 나야, 나. 가까이 와봐. 얘기 좀 하자."

"어림없어." 나는 단지를 찬찬히 뜯어봤다. 유령을 잡아두는 은유리였다. 아까 넘어지면서 몸을 부딪혔지만 깨트리지는 않았다. 유리는 멀쩡했다. 그럼 뭐가 잘못된 거지?

"오, 그러지 마." 얼굴은 이제 상처받은 표정을 짓고 있었다. "넌 쟤들이랑 달라. 너도 알잖아."

나는 몸을 숙이고 유령단지 윗부분의 플라스틱 봉인을 조사했다. 그럼 그렇지. 봉인의 위쪽, 그러니까 아까 내가 때린 부분의 노란색 보호용 레버 하나가 비틀려 있었다. 수도꼭지처럼 돌아가느라 생겨난 공간에서 생소한 철망이 조그맣게 보였다.

"넌 저 록우드처럼 냉정하지 않아. 커빈스처럼 무지막지하게 고약하지도 않고." 유령이 말을 이었다. "오오, 그 자식이 내게 한 짓들, 그 잔인한 모욕들! 한번은─넌 들어도 못 믿을 거야─그 자식이 날 욕조에 넣고는⋯."

나는 노란색 레버로 손을 뻗었다. 그와 동시에 단지 속 입이 다급히 움직였다. "아니, 잠깐만⋯! 우리 정말 이러지 말자. 내가 보답은 확실히 할게. 난 너한테 얘기해 줄 수 있거든. 알잖아. 중요한 것들을 말야. 가령 이런 거. 죽음이 오고 있다." 입이 활짝 웃었다. "자, 이 정도면 어때?"

"안녕히." 내 손이 플라스틱 뚜껑을 잡았다.

"그냥 하는 말이 아냐." 유령이 외쳤다. "너희 모두에게 죽음이 오고 있어. 왜? 모든 게 뒤죽박죽이니까. 삶 속에 죽음이 있고 죽음 속에 삶이 있으니까. 고정불변의 것이 흐르고 변하니까. 네가 아무리 발버둥 쳐도 소용없어. 루시, 넌 절대 흐름을 바꾸지 못해⋯."

내 비록 흐름은 못 바꿔도 레버 하나는 확실히 돌릴 수 있지.

그래서 그렇게 했다. 목소리가 뚝 끊겼다. 나는 단지 속의 얼굴을 가만히 들여다봤다. 입이 계속 움직였다. 온 얼굴이 진동했다. 거품이 쉭쉭거리며 플라스마를 뚫고 맹렬히 소용돌이쳤다.

안 되지. 우리를 축하하는 밤이다. 단지 속 멍청한 유령 따위가 망치게 두진 않을 거다.

나는 유령단지에 물방울무늬 손수건을 덮어씌운 뒤 도넛 쟁반을 챙겨 문을 열고 장비실을 나섰다. 지하실을 가로지르고 나선형 계단을 천천히 올랐다.

절반 정도 올라갔을 때, 부엌에서 록우드가 왁자지껄 웃는 소리가 들렸다. 조지의 얘기가 한창이었다. 무슨 경험담쯤 되는 모양이었다.

"… 그래서 보니까 그 자식 아랫도리가 휑한 거야! 상상해 봐! 영생을 바지 없이 살아야 하다니!"

록우드가 다시 웃었다. 내 말은, 진짜로 웃었다. 고개를 뒤로 젖히면서. 안 봐도 알 수 있었다.

나는 문득 저 자리에 있고 싶어졌다. 저 얘기를 함께하고 싶어졌다. 걸음을 재촉했다. 살짝 짜부라진 도넛들을 들고 서둘러 어둠을 벗어나 따스하고 밝은 방으로 향했다.

*는 1급령

**는 2급령

(흐르는) 물

유령이 흐르는 물을 건너기를 꺼리는 현상은 고대부터 관찰돼 왔다. 현대 영국에서는 이를 유령 방비에 활용한다. 런던 중심부에서는 인공 수로들의 망인 일명 '도랑'이 주요 쇼핑 지구를 보호한다. 보다 작은 규모로는 각 가정에서 현관 밖에 만들어 빗물을 순환시키는 개방형 수로가 있다.

1급령

가장 약하고, 가장 흔하고, 위험은 가장 덜한 유령들의 등급. 1급령은 주변을 거의 인식하지 못하고 반복적인 하나의 행동 양상에 갇혀 있는 경우가 많다. 주로 목격되는 사례는 다음과 같다. 음영자, 잿빛 아지랑이, 관망자, 스토커. 또한 차가운 아낙과 재잘대는 안개, 광산의 똑똑이 항목을 참고하라.

2급령

가장 위험하면서도 빈번히 등장하는 유령들의 등급. 2급령은 1급령보다 강하고 모종의 잔류 지능을 가진다. 산 자를 인식하고 해를 가하고자 시도할 수 있다. 가장 흔한 2급령을 출현 빈도에 따라 정리하면 다음과 같다. 요괴, 허깨비, 망령. 다음 항목을 함께 참고하라. 변형자, 소리정령, 생골령, 울부짖는 혼, 고독자.

3급령

아주 희귀한 유령들의 등급. 마리사 피츠의 최초 보고 이후 상당한 논란의 중심에 서 있다. 산 자와 완전한 소통이 가능한 것으로 추정된다.

DEPRAC

심령현상조사예방국.

난제의 수습에 주력하는 정부 기관. 유령의 본질을 조사하고 가장 위험한 존재들은 파괴하며, 서로 경쟁하는 여러 대행사의 활동을 감시한다.

경종

야간 통행금지의 시작과 심각한 대규모 출몰을 알리고자 올리는 거대한 철제 종. 항마등의 저렴한 대안으로 정부 차원에서 여러 소도시와 마을에 설치했다.

고독자**.

보기 드문 2급령으로 외지고 위험한 장소, 대개는 야외에서 출몰한다. 시각적으로는 호리호리한 어린이의 모습을 하는 경우가 많고, 계곡이나 호수 저편의 원거리에서 목격된다. 산 자에게 절대 접근하지 않으나, 근처의 누구든 압도할 수 있는 극단적 형태의 유령굴레를 야기한다. 고독자의 희생자들은 속박을 끝낼 생각으로 절벽에서 뛰어내리거나 깊은 물로 뛰어들고는 한다.

관망자*

1급령의 일종. 그림자 속에서 주저하며 좀처럼 움직이지 않고, 산 자에게 접근하는 일도 없으나 강한 불안감과 소름 끼치는 공포를 퍼트린다.

광산의 똑똑이*

절망적으로 따분한 1급령. 두드리는 것 말고는 할 줄 아는 게 거의 없다.

군집

좁은 지역을 장악한 유령의 무리.

권태

유령이 접근하는 중일 때 흔히 경험하는 허탈감과 무기력증. 극단적인 경우 위험한 유령굴레로 악화되기도 한다.

그리스의 불

마그네슘 화염의 다른 이름. 이 부류의 초기 무기들은 천 년 전에 비잔틴(혹은 그리스) 제국에서 유령을 상대로 사용된 것으로 보인다.

난제

현재 영국을 괴롭히는 출몰 대유행.

냉각

유령이 가까이에 있을 때 발생하는 급격한 온도 저하. 현현의 임박을 보여주는 4대 지표의 하나다. 나머지는 권태와 독기, 소름 끼치는 공포다. 냉각은 넓은 지역에 걸쳐 나타나거나 특정한 '냉점'에 집중될 수 있다.

다른빛

일부 환영이 방출하는 으스스하고 비정상적인 빛.

대행사, 또는 심령 조사 대행사

유령의 억제와 파괴를 전문으로 하는 업체. 런던에만 여남은 개가 넘는 대행사가 있다. 규모가 가장 큰 대행사(피츠와 로트웰) 두 곳의 경우 직원이 수백 명에 달한다. 가장 소규모(록우드 심령 회사) 대행사는 3인 체제다. 대행사 대부분은 성인 감독관이 운영하나, 이들 모두가 강력한 심령 재능을 가진 아이들에게 크게 의존한다.

독기

불쾌한 기운. 종종 고약한 맛과 냄새를 포함하며 현현의 사전 단계로 경험된다. 소름 끼치는 공포, 권태, 냉각을 자주 동반한다.

라벤더

라벤더의 강력한 단내가 악령을 억제하는 것으로 알려져 있다. 이에 따라 많은 이들이 라벤더의 잔가지를 건조해 옷 등에 꽂거나 불에 태워 자극적인 연기를 낸다. 조사관들은 때로 약한 1급령에 사용할 목적으로 라벤더물이 든 병을 소지하기도 한다.

레이피어

모든 조사관의 공식 무기. 16~17세기 유럽에서 사용된 결투용 양날검으로 가늘고 긴 날이 특징이다. 철제 검날의 끝에 은을 입히기도 한다.

마그네슘 화염

금속제 산탄통에 마그네슘과 철, 소금, 화약, 점화장치를 넣고 쉽게 깨지는 유리로 봉한 화염탄. 대행사들이 공격적인 유령에 맞서 사용하는 주요 무기.

망령**

위험한 2급령. 위력과 행동 양상의 측면에서 요괴와 비슷하나 겉모습은 훨씬 끔찍하다. 이들의 환영은 망자가 죽어 있는 상태를 반영한다. 말라비틀어지고 끔찍하도록 야위고, 때로는 부패해 벌레가 바글거린다. 종종 해골의 형태를 띠기도 한다. 강력한 유령굴레를 생성한다. 생골령 항목을 참고하라.

민감성, 민감한 (자)

비범하고 훌륭한 심령 재능. 그런 재능을 가지고 태어난 사람.

방문자

유령.

방어구

3대 기본 방어구를 효과 순으로 나열하면 은, 철, 소금이다. 라벤더 또한 밝은 빛과 흐르는 물처럼 일정 정도의 보호 기능을 한다.

변형자**

희귀하고 위험한 2급령으로 현현 중에 겉모습을 바꿀 만큼 강력하다.

봉인구

대개 은 또는 철로 만들어지며, 출처를 넣거나 덮어 유령의 탈출을 막도록 설계된다.

생골령**

희귀하고 불쾌한 종류의 유령. 살갗을 벗겨낸 피투성이 시체가 눈을 희번덕거리고 입을 쫙 찢으며 웃는 모습으로 현현한다. 조사관 사이에서 인기가 없다. 다수의 권위자가 생골령을 망령의 변종으로 간주한다.

소금

1급령의 방어구로 널리 사용된다. 철이나 은보다는 효과가 떨어지지만 가격이 저렴하고, 가정 내 다양한 억제책에 활용된다.

소금탄

비닐에 소금을 채운 투척용 소형 구체. 외부 충격에 폭발하며 소금을 사방에 뿌린다. 보다 약한 유령들의 격퇴에 사용된다. 강력한 개체를 상대로는 효과가 떨어진다.

소름 끼치는 공포

유령이 출현하기 전 종종 경험하는 이해할 수 없는 공포감. 대개 냉각과 독기, 권태를 동반한다.

소리정령**

강력하고 파괴적인 2급령. 소리정령은 육중한 사물도 번쩍 들어 올릴 정도로 강력한 초자연적 에너지를 폭발적으로 방출한다. 환영을 형성하지 않는다.

소실점

유령이 현현의 말미에 모습을 감추는 정확한 지점. 출처의 위치를 알려주는 훌륭한 단서가 되곤 한다.

시각

환영이나 절명광 등 유령과 관련한 현상을 볼 수 있는 심령 능력. 3대 심령 재능의 하나다.

아우라

여러 환영 주위에 나타나는 희미한 빛이나 광휘. 아우라는 대개가 상당히 희미하며 곁눈으로 볼 때 가장 잘 관찰된다. 강하고 선명한 아우라는 '다른빛'으로 불린다. 암흑 요괴 같은 일부 유령이 발산하는 검은 아우라는 그들 주변부의 밤보다 어둡다.

암흑 요괴**

2급령의 섬뜩한 변종. 움직이는 암흑의 파편으로 현현한다. 이따금 암흑 가운데서 환영이 희미하게 관찰되는 경우가 있다. 이 검은 구름은 대개 유동적이고 고정된 형태가 없는데 박동하는 심장 크기로 수축하거나, 혹은 순식간에 팽창해 방 하나를 삼킬 정도가 되기도 한다.

야경대

대기업과 지방 정부 기관에 소속된 아이들의 무리. 일몰 후 공장과 사무실, 공공장소를 지킨다. 레이피어의 사용은 허락되지 않으나 환영의 접근을 막을 수 있게 끝에 철을 덧댄 긴 창을 소지한다.

엑토플라즘

유령이 형성돼 나오는 이상하고 변덕스러운 물질. 농축된 상태에서는 산 자에게 무척 해롭다.

요괴**

가장 흔히 조우하는 2급령. 항상 분명하고 세세한 환영을 만들어내며, 경우에 따라서는 고형에 가까워 보일 수 있다. 요괴의 대부분은 망자의 생전 또는 죽음 직후 모습을 시각적으로 정확히 반영한다. 허깨비보다 덜 모호하고 망령보다 덜 흉악하지만 그들과 마찬가지로 행동의 양상이 다양하다. 다수는 산 자와의 관계에서 중립적이거나 온순하다. 또한 비밀을 밝히거나 오랜 잘못을 바로잡고자 귀환하는 사례가 많은 것으로 보인다. 그러나 일부는 적극적으로 적대적이며 인간과의 접촉을 갈망한다. 이 유령들은 무슨 일이 있어도 피해야 한다.

울부짖는 혼**

공포의 대상인 2급령. 시각적인 환영을 드러내 보일 수도, 그러지 않을 수도 있다. 울부짖는 혼들은 무시무시한 심령의 비명을 지르는데, 이 소리는 때로 듣는 사람을 공포로 마비시켜 유령굴레를 씌우기에 충분하다.

유령

죽은 사람의 영혼. 인류의 역사에서 유령은 늘 존재했지만―불분명한 이유들로―이제 출몰의 빈도가 나날이 늘고 있다. 유령의 종류는 다양하나 개략적으로는 세 유형으로 분류된다.(1급령, 2급령, 3급령 항목 참고) 유령은 늘 출처 곁에 머무는데, 이들의 사망 지점에 해당하는 경우가 많다. 일몰 후, 그중에서도 특히 자정부터 새벽 2시 사이에 가장 강력하다. 대부분은 산 자에 대해 무지하고 무심하다. 소수만이 적극적인 적개심을 보인다.

유령굴레

2급령이 과시하는 위험한 힘. 권태의 연장일 가능성이 있다. 유령굴레의 희생자는 의지력을 상실하고 끔찍한 절망감에 압도된다. 근육이 납덩이처럼 무겁게 느껴지고 생각이나 움직임도 더는 자유롭지 않다. 대부분의 경우 굶주린 유령이 가까이, 더 가까이 다가오는 모습을 꼼짝 못 하는 상태로 무기력하게 지켜볼 수밖에 없게 된다.

유령단지

활성 상태의 출처를 속박하는 데 사용하는 은유리 용기.

유령안개

유령의 현현 중에 가느다랗고 녹색을 띤 흰색 안개로 생성된다. 엑토플라즘으로 만들어지는 것일 가능성이 있으며, 차갑고 불쾌하나 접촉 자체가 위험을 초래하지는 않는다.

유령접촉

환영과 신체적으로 접촉한 결과이자 공격적인 유령이 가진 가장 치명적인 힘. 찌르듯 압도하는 한기로 시작해 동상에 걸린 듯 온몸의 감각이 순식간에 저하된다. 주요 장기들이 차례로 손상된다. 이내 몸이 푸르스름해지며 부풀기 시작한다. 신속한 의학적 도움이 없는 한 대개가 치명적인 결말을 맞는다.

은

유령에 맞서는 중요하고 강력한 방어구. 장신구 형태의 항마구로 몸에 지니는 사람이 많다. 조사관들은 레이피어 코팅과 봉인구 제작에 은을 사용한다.

은유리

출처의 보관에 사용되는 '유령 저항성' 특수 유리.

음영자*

1급령의 표준이자 아마도 가장 일반적인 형태의 방문자일 것이다. 음영자는 요괴와 유사하게 상당히 구체적인 형태로 나타날 수 있고, 허깨비처럼 실체가 없고 희미하게 보일 수도 있다. 그러나 두 경우 모두 위험을 야기할 만한 지능은 전혀 가지고 있지 않다. 음영자는 산 자의 존재를 인지하지 못하는 듯하며, 대개 특정한 행동 양식에 매여 있다. 슬픔과 상실감을 내비치지만, 분노를 비롯한 강력한 감정을 보이는 일은 좀처럼 없다. 거의 모든 경우에 인간의 형상을 띤다.

재능

유령을 보거나 듣거나 기타 여러 방식으로 감지하는 능력. 모두는 아니지만 다수의 아이들이 어느 정도의 심령 재능을 지니고 태어난다. 이 기술은 성인기에 근접할수록 퇴화하는 경향이 있지만, 일부 성인에게서는 미약하게나마 지속되기도 한다. 평균 이상의 재능을 가진 아이들은 야경대에 합류한다. 비범한 재능을 가진 아이들은 대개가 대행사에 합류한다. 3대 재능은 시각, 청각, 촉각이다.

재잘거리는 안개*

약하고 실체가 없는 1급령. 실성한 듯 반복적인 키득거림으로 유명하며, 언제나 등 뒤에서 소리를 내는 듯한 느낌을 준다.

잿빛 아지랑이*

무력하고 다소 따분한 유령으로 1급령의 흔한 형태. 일관된 환영을 형성할 힘이 부족한 것으로 보이며, 형체가 없이 희미하게 반짝이는 안개의 덩어리로 현현한다. 엑토플라즘의 응집력이 현저히 떨어지는 탓인지, 그 사이를 산 자가 활보해도 유령접촉을 유발하지 않는다. 잿빛 아지랑이의 주요 효과는 냉각과 독기, 불안감의 확산이다.

절명광

망자의 목숨이 끊어진 바로 그 위치에 남은 에너지 흔적. 잔혹한 죽음일수록 더 밝은 빛을 낸다. 강한 빛은 수년간 지속되기도 한다.

차가운 아낙*

잿빛에 안개를 닮은 여성의 형태. 구식 드레스를 입은 모습으로 멀리서 어렴풋이 보이는 경우가 많다. 차가운 아낙은 강력한 우울감과 권태감을 발산하지만, 산 자의 가까이에 접근하는 일은 거의 없다.

철

모든 유형의 유령으로부터 보호해 주는 유구하고 중요한 방어구. 일반인은 철제 장식으로 주거지의 방비를 강화하고, 항마구 형태로 만들어 몸에 지닌다. 조사관들은 철제 레이피어과 쇠사슬을 소지하므로 공격과 방어 모두 철에 의존하는 셈이다.

청각

심령 재능의 세 범주 중 하나. 민감한 청각의 소유자는 죽은 자의 목소리, 과거 사건의 메아리, 출몰과 관련된 예외적인 소리들을 들을 수 있다.

촉각

죽음이나 출몰과 밀접히 관련된 사물에서 심령의 메아리를 감지하는 능력. 이 같은 메아리는 시각적 이미지와 소리 등 감각 자극의 형태를 띤다. 재능의 3대 범주의 하나다.

출몰

현현 항목 참고.

출처

유령이 이승으로 들어오는 관문이 돼주는 사물이나 장소.

통행금지

난제에 대응해 영국 정부는 인구 주거지역 다수에서 야간 통행금지를 시행 중이다. 해가 저문 직후에 시작해 새벽에 끝나는 통행금지 시간 동안 일반인은 실내에, 각 주거지의 안전한 방비 안에 머물기를 권장하고 있다. 많은 도시에서 야간 통행금지의 시작과 끝은 경종을 울려 고지한다.

플라스마

엑토플라즘 항목 참고.

피츠 지침서

유령 사냥꾼을 위한 유명 지침서. 저자인 마리사 피츠는 영국 최초의 심령 조사 대행사를 설립한 인물이다.

항마구

대개 철이나 은으로 제작돼 유령을 쫓는 데 사용되는 사물. 소형 항마구는 장신구의 형태로 소지가 가능하다. 대형 항마구는 집 안 곳곳에 걸어두는데, 장식적인 효과도 있다.

항마등

전기로 작동하는 가로등으로 강력한 백색광을 방출해 유령을 억제한다. 대부분의 항마등은 유리 렌즈 위에 덮개가 달려 있다. 이 덮개들이 밤새 일정한 간격을 두고 열리고 닫히기를 반복한다.

허깨비**

하늘하늘하고 은은하며 속이 훤히 비치는 형태를 유지하는 2급령의 총칭. 희미한 윤곽, 그리고 얼굴과 이목구비의 미약한 특징 일부를 제외하면 거의 보이지 않을 가능성이 있다. 실체가 없는 외양에도 불구하고 보다 구체적인 형태를 갖춘 듯 보이는 요괴 못지않게 공격적이며, 눈에 잘 띄지 않는다는 점에서 더욱 위험하다.

현현

유령 같은 현상의 발생. 소리와 냄새, 이상한 감각, 움직이는 물체, 온도 급강하, 환영의 목격 등 각종 초자연적 현상을 동반할 수 있다.

혼령

유령의 또 다른 호칭.

환영

유령이 현현 과정에서 취하는 형체. 환영은 대개가 죽은 자의 형상을 모방하나 동물과 사물의 형태도 관찰된다. 경우에 따라 상당히 이색적일 수 있다. 최근 라임하우스 부두 사건의 요괴는 초록색으로 빛나는 킹코브라로 현현한 반면, 악명 높은 벨 스트리트 귀신은 천 조각을 짜깁기한 봉제 인형의 탈을 쓴 바 있다. 위력에 관계없이 유령 대부분은 겉모습을 바꾸지 않는다.(혹은 바꿀 수 없다.) 변형자는 이 법칙의 예외에 해당한다.

어머니, 아버지에게
　　사랑을 담아

록우드 심령 회사 1
: 울부짖는 계단

초판 1쇄 발행 2024년 1월 25일

지은이 | 조나단 스트라우드
옮긴이 | 강아름

펴낸이 | 조미현
책임편집 | 황정원
디자인 | 엄윤영

펴낸곳 | (주)현암사
등록 | 1951년 12월 24일 제 10-126호
주소 | 04029 서울시 마포구 동교로12안길 35
전화 | 02-365-5051
팩스 | 02-313-2729
전자우편 | dalda@hyeonamsa.com
홈페이지 | www.hyeonamsa.com
블로그 | blog.naver.com/hyeonamsa

ISBN 978-89-323-2324-4 04840
ISBN 978-89-323-2323-7 (세트)

* 책값은 뒤표지에 있습니다. 잘못된 책은 바꾸어 드립니다.
* 달다(DALDA)는 (주)현암사의 장르소설 브랜드입니다.